Robert Hültner • Lazare und der tote Mann am Strand

Robert Hültner

Lazare und der tote Mann am Strand

Kriminalroman

btb

Der Verlag weist ausdrücklich darauf hin, dass im Text
enthaltene externe Links vom Verlag nur bis zum Zeitpunkt
der Buchveröffentlichung eingesehen werden konnten.
Auf spätere Veränderungen hat der Verlag keinerlei Einfluss.
Eine Haftung des Verlags ist daher ausgeschlossen.

Verlagsgruppe Random House FSC® N001967

1. Auflage
Copyright © 2017 by btb Verlag
in der Verlagsgruppe Random House GmbH,
Neumarkter Str. 28, 81673 München
Umschlaggestaltung: semper smile München
Umschlagmotiv: © mauritius images/United Archives
Satz: Uhl + Massopust, Aalen
Druck und Einband: GGP Media GmbH, Pößneck
Printed in Germany
ISBN 978-3-442-75660-5

Besuchen Sie unseren LiteraturBlog www.transatlantik.de!
www.btb-verlag.de
www.facebook.com/btbverlag

1.

»Na gut, wie fang ich an...«, sagte der Bäcker.

Brigadier Georges Jeanjean legte seinen Stift beiseite. Er sah auf, mäßig interessiert.

»Von vorne, schlage ich vor.«

»Kann ja auch unwichtig sein, verstehst du?«

»Gut möglich, Maurice«, sagte Jeanjean. »Aber jetzt wirst du langsam zum Punkt kommen, nehme ich an.«

Der dicke Bäcker holte rasselnd Luft. Er habe auf seiner wöchentlichen Versorgungstour eine beunruhigende Beobachtung gemacht. Als er geendet hatte, nahm der Brigadier seine Brille ab und massierte sich die Nasenwurzel.

»Dann fasse ich mal zusammen«, sagte er, die Brille wieder aufsetzend. »Gegen vier Uhr nachmittags hast du an der Straße nach St. Esprit –«

»Dort, wo die Piste nach Lo Barta abzweigt, genau.«

»Da hast du eine Kühlbox gesehen, die –«

»Die Box, die mir Monsieur Papin, also Jules –«

Der Brigadier schaute den Bäcker entnervt an. »Wie wär's, wenn ich einen Satz zu Ende bringen könnte?«

Der Bäcker fuchtelte beschwichtigend. »Ist ja gut.«

»Es war also die Box, in die du deine wöchentliche Lieferung für Jules hineingibst.«

Maurice öffnete den Mund, beließ es aber bei einem zustimmenden Nicken.

»Machst du das eigentlich immer so? Wieso bringst du dem alten Mann die Sachen nicht ins Haus?«

»Weil ich nichts dagegen hätte, wenn meine Stoßdämpfer noch eine Weile halten würden, ja? Die Piste zu Jules' Hof ist steil, noch dazu ausgewaschen. Wie dir außerdem vielleicht schon zu Ohren gekommen sein dürfte, bin ich Geschäftsmann. Wenn man von mir neuerdings erwartet, dass ich auch noch den Seniorenbetreuer spiele, dann soll man es mir sagen. Und mich gefälligst dafür bezahlen.«

»Schon gut«, versuchte Jeanjean zu begütigen, doch Maurice war in Fahrt geraten: »Und zum Thema Service, ja? Der gute Jules mag ein treuer Kunde sein, das stimmt, aber die Handvoll Cents, die ich bei Leuten wie ihm einstreiche, gehen schon fast fürs Benzin drauf. Früher, ja, als auf Lo Barta noch Leben war, kam jede Woche noch ordentlich was in die Kasse. Aber heute?«

»Ist gut, sagte ich. Du hast –«

»Ich bring's bloß nicht übers Herz, ihn hängen zu lassen, verstehst du? Außerdem sind er und mein Alter zusammen auf die Jagd gegangen.«

Der Brigadier machte eine ungeduldige Handbewegung. »Du hast die Box also geöffnet und darin einen Laib Roggenbrot, einige Scheiben Schinken sowie je ein Paket Zucker und Salz gefunden, richtig?«

»Das Brot hart wie Brennholz, der gute Schinken angeschimmelt, der Rest feucht und verklumpt«, sagte der Bäcker. Er war immer noch erbost. »Außerdem fehlte die Liste mit der Bestellung für die nächste Woche.«

»Schön.« Jeanjean lehnte sich zurück und verschränkte seine Arme vor seinem breiten Brustkorb. »Und weshalb sollte die Gendarmerie française nun interessieren, dass einer deiner Kunden nichts von deiner Ware wissen will?«

»Weil der Alte in den letzten Jahren ein wenig nachlässig geworden sein mag, es aber eins nie bei ihm gegeben hat, nämlich dass er gute Lebensmittel vergammeln lassen würde.«

Maurice wischte seine Handflächen an seinem speckigen Overall ab, trat einen Schritt vor, stützte sich mit den Fäusten auf der Schreibtischplatte ab und sagte ernst: »Und jetzt sollten wir uns vielleicht nicht dümmer stellen, als wir sind, Georges. Jules ist über achtzig.« Er richtete sich wieder auf. »Gut, die Leute auf Lo Barta waren schon immer eine zähe Rasse. Und als ich ihn das letzte Mal sah, war er jedenfalls fitter als manch Fünfziger. Aber –«

»Du willst sagen, man sollte sich Sorgen um den Alten machen.«

Der Bäcker nickte. »Ich bin jedenfalls nicht gekommen, weil ich mich nach einem trauten Schwätzchen mit dir sehne.« Er verzog den Mund. »Da gäbe es erfreulichere Adressen, das darfst du mir glauben.«

Brigadier Jeanjean verspürte keine Lust, das Grinsen zu erwidern.

»Und wieso siehst du dann nicht gleich selber nach?«

»Bei allem Respekt, ja?«, brauste der Bäcker auf. »Muss ich mir jetzt auch noch Vorwürfe machen lassen?« Er ignorierte die beschwichtigende Handbewegung des Brigadiers. »Ich hab dir eben erklärt, dass ich mit meinem Lieferwagen da nicht hochkomme, ja? Und zu Fuß bräuchte ich mindestens eineinhalb Stunden hin und zurück. So lang kann ich meine anderen Kunden nicht warten lassen.« Maurice schickte ein bekräftigendes Nicken nach. »Was übrigens noch immer gilt. Ich hab's euch gemeldet, und jetzt muss ich weiter.«

Er wandte sich zum Ausgang, drehte sich aber noch einmal um. »Und übrigens, falls du jetzt überlegen solltest, was du mir noch sagen wolltest –«

Der Brigadier runzelte fragend die Stirn.

»Danke, dass du gelegentlich die Augen für uns offen hältst, wolltest du sagen, stimmt's?«

»Hau schon ab«, brummte Jeanjean versöhnlich.

»Müsste ich nämlich nicht. Hab genug eigene Sorgen.«

»Ich glaub's dir, Maurice, ich glaub's dir.«

Maurices Frau Bernadette war eine üppige und redselige Normannin, zupackend geschäftstüchtig, strahlend blond wie das Stroh auf den Feldern ihrer Heimat. Aber leider ebenso dumm, denn sie hatte sich vor einiger Zeit von einem schmierigen Grossisten dazu beschwatzen lassen, sich bei den Departementswahlen als Kandidatin aufstellen zu lassen. Für den Front National. Was in einem von bockbeinigen Hugenotten-Abkömmlingen bewohnten Landstrich, in dem seit Generationen stur links gewählt wird, eine eher unglückliche Idee ist. Deswegen war daraus natürlich auch nichts geworden, sie landete weit abgeschlagen, und auch Maurice, sonst eher gutmütig, hatte zuletzt ein Machtwort gesprochen. Aber seither knirschte es in der Gemeinde.

Maurice hatte bereits den Türknauf in der Hand.

»Also, ihr kümmert euch darum, ja?«

»Mach dir keine Sorgen, Maurice. Wird sich alles aufklären.«

»Der Alte ist nämlich in Ordnung. Außerdem ist er ja nicht irgendwer.«

Die Glastür, die in den Vorraum der Station führte, fiel hinter ihm ins Schloss. Der Brigadier sah ihm mit zusammengekniffenen Augen nach. Er stieß sich seufzend aus der Lehne, griff nach dem Mikrophon des Headsets und wählte die Nummer eines der Streifenwagen.

Gendarm Mathieu Belmont meldete sich. Jeanjean wies ihn an, unverzüglich zum Hof Lo Barta in der Gemeinde St. Esprit zu fahren und, falls der Alte nicht in den Wohnräumen oder einem der Hofgebäude anzutreffen sein sollte, Haus und nähere Umgebung zu inspizieren.

»Was Ernstes?«, drang Belmonts Stimme krächzend aus dem Lautsprecher. »Hörst dich so an.«

»Tut, was ich euch sage«, blaffte Jeanjean. »Und beeilt euch gefälligst, Ende.« Er unterbrach die Verbindung und starrte eine Weile ins Nichts. Die Klimaanlage surrte. Eine unbestimmte Trauer, vermengt mit dem Gefühl von Hilflosigkeit, züngelte heran. Mit einem ärgerlichen Knurren schüttelte er sie ab.

Was redest du da für einen Stuss, schalt er sich. Wieso sollen sie sich jetzt noch beeilen?

2.

Der Anruf aus der Kripo-Zentrale in Montpellier hatte Lazare zu unverschämt früher Stunde aus dem Schlaf gerissen. Aber er war nicht verärgert. Ganz und gar nicht. Endlich kam Bewegung in die Sache! Außerdem hatte er jetzt einen guten Grund, seinen Aufenthalt in den Bergen vorzeitig abzubrechen.

Fast zwei Wochen hatte Narciso Lazare – wenige Kollegen und nahe Freunde durften ihn ›Siso‹ rufen – auf La Farette ausgeharrt. Der abgelegene Hof gehörte zum Gemeindegebiet von Tormes, einem verschlafenen Flecken im nördlichsten Zipfel des Departements. Das Dorf erreichte man über eine Straße, die auf den Karten als *difficile et dangereux* markiert war. Die letzte Volkszählung hatte 99 Einwohner ermittelt. Es gab seit Jahrzehnten keinen Laden mehr, kein Restaurant, nicht einmal eine kleine Bar, geschweige denn ein Kino oder Theater. Nur in den Sommermonaten einen mickrigen Markt, auf dem zottelbärtige Hippies fade Gemüsekreationen zu umso gepfefferteren Preisen anboten. Als empfänden sie sogar die leblose Stille dieses Nests als störend, war die Mehrheit der Dörfler seit Generationen untereinander so zerstritten, dass sie kein Wort mehr miteinander wechselten. Lazare hatte es noch nie verstanden. Und hierher kamen Menschen, die von göttlicher Ruhe und erholsamer Abgeschiedenheit schwärmten, sich baufällige Einödhöfe zulegten und sich ein glücklicheres Leben erhofften? Es konnte sich nur um Spinner handeln, um Eigenbrötler, Sektierer.

Er würde nie hier leben wollen, so malerisch schön die Landschaft auch sein mochte, so unberührt ihre Berge, Täler und

Wälder, so wildromantisch und pittoresk die Schluchten, die Gemäuer der alten Dörfer, Höfe und Burgruinen. Er war ein *Montpellierain* durch und durch. Er brauchte das lebhafte Treiben auf den Straßen, die aufgeräumten Schwätzchen mit Freunden und Nachbarn, den Geruch und die Geräusche der Stadt. Hier auf dem Land hatte jedes Mal, wenn er einen seiner Besuche zu absolvieren hatte, schon nach kurzer Zeit eine grenzenlose Langeweile von ihm Besitz ergriffen. Hinzu kam dieses Mal, dass kaum ein Tag vergangen war, an dem er nicht von Regenschauern durchnässt und von einem arktisch kalten Tramontane bis auf die Knochen ausgekühlt worden wäre.

Aber nun war er erst einmal erlöst. Lazare zog die Türe seiner Behausung hinter sich zu, schloss ab und verstaute den Schlüssel in einem Mauerschlitz über dem Türsturz. Bevor er sich abwandte, warf er noch einen Blick auf den ehemaligen Stall. In den vergangenen Monaten hatte er ihn leidlich bewohnbar gemacht. Ein baufälliger, bis zum First von Efeu überwucherter, von Spinnweben verhangener und nach Ziegenmist müffelnder, flohverseuchter Schuppen war es gewesen. Gewiss, es war noch eine Menge zu tun. Aber mit dem, was er bisher geschafft hatte, konnte er zufrieden sein. Eigentlich hatte er sich so viel handwerkliches Geschick gar nicht zugetraut.

Die Schultern fröstelnd hochgezogen, die Pfützen des unbefestigten, noch taufeuchten Wegs schlaftrunken umtänzelnd, trottete Lazare zum Hauptgebäude hinab. Er kniff die Augen zusammen, sah nach oben. Der Morgen versprach einen herrlichen Tag. Der Himmel war wolkenlos, letzte Sterne verblassten, über dem bewaldeten Gebirgskamm im Osten fingerten erste Strahlen der aufgehenden Sonne. Von Nordwest strich sachte ein würziger Tramontane heran. Aus dem noch verschatteten Flusstal quoll Nebel. Irgendwo in der Tiefe röhrte eine Motorsäge, krähte ein Hahn.

Als das Haupthaus des Anwesens in seinem Gesichtsfeld auftauchte, verschlechterte sich Lazares Laune schlagartig. Der Anblick erinnerte ihn daran, dass er wieder einmal nicht auf der Hut gewesen war, sich wieder einmal hatte überrumpeln lassen. Durch seine verfluchte Trägheit, seine mangelnde Geistesgegenwart. Damals vor zwei Jahren, als es darum ging, das Erbe der verstorbenen Mutter aufzuteilen, hatte er seiner Schwester Mireille nachgegeben und eingewilligt, dieses heruntergekommene Anwesen am Ende der Welt zu übernehmen.

Und sich um seinen einzigen Bewohner zu kümmern. Den verwitweten Siset, der immerhin, wenn auch nur über mehrere, nicht mehr vollständig überschaubare Ecken, zur Familie gehörte.

Seine Schwester hatte seine Bedenken zerstreut und eingeräumt, dass dem jahrhundertealten Gehöft die eine oder andere Reparatur guttäte. Aber mit mehr als zwei Dutzend Hektar Terrain, der Großteil davon uralter Wald, vor allem mit seiner unverbaubaren Alleinlage würden sich Käufer aus dem Ausland später einmal darum reißen. »Und, nicht dass man mich falsch versteht«, hatte Mireille gesagt und dabei versucht, Pietät in ihre Stimme zu legen. »Aber wir müssen realistisch sein. Onkel Siset hat neulich seinen Achtundachtzigsten gefeiert.«

Stimmt ja, hatte Lazare gedacht. Aber dieses Fest war bis fünf Uhr morgens gegangen. Und der Alte war der Letzte gewesen, der ins Bett gefallen war.

Seither hatte er dieses verfallende Anwesen am Hals. Und einen immer schrulliger werdenden fernen Verwandten. In letzter Zeit häuften sich die Alarmanrufe besorgter Nachbarn: Der Alte sei vom Baum gefallen, habe im Dorf eine Schlägerei provoziert, fasele wirres Zeug. Erst vor wenigen Wochen hatte ihn die Nachricht aufgeschreckt, der Alte habe seit Tagen gesoffen, verschanze sich jetzt in seinem Zimmer, habe angekündigt, das Haus abzufackeln und sich umzubringen.

Einmal mehr hatte Lazare alles liegen und stehen lassen und

war in die Berge gebrettert. Tatsächlich hatte er Siset in einem erbarmungswürdigen Zustand vorgefunden. Apathisch in seinem Bett versunken, hatte der Alte Lazare herangewunken und ihm zugeflüstert: »Ich krieg keinen mehr hoch, mein Junge… die Mädchen wollen nichts mehr von mir wissen, ich mach mich bloß noch lächerlich… was soll ich noch auf dieser beschissenen Welt?«

Lazare war fassungslos gewesen. Um sich dieses würdelose Gewimmer anzuhören, hatte er seine Arbeit liegen und stehen lassen? Es war wieder einer dieser Momente gewesen, wo ihm danach war, dem Ganzen ein Ende zu machen, ein Altersheim für Siset zu suchen, die Bruchbude zu verkaufen. Doch kaum war sein Ärger verraucht, schämte er sich für diese Gedanken.

Denn Onkel Siset war der Held seiner Kindheit gewesen. Er hatte ihn gelehrt, Bachkrebse zu fangen, hatte ihm Pfeil und Bogen gebastelt, ihn auf den Markt von Tormes mitgenommen, hatte nächtens von atemberaubenden Abenteuern in Katalonien, der Heimat seiner Eltern, erzählt. Wie er Botengänge für die Genossen machte, die im Untergrund gegen den Diktator Franco kämpften. Wie er der *guardia civil* nur um Haaresbreite entwischt war und sich in letzter Sekunde über die Pyrenäen retten konnte. Gelegentlich, und in letzter Zeit gehäuft, regte sich Zweifel bei seinen Heldengeschichten – so lag etwa Salvador Puig Antich schon im Grab, garottiert von Francos Henkern, als ihm Onkel Siset die Hand geschüttelt und ihm gute Ratschläge gegeben haben wollte.

Dennoch staunte Lazare erst vor kurzem wieder, wie der Alte einmal haarsträubend senilen Unsinn von sich gibt, dann aber plötzlich wieder völlig klarsichtig ist und Weisheiten vom Stapel lässt, für die ein akademischer Denker unzählige Buchseiten benötigen würde.

Dieses Mal war es jedoch keine von Sisets Tollheiten gewesen, die Lazares Kommen erzwungen hatte. Zwei Wochen zuvor hatte der Himmel über dem Gebirge über mehrere Tage sämtliche Schleusen geöffnet. Der Kanton war zum Katastrophengebiet erklärt worden, der tosende Talfluss hatte Brücken und Uferdämme weggerissen, Straßen, Siedlungen und Äcker überflutet. Die Schäden an Sisets Haus waren beträchtlich. Von einer morschen Kastanie war ein mächtiger Ast auf das Scheunendach gestürzt, eine Schlammlawine hatte die Zisterne überflutet und einen Teil der Küche unter Wasser gesetzt. Zehn Tage Arbeit hatte Lazare veranschlagt, doch das Abdichten des Daches, das Zersägen und Beseitigen des Bruchholzes und die Reinigung des Hausinneren dauerten länger als erwartet. Die dringlichsten Arbeiten waren getan, doch noch war längst nicht alles von dem erledigt, was er sich vorgenommen hatte. Aber jetzt hatte er für seine vorzeitige Abreise eine Begründung. Eine, gegen die niemand etwas einwenden konnte.

Die Pflicht rief. Unweit des Stadtkanals von Sète hatten heimkehrende Fischer im Morgengrauen eine männliche Leiche entdeckt. Die Streifenbeamten vor Ort sahen sich außerstande zu beurteilen, ob ein Unfall oder Mord vorlag. Und als Commandant de Police und Ermittler in der Zentrale der regionalen Kriminalpolizei in Montpellier war es seine Aufgabe, hier Klarheit zu schaffen, e' basta!

Die Erde unter Lazares Sohlen schmatzte, als er mit raschen Schritten über den noch im aschgrauen Frühlicht liegenden Innenhof auf das Haupthaus zusteuerte. Neben der Eingangstür lehnte das ältliche Damenfahrrad von Mathilda Bouffier, einer Witwe aus einem benachbarten Weiler. Die Türangeln kreischten, als Lazare den niedrigen Raum betrat, der Wohnzimmer und Küche zugleich war. Kaffeeduft drang an seine Nase. Er kniff die Lider zusammen, bis sich seine Augen an das dämmerige Dunkel der Wohnhöhle gewöhnt hatten. Am Tisch saß Onkel Siset, die Schultern hängend, noch schlaftrunken, der

Kragen verkrumpelt, der schüttere Schopf ungekämmt. Der Hofhund zu seinen Füßen öffnete ein Auge wie ein schläfriges Krokodil im Schlick, ließ es wieder zuklappen und döste weiter. Ein Lächeln huschte über das zerknitterte Gesicht des Alten, als er Lazares Gruß mit heiserer Stimme erwiderte.

Im Hintergrund stand Mathilda am Herd. Ein grauer Kater strich um ihre bestrumpften Waden. Sie begrüßte Lazare mit einem freundlichen Nicken über die Schulter, nahm den Milchtopf von der Herdplatte und ging mit steifen Bewegungen an ihm vorbei zum Tisch. Nachdem sie dem Alten die Milch eingeschenkt hatte, bemerkte sie, dass Lazare seine Reisetasche geschultert hatte und zur Abreise gekleidet war.

Er hob bedauernd die Schultern und erklärte ihr in knappen Worten den Grund. Ein Anruf des Staatsanwalts, der ihn zu Ermittlungen in einem Mordfall an der Küste befohlen hatte.

»Für einen Schluck Kaffee ist aber noch Zeit?«

Für einen von ihr gemachten unbedingt, meinte Lazare. Er setzte sich mit einem gespielten Ächzen neben Siset und tätschelte ihm den Arm. Er würde die restlichen Arbeiten erledigen, sobald es möglich sei.

»Schon gut, mein Junge.« Schlürfend nahm der Alte einen Schluck. »Wird was Wichtiges sein, wenn sie dich rufen, hm?«

Lazare nickte vage. »Man wird sehen.«

Mathilda stellte eine dampfende Tasse vor ihn auf den Tisch und kehrte wieder an den Herd zurück. »Schade. Ich hätte so gerne noch ein bisschen mit Ihnen geredet. Über das alles hier. So geht's nicht mehr lang weiter, Monsieur Lazare.« Sie machte eine Kopfbewegung zu Siset und seufzte bekümmert. »Er rührt ja kaum noch einen Finger. Dauernd geht was kaputt. Irgendwann fällt uns das Dach auf den Kopf. Sie sind nur alle paar Wochen für ein, zwei Tage da, Ihre Schwester lässt sich gleich gar nicht mehr sehen. Und das nennt sich eine Familie?«

Siset ließ ein ärgerliches Grunzen hören.

»Und dann geht auch das Brennholz langsam zu Ende. Womit soll man da kochen?«

Lazare sah auf seine Uhr, stand auf, trank die Tasse leer und stellte sie ins Spülbecken.

»Klar geht's zu Ende!«, meckerte Siset von hinten. »Hast ja von Sparsamkeit auch noch nie was gehört. Mein gutes Brennholz!«

Mathilda zog hörbar Luft durch die Nase. Ärgerlich drehte sie sich zu ihm. »Erlebe ich noch einmal einen Morgen, an dem du nichts zu nörgeln hast? Ich heize, um den Moder aus dem Haus zu kriegen, klar? Oder willst du verschimmeln?«

»Reine Verschwendung!«, stichelte der Alte weiter. »Und der Kaffee schmeckt auch, als hätt einer seine verschwitzten Socken als Filter genommen.«

Mathilda schnappte empört nach Luft.

Oh-oh!, dachte Lazare. »Onkel Siset –!«, setzte er tadelnd an. Zu spät.

»So!«, fauchte Mathilda, ging mit stampfenden Schritten zum Tisch, wand dem verdutzten Alten mit einer entschlossenen Bewegung die Tasse aus der Hand und leerte sie ins Spülbecken. »Da will man es diesem Holzkopf gemütlich machen, und dann – ach!«

Die Fensterscheiben klirrten, als sie die schwere Eingangstüre hinter sich zuwarf.

Lazare sah den Alten ärgerlich an. Siset duckte sich schuldbewusst unter seinem Blick.

»Dass die Weiber immer gleich so empfindlich sein müssen«, brummte er.

»Das war doch wohl jetzt unnötig, oder?«

Der Alte sah trotzig auf: »Ich seh schon, mein Junge, du hast wieder mal von nichts eine Ahnung.«

»Von was, Onkel Siset!«

»Von was, fragt der Dummkopf. Sie ist scharf auf mich,

merkst du das nicht? Aber daraus wird nichts. Sie ist mir viel zu jung. Über was soll man sich mit so einer unterhalten, he? Hat doch noch keine Ahnung von nichts.«

Lazare glotzte ihn ungläubig an. Die gute Mathilda war achtundsiebzig.

Der Alte brabbelte weiter: »Gut, ich sag nichts. Was sie kocht, kann man essen. Aber trotzdem. Das ist nichts für mich. Glaub mir, das hinterlistige Weib hat was im Sinn.«

»Sei nicht kindisch, Onkel Siset.«

»Ich sag ja: von nichts 'ne Ahnung, der Kerl.«

»Wie du meinst. Aber sie hält den Laden hier zusammen. Also sei gefälligst ein bisschen netter zu ihr. Und entschuldige dich bei ihr, ja?«

Eine Katastrophe, wenn Mathilda abspringt, dachte Lazare. Woher soll ich so schnell Ersatz bekommen? Wer tut sich diesen Griesgram an?

»Ich bieg das schon wieder zurecht, keine Sorge.« Der Alte winkte ihn näher. Lazare spürte den Druck gichtig verhärteter Finger auf seinem Unterarm. »Mein Junge, du musst eines wissen.« Ein weicher, schwärmerischer Glanz glomm in seinen kleinen schwarzen Augen auf. »Die Mädchen sind das Schönste, was uns der da oben, oder wer auch immer da in den Wolken herumfurzt, geschenkt hat.« Er senkte verschwörerisch die Stimme. »Das Problem ist nur, dass sie uns über sind. Und wenn sie das merken, sind wir verloren – verstehst du?« Wie zur Bestätigung schickte er seinen Worten ein listiges Nicken nach.

So viel zum Thema ›Weisheit des Alters‹, dachte Lazare. Er zog seinen Arm zurück, stand auf und knöpfte seine Jacke zu. »Ich muss gehen«, sagte er. »Ich erledige die restlichen Arbeiten, wenn ich wieder da bin, in Ordnung?«

Der Alte winkte mit einer welken Geste ab. »Ich komm schon zurecht. Mach dir keine Sorgen.«

»Und du passt auf deine Gesundheit auf, ja?«

»Keine Bange, mein Junge. Muss mich ja hier um alles kümmern. Da hab ich zum Sterben noch keine Zeit.«

Wider Willen musste Lazare schmunzeln. Der Alte war einfach eine Marke.

Mathilda stand neben der Eingangstür an die Wand gelehnt. Ihre Brust hob und senkte sich, ihre Finger kneteten ein Taschentuch.

»Es tut ihm leid.« Lazare suchte nach Worten. »Er ist eben nicht mehr der Jüngste. Man ... man wird wohl ein bisschen schrullig, wenn man in dieses Alter kommt, hm?«

Sie sah an ihm vorbei und lächelte resigniert. »Lassen Sie's gut sein, Monsieur. Hier in Tormes hat doch jeder seinen Vogel.«

Lazare widersprach mit gespielter Entrüstung. Mathilda überhörte es. Sie verstaute das Taschentuch in ihrem Schürzenaufnäher. »Aber es hat auch sein Gutes, nicht? Da fällt der, den man selber hat, nicht so auf.«

Er erwiderte ihr Lächeln.

»Trotzdem. Er mag Sie, Madame Bouffier.«

Ihre Lider flatterten unmerklich, als sie Lazare mit einem unergründlichen Blick streifte.

»Das will ich auch hoffen«, murmelte sie trotzig.

»Ich weiß es«, bekräftigte Lazare.

»Das ist nicht das Problem«, sagte sie leise.

»Sondern?«

Sie schniefte. Lazare durchforschte fragend ihr Gesicht. Ihre Miene sagte ihm, dass sie nicht in Stimmung war, sich weiter zu erklären.

»Alles gut, Monsieur. Lassen Sie sich nicht aufhalten.«

Lazare berührte ihren Arm mit einer unbeholfenen Geste und wandte sich zum Gehen, als er hinter seinem Rücken hörte: »Das Problem ist, dass ich ihn mag.«

Er drehte sich erstaunt zu ihr, doch sie schien ihre Worte bereits zu bereuen.

»Sie kommen noch zu spät«, sagte sie schnell.

Nanu?, dachte Lazare. Als ich dich damals fragte, ob du ein- oder zweimal die Woche bei Onkel Siset vorbeisehen könntest, hast du dich doch geziert wie ein alter Maurer?

Er setzte sich in seinen alten Renault 4 und drehte den Zündschlüssel. Der Motor orgelte eine Weile, die Feuchtigkeit der vergangenen Tage und Nächte hatte der Batterie wieder einmal zugesetzt, dann sprang er an. Lazare wischte mit dem Ärmel über die bedampfte Windschutzscheibe und setzte die Scheibenwischer in Gang, um die Schmiere aus Staub und Morgentau zu beseitigen. Während er die Piste ins Tal hinabpolterte, ließ er sich noch einmal das Telefonat mit dem noch schlaftrunkenen und mürrischen Untersuchungsrichter Simoneau durch den Kopf gehen.

»Na schön, versuchen Sie Ihr Glück«, hatte der geendet und mit halb launigem, halb drohendem Unterton hinzugefügt: »Ich bin zwar mehr als skeptisch, ob Ihr Plan gelingt. Vor allem muss Ihnen eins klar sein, Commandant: Wenn Sie die Chose vermasseln, kostet es Sie Ihren Kopf.«

3.

Das morgendliche Übergabegespräch in der Kriminalabteilung des Kommissariats von Sète verlief wie immer wenig förmlich. Nachdem er sich einen Becher Kaffee besorgt hatte, nahm Kommissar Raymond Danard am Besprechungstisch Platz. Er sah in die Runde seiner Untergebenen. »Ich habe die schönen Neuigkeiten schon auf der Herfahrt gehört. Jemand hat in der Nacht ein Bad im Kanal genommen und vergessen, wieder aufzutauchen, hm? Wer hat die Sache aufgenommen?«

Brigadier-Major Vincent Juliani warf seinem Streifenkollegen Jaques Cordy einen fragenden Blick zu, bevor er mit matter Bewegung die Hand hob. »Wir. Jaques und ich.«

»Näheres?«, drängte Danard.

»Es war kurz vor Sonnenaufgang. Wir kamen von der Route de Cayenne und wollten gerade auf den Kai einfädeln, als die Meldung reinkam. Bei dem Mann, der die Leiche gemeldet hatte, handelt es sich um einen Fischer aus Pointe-courte namens –« Juliani sah auf seinen Notizblock. »Angolo, Pierre. Er und sein Schwiegersohn kamen gerade von einer Fangtour zurück. Die beiden waren vor Ort, als wir ankamen. Der Mann dümpelte im Wasser, zwischen zwei Booten, Gesicht nach unten. Nachdem schnell klar war, dass wir uns Wiederbelebungsversuche sparen konnten –« Der Brigadier stockte bei der Erinnerung an diesen Anblick. Cordy bemerkte es und übernahm: »Wir zogen ihn ans Ufer, sicherten die Umgebung und gaben den Lagebericht durch. Die Zentrale schickte uns einen weiteren Wagen, mit Manda und Capucine. Kollegen von der Police municipale halfen bei der Absperrung, die Kollegen von der Spurensicherung und der Doktor stießen fast gleichzeitig dazu.«

»Ein Unglücksfall? Besoffen oder bekifft, gestolpert, in den Kanal gefallen?«

»Möglich.« Juliani zuckte die Schultern. »Zu sehen war lediglich eine offene Wunde auf der Stirn, knapp unter dem Haaransatz.«

»Ginge es präziser? Eine Schlagverletzung, eine Schusswunde, oder was?«, hakte Danard nach. »Sagt, muss man euch eigentlich alles aus der Nase ziehen?«

Cordy schüttelte den Kopf. »Eine Platzwunde oder Abschürfung an der Stirn, nicht sehr tief, soweit wir es beurteilen konnten. Mit der Todesursache sei sie eher nicht in Verbindung zu bringen, meinte der Arzt.«

Brigadier Becker hatte bisher schweigend an seinem Kaffee genippt. »Gibt's Hinweise zur Identität?«, schaltete er sich ein.

»Noch nicht«, erwiderte Cordy. »Der Bursche war eher jung, wir schätzen ihn auf zwischen fünfundzwanzig bis höchstens dreißig.« Er sah zu Juliani. Dieser nickte bestätigend. »Auf den ersten Blick ein maghrebinischer Typ. Oder einer von den Gitans«, ergänzte er. »Ansonsten keine Papiere, kein Handy. Angezogen war er wie die meisten Kerle in seinem Alter. Nicht zu billige Jeans, desgleichen die Schuhe, noch ziemlich neue Sneakers, ein hellblaues T-Shirt ...«

»Also schon mal kein Badeunfall«, warf Brigadier Becker ein.

Darauf wär ich nie gekommen, du Westentaschen-Maigret, dachte Danard.

»Wir haben ihn nicht ausgiebig gefilzt«, schloss Brigadier Cordy. »Die Einsatzzentrale hatte uns nämlich angekündigt, dass sie uns jemand aus Montpellier schicken würde. Dem wollten wir nicht vorgreifen.«

»Hinterher gibt's wieder Gestänker«, brummte Juliani. »Darauf können wir verzichten.«

Danard starrte ihn ungläubig an.

»Wie, jemand aus Montpellier ermittelt? Nicht wir?«

Cordy zuckte mit den Schultern. »Entscheidung des Chefs der Division, hieß es.«

»Sind die Kollegen dort unterbeschäftigt?«, polterte Danard. »Oder hält man uns hier für Idioten, die so was nicht allein auf die Reihe kriegen?«

Was ist da schon wieder am Dampfen, dachte Danard. Ein Toter ist eine ernste Sache, keine Frage. Aber leider keine ungewöhnliche. Immer wieder waren Ertrunkene an den Badestränden an Meer und Lagune zu beklagen. Er konnte sich aber nicht daran erinnern, dass sich die Kripo des Departements in solchen Fällen jemals eingemischt hätte.

Danard gab ein ärgerliches Grunzen von sich. Er sah auf seine Armbanduhr. »Wir haben jetzt neun Uhr zwanzig«, sagte er. »Die Meldung ging kurz vor sieben bei der Zentrale ein. Wie ist der Stand jetzt?«

»Nachdem der Kollege aus Montpellier eingetroffen war, haben wir an Manda und Capucine übergeben und sind ins Kommissariat zurück«, erklärte Juliani.

»Im Augenblick dürften die Befragungen der Anlieger laufen«, ergänzte sein Kollege. »Mehr wissen wir nicht.«

Der Gruppenleiter nickte missmutig. »Na gut. Der Kollege wird sich melden, wenn er was von uns braucht. Dann wird er sich hoffentlich auch dazu herablassen, uns zu informieren.« Er sah auf. »Wen haben sie uns übrigens diesmal geschickt?«

Brigadier Juliani verzog den Mund. »Natürlich nur ihren Besten.«

»Aber nicht Commandant Lazare? Tut mir das nicht an!«

»Doch.« Der Brigadier nickte. »Höchstpersönlich.«

»Putain!«, entfuhr es Danard. »Verdammt. Der Tag hätte so schön werden können.«

Brigadier Juliani wechselte verstohlen einen wissenden Blick mit seinen Kollegen und sah nach draußen. Regen peitschte gegen die Scheiben.

»Na schön«, murrte der Gruppenleiter. »War das schon alles?«

»Schön wär's«, seufzte Brigadier Becker. »Nein, wir hatten ordentlich zu tun, Chef.«

4.

Seit Lazare am Einsatzort, einer mit Fels- und Betonblöcken befestigten Ufergeraden am nordwestlichen Ende von Sète, eingetroffen war und die Ermittlung an sich gezogen hatte, schnurrte die Maschinerie. Alle Beteiligten wussten, was zu tun war, die Beamten des Kommissariats von Sète hatten vor seiner Ankunft bereits mit der Spurensicherung begonnen, der Notarzt präsentierte ihm den Totenschein, auf dem ein nicht natürlicher Tod vermerkt war. Als Todeszeitpunkt hatte der Mediziner den Zeitraum von ein bis drei Uhr der vergangenen Nacht geschätzt.

Den beiden Beamten, die das Kommissariat Sète für ihn abgeordnet hatte – Lieutenant de Police Manda Solinas und Élève-officier Capucine Lenoir –, hatte Lazare den Auftrag erteilt, die Bewohner der Wohnhäuser entlang des Ufers zu befragen und nach Zeugen zu suchen.

Nachdem Lazare den Abtransport der Leiche in das gerichtsmedizinische Institut in Montpellier veranlasst hatte, ließ er sich die erste Einschätzung des Leiters der Spurensicherung vortragen.

Weder am Fundort noch im größeren Umkreis bis zur Uferstraße hatte das Team Hinweise darauf entdeckt, wie der Unbekannte zu Tode gekommen sein könnte. Keine Blutspuren auf dem Kies oder auf dem porösen Beton des Kais, keine Gegenstände, durch die auf die Identität des Opfers oder auf Fremdeinwirkung hätte geschlossen werden können.

»Wenn es überhaupt einen Täter gab«, endete der Lieutenant. »Mir scheint eher, als wäre da einer bis obenhin voll gewesen und hätte einfach verdammtes Pech gehabt.«

»Wir werden sehen«, erwiderte Lazare kurz angebunden.

»Ich meine, Unfälle wie diesen haben wir öfters.«

»Ist bekannt.«

»Ich wollte nur sagen, dass ich mich natürlich freue, mit Ihnen zusammenzuarbeiten, Commandant.«

»Danke«, sagte Lazare. Aber –?, dachte er.

»Aber ist der Aufwand in dieser Sache nicht ein wenig zu übertrieben?«

»Was bezweckt diese Frage, Lieutenant? Wollen Sie damit andeuten, ich bewege mich außerhalb des vorgeschriebenen Vorgehens?«

»Nicht doch, Commandant. Ich meine nur, dass ein Fall wie dieser für unsere Kriminaler doch kaum mehr als Routine ist. Und dafür holt man Sie eigens aus Montpellier? Sie ermitteln doch üblicherweise in Fällen ganz anderen Kalibers? Ehrlich gesagt, ich verstehe es nicht ganz.«

Musst du auch nicht, dachte Lazare.

»Wann ist mit der Auswertung der Fingerabdrücke zu rechnen?«, fragte er.

»Ist in Arbeit.« Aus dem Gesicht des Lieutenants war das Lächeln gewichen. »Wir trödeln nicht, Commandant.«

»Wagt das jemand zu bezweifeln?«, sagte Lazare versöhnlich.

5.

Der Brigadier kam allmählich zum Ende. »Samstagabend noch zwei Wohnungseinbrüche, einmal in einem Haus in der Rue Cassin, kurz danach in einem Bungalow auf dem Mont St. Clair. Der Handschrift und den Fingerabdrücken nach ist es derselbe Täter, der seit ein paar Wochen unterwegs ist, aber noch haben wir keinen Treffer in der Datei. Der Kerl scheint neu im Geschäft zu sein. Sieht langsam nach einer Serie aus, wenn man mich fragt.«

»Möglich«, sagte der Gruppenleiter. »War's das?«

»Ansonsten nur noch ein gestohlenes Smartphone, Samstagabend beim Brassens-Fest im *Theatre de la Mer*.«

Becker kicherte.

»Was ist daran so lustig, ihr Komiker?«

Das Grinsen auf dem rundlichen Gesicht des Brigadiers wurde breiter. »Weil der Typ richtig Spaß gemacht hat. Wir hatten die Nummer, schickten ihm eine SMS, dass wir uns für die Lieferung von er-wisse-schon-Bescheid bedanken würden und dass er die vereinbarte Asche jetzt abholen könne. Treffpunkt der Übergabe bei der Grotte im *Jardin du Chateau*.«

Der Kommandant runzelte die Stirn.

»Die Antwort kam natürlich postwendend«, fuhr Juliani fort. »Er würde einen Boten schicken, meinte der Schlauberger. Dass Bote und Langfinger ein und dieselbe Person waren, brauche ich wohl nicht zu erwähnen.«

»Ihr Ganoven.« Danard rang sich ein wohlwollendes Schmunzeln ab. »Vermutlich ein alter Bekannter, richtig?«

Becker verneinte. »Er ist aus Paris. Ich will die Intelligenz unserer Kundschaft ja nicht überbewerten. Aber wer sich so blöd anstellt, kann schwerlich von hier sein.«

»Na, dann wünsch ich dir, dass du dir deinen Lokalpatriotismus bewahrst«, warf Cordy ein. »Meiner jedenfalls hat schon einige Kratzer abbekommen.«

»Was jeden hier brennend interessiert.« Danard straffte sich und sah in die Runde. »War's das?«

Es klopfte. Sylvette, die Sekretärin des Leiterbüros, trat ein und legte zwei Blätter Papier auf den Tisch vor Danard. »Eben per Fax gekommen«, sagte sie. »Interessiert Sie vielleicht. Commandant Lazare ist bereits informiert.« Sie bedachte die Runde mit einem freundlichen Nicken und zog die Tür wieder hinter sich zu.

Danard überflog das erste Blatt. Sein Herz machte einen Ruck. Er räusperte in seine Faust und schaute Juliani und Cordy an. »Eure Wasserleiche ist identifiziert. Die Fingerabdrücke gehören zu einem Pablo Fernandez, siebenundzwanzig. Franzose, in Perpignan geboren, dort auch gemeldet. Scheint laut Register ein eher kleineres Kaliber zu sein.« Sein Blick umfasste die Runde. Er versuchte, seiner Stimme einen unbeteiligten Ton zu geben. »Ist zwar erstmal nicht unsere Angelegenheit, aber sagt der Name einem von euch etwas? Fernandez, Pablo?«

Cordy schüttelte den Kopf. »Mir nicht.« Er sah seinen Kollegen fragend an.

Juliani zuckte mit den Schultern. »Auch nicht.«

Das will ich auch schwer hoffen, dass es das nicht tut, dachte Danard. Sein Puls ging noch immer schnell, doch er hatte sich wieder im Griff. Er senkte einen Blick auf die zweite Nachricht. »Ach ja. Und dann noch die Interpol-Chose ...«

»Es geht um diesen Deutschen, den wir neulich bei der Schlägerei kassiert haben, oder?«, erkundigte sich Becker.

»Wen sonst«, brummte der Gruppenleiter. »Die deutschen

Kollegen kommen jetzt doch am Flughafen Montpellier an, nur der Rückflug ist ab Marseille gebucht.« Danard sah Brigadier Becker an. »Jean, du holst die beiden von dort ab und fährst sie anschließend nach Marseille, ja? Soweit ich informiert bin, sprechen sie nur Englisch. Als Elsässer bist du schließlich unsere Geheimwaffe, was Mondänität angeht.«

Der Angesprochene grinste Zustimmung heischend in die Runde. »Nicht bloß deswegen, Chef.«

»Stimmt, hab ich vergessen«, knarzte Danard. »Als Witzbold bist du ebenfalls unschlagbar.«

6.

Was der Bäcker von St. Pierre d'Elze befürchtet hatte, war eingetroffen.

Dr. Alban richtete sich auf und verstaute das Tuch, das er sich gegen den Verwesungsgestank vor Mund und Nase gepresst hatte, in seiner Tasche. »Dass da nichts mehr auszurichten ist, hätten Sie auch selbst feststellen können.« Er trat einige Schritte zurück. »Sie nerven manchmal, Ihre Vorschriften. Wirklich, mein Wartezimmer ist voll, und ich vergeude hier meine Zeit.«

Brigadier Jeanjean überhörte es. Er sah wieder auf Jules Papins Leiche. Der Alte lag in einer geräumigen Kuhle, etwa eineinhalb Meter neben einem elektrischen Viehzaun, mit dem Rücken an den jäh ansteigenden, mit Brombeergestrüpp und Farn überwucherten Hang gelehnt. Durch die halb geöffneten Lider schimmerte das stumpfe, geschrumpfte Perlmutt seiner Augen. Maden krochen aus seinem Mund, seine Haut hatte sich dunkelbraun verfärbt, wirkte wie rissiger Kitt. Von einem Schwarm bläulicher Schmeißfliegen umtost, hatte sich schmatzendes, gefräßiges Gewürm erbarmungslos über ihn hergemacht, seinen Körper in eine Anhäufung organischen, dampfend in Fäulnis übergehenden, unerträglich stinkenden Materials verwandelt. Ein Schauder durchlief Jeanjean. Er hatte die Empfindung einer ungeheuren Niederlage, einer maßlosen Demütigung.

Jeanjean spürte wieder, wie sich seine Kehle verengte. Nein – was er sah, war nicht mehr Jules Papin, der auch im hohen

Alter noch eine Autorität über die Grenzen des Kantons hinaus gewesen war, dessen Urteil jedermann schätzte, um dessen Jugend in der Résistance sich Legenden rankten. Der jahrzehntelang im Gemeinderat und in der Bauerngenossenschaft aktiv war. Mit dem man sich besser nicht anlegte, dessen scharf durchdachte Gegenreden Widersacher und Schwätzer fürchten mussten. Bei dem man trotzdem immer fühlte, dass sich hinter seinem bärbeißigen Auftreten Humor und Herzensgüte verbargen. Und den das Schicksal nicht geschont hatte. Sein erster Sohn war bei einem Arbeitsunfall ums Leben gekommen. Noch keine dreißig Jahre alt, war er mit seinem Bagger auf eine bei einem sintflutartigen Unwetter unterspülte Straße geraten und in eine Schlucht gestürzt. Papins Frau war daraufhin in schwärzeste Schwermut verfallen, sie marterte sich mit Selbstvorwürfen, verfiel in religiösen Wahn. Jules kannte den Grund. Er wusste damit auch, dass er und auch kein anderer Mensch je imstande sein würde, sie daraus zu erretten: Ihr Sohn hatte am Vorabend seines Todestages ausgiebig gefeiert und sich am Morgen unwohl und kraftlos gefühlt. Von einer unbestimmten Vorahnung geplagt, wollte er an diesem Tag nicht zur Arbeit gehen, doch die stets um Rechtschaffenheit bemühte Mutter hatte ihm Vorhaltungen gemacht. Ihm ins Gewissen geredet, er könne seine Kollegen doch nicht im Stich lassen. Woraufhin er sich doch noch aufgerafft hatte. Jules pflegte die vor sich hin Dämmernde aufopfernd, bis er sie ein Dutzend Jahre später tot in einem Wasserloch entdecken musste. Sein zweiter Sohn war nicht aus seinem Holz geschnitzt. Er war mutlos, faul und auf weinerliche Art verschlagen. Er zeigte keinerlei Interesse für die Landwirtschaft, schloss ein Jurastudium ab und stieg in einem Energiekonzern auf. Nach und nach hatte Jules seine Landwirtschaft reduziert und vor einigen Jahren ganz aufgegeben.

Als Belmont und Morin gestern nach ihm Ausschau hielten, hatten sie ihn nirgendwo entdecken können. Sie hatten ein paarmal eine falsche Abzweigung genommen, und als sie auf dem entlegenen Gehöft endlich eintrafen, war die Dämmerung bereits fortgeschritten. Sie hatten Haus und Wirtschaftsgebäude durchsucht, danach die nähere Umgebung, bis die zunehmende Dunkelheit und aufkommender Nebel sie zum Aufgeben zwangen. Jeanjean hatte sie zurückbeordert, für den nächsten Morgen aber bereits mit dem Leiter der Brigadegemeinschaft und der Ortsfeuerwehr vereinbart, eine Suchaktion zu starten. Kurz nach Sonnenaufgang waren die Männer aufgebrochen, die Feuerwehren von St. Esprit, Tormes und St. Pierre d'Elze waren nahezu vollständig angetreten. Jules war selbst Mitglied gewesen, jeder von ihnen hatte ihn gekannt, erst vor vier Jahren hatte ihm der Vizepräfekt die Ehrenmedaille der *Pompiers* angeheftet. Es war noch keine halbe Stunde vergangen, da hatte einer der Trupps Meldung erstattet.

»Auch recht«, hörte der Brigadier die Stimme des Arztes. Jeanjean sah ihn verblüfft an. »Was meinen Sie?«

Der Arzt wischte bedächtig das Schweißband seiner Mütze mit einem Taschentuch ab. »Dass man mich ausnahmsweise einmal nicht damit löchert, wie lange er schon tot ist.«

»Sagen Sie schon«, brummte Jeanjean.

Dr. Alban setzte seine Schirmmütze auf seinen kahlen Schädel. »Ich würde sagen, seit mindestens einer Woche. Das sieht man schon daran, was sich bereits an ihm zu schaffen gemacht hat.« Der Arzt wedelte mit angewiderter Miene Fliegen von sich. »Aber legen Sie einen einfachen Wald- und Wiesenarzt nicht fest.« Er drückte seinen Rücken durch, bückte sich und griff nach seinem Koffer.

»Was tragen Sie als Todesursache ein? Sieht nach einem natürlichen Tod aus, nicht wahr?«

»Ich trage nichts ein. Da ich keine äußeren Verletzungen feststellen kann, ist das Ihre Angelegenheit. Dafür haben Sie ja schließlich Ihre Koryphäen, nicht wahr?«

»Aber ... das hier?« Jeanjean winkte dem Arzt und deutete auf die Wange des Toten, an der die Haut aufgeplatzt war. »Könnte das nicht eine Verletzung sein?«

Dr. Alban war ihm widerstrebend gefolgt. »Sieht mir eher nach dem Biss eines Fuchses aus. Oder einer Ratte.«

»Es könnte ihm aber auch ein Mensch beigebracht haben, oder?«

»Ich möchte nicht unhöflich sein, Monsieur Jeanjean. Aber wenn Sie weiter versuchen, mir eine Aussage zu entlocken, mache ich Ihnen gerne das Angebot, einmal Ihre Hörfähigkeit einem Test zu unterziehen. Messieurs?«

Er deutete einen militärischen Gruß an und stapfte davon.

»Witzbold«, knurrte ihm Jeanjean hinterher.

Es war früher Vormittag, doch die Sonne brannte bereits sengend herab. Das Unterholz dampfte, der Leichengeruch nahm wieder zu. Jeanjean wich zurück und gesellte sich zu den beiden Brigadiers, die sich in einigem Abstand unter dem Schatten einer ausladenden Kastanie postiert hatten. Von tief unter ihnen, auf der baumlosen, mit Sträuchern und hohen Gräsern bewachsenen Weide drang wieder das heisere Blöken mehrerer Schafe. Der Brigadier fingerte ein Tuch aus seiner Tasche und wischte sich über Nacken und Stirn.

»Wird heiß werden«, sagte Morin. »Der Regen gestern war bestimmt gut für Pilze.«

Brigadier Belmont schlug sich klatschend gegen die Wange.

»Mir wär nach einer Zigarette«, maulte er. »Verdammte Fliegen. Ist außerdem nicht gerade mein bevorzugtes Parfüm, was so 'ne Leiche ausgast.«

»Untersteh dich.« Jeanjean warf ihm einen zornigen Blick zu. »Dass hier alles strohtrocken ist, siehst du schon, oder?«

»War 'n Scherz, Chef.« Belmont wies mit einer Kopfbewegung nach unten. »Ist so 'n Reflex von mir, manchmal.«

Die Männer schwiegen eine Weile.

Morin sah auf seine Uhr. »Der Leichenwagen müsste doch schon lange hier sein«, sagte er. »Ist schon über eine Stunde her, dass du der Zentrale Bescheid gegeben hast, oder?«

7.

Das Unwetter zog nach Südosten ab, auf das offene Meer zu. Noch flackerten Blitze durch das aschgraue Gewölk über Sète, gefolgt von mattem Donner, doch der Regen war bereits in feines Nieseln übergegangen. Über dem nördlichen Ufer der Lagune hatte der Tramontane den Himmel aufgerissen, seine Böen peitschten schaumgekrönte Wellen gegen die Ufermauer und versetzten die Fischerboote in behäbiges Schaukeln. Der Sturm fächelte über den leicht brackigen und fauligen Geruch hinweg, der von Zeit zu Zeit aus den Sümpfen im Osten über die östlich gelegenen Stadtteile herüberwehte.

Élève-officier Capucine Lenoir und Lieutenant de Police Manda Solinas verließen das letzte der niedrigen Fischerhäuser entlang der Kais. Die Kunde vom Fund einer Leiche hatte unter den Bewohnern des Viertels La pointe courte schon die Runde gemacht. Meist hatte man ihnen bereitwillig Auskunft gegeben. Doch keiner der Befragten hatte in der vergangenen Nacht am gegenüberliegenden Ufer etwas bemerkt. Manda und Capucine hatten nichts anderes erwartet. In der Nacht hatte dichter Nebel Lagune und Küste bedeckt, und der Westwind, der seit Tagen über das Land brauste, musste jedes Geräusch übertönt haben.

Die beiden Beamten gingen noch einige Schritte auf der Uferpromenade entlang. Sie endete in einer schmalen Landzunge, die in die Lagune ragte. Manda blieb stehen. Er angelte eine Schachtel Zigaretten aus seiner Hosentasche, steckte sich eine an und nahm einen tiefen Zug.

Sein Blick strich über die milchigen Umrisse des gegenüberliegenden Ufers. Der Abstand zwischen Ufer und Häusern war hier noch größer, und die Sicht auf die Anlegestelle, an der man den Toten entdeckt hatte, war durch einen niedrigen Erdwall behindert. Sie würden auch dort keinen Erfolg haben.

Die Kommissars-Anwärterin lockerte ihr Regencape unter ihrem Kinn und strich sich eine feuchte Strähne aus der Stirn.

»Weißt du, was mir die ganze Zeit nicht aus dem Kopf gehen will?«

Mit der gönnerhaften Miene des alten Hasen sah Manda auf sie herab. Capucine hatte erst vor acht Wochen ihren Dienst im Kommissariat von Sète angetreten. Schon ein paar Mal hatte er sich dabei ertappt, dass er sie gerne ansah. Sie war zwei Köpfe kleiner als er, ein wenig pummelig, die kesse Igelfrisur passte zu ihr.

»Du wirst es mir sagen, hm?«

»Wieso kommt eigens einer von der Kripo aus Montpellier hierher? Für so einen läppischen Fall? Sicher, Mord kann noch nicht ausgeschlossen werden, aber einen Hinweis darauf gibt's doch genauso wenig.«

»Vielleicht will er wieder mal Meerluft schnuppern?«

Eine ärgerliche Entgegnung lag ihr auf der Zunge. Noch immer ließ man sie gelegentlich spüren, dass sie noch in Ausbildung war. Ein Grünschnabel, der von nichts eine Ahnung hatte. Weder von professioneller Ermittlungsarbeit noch davon, was in Sète vor sich ging. Doch sie begnügte sich mit einem ergebenen Schmunzeln. Diese Sticheleien verletzten sie nicht wirklich. Manda war nicht der Hellste, aber eigentlich ganz in Ordnung.

»Kennst du ihn eigentlich?«

»Commandant Lazare? Nicht wirklich, dafür ist er zu selten in Sète. Soviel ich weiß, stammt er aus der Region. Er soll ein Lehrling vom alten Castro gewesen ist. Es heißt, dass die zwei wie Vater und Sohn waren.«

»Castro?«, sagte Capucine. »Jetzt musst du mir helfen.«
Cuba, oder was?, dachte sie. Wo bin ich denn hier gelandet? »Jean Castro. Sowas wie eine Legende in Sète. War von irgendwann in den Achtzigern an bis Ende der Neunziger der Chef des Kommissariats. Die alten Kollegen sprechen noch oft von ihm. Er muss den Laden wie kein Zweiter im Griff gehabt haben, war sehr angesehen, bei den Kollegen ebenso wie bei den Leuten in der Stadt. Soll aber auch knallhart gewesen sein, wenn einer nicht gespurt hat. Wenn er hinter irgendwelche Mauscheleien gekommen ist, dann war der schon draußen. Und wenn's nur war, dass einer seiner Leute sich bei einem Zigarettenschmuggler ein halbes Päckchen abgezweigt hat.«

»Er lebt noch?«

»Aber sehr zurückgezogen. Man erzählt sich, dass er in einer baufälligen Villa auf dem Mont St. Clair den Diogenes gibt.« Manda grinste. »Du weißt schon. Tonne und so. Ich beneide ihn.«

Er nahm einen letzten Zug, warf die Kippe ins Wasser und bedeutete ihr, wieder zurückzugehen. »Was Commandant Lazare angeht, so soll er in der Vergangenheit tatsächlich einige Ermittlungen ganz ordentlich hinbekommen haben.« Er verzog den Mund. »Aber vielleicht versteht er es auch bloß, sich bei seinen Vorgesetzten einzuschleimen. Danard jedenfalls hält ihn für einen Blender.«

Capucine wich einer Pfütze aus.

»Womit wir aber immer noch keine Erklärung dafür haben, warum man ihn zu uns geschickt hat.«

Manda nickte. Er spürte, wie sich eine leichte Gereiztheit in ihm ausbreitete. Er hatte tatsächlich keinen Schimmer. »Haben wir nicht, stimmt«, gab er zu. »Die Zentrale in Montpellier scheint offenbar fest davon überzeugt zu sein, dass es sich um ein Verbrechen handelt.«

»Aber hast du irgendwelche Kampfspuren gesehen? Dass der

Mann beim Baden ertrunken ist, ist genauso unwahrscheinlich. An dieser Stelle badet niemand, schon gar nicht um diese Zeit und bei diesem Wetter.«

»Hm.« Ziemlich neunmalklug, die Kleine, dachte Manda.

»Und wenn er beim Fischen aus dem Boot gefallen ist und ihm die Schiffsschraube eins übergezogen hat? Was meinst du?« Sie blieb stehen und griff nach seinem Arm. »Rede ich Quatsch? Warum sagst du nichts?«

»Weil eine Schiffsschraube andere Wunden macht«, tat Manda klug. »Und jetzt überleg mal. Die Kleidung, die er anhatte – geht man so zur Arbeit?« Er befreite sich aus ihrem Griff und ging weiter. Sie folgte ihm.

»Du hast Recht. So geht man in die Bar. Oder zum Tanzen.«

Natürlich habe ich Recht, dachte er. Was macht sie eigentlich so nach Dienstschluss? Können wir nicht endlich das Thema wechseln?

»Was aber dann doch wieder hieße, dass die Zentrale mit ihrem Verdacht richtigliegen könnte.«

»Blödsinn«, sagte Manda heftig. Verdammt, ja, dachte er. Natürlich war ein Verbrechen nicht ausgeschlossen. Die Banden, die in der Stadt mit Drogen dealten, kämpften um ihre Reviere. Die Rechten hassten Gitans, Araber und Linke. Und um den Irrsinn komplett zu machen, gingen strenggläubige Muslims auf die Moderaten los, waren sich Sozialisten und Kommunisten nicht grün, gifteten alteingesessene Gitans gegen die aus Osteuropa zugewanderten Sinti, Roma und Jenischen. Und umgekehrt.

»Ich meinte ja nur«, sagte Capucine.

»Dann denk mal nach: Woran muss ein Mörder normalerweise größtes Interesse haben? Ich sag's dir: Er muss zusehen, dass die Leiche so spät wie möglich, am besten nie gefunden wird.« Er grinste herablassend. »Methode Chicago, Füße in einen Eimer mit Mörtel, schön ziehen lassen, und ab damit auf den Grund.«

»Na gut«, murmelte sie. »War ja alles auch nur so eine Überlegung von mir.«

»Schon in Ordnung«, winkte Manda ab. Er steckte sich eine neue Zigarette an. Wieso bin ich plötzlich so genervt, dachte er.

8.

Kurz nach neun Uhr gab Lazare den Leichenfundort frei. Die Beamten der Stadtpolizei, die den Ort zuvor abgesperrt und Neugierige zurückgedrängt hatten, entfernten die Sperrbänder und kehrten zu ihrer Station zurück.

Ein letztes Mal ließ der Ermittler seinen Blick über den Leichenfundort und die Lagune kreisen. Ihr Abfluss mündete in den Canal royal, der die historische Altstadt durchzog und den Binnensee mit dem Mittelmeer verband. Die Strömung wälzte sich behäbig in Richtung der Mitte des Kanals. Wäre der Mann in größerer Entfernung oder weit vom Ufer entfernt ins Wasser gestürzt – oder gestoßen worden –, hätte die Strömung verhindert, dass er an dieser Anlegestelle angeschwemmt wurde. Nein – was immer dem Opfer widerfahren war, es musste etwas weiter nordwestlich geschehen sein.

Lazare sah auf die Uhr. Untersuchungsrichter Simoneau hatte sein Eintreffen im Kommissariat erst für zehn Uhr angekündigt, er hatte also noch Zeit.

Er schritt entschlossen aus. Die Uferlinie war an einigen Stellen durch bis ans Wasser reichende Grundstücksmauern verbaut. Dahinter öffnete sich eine freie Fläche, die nur von einigen Pinien, verwahrlostem Gebüsch und verdorrtem Gras bestanden war. Hinter einem mannshohen Drahtzaun waren der Flachbau und die Terrasse eines Uferrestaurants zu erkennen. Nichts bewegte sich.

Der Zaun war an einigen Stellen beschädigt. Er lief ins flache Wasser der Lagune aus, die hier eine kleine Bucht bildete. Ziegelschutt, ausgebleichte Reste von Plastikflaschen, Fetzen toten Mooses und abgestorbene Algen dümpelten zwischen scharfkantigen, schwarz überkrusteten Steinbrocken.

Wieder sah Lazare prüfend auf die Wasseroberfläche. Er bückte sich nach einem Stück Trockenholz und warf es in die Strömung. Der Stock bewegte sich eine Weile im Kreis, dann entfernte er sich gemächlich nach Osten.

Lazare nickte sich zufrieden zu. Was immer auch geschehen sein mochte, es musste hier geschehen sein.

Er kehrte zu seinem Wagen zurück. Er hatte gerade den Regenschirm ausgeschüttelt und die Tür des Renault entriegelt, als er hörte, wie sich ein Motorroller mit knatterndem Auspuff in rascher Fahrt näherte. Er drehte sich um. Der Fahrer, ein schmächtiger junger Mann, bremste scharf ab und kam auf der Bankette zu stehen. Er rannte mit weiten Schritten auf die Lände zu.

Lazare drückte die Wagentüre geräuschlos zu und setzte sich in Bewegung.

Der junge Mann war an der Bootsanlegestelle stehen geblieben und blickte suchend umher. Er zuckte zusammen, als er Schritte hinter sich hörte.

»Guten Tag, mein Sohn«, sagte Lazare. »Suchst du etwas?«

Der Angesprochene funkelte ihn feindselig an. »Geht Sie nichts an.«

»Das sehe ich anders«, gab der Kommissar zurück. »Lazare. Kriminalpolizei. Ich habe gefragt, was du hier suchst.«

Der junge Mann zwinkerte. »Warum?«

Der Kommissar wies mit einer Kopfbewegung in Richtung der Stadt. »Du darfst mich auch ins Kommissariat begleiten, wenn dir das lieber ist. – Also?«

»Es ist nur... man ist eben neugierig, nich'?... Ich... man erzählt sich, dass hier jemand ertrunken sein soll. Stimmt das?«

Lazare nickte.

»Und wer?«

»Ich will deinen Ausweis sehen«, sagte Lazare.

Der junge Mann nestelte ein Mäppchen aus seiner Gesäßtasche, entnahm ihm seinen Ausweis und hielt ihn dem Kommissar entgegen. *Henri Rey*, las Lazare. *Geboren 1997 in Perpignan.* Der Kommissar drehte den Ausweis um.

»Du wohnst drüben in Agde?«

Der Junge bemühte sich, Lazares Blick standzuhalten. »Ich bin für einige Tage für einen Job hier. Ich wohne bei Bekannten.«

»Deren Namen und Anschrift lauten wie?«

Der junge Mann zögerte mit einer Antwort. »Fernandez«, sagte er schließlich.

Lazare ließ sich nichts anmerken. Danards Sekretärin hatte ihm den Namen vor einer halben Stunde mitgeteilt.

»Weiter?«

Der Junge wies mit dem Kinn nach Nordosten. »Sie wohnen auf dem Gelände hinter dem Bahnhof.«

Die Wagensiedlung, dachte Lazare. Das *Bidonville* der Stadt, das Blechdachquartier. Nie genehmigt, seit Urzeiten geduldet. In dieser kargen Uferregion zwischen Sète und Balaruc befanden sich früher Bootswerkstätten, seit Jahrzehnten war das Gelände verlassen, die Gebäude waren niedergelegt oder zu Ruinen verkommen, aus dem Schotter der von Schlaglöchern übersäten Straßen spross das Unkraut. Hier waren die Fahrenden weg vom Schuss, störten nicht das für die Touristen aufgehübschte Stadtbild.

»Es sind Bekannte von dir, sagst du?«

Henri Rey schüttelte den Kopf. »Eine meiner Tanten ist mit 'nem Fernandez verheiratet.«

Warum nicht gleich?, dachte Lazare. »Na gut«, sagte er streng. »Aber ich habe noch immer keine Erklärung dafür, was du hier verloren hast.«

Der junge Mann sah sich hilfesuchend um. Dann sagte er: »Die Tante hat mich gebeten. Pablo ist letzte Nacht nich' nach Hause gekommen.«

»Pablo?«

»Pablo Fernandez, ja. Und als das Gerücht die Runde machte, dass hier jemand ertrunken ist...« Er sah Lazare flehend an.

»Ist er es? Der... der gefunden worden ist?«

»Wie kommt ihr darauf, dass er es sein könnte?«

»Weil er heute früh... Onkel Sebastién helfen wollte, ein paar... ein paar Sachen zu transportieren.« Er fühlte Lazares bohrenden Blick. »Onkel Sebastién handelt mit Alteisen.«

Lazare schürzte nachdenklich die Lippen.

»Jetzt sagen Sie endlich, ob es Pablo ist!«, rief der junge Mann.

»Ich stelle die Fragen«, blaffte Lazare. Versöhnlicher fuhr er fort: »Aber vielleicht sagst du mir, woran wir erkennen könnten, dass er es ist? Wie sieht er aus?«

»Bisschen größer als ich, ungefähr 1,75, schwarze Haare...«

»Kurz? Lang?«

»Nich' ganz kurz.« Seine Finger führten eine fahrige Beschreibung aus. »An den Schläfen rasiert, und oben länger.«

Lazare zuckte mit den Schultern. »So sehen viele von euch aus.« Scheint Mode geworden zu sein, dass sich jedes noch so mickrige Bürschchen ausstaffiert wie ein knüppelharter Fallschirmjäger in der Hölle von Diên Biên Phu, dachte er. »Sonst gibt's kein besonderes Merkmal? War – ich meine, ist er dick oder schlank? Hat er auffallende Narben? Ist er tätowiert?«

»Ein Tattoo auf den Unterarmen. Und auf dem Rücken, glaube ich. Von Narben weiß ich nichts. Dick ist Pablo nich', er ist gut trainiert.«

»Und wieso kommst du darauf, dass ihm etwas passiert sein könnte? Kann er nicht irgendwo versumpft sein? Bei irgendeiner Freundin?«

Der Junge schüttelte den Kopf. »Pablo ... er hat Respekt vor Onkel Sebastién. Er hätte sich wenigstens gemeldet.«

Lazare musterte den Jungen skeptisch. »Unfälle gibt es immer wieder, mal am Kanal, mal am Hafen. Wieso suchst du gerade an dieser Stelle nach ihm?«

»Weil ich gehört habe, dass man hier jemand gefunden hat. Bloß deswegen. Manchmal nämlich, da ist Pablo nach der Arbeit noch baden gegangen, bevor er sich schlafen gelegt hat. Das Ufer da liegt auf seinem Heimweg.«

»Wo arbeitet er?«

»Im *Le Caraïbe*.«

Lazare runzelte fragend die Stirn.

»Ist 'ne neue Discothek.« Der Junge wies mit einer unbestimmten Kopfbewegung hinter sich. »Er steht da an der Tür.«

»Hat er gekifft? Gesoffen?«

»Pablo war jedenfalls kein Junkie, wenn Sie das meinen.«

»Hatte er Feinde?«

»Weiß ich doch nich'!«, platzte der Junge heraus. »Jetzt sagen Sie mir endlich, ob er es ist! Alle machen sich Sorgen! Scheiße nochmal! Lassen Sie mich ihn sehen!«

»Wie stellst du dir das vor? Er ist bereits in der Gerichtsmedizin.« Versöhnlicher fuhr Lazare fort: »Wir geben euch Bescheid, wenn wir Gewissheit haben, okay?« Er griff in seine Brusttasche und zog eine Visitenkarte hervor. »Mach so lange niemand verrückt, hast du verstanden? Und halte dich in nächster Zeit zu unserer Verfügung.«

Der junge Mann steckte die Visitenkarte ein und hastete zu seinem Roller zurück. Lazare sah ihm nach.

Der Tote gehörte also zu den Gitans. Die auf einem Gelände leben, auf das private Investoren neuerdings ein begehrliches Auge geworfen hatten. Und die nicht daran dachten, sich vertreiben zu lassen.

Lieutenant Manda meldete sich. Er und seine Kollegin hatten

nun auch die Bewohner der Häuser auf La pointe longue abgegrast. Bis jetzt Fehlanzeige.

»Entweder verarscht man uns gewaltig, oder die Anwohner hatten einfach einen zu guten Schlaf. Bei mehreren Häusern in direkter Nähe der Fundstelle der Leiche waren die Leute außerdem bereits aus dem Haus.«

»War auch nicht anders zu erwarten«, entgegnete Lazare. »Kommt erstmal her. Ich brauche euch.«

9.

Belmont hatte den Einsatzwagen in den Schatten einer ausladenden Steineiche rangiert und es sich auf dem Beifahrersitz bequem gemacht. Jeanjean und Morin teilten sich einen Sitz auf einer niedrigen, aus Bruchsteinen geschichteten Wegbegrenzung. Es war wärmer geworden, eine leichte Brise ließ das Blattwerk erzittern.

Morin massierte seinen fleischigen Nacken. »Schade um den Alten, hm?«, meinte er.

Belmont gähnte. »Wir müssen alle mal dran glauben.«

»Es ist trotzdem schade. Die Alten gehen, aber was kommt nach?«

Morin hatte Jeanjean angeschaut, doch dieser hatte nur mit einem Achselzucken geantwortet.

»An dir ist irgendwie doch 'n Philosoph verloren gegangen.« Belmont wedelte eine Fliege von seinem Gesicht und schwenkte sein Kinn nach oben. »Habt ihr gesehen? Die Hütte ist noch gut in Schuss. Wer das Ganze wohl kriegen wird?«

»Soweit ich weiß, gibt's noch einen Sohn, der in Toulouse lebt. Arbeitet als Ingenieur, bei irgend 'ner Stromfirma oder sowas. Tippe schwer darauf, dass der keine Lust haben wird, in diese Einöde zu ziehen. Hab außerdem sagen hören, dass die zwei nicht gut miteinander konnten. Jedenfalls hat er sich nur alle Jubeljahre hier sehen lassen.«

Belmont gähnte. »Ich wette, dass sich über kurz oder lang irgendein käsiger Engländer das Haus unter den Nagel reißen wird. Oder irgendwelche Neos mit Kohle von zu Hause, die hier auf Hippies machen und unseren Landwirten Vorträge über ökologischen Landbau halten. Die Einheimischen können sich die Immobilienpreise ja längst nicht mehr leisten.«

»Oder es kauft ein schnöseliger Professor aus Deutschland. Der als Erstes einen Anwalt auffahren lässt, um den Jägern zu verbieten, auf seinem Terrain zu jagen.«

Belmont gab einen verächtlichen Ton von sich. »Klar. Muss ja schließlich geschützt werden, die Natur.« Er tippte sich an die Stirn. »Hysterische Spinner.«

»Ach, das hat sich doch noch immer von selbst geregelt.« Morin gluckste vergnügt. »Wenn ihnen die Wildschweine ein paarmal ihren schönen Rasen umgepflügt haben, hörst du nichts mehr von ihnen.«

»Haltet einfach mal für einen Moment euren Schnabel, ihr Waschweiber«, sagte der Brigadier. »Ich muss nachdenken.«

Die beiden Gendarmen sahen ihn erstaunt an. Jeanjean schien kurz zu überlegen, ob er seinen Männern eine Erklärung geben sollte, machte aber nur eine abfällige Handbewegung, stemmte sich aus dem Sitz und setzte sich in Bewegung. Mit ausgestreckten Armen auf dem buckligen Gelände das Gleichgewicht suchend, stapfte er den Hang hinab. Unter seinen Sohlen knackte abgestorbenes Geäst. Eine Aaskrähe flatterte auf, als er sich der Leiche auf einige Meter näherte. Noch immer verströmte sie einen widerwärtigen Gestank, obwohl er sie hatte abdecken lassen, nachdem er von der Einsatzzentrale erfahren hatte, dass sich der Abtransport der Leiche verzögern würde.

Der Brigadier weitete seinen Kragen und ließ seinen Blick über die Umgebung des Toten schweifen. Es war sinnlos, hier nach Spuren zu suchen. In der vergangenen Woche hatte es zwei Tage lang geregnet, hohes Gras und Farn standen längst wieder kraftvoll und buschig. Hätte irgendjemand Fußspuren im Umfeld der Leiche hinterlassen, wären diese längst ausgewaschen, mit Staub und umherfliegendem Laub überdeckt.

Jeanjean ging einige Schritte weiter zu einem Gatter, auf das der Alte vermutlich zugegangen war. Hatte Jules an dieser Stelle seine Schafe auf die Weide getrieben? Der Brigadier senkte den Blick. Vor und hinter dem Gatter wucherten Gras und Unkraut, versetzt mit buschigem Löwenzahn. Müsste der Boden an dieser Stelle nicht von Hufen aufgebrochen, mit Schafskötteln übersät sein?

Der Brigadier betrachtete den Verschluss, einen mit wettergrauer Patina überzogenen, grob geflochtenen Drahtring. Wenn den Alten der Schlag getroffen hatte, dann vermutlich in dem Moment, als er sich angeschickt hatte, das Gatter zu öffnen. Jeanjean betrachtete den Zaun, wollte die Hand ausstrecken, zog sie aber wieder zurück. Auf den Stromschlag eines Weidezauns hatte er keine Lust. Wieder war unter ihm, verborgen hinter einer mit dichtem Brombeergestrüpp bewachsenen Geländewelle, das Blöken mehrerer Schafe zu hören, nun bereits etwas lauter, wie ihm schien. Der Brigadier stöhnte leise. Das verkomplizierte die Sache. Die Tiere mussten versorgt, irgendwo untergebracht werden. Aber bei wem?

Er ging zu seinen Männern zurück. »Habt ihr gewusst, dass der Alte noch Schafe gehalten hat?«

»Das in seinem Alter?«, sagte Belmont. »Respekt.«

»Langsam«, sagte Morin. »Das ist nicht mehr sein Terrain. Die Weide hier gehört bereits Monsieur Praden. Seinen Hof sieht man von hier aus nicht.« Seine Hand beschrieb einen Bogen. »Jules' Grundstück geht bis zu diesem Zaun. Links davon, und hoch bis zur Serre, ist das Land von Antoine Senechas. Hört mal, bisher dachte ich immer, dass ich ein schlechtes Gedächtnis habe.«

»Ich hab bisher Wichtigeres zu tun gehabt, als die Katasterpläne unserer Gemeinden auswendig zu lernen«, brummte

Jeanjean. »Kennen sich doch die Einheimischen selbst in dem Flickenteppich kaum noch aus.« Er hakte nach: »Aber bist du dir sicher?«

Morin bestätigte mit einem nachdrücklichen Nicken. »Außerdem, alles was recht ist – Schafe züchten, das ist Knochenarbeit, das kann ich euch verraten. Jules war zwar ein zäher Kerl, aber mit über achtzig schaffst du das nicht mehr.«

Jeanjean nickte nachdenklich.

Was hatte der Alte dann am Gatter zu suchen gehabt?

Er sah auf. Noch von einem bewaldeten Geländevorsprung gedämpft, näherte sich polternd ein schwerer Wagen. Jeanjean winkte befehlend. Belmont stiefelte quer über den Hang zu Jules' Hof empor, um den Transporter der Gendarmerie zu einem Wirtschaftsweg zu lotsen, der etwa zwanzig Meter über der Fundstelle endete. Der Fahrer empfing ihn mit einem Fluch. »Scheißpiste«, sagte er. »Fast hätte ich mir den Auspuff abgerissen. Müsste verboten werden, hier zu wohnen.«

Wenig später umstanden die beiden Gendarmen mit gerunzelter Stirn die Leiche. Nachdem sie die Umgebung abgesucht hatten und mit Jeanjean übereingekommen waren, dass es keinen Grund gab, die Kripo der Nationalpolizei in Montpellier einzuschalten, kehrten sie zum Wagen zurück, holten die Leichenwanne aus dem Fond und kletterten wieder die Böschung hinab.

Jeanjean und seine Männer beobachteten aus einigen Metern Entfernung, wie sie, halb verborgen durch einen Brombeerstrauch, den Metallsarg neben der Leiche abstellten und den Deckel abnahmen.

Ein gellender Schrei ließ sie zusammenfahren. Sie rannten nach unten. Einer der Männer saß im Gras, die Augen schreckgeweitet, das Gesicht kreidebleich. Er rang röchelnd nach Atem. Sein Kollege löste sich aus seinem Schock.

»Strom …«, stammelte er. »Auf der Leitung … Funken …«

»Natürlich«, rief der Brigadier. »Es ist ja auch ein Weidezaun!« Im gleichen Augenblick vermeinte er zu spüren, wie sich seine Nackenhaare aufstellten. »Alle weg vom Zaun! Morin! Den Doktor zurückrufen!«, keuchte er. »Sofort!« Als der Angesprochene nicht sofort reagierte, wiederholte er es, brüllend.

10.

»Wir sollen Sie wirklich nicht begleiten, Commandant?«, sagte Manda. »Wir jedenfalls haben die Vorschrift, niemals alleine –«
»Danke für den Hinweis, Lieutenant.« Lazare zog sein Mobiltelefon aus seiner Tasche. »Sie wählen jetzt meine Nummer und schalten Ihr Mikro aus. Dann können Sie hören, wenn es brenzlig werden sollte, kapiert?«
Manda nickte. Er tippte die Nummer ein. Lazare nahm die Verbindung an, verstaute das Handy in der Innentasche seines Blousons und setzte sich in Bewegung.

Das *Terrain des gens du voyage* lag zwischen der nördlichen Ausfallstraße und dem Bahndamm. Um den mit Schotter bedeckten Platz standen Dutzende von Wohnwagen, die meisten aufgebockt, mit von Wetter und sengender Sonne gewellter Außenverkleidung, andere fast neu und fahrbereit, beinahe jeder mit einer Satellitenschüssel versehen. Mehrere Wohnwagen waren mit einem lausig abgestützten Wellblechdach verbunden, um die Ruine eines ebenerdigen Werkstattgebäudes gruppierten sich primitive Baracken. Zwischen einigen der Wagen waren Leinen gespannt, an denen bunte Wäschestücke flatterten. Aus dem Kamin eines baufälligen Schuppens stieg Rauch. Eine stete Brise strich über das staubflirrende Gelände, in die salzige Meerluft mischte sich der Geruch einer nahen Brackwasserbucht der Lagune, durchädert von feinen Schwaden süßfauligen Gestanks der petrochemischen Fabrik, deren Silhouette im Osten aus dem Dunst aufragte. Auf einer ausgedörrten Weide hinter einem der Wagen dösten zwei Pferde im Schatten eines windschiefen Unterstands. Die Luft war erfüllt vom Summen der Fliegen, dem gleichmäßigen Verkehrsrauschen auf der Ausfallstraße; vom fernen Bahnhof war gelegentlich das metallene Kreischen von Rangierlocks zu hören. Von irgendwoher drangen eine gedämpfte Unterhaltung, das Geschrei spielender Kinder und das Krähen eines Säuglings an Lazares Ohr. Die Türe eines der Wohnwägen öffnete sich. Eine junge Frau, das goldblonde Haar zu einem Pferdeschwanz gebunden, trat hervor, ging einige Schritte in die Richtung des Wäscheschuppens. Sie hielt inne, als sie Lazare heranschlendern sah. Sie taxierte ihn argwöhnisch.

Lazare verlangsamte seinen Schritt. Er machte die Andeutung einer Verneigung. »Bonjour, Madame«, sagte er.

Reserviert erwiderte sie seinen Gruß, drehte den Kopf zur Seite, ohne ihn aus den Augen zu lassen. »Sebastién?«

Aus der Gasse zwischen zwei Wagen trat ein groß gewachsener, korpulenter Gitan. Er trug kurze Hosen, auf seinem nackten, sonnengebräunten Oberkörper zeichneten sich kräftige Muskeln ab. Die junge Frau wies mit einer Kopfbewegung auf Lazare. Der Gitan nahm seine Zigarette aus dem Mund und musterte den Ankömmling feindselig.

»Was hat man hier verloren?«

Hinter ihm tauchte ein weiterer Bewohner der Siedlung auf, der betont gleichgültig einen Schluck aus seiner Kaffeetasse nahm und Lazare musterte.

»Ich muss mit der Familie Fernandez sprechen.«

Die Männer wechselten einen Blick. »Gibt's hier nicht. Hauen Sie ab.«

Lazare zog seinen Ausweis. »Es geht um einen Todesfall in der Familie Fernandez. Wo finde ich sie?«

»Hast du Dreck in den Ohren?«

»Wir wissen Bescheid, Monsieur«, schaltete sich die junge Frau ein. »Lassen Sie uns zufrieden.«

»Dann führen Sie mich zum Ältesten. Es ist wichtig.«
»Père Dédé will dich nicht sehen«, knurrte Sebastién. »Keiner will dich hier sehen.« Er warf seine Zigarette weg, stellte seine Beine aus und duckte seinen Kopf unmerklich zwischen die Schultern. »Und jetzt –«
»Das lasst mich gefälligst selbst entscheiden, ja?«
Lazare drehte sich um. Die Stimme war aus einer gegenüberliegenden Wagengasse gekommen. Der spindeldürre Alte saß in einem Lehnstuhl, über den ein vergilbtes Sonnensegel gespannt war. Er stützte seine Hände auf den Knauf eines Gehstocks.
»Er stinkt nach Bulle, Père!«
»Ich sagte, dass es noch immer ich bin, der das entscheidet, verstanden?«
Die beiden Männer fügten sich widerwillig. Der Alte winkte Lazare heran und bedeutete ihm, sich ihm gegenüberzusetzen. Lazare ließ die Musterung aus den kleinen, wachen Augen über sich ergehen. Der Alte legte seinen Stock über seinen Schoß, zündete sich eine Zigarette an und nahm einen Zug: »Sie werden es uns nicht übel nehmen, wenn wir misstrauisch sind, Monsieur le commissaire, wir haben Grund dazu.«
»Es geht um die Familie Fernandez, Père.«
»Wenn Sie gekommen sein sollten, um uns darüber zu informieren, dass Pablo ertrunken ist, hätten Sie sich den Weg sparen können. Auch, weil seine Familie nicht hier wohnt, sondern in Perpignan. Wir haben ihn nicht oft zu Gesicht bekommen. Es gibt hier nur eine Verwandte, die mit einem aus seiner Familie verheiratet war. Bei ihr hat Pablo gelegentlich übernachtet, wenn er hier war.«
»Ich möchte diese Verwandte gerne sprechen«, sagte Lazare.
»Sie hat heute Morgen ihren Wagen verlassen. Ich vermute, dass sie Pablos Mutter in Perpignan beistehen will.« Der Alte blies eine Rauchwolke aus. »Und das wäre alles, was es dazu zu sagen gäbe.«

Lazare machte keine Anstalten aufzustehen. »Ich muss trotzdem noch etwas von Ihnen wissen, Père.«

Der Alte schien durch ihn hindurchzublicken. »Ein Unglück ist ein Unglück, Monsieur le commissaire.«

»Sie haben keinen Zweifel, dass es eines war?«

Was geht hier vor, dachte Lazare. Weder die drei Männer noch den Alten scheint der Tod eines der Ihren zu berühren.

»Unser Schicksal liegt in Gottes Hand«, beharrte der Alte. »Und jetzt gehen Sie wieder. Dass man über die Anwesenheit der Polizei hier nicht erfreut ist, dürften Sie bereits bemerkt haben.«

»So wie ich auch bemerkt habe, dass in letzter Zeit verstärkt Druck auf Sie und Ihre Leute ausgeübt wird.«

»Daran sind wir gewöhnt.« Ein bitterer Zug umspielte seinen zahnlosen Mund. »Von Seiten der Polizei erwarten wir jedenfalls keine Hilfe.«

»Sie sehen keinen Zusammenhang?«

Der Alte stippte die Asche auf den Boden. »Nie wird der Mensch imstande sein zu ergründen, was ihm das Schicksal auferlegt. Die Wege des Herrn sind unerforschlich.«

»Und wenn man auf Pablo Fernandez, also einen von Ihren Leuten, nur deshalb losgegangen ist, weil man Sie dazu bewegen will, Ihren Siedlungsplatz hier zu räumen?«

Das Gesicht des Alten blieb ausdruckslos. Seine knotigen Finger spielten mit der Zigarette. »Unser Schicksal ist uns von Gott auferlegt, Monsieur le commissaire. Es bleibt uns Menschen nichts, als es in Demut anzunehmen. So, wie es auch Pablo tun musste.«

»Sie nähmen es hin?«, fragte Lazare ungläubig. Was zum Teufel geht hier vor, dachte er.

Wer bindet mir jetzt einen Bären auf, der Junge vorhin, oder du?

»Bemühen Sie sich nicht, Monsieur le commissaire. Wir

werden Ihnen nicht den Gefallen tun und Ihnen sagen, was Sie hören möchten.«

»Was möchte ich hören?«

»Dass wir auf Rache sinnen.« Der Alte schürzte spöttisch die Lippen. »Einen besseren Vorwand, um uns noch mehr zu schikanieren, könnten wir der Polizei und all den rechtschaffenen Bürgern von Sète gar nicht liefern, nicht wahr?«

»Verzeihung, Père.« Lazare war verstimmt. »Das war es weniger, was ich hören wollte.«

Der Alte blinzelte durch den Rauch. »Ach nein?«

»Ich habe etwas aufzuklären, woran auch Sie ein Interesse haben dürften. Nämlich, ob ein Mitglied Ihrer Gemeinschaft durch einen Unfall oder durch einen Anschlag ums Leben gekommen ist.«

»Zerbrechen Sie sich nicht darüber den Kopf, was uns interessieren sollte, Monsieur le commissaire. An Märtyrern für unsere Sache hätten wir keinen Mangel, glauben Sie mir.« Er warf seine Zigarette auf den Sand und ließ seine dürren Arme auf die Stuhllehne fallen. »Gehen Sie jetzt. Sonst kann ich nicht mehr für Ihren Schutz garantieren. Leben Sie wohl, Monsieur le commissaire.«

Lazare stand auf.

Wer von euch hält mich jetzt zum Narren, dachte er. Und warum?

11.

Die von Adjudant-chef Georges Jeanjean befehligte fünfköpfige Belegschaft der Gendarmerie-Brigade von St. Pierre d'Elze wachte über die öffentliche Ordnung einer Handvoll kleiner Gemeinden im dünn besiedelten Norden des Departements. In den Aufgabenbereich dieses Außenpostens fielen die üblichen Ordnungswidrigkeiten im Straßenverkehr, kleinere Eigentums- oder Betäubungsmitteldelikte, Schlägereien, vor allem aber die üblichen Querelen zwischen missgünstigen Nachbarn. Nicht jedoch die Ermittlungen in einem Mordfall. Jeanjean hatte deshalb noch am Tatort Meldung in der Zentrale der Police judiciaire in Montpellier erstattet. Staatsanwalt und Ermittlungsrichter eröffneten unverzüglich das Verfahren.

Kurz vor zehn Uhr traf Commandant de Police Jaques Bruant in der Station ein, in seinem Schlepptau zwei Beamte der Spurensicherung. Er lästerte zur Begrüßung über die Straßenverhältnisse dieser hinterwäldlerischen Region, krempelte dann aber die Ärmel hoch und ließ sich mit den Umständen des Falles vertraut machen. Von Morin gelotst, brachen die drei Männer kurz darauf nach Lo Barta auf.

Die Spurensicherung bestätigte, dass am Trafo des Weidezaunes manipuliert worden war. Das Gerät stand unter Hausstrom, als der alte Mann versucht hatte, das Gatter zu öffnen und dabei mit dem Draht in Berührung gekommen war.

Das Erdkabel wurde weiterverfolgt. Entlang eines Pfades hatte es zu einem Anwesen unterhalb der Weide geführt. Die Beamten hatten sich gerade an der Scheunentür zu schaffen gemacht, hinter der das Kabel verschwand, als ein verbeulter Renault in den Hof einbog und in einer Staubwolke zu stehen kam.

Der Hofbesitzer Emile Praden und seine Frau Fernande hatten sich einige Tage in der Nähe von Paris aufgehalten, um an der Beerdigung einer Tante teilzunehmen. Obwohl das Paar bereits während der Fahrt von einem ihrer Nachbarn über Jules' Tod informiert worden war, waren die beiden noch immer tief betroffen.

Auf der Rückfahrt zur Station hatte sich Bruant mit dem gerichtsmedizinischen Institut in Verbindung gesetzt und eine vorläufige Bestätigung erhalten, dass an der Leiche trotz fortgeschrittener Verwesung jene Verbrennungsmerkmale auszumachen waren, wie sie für einen Stromtod typisch waren.

12.

Das Display zeigte Mandas Namen. Den missbilligenden Blick des Untersuchungsrichters ignorierend, nahm Lazare das Gespräch an.

Manda gab den Stand der Befragungen durch. »Noch immer keine einzige Zeugenbeobachtung, Commandant. Wir sind jetzt an der Stelle weiter nordwestlich, die Sie uns beschrieben haben. Bei den Gebäuden hier handelt es sich meistens um Garagen oder kleinere Handwerksbetriebe, die in der Nacht unbewohnt sind. Die Wohnhäuser sind weit vom Ufer entfernt, außerdem durch Bäume und Büsche verdeckt. Also ich glaube, wir können es uns sparen –«

»Sehen Sie der Metallzaun in Richtung Westen?«

»Westen? ... Ja, sehe ich.«

»Dahinter scheint sich ein Restaurant oder Ähnliches zu befinden.«

»Sie meinen vermutlich das *Le Caraïbe*.«

Lazare stutzte. »*Le* wie?«

»*Le Caraïbe*. So heißt es jetzt. War früher ein ziemlich verrufener Schuppen.«

»Dann ist es mit hoher Wahrscheinlichkeit der Laden, in dem Pablo Fernandez gearbeitet hat, vermutlich auch in der vergangenen Nacht. Nehmt ihn euch vor. Wir müssen vor allem wissen, wann er von dort weggegangen ist, ob allein oder in Begleitung. Dann erkundigt euch noch, bis wann wir die Auflistung der Handyverbindungen im Bereich des Tatorts bekommen. Macht, wenn nötig, ein wenig Druck. Verstanden? Ende.«

Lazare verstaute sein Mobiltelefon in seiner Brusttasche. »Pardon«, murmelte er. Untersuchungsrichter Simoneau machte eine wegwerfende Handbewegung.

Commandant Danard wetzte unruhig auf seinem Stuhl. »Habe ich eben den Namen *Le Caraïbe* gehört?«

Lazare bestätigte nickend. »Sie kennen das Lokal?«

»Eine Bar mit Discothek. Dürfte ein halbes Jahr her sein, dass es aufgemacht hat. Gehört derzeit zu den gefragten Schuppen.«

»Wer verkehrt dort?«

»Ganz unterschiedliches Volk. Verhätschelte Bürgerkinder ebenso wie zwielichtiges Gesindel. Viele Manouches und Gitans, auch solche von der Sorte, die den einen oder anderen Schein in der Tasche haben, woher auch immer. Der Laden steht im Ruf, dass dort die hübschesten Frauen von Sète verkehren. Wir gingen einmal dem Hinweis auf illegale Prostitution und Drogenhandel nach, der sich aber als Denunziation herausgestellt hat. Wir haben nur einen verschreckten Roma aus dem Verkehr gezogen, der dort ohne Papiere in der Küche aushalf. Der Betreiber hat sich auf ein Versehen herausgeredet und zahlte die Strafe umstandslos.«

»Wer ist der Betreiber?«

»Ein Mann namens Salvador Leca«, erklärte Danard. »Ziemlich energischer Bursche. Hat den Laden im Griff, wir haben wenig Scherereien. Der Mann ist außerdem bei einer Menge Leute beliebt. Er kann es mit den Marktweibern genauso gut wie mit den oberen Zehntausend, spendet großzügig, greift Künstlern unter die Arme. Bei den Gitans hat er einen besonders guten Stand.«

Simoneau hob die Brauen. »Bei den Gitans?«

»Er ist selbst ein Manouche. Aber einer, der sich wohl mit einem Leben in Wohnwagen und Baracken nicht mehr zufriedengegeben hat. Er gibt vielen Jungen Arbeit, wenn auch nicht übertrieben gut bezahlte. Aber wer in Not ist, so heißt es jedenfalls, findet sein Ohr.«

Danard hob seinen Zeigefinger. »Damit da jedoch kein falscher Eindruck entsteht, Herrschaften: Es ist nicht so, dass wir ihm mehr als anderen durchgehen lassen würden. Aber uns kommt entgegen, dass er uns die Gitans ruhig hält. Was gerade jetzt nicht unwichtig ist. Dass ihr Siedlungsplatz für ein Hotelprojekt zur Debatte steht, gefällt ihnen nicht sonderlich.«

»Hinter diesem Projekt steht doch eine Gesellschaft in der Schweiz, nicht wahr?«, warf der Untersuchungsrichter beiläufig ein.

Danard nickte. »Soweit mir bekannt, ist mit der Projektentwicklung ein alteingesessenes Büro befasst, das zur Firmengruppe der SA Sud-Gesellschaft und damit der Familie Montaignac gehört.«

»Montaignac – diesen Namen meine ich bereits einmal gehört zu haben«, sagte Simoneau. »Scheint eine ziemlich einflussreiche Persönlichkeit zu sein, eine Art graue Eminenz, was?«

»Nun, so unauffällig macht er sich dann auch wieder nicht. Was das hiesige Geschäftsleben betrifft, sind er und seine Familie jedenfalls seit Generationen eine Institution.« Danard setzte sich gerade und atmete durch. »Aber darf ich fragen, wozu diese Betrachtungen im konkreten Fall von Nutzen sein sollen?«

»Ich bin mir nicht ganz sicher, ob ich Ihre Frage verstanden habe, Monsieur le commandant.« Simoneaus Miene drückte Erstaunen, aber auch leichte Missbilligung aus. »Erstens liegt das Ergebnis der Obduktion noch nicht vor. Und zum Zweiten hat sich doch soeben herausgestellt, dass unser Todesopfer in einem Club tätig war, in dem nach Ihren Erkenntnissen dieser Monsieur Leca das Sagen hat. Des Weiteren, dass sowohl das Opfer als auch Monsieur Leca zu den Gitans gehören. Gegen die in Sète gerade wieder einmal Stimmung gemacht wird, was mit dem erwähnten Großprojekt zu tun haben könnte. Allein in diesem ersten Halbjahr haben wir bereits ein halbes Dutzend Übergriffe, inklusive einer versuchten Brandstiftung. Wie ich mir habe sagen lassen, hat es erst vor fünf Tagen in Sète wieder eine massivere Auseinandersetzung gegeben, in denen Gitans angegriffen wurden. Und unter denen auch unser Opfer war, richtig?«

»Derartige Vorfälle sind unser täglich Brot.«

Simoneaus Miene drückte Skepsis aus. »Bei dieser Schlägerei – worum ging es da eigentlich genau?«

»Um nichts, wie üblich. Ein falscher Blick, eine blöde Bemerkung, ein Wort gibt das andere. Und natürlich war Alkohol mit im Spiel. Und Fernandez pfiff einfach ein paar seiner Kumpel zusammen, die den Kerlen zeigten, dass sie an die Falschen geraten waren. Mehr war da nicht.«

Simoneau wiegte zweifelnd den Kopf. »Nach meinen Informationen sind mindestens zwei der Angreifer schon mehrmals aufgefallen. Und zwar im Zusammenhang mit ultranationalistischen Aktionen. Was doch auf ein rassistisches Motiv bei dieser Attacke hinweisen könnte, oder nicht?«

»Ach was. Es sind versoffene Krawallbrüder, denen jeder Anlass recht ist, Rabatz zu machen. Wir sollten ihnen wirklich nicht den Gefallen erweisen, ihnen mehr Aufmerksamkeit als nötig zu schenken.«

»Unbenommen, Monsieur le commandant.« Die Stimme des Untersuchungsrichters ließ Anzeichen von Ungeduld erkennen. »Ich halte trotzdem fest: Wir sind hier, um unserer Pflicht zu genügen und einen Fall zu untersuchen, bei dem eine nicht natürliche Todesursache konstatiert worden ist. Dabei sollten wir einen rassistischen Hintergrund ebenso prüfen wie einen privaten, etwa eine Tat aus Leidenschaft. Wie natürlich auch, dass es sich doch um einen schlichten Unfall gehandelt haben könnte.« Sein Ton wurde wieder konziliant. »Darüber dürfte es doch in unserer Runde keinen Dissens geben, oder?«

»Das steht doch außer Frage«, sagte Danard erregt.
»Schön. Dann wäre ja wohl –«
»Aber nun mal grundsätzlich, ja?«, platzte es aus Danard heraus. »Unser Kommissariat hat nicht nur einmal unter Beweis gestellt, dass es über eine fähige Kriminalabteilung verfügt. Nichts gegen Sie persönlich, Commandant Lazare – aber warum setzt uns Montpellier trotzdem einen Ermittler vor die Nase?« Danard holte Luft. »Können Sie nachvollziehen, dass ich und meine Kollegen dies als Affront auffassen müssen?«

Simoneau lächelte begütigend. »Ich kann Ihnen versichern, dass niemand in der Zentrale Ihre Kompetenz in Zweifel zieht. Und was die Entscheidung betrifft, dass die Ermittlungen von Commandant Lazare geleitet werden, so handelt er nicht nur mit meiner, sondern auch mit ausdrücklicher Zustimmung des Chefs der Division.« Er sah auf seine Uhr, griff nach seiner Aktentasche und stand auf. »Ich weiß den Fall bei Ihnen in besten Händen, meine Herren.« An der Türe drehte er sich noch einmal um. »Es ist übrigens nicht allein meiner, sondern auch der ausdrückliche Wunsch des Divisionskommandanten und des Staatsanwalts, dass Sie beide gut und einvernehmlich zusammenarbeiten, ja?« Er griff zur Klinke. »Ich habe ihm versichert, dass selbstverständlich davon auszugehen ist.«

Danard lächelte gequält. »Selbstverständlich«, sagte er.

13.

Mit gesenktem Kopf und wie abwesend vor sich hin starrend, hörte sich der Bauer die Eröffnung der Vernehmung an.
»Wir befragen Sie als Zeugen, Monsieur Praden. Sollten Sie es vorziehen zu schweigen, muss ich Sie darauf hinweisen, dass –«
»Der gute Jules... diese Schweine...«, murmelte der Bauer.
»– dass die Folge sein kann, dass das Gericht keine andere Möglichkeit mehr sieht, als eine Aussage zu erzwingen. Diese Unannehmlichkeiten würde ich mir an Ihrer Stelle aber ersparen. Haben Sie das verstanden?«
Emile Praden sah auf. Er musterte den Kommissar mit ungläubiger Miene. »Wollen Sie etwa andeuten, dass ich –«
»Was meinen Sie?«
Der Bauer brüllte los: »Ihr wollt mich dafür verantwortlich machen, dass Jules tot ist?« Zwischen Bruants buschigen Brauen hatten sich senkrechte Falten gebildet. »Ich würde Ihnen raten, sich zu mäßigen«, sagte er scharf. »Wir wollen erstmal nichts anderes, als den Sachverhalt klären. Das dürfte schließlich auch in Ihrem Interesse sein.«
»Jules war mein Freund, verdammt noch mal! Wie oft soll ich es euch noch sagen?« Praden wandte sich an Jeanjean, der das Verhör von seinem Schreibtisch aus verfolgte. »Sagen Sie es ihm! Sie wissen es doch!«
Der Brigadier wich seinem Blick aus. »Man sagt es.«
»Es ist so!«, rief Praden. »Sucht gefälligst nach dem Schwein, das dafür verantwortlich ist! Und hört auf, Unschuldige zu schikanieren, ja?«

»Beruhigen Sie sich, Monsieur«, versuchte Jeanjean auszugleichen. »Man versucht nur –«

Bruant brachte ihn mit einer unwilligen Geste zum Schweigen. »Wie man mir berichtet hat, Monsieur, sollen Sie schon einmal das Opfer von Schikanen geworden sein.«

»Nicht nur einmal! Und nie hat die hiesige Gendarmerie etwas herausgefunden. Und wissen Sie, warum? Weil hier keiner den Mumm hat, gegen diese Dreckfaschisten etwas zu unternehmen! Und weil einige von Ihnen wahrscheinlich insgeheim mit ihnen einverstanden sind!«

»Halten Sie sich zurück, ja?«, sagte Jeanjean entrüstet.

»Ruhe!«, fuhr Bruant dazwischen. »Monsieur Praden, noch einmal von vorne. Sie sagten in der ersten Befragung, dass Sie für eine Woche zu Verwandten nach Paris gefahren sind. Und dass Sie Ihren Nachbarn, Monsieur Jules Papin, gebeten haben, in dieser Zeit ein Auge auf Ihre Herde zu haben, richtig?«

Praden starrte auf den Boden. Er nickte resigniert.

»Was hätte Monsieur Papin dabei tun sollen? Die Tiere füttern und tränken?«

Der Bauer wirkte mit einer matten Bewegung ab. »Nicht nötig, die Koppel ist groß genug. Außerdem gibt's 'nen kleinen Bachlauf. Er sollte einfach von Zeit zu Zeit nachsehen, ob nicht eines der Tiere krank ist oder sich verletzt hat. Oder ob nicht wieder was mit dem Zaun ist.«

»Was hätte sein können?«

»Dass ihn jemand beschädigt. Erst im vergangenen Herbst hat irgendein Dreckschwein mehrere Pfosten umgerissen. Mit dem Ergebnis, dass Wildschweine in das Gehege kamen und die Herde ausbrach.«

»Eine unangenehme Sache, nehme ich an.«

»Unangenehm?«, schnaubte der Bauer. »Ich habe Tage gebraucht, meine Tiere wieder einzusammeln. Einige wurden von Hunden gerissen.«

»Danach haben Sie sich geschworen, dass das nicht wieder vorkommen sollte. Und haben deshalb einen Elektrozaun installiert. Hat das geholfen?«

»Gegen die Wildschweine schon. Nicht aber gegen diese Verbrecher. Im Frühjahr hat man versucht, den Trafo zu ruinieren.«

»Haben Sie Hinweise auf den Täter?«

»Nein. Es war Jules, der zufällig nicht weit entfernt war. Er meinte gesehen zu haben, dass ein jüngerer Kerl im Dickicht verschwunden ist. Das Gesicht konnte er nicht erkennen. War zu dunkel.«

»Er sprach von einem jüngeren Kerl? Wie kann er das tun, wenn es dunkel war?«

»Ältere Leute bewegen sich anders, meinte er. Nicht so flink.«

»Sie hatten wieder einen Schaden dadurch?«

»Zum Glück habe ich es rechtzeitig gemerkt, weil es einen Kurzschluss im Haus gegeben hat. Meine Kühltruhen waren noch nicht aufgetaut. Ich hatte kurz zuvor geschlachtet, sie waren bis obenhin voll.«

»Sie hätten eine Menge Geld verloren.«

»Ich bin kein Hobby-Landwirt«, sagte Praden verächtlich. »Wir leben von der Herde.«

»Hätte sich also wieder jemand während Ihrer Abwesenheit am Zaun zu schaffen gemacht, wäre sowohl Ihre Herde in Gefahr geraten als auch das Fleisch in Ihren Truhen verrottet, nicht wahr?«

Pradens Augen wurden zu Schlitzen. »Ich bin kein Idiot. Worauf wollen Sie hinaus?«

Bruant ignorierte den Einwurf. »Und da Sie wussten, dass Sie für mindestens eine Woche nicht hier sein würden, wollen Sie Monsieur Papin darum gebeten haben, auf alles zu achten.«

»Wie oft soll ich es noch sagen?«

»Bis ich davon überzeugt bin, dass Sie die Wahrheit sagen,

Monsieur Praden«, erwiderte Bruant ungerührt. »Ich frage mich nämlich, ob es sich nicht anders verhielt. Beispielsweise so: Sie wollten dieses Mal sichergehen. Wenn irgendjemand wieder versuchen sollte, sich während Ihrer Abwesenheit an Ihrem Zaun zu schaffen zu machen, sollte er nicht nur daran gehindert werden, sondern auch eine Lektion bekommen.« Bruant beugte sich mit einem Ruck vor und sagte schneidend: »Um also Ihre Frage zu beantworten, Monsieur Praden: Ich will darauf hinaus, dass Sie es waren, der die Manipulation vorgenommen hat! Sie haben den Niedervolt-Trafo überbrückt! Und den Hausstrom direkt auf die Leitung übertragen!«

Praden riss den Mund auf und schnappte nach Luft.

Bruant schickte ein nachdrückliches Nicken hinterher. »Damit habe ich Sie jetzt auch zu belehren, dass Sie als Tatverdächtiger gelten. Damit haben Sie das Recht zu schweigen oder Ihren Anwalt –«

»Haben Sie einen Kopfschuss?!«, keuchte der Bauer. »Dass Sie mir einen Mord an meinem Freund und Nachbarn unterstellen, ist ja schon hirnverbrannt genug! Aber dann halten Sie mich auch noch für einen Idioten? Ich installiere eine Stromfalle und riskiere dabei, dass meine halbe Herde daran verreckt?«

»Bei blindwütiger Raserei bleibt manchmal die Vernunft leider auf der Strecke, Monsieur Praden«, konterte Bruant kühl. »Über Sie gibt es eine beachtliche Zahl an Eintragungen in Zusammenhang mit den gewaltsamen Bauernprotesten im Departement Aveyron. Als die dortige McDonald's-Filiale zerlegt wurde, waren Sie alles andere als ein distanzierter Zuschauer. Sie sind zudem für Ihren Jähzorn bekannt.« Der Kommissar unterbrach sich, suchte vergeblich eine bestätigende Geste des Brigadiers, der mit wachsendem Unbehagen zugehört hatte. Er hob seine Stimme: »Sie wollten Ihren Gegnern einen Denkzettel verpassen, nichts anderes!«

Praden schüttelte fassungslos den Kopf.

Bruant lehnte sich zurück. »Leider erwischte es den Falschen. Bliebe nur noch die Frage, wie der alte Mann an den Zaun geriet. Entweder hat er ihn versehentlich berührt, etwa weil er ausgerutscht ist. Oder Sie haben einfach vergessen, ihn über Ihre Vorkehrungen zu informieren. Oder – und das scheint mir am wahrscheinlichsten – Sie haben mich überhaupt belogen, als Sie sagten, ihn mit der Beaufsichtigung der Herde beauftragt zu haben. Kurz: Keine Ihrer Ausflüchte hat mich überzeugt, Monsieur Praden. Sie stehen unter dringendem Verdacht, den Tod von Monsieur Jules Papin mittels Stromfalle herbeigeführt zu haben.«

»Das ist zu viel«, flüsterte Praden.

Bruant schüttelte den Kopf. »Das ist, wenn das Gericht gnädig ist, in jedem Fall fahrlässige Körperverletzung mit Todesfolge. Kommt es aber zu der Überzeugung, dass Sie mit voller Absicht gehandelt haben, dann ist es Mord.«

Das gibt Zoff, dachte Jeanjean.

14.

Die Aufzeichnungen der Überwachungskamera, die den Straßenabschnitt vor dem *Le Caraïbe* beobachtete, gaben nicht viel her. Der eingeblendete Timer zeigte kurz vor Mitternacht. Die Tische der Schankfläche entlang der lebhaft befahrenen Straße waren besetzt. Das Menschengewühl auf dem geräumigen Trottoir vor dem Lokal ließ darauf schließen, dass in der Discothek Hochbetrieb herrschte. Eine Gruppe jüngerer Leute bewegte sich von der gegenüberliegenden Straßenseite auf den Eingang zu, kreuzte sich mit Pärchen, die das Lokal verließen, ihre Fahrzeuge ansteuerten oder sich auf dem Bürgersteig verliefen. Neue Gäste strömten in Grüppchen heran. Die Neonlichter des Schriftzugs über dem Portal blinkten hektisch, Scheinwerfer blendeten auf und verdunkelten das Bild für Sekunden, der grelle Strahler des Parkbereichs warf Reflexe, nur gelegentlich waren Gesichter zu erkennen, um sogleich wieder verschattet zu werden.

Commandant Danard steckte seinen Kopf durch die Tür des Medienraums.

»Man kommt voran?« fragte er jovial. Er wartete die Antwort nicht ab, griff sich einen Stuhl und nahm vor dem Monitor Platz.

Lazare nickte knapp. Er gab Cordy, der den Recorder kurz angehalten hatte, ein Zeichen. Der Brigadier drückte auf die Play-Taste.

Unvermittelt verdichtete sich das Getümmel vor dem Portal. Hektik schien sich auszubreiten.

»Nochmal zurück«, bat Lazare.»Und dann im Einzelbild vorwärts.«

Von den drei mittelgroßen Männern waren zunächst nur deren Rücken zu sehen. Sie gingen das Trottoir entlang, hielten an und schienen einige Worte untereinander zu wechseln, bevor sie sich dem Portal der Disco näherten, wo sie sofort wieder vom Gewühl verschluckt wurden.

Lazare beugte sich vor. Die Aufnahme ruckte Bild für Bild voran. Aus dem Inneren der Disco tauchte Pablo Fernandez auf. Er wurde umringt, Arme ruderten, Stöße wurden ausgeteilt, Tumult brach aus, immer mehr Neugierige eilten heran und mischten sich in die Menge. Für Bruchteile von Sekunden war wieder Fernandez zu sehen. Sein Gesicht war wutverzerrt, er stand aufrecht, teilte in Kampfhaltung Fausthiebe aus, schien in Bedrängnis zu kommen. Bis aus dem Saal zwei weitere Männer herbeirannten und sich in das Getümmel stürzten. Das Kampfgeschehen verlagerte sich vom Eingang weg, Stühle und Tische stürzten um, die Gäste sprangen auf und suchten das Weite. Endlich schoben sich die ersten Einsatzfahrzeuge ins Bild, erst die der Stadtpolizei, dann zwei Wägen der Nationalpolizei. Die Schlagstöcke gezückt, stürmten die Beamten vor. Die Menge stiebte auseinander.

Cordy hielt das Bild an.»Der Mann, der links auf dem Boden liegt, heißt Alain Perez. Den die Kollegen dahinter an die Wand gestellt haben, das ist Hervé Lambert.«

»Und der, den Sie gerade im Schwitzkasten haben? Das sind doch Sie, oder?«

Cordy nickte.»Das ist ein Deutscher. Hab den Namen grad nicht parat. Hat uns nicht weiter interessiert, nachdem sich gezeigt hatte, dass er von Interpol zur Festnahme ausgeschrieben war. Brauchen Sie den Namen? Ich kann ihn Ihnen –«

Danard fiel ihm ins Wort.»Der Mann ist ein gewisser Daniel Rossbach. Meinen Leuten fiel er auf, weil er sich verdrücken wollte, als die Personalien der Beteiligten und Zeugen überprüft werden sollten. Mehrere Zeugen hatten außerdem bestätigt, dass er mit den beiden anderen ankam und zu Beginn des Streits noch mitmischte. Ein widerwärtiger Bursche. Versoffen, verlogen, frech wie Rotz.«

»Haben Sie ihn ins Gebet genommen?«

»So weit es für unsere Ermittlung nötig war. Was die Schlägerei betraf, hatten wir aber genügend Zeugen dafür, wer mit der Randale begonnen hatte. Nachdem seine Identität klar war, gaben wir alles an Interpol weiter und verfrachteten ihn gleich ins Gefängnis.«

»Haben Sie ihn danach gefragt, wie er ausgerechnet hierhergekommen ist?«

»Müsste ich im Protokoll nachsehen«, sagte Danard. »Ich bezweifle aber, dass es uns besonders interessiert hat. Es war auch so schon mühsam genug. Der Bursche spricht kein Wort Französisch. Zum Glück haben wir den Kollegen Becker. Er ist gebürtiger Elsässer.«

»Für wann ist die Auslieferung angesetzt?«

»Noch heute. Am Nachmittag lasse ich zwei deutsche Kripobeamte am Flughafen Montpellier abholen. Die Abreise ist für den Abend vorgesehen.«

Lazare knetete nachdenklich sein Kinn. Dann sagte er zu Cordy: »Danke, Brigadier. Ich brauche Sie vorläufig nicht mehr.«

Er wartete ab, bis Cordy die Türe hinter sich zugezogen hatte. Dann sagte er zu Danard:

»Halten Sie die Deutschen noch etwas hin. Mindestens einen Tag, zwei wären besser.«

»Wie soll das gehen? Die sitzen schon im Flieger. Außerdem sind wir offen gesagt froh, die Sache vom Hals zu haben. Und wozu brauchen Sie ihn überhaupt? Doch nicht, weil er etwas mit dem Toten im Kanal zu tun haben könnte?« Danard lachte auf. »Vergessen Sie's! Dann müsste der Bursche zaubern können. Er saß schon längst in seiner Zelle, als dieser Fernandez absoff. Das können Sie sich sparen, wirklich.«

Lazare sah ihm ins Gesicht: »Commandant, ich bin für jede Ihrer Einschätzungen dankbar. Ich muss aber darauf hinweisen, dass ich es bin, der für die Ermittlung verantwortlich ist. Und ich entscheide, was nötig oder unnötig ist.«

»Als ob ich das in Frage stellen würde!«, protestierte Danard, den Missverstandenen gebend. »Von meiner Seite erhalten Sie natürlich jede erforderliche Unterstützung. Aber –« Seine Stirn faltete sich bekümmert, »– aber wenn Sie mir jetzt vielleicht noch einen Tipp geben könnten, mit welcher Begründung ich das den deutschen Kollegen klarmachen soll?«

»Sie haben doch auch noch ein Hühnchen mit dem Gefangenen zu rupfen, oder?«

»Wegen seiner Beteiligung an dieser Schlägerei?«

Lazare nickte. »Sie sagen den Deutschen nichts weiter, als dass Ihre Ermittlungen gegen ihn noch nicht abgeschlossen sind. Erklären Sie ihnen, dass man hier dazu tendiert, die Tat nun doch nicht als Körperverletzung, sondern als versuchten Totschlag einzustufen.«

»Könnte ich versuchen, sicher. Die Sache hat nur einen kleinen Haken. Das *Le Caraïbe* hat keine Anzeige erstattet. Ich nehme an, man hat sich unter der Hand geeinigt. Daher läuft die Sache unsererseits auf einen Strafbefehl hinaus. Was heißt, dass die Ermittlungen dazu bereits eingestellt sind.« Danard hob die Arme zu einer bedauernden Geste. »Sie können nicht von mir verlangen, dass ich Angaben mache, die sich auch dem beschränktesten deutschen Polizisten in kürzester Zeit als unzutreffend herausstellen müssen.«

Lazare nickte verdrossen.

Danard fuhr fort: »Und vor allem noch einmal: Ihr Spürsinn in Ehren, Commandant, aber was zum Teufel soll dieser Rossbach mit Ihrer Wasserleiche zu tun haben? Hätten Sie die Güte, mich an Ihren Erkenntnissen ein wenig teilhaben zu lassen? Es ist immerhin die Stadt, in der ich Verantwortung habe.«

»Das werde ich tun, sobald ich mich davon überzeugt habe, dass ich mich damit nicht bei Ihnen lächerlich mache.« Lazare schmunzelte. »Ein Huhn sollte schließlich nicht gackern, bevor das Ei gelegt ist, nicht wahr?«

Danard lachte künstlich. »An den Gedanken, Sie mit einem Huhn zu vergleichen, muss ich mich erst noch gewöhnen. Aber ich bemühe mich.«

»Fein«, sagte Lazare. »Dann habe ich vorläufig nur zwei Bitten an Sie. Die erste ist: Ich brauche die Kerle, die Fernandez angegriffen haben. Noch heute.«

»Ist bei einem, einem gewissen Hervé Lambert, kein Problem. Er sitzt eh gerade. Gestern haben wir ihn wieder mit einer Fuhre Zigarettenstangen aus Spanien geschnappt. Beim anderen, ebenfalls ein alter Kunde namens Alain Perez, könnte es etwas dauern, ihn aufzutreiben. Wir wissen zwar, wo er wohnt, wie wir auch die Spelunke am Alten Hafen kennen, in der er sich meistens die Birne zudröhnt. Aber es scheint auch noch andere Rattenlöcher zu geben, in die er sich zeitweise verkriecht.«

Lazare stand auf und trat an die Tür. »Würden Sie trotzdem veranlassen, dass ich beide umgehend vernehmen kann?«

Danard stieß einen gequälten Seufzer aus. »Gut. Ich schicke eine Streife los. Aber mir leuchtet noch immer nicht ein, was Sie sich von dieser Spur versprechen.«

Was auch erst einmal so bleiben soll, dachte Lazare.

15.

Kommissar Bruant hatte sich lange zurückgehalten. Jetzt aber platzte ihm der Kragen. »Verschonen Sie mich gefälligst mit Ihren Einwänden!«, fauchte er Jeanjean an. »Ist es tatsächlich nötig, dass ich Sie auf das Polizeigesetz der Republik hinweisen muss? Für Ermittlungen in einem Kapitalverbrechen ist nicht die Gendarmerie zuständig! Sondern allein die Police judiciaire, und damit ich und mein Team! Und wenn ich als Ermittlungsleiter entschieden habe, Monsieur Praden vorläufig festzunehmen, dann habe ich meine Gründe dafür. Wir haben es hier schließlich nicht mit einem harmlosen Haushaltsunfall zu tun. Und hören Sie auf, mir zu erzählen, dass keine Fluchtgefahr besteht. Der Mann ist kein Hinterwäldler. Er hat studiert und hat, wie seinen Mails zu entnehmen ist, jede Menge Freunde und Gesinnungsgenossen im Ausland.«

Eine leichte Röte färbte die Wangen Jeanjeans. Steif sagte er: »Ich habe Sie lediglich darüber informiert, dass Monsieur Praden nach Angaben sämtlicher Befragten mit Monsieur Papin eng befreundet war. Und dass er nie etwas unternommen hätte, das diesem Schaden zugefügt –«

»Das habe ich durchaus vernommen! Nicht nur ein Mal! Ich habe auch nicht behauptet, dass es sein Ziel war, Monsieur Papin zu töten. Er wollte diejenigen treffen, die ihn immer wieder schikaniert haben. Ein Fall von Selbstjustiz. Klassisch. Sogar verständlich. Trotzdem kann nicht hingenommen werden, dass Sitten wie im Wilden Westen Schule machen.«

Immer das gleiche Lied mit diesen Provinzlern, dachte Bruant verbittert. Wahrscheinlich trifft er sich täglich mit ihm in der Bar und hält ein Schwätzchen. Und macht sich jetzt in die Hose, weil er es sich mit einigen Leuten im Dorf verscherzen könnte.

»Und was die Beweislage angeht, die Ihrer Meinung nach zu mager ist – dass der Mann auf diese Weise ausgerastet ist, muss noch lange nicht bedeuten, dass er so blöde ist, Fingerabdrücke zu hinterlassen. Wenn Sie mir außerdem noch vorwerfen wollen, dass –«

»Ich werfe Ihnen nichts vor«, sagte Jeanjean.

»– dass ich versäume, in andere Richtungen zu ermitteln, so wäre wünschenswert gewesen, dass ich dazu von Ihnen auch nur einen einzigen brauchbaren Hinweis erhalten hätte. Dass es theoretisch auch noch einen anderen Täter geben könnte, ist mir, mit Verlaub, zu vage. Sie werden doch nicht vorschlagen, dass ich die gesamte Einwohnerschaft als Tatverdächtige deklariere, mit einer Hundertschaft anrücke, jeden Haushalt nach Beweisen durchsuche und jeden Einzelnen einer Vernehmung unterziehe?«

Jeanjean sagte nichts.

»Schön. Dann sind wir uns ja einig.«

Betretene Stille war eingetreten. Belmont und Morin starrten auf ihre Bildschirme. Die beiden Beamten der Spurensicherung wichen dem Blick ihres Vorgesetzten aus und nestelten mit betont unbeteiligter Miene am Verschluss ihrer Arbeitskoffer. Bruant verstaute die Berichte des Labors und der Gerichtsmedizin in seiner Mappe. Mit einer eckigen Handbewegung verabschiedete er sich, winkte seinen Begleitern und verließ das Büro. Wenig später war gedämpft zu hören, wie die Wagentüren im Hof der Kaserne zugeschlagen wurden, der Gefangenentransporter und Bruants Dienstwagen das Tor durchquerten und in die Dorfstraße einbogen. Das Fahrgeräusch verlor sich.

»Wie es den Burschen nur immer wieder gelingt, sich beliebt zu machen?«, meinte Belmont in die Stille.

»Und wir baden es aus«, pflichtete ihm Morin bei. »Andererseits – du beschwerst dich doch immer, dass du bei uns vor Langeweile verreckst.«

»Schon. Aber auf eine Scheiße, die uns jemand von außerhalb einbrockt, kann ich gut verzichten.«

»Wird Zoff geben«, sagte Morin ernst. »Monsieur Praden hat 'ne Menge Kumpel, hockt im Kanton in jedem zweiten Verein. Die Leute werden Rabatz machen, ich wette. Das wird kein Spaß.«

Worauf du einen lassen kannst, dachte Jeanjean. Er drückte sein Kreuz durch und steuerte sein Büroabteil an. Er zog die Glastüre hinter sich zu, ließ sich auf seinen Stuhl fallen und starrte vor sich hin.

Irgendwas läuft seit einiger Zeit verkehrt, dachte er. Aber was? Die Zeiten waren doch schon schlechter. Damals, als die Kohlegruben im Bassin von Alès aufgegeben wurden, tausende von Bergleuten ihren Job verloren. Als sich die Dörfer entvölkerten, weil es auf dem Land keine Arbeit mehr gab. Als der Krieg in Algerien zu Ende ging und das Land an den Rand eines Bürgerkriegs geriet. Als die Studentenproteste in Paris eskalierten und der Staatspräsident sich ausfliegen ließ, aus Angst vor einem blutigen Umsturz... verdammt, *das* waren doch Krisen! Wirkliche Krisen! Aber heute? Geht es den Leuten einfach zu gut? Was läuft verkehrt? War ich blind? Habe ich etwas übersehen, was ich hätte sehen müssen?

16.

Lazare ließ sich das verwaiste Büro zeigen, das ihm die Kommissariatsverwaltung für die Dauer der Ermittlung zur Verfügung gestellt hatte. Er legte seinen Rechner auf den Schreibtisch ab, klemmte sich das dünne Aktenbündel, das die Protokolle zu den Krawallen vor dem *Le Caraïbe* enthielt, unter den Arm und machte sich zu einem verspäteten Frühstück in einem der Cafés am Stadtkanal auf.

Dort blätterte er die Berichte durch. Sie konzentrierten sich auf den Ablauf des Geschehens, Auszüge mit den Meldedaten und den Eintragungen in der polizeiinternen Datei waren beigeheftet. Die Hauptbeteiligten Lambert und Perez waren in Sète geboren und gemeldet. Registriert waren Trunkenheitsdelikte, Rauschgifthandel in kleinerem Umfang, mehrere Verfahren wegen Körperverletzung und räuberischer Erpressung. Bei Pablo Fernandez war eine Wohnadresse in Perpignan vermerkt, seiner Geburtsstadt. Auch er stand bereits mehrere Male vor Gericht. Vermerkt waren Zigarettenschmuggel, kleinere Betrügereien mit Ankerplätzen in der Altstadt, Körperverletzung, Sachbeschädigung. Beim Sturm auf die Polizeistation von Perpignan vor drei Jahren hatte man ihn als Mitläufer eingestuft. Der jüngste Eintrag – eine Körperverletzung – lag eineinhalb Jahre zurück. Zu Daniel Rossbach war nur dessen Identität notiert, dass er sich gegen die Festnahme gewehrt hatte und betrunken war, wenn auch nicht exzessiv. Die Kopie des Interpol-Fahndungsaufrufs war angeheftet. Rossbach war einer der Haupttatverdächtigen in einem

Mordfall in einer Stadt in Süddeutschland, deren Name Lazare nichts sagte.

Er bestellte sich einen zweiten Schwarzen, zog sein Handy hervor und ließ sich mit dem Büro der Spurensicherung verbinden. Die Beamten hatten Verlauf und Geschwindigkeit der Strömung überprüft. Und seine Vermutung bestätigt.

»Viel mehr gab die Umgebung aber nicht her. Keine Fußabdrücke, Blutspuren schon gleich gar nicht. Auch kein Objekt, das dem Geschehen oder dem Opfer zugeordnet werden könnte. Geschweige denn ein Mobiltelefon. Entweder hatte er keins dabei – was mich allerdings wundern würde, weil die jungen Kerle sich heutzutage ja fast körperbehindert fühlen, wenn sie es nicht dauernd mit sich herumschleppen –, oder es ist ihm aus der Tasche gerutscht, als er schon im Wasser trieb. Sie wissen, dass wir die Pyramiden von Gizeh für Sie aufstemmen, wenn es erforderlich ist. Aber der Aufwand, kilometerweit Uferschlamm zu durchwühlen, scheint uns bei diesem Fall ein wenig unverhältnismäßig. Noch dazu, da ja theoretisch auch die Möglichkeit besteht, dass sich das Opfer gar nicht am Ufer, sondern in einem Boot in Ufernähe befand.«

Lazare pflichtete ihm bei und beendete das Gespräch. Ein Blick auf die Uhr sagte ihm, dass er sich auf den Weg nach Montpellier machen musste. Er stand bereits an der Tür seines Wagens auf dem Parkplatz des Kommissariats, als das Telefon klingelte.

»Sie haben wieder einmal Glück gehabt«, sagte Danard launig. »Das Problem mit diesem Rossbach hat sich gelöst. Die Deutschen verspäten sich. Irgendein Streik.«

»Ein Hoch auf die Gewerkschaften«, sagte Lazare.

»Unbedingt. Noch was: den zweiten Radaubruder haben wir noch nicht ausfindig machen können. Und bei dem anderen sollten sie nicht zu lange warten. Seine Freilassung ist für den späten Nachmittag angeordnet.«

Lazare bedankte sich, stieg ein und fuhr los. Als Lazare eine Dreiviertelstunde später im Seziersaal des Institut médico-legal eintraf, hatte Dr. Dolfus die Leichenöffnung gerade beendet. Sie schlug das Tuch zurück.

»Die Zeitspanne des Todeszeitpunkts, die der Kollege schon am Tatort geschätzt hat, kann ich weitgehend bestätigen. Die äußeren Verletzungen, eine Wunde unterhalb des Haaransatzes, eine Abschürfung am rechten Knöchel und unterschiedlich verfärbte Blutergüsse an Brust, Oberarmen und an den Schienbeinen waren für Pablo Fernandez' Tod nicht ursächlich. Auch fanden sich keine inneren Verletzungen. Seine Lunge war trocken und aufgebläht.«

»Das heißt also, dass –«

»– dass Sie keine voreiligen Schlüsse daraus ziehen sollten, Commissaire. Die trockene Lunge bedeutet nämlich keineswegs, dass der Mann schon tot war, als er ins Wasser fiel oder geworfen wurde.« Sie seufzte. »Ich weiß nicht, wie oft ich es noch erklären muss. Der typische Befund beim Ertrinken ist die trockene Lunge. Wasser mag sich im Magen finden, weil es der Ertrinkende geschluckt hat, aber niemals in der Lunge. Beim Ertrinken tritt der Tod durch Ersticken ein.«

»Kapiert. War Wasser im Magen?«

Die Ärztin bejahte. »Die Analyse ist noch nicht abgeschlossen, aber mit hoher Wahrscheinlichkeit stammt es aus dem Bereich, in dem man den Mann fand.«

»Stichwort Blutwerte?«

»Zum Todeszeitpunkt dürfte er zwischen 1,5 und 1,8 Promille intus gehabt haben. Daraus Schlüsse zu ziehen, überlasse ich Ihnen.«

Lazare nickte. Damit war man noch nicht im Delirium, konnte mit dem Gleichgewichtssinn aber bereits Probleme haben.

Dr. Dolfus fuhr fort: »Nach erstem Augenschein würde ich sagen, dass er Marihuana zwar regelmäßig, aber nicht im Übermaß konsumiert haben dürfte. Wie Sie selbst gesehen haben, ist der körperliche Zustand allgemein gut, man könnte fast sagen athletisch. Den Großteil der Hämatome muss er sich übrigens schon einige Tage früher zugezogen haben.«

»Wie könnte die Kopfwunde entstanden sein?«

»Mehr, als dass sie durch Einwirkung eines scharfkantigen oder schartigen Objekts verursacht worden sein muss, kann und will ich dazu nicht sagen. Die Kopfhaut war an dieser Stelle aufgeplatzt, der Schlag war aber nicht so heftig, dass er zu einer Fraktur geführt hätte. Die Verletzung kann durch einen Schlag verursacht worden sein. Ich tendiere aber eher dazu, dass er mit dem Schädel auf eine Stein- oder Betonkante geknallt ist, das Bewusstsein verloren hat und ins Wasser gestürzt ist, wo er ertrunken ist. Dafür spricht unter anderem, dass sich in der Wunde Partikel von Calciumoxyd fanden, was auf einen überkrusteten Steinblock oder auf porösen Beton deuten könnte.« Dr. Dolfus zog das Tuch wieder über die Leiche. »Von den noch ausstehenden Tests erwarte ich mir nichts Entscheidendes mehr. Sobald sie vorliegen, lasse ich Ihnen den Bericht zukommen, in Ordnung?«

»Wird darin etwas stehen, das *eindeutig für* einen Unfall spricht?«

Sie warf ihm einen verwunderten Blick zu. »Natürlich nicht. Aber auch nichts, was dagegen spricht. Tut mir leid, dass ich Ihnen keine entschiedenere Antwort geben kann, Commissaire.«

»Schon in Ordnung«, antwortete Lazare. »Damit kann ich leben.«

Sogar ziemlich gut, dachte er.

17.

Manda trat abrupt auf die Bremse. Vor ihnen stand ein Lieferwagen, der die enge Gasse blockierte. Manda drückte auf die Hupe, nahm den Gang raus und lehnte sich zurück.

»Wie kommst du eigentlich zu deinem Vornamen?«, wollte Capucine wissen.

»Keinen Schimmer. Ich glaube, Maman war in irgendeinen Filmheini verknallt, der so hieß.«

»Ein Filmschauspieler namens Manda? Ein Franzose? Nie gehört.«

»Frag mich nicht, ich hab mich nie drum gekümmert. Aber es muss einen gegeben haben, der so ähnlich hieß. Und verdammt gut ausgesehen haben soll.« Ein schelmisches Grinsen glitt über Mandas verknautschtes Jungengesicht. »Ist ungefähr so, wie wenn dich deine Mutter Marilyn genannt hätte, verstehst du?«

Tolles Kompliment, das mir da eingefallen ist, dachte er. Ob sie es kapiert hat? Vorsichtig sah er zu ihr hinüber.

Sie reckte ihr Kinn in Fahrtrichtung. »Hup nochmal.«

Er tat es. Aus einem marokkanischen Schnellimbiss kam ein schlanker Mann geschäftig angelaufen, winkte entschuldigend und brauste reifenquietschend davon. Manda legte den Gang ein und fuhr an.

»Aber Kino ist eigentlich nicht so meins. Hab's mehr mit Sport und so, verstehst du? Vor allem Rugby. Dass unser Club im letzten Jahr regionaler Vizechampion geworden ist, hast du mitgekriegt?«

Capucine nickte unbestimmt. »Wow«, murmelte sie. Mit Manda wird das nichts, dachte Capucine. Er ist nett. Aber ich würde ihn nicht lassen können, wie er ist. »Und Radsport natürlich«, fuhr Manda fort. Mit Capucine kann man sich prima unterhalten, dachte er. Sieht fast so aus, als könnte da was ins Laufen kommen mit uns beiden.

Das *Le Caraïbe* war in einem zweistöckigen Flachbau untergebracht. Mediterranes Flair simulierend, war die Front zur Straßenseite mit ockergelben Bruchsteinplatten beklebt. Zu beiden Seiten des Eingangs trugen antikisierende Säulen ein Vordach aus gewelltem Plexiglas, daneben dürsteten mannshohe Topfpalmen vor sich hin. In den geschwungenen Schriftzug hatte ein talentloser Sprayer ein Graffito eingearbeitet, das entfernt an Captain Sparrow erinnerte. Der metallene Rolladen war noch heruntergelassen. Im Inneren blieb es still, als Manda daran klopfte.

»Hätten wir uns denken können. Hier pennt noch alles.« Er winkte Capucine, ihm zurück zum Wagen zu folgen. Sie stand an der Ecke und zeigte in einen schmalen, leicht absteigenden Durchgang, der zu einem Wäldchen führte, hinter dem die Lagune zu erkennen war. Nach wenigen Schritten erreichten sie ein Gittertor. Es stand einen Spalt breit offen. Sie betraten eine geteerte Auffahrt, die vor einer verschlossenen Metalltür endete. Ein verstaubter Motorroller, die Chromteile bereits korridiert, war davor aufgebockt. Ein ausgetretener Rasenpfad zweigte ab und führte zur Rückseite des Gebäudes, an das die Außenterrasse anschloss, die mit einer gläsernen Schiebetür mit dem Tanzsaal verbunden war. Hinter einer Balustrade am äußersten Ende weitete sich der Blick über die Lagune. Von hochgestellten Stühlen und einer Kolonnade eingeklappter Sonnenschirme immer wieder verdeckt, schleifte ein schmächtiger Junge in gebeugter Haltung einen Plastiksack hinter sich her, den er mit dem Abfall des vergangenen Abends befüllte.

Ein dünnes Scheppern richtete ihre Aufmerksamkeit auf das Innere des Saales. Die Tür war weit geöffnet. Kaltes Neonlicht und der penetrante Geruch von abgestandener Luft und scharfen Putzmitteln empfing sie. Am hinteren Ende der Langtheke war eine junge Frau dabei, den Boden aufzuwischen. Sie erstarrte beim Anblick der beiden Beamten, fluchtbereit geduckt. Capucine lächelte ihr beschwichtigend zu. Das Mädchen entspannte sich. Der Besitzer sei noch nicht da, erklärte sie in gebrochenem Französisch. Monsieur Leca tauche immer erst am frühen Abend auf, gegen sechs Uhr. Ob sie einen Monsieur – wie? Fernandez? Pablo? – kennen würde? Nein, der Name sei ihr kein Begriff. Und überhaupt sei sie nur heute da, ausnahmsweise, als Aushilfe für eine gute Freundin, die wegen einer Erkältung im Bett bleiben müsse.

Klar doch, dachte Manda. Wär ja auch das erste Mal, dass es jemand mit der Arbeitserlaubnis nicht so genau nimmt.

Die junge Frau zeigte in Richtung Terrasse. Der Junge dort, Rico, könne ihnen bestimmt weiterhelfen.

Manda ging vor die Tür und rief ihn zu sich. Der Junge näherte sich zögernd. Seine Augen waren dunkel umrandet, als habe er sich die Nacht um die Ohren geschlagen. Er bestätigte, dass sich der Todesfall in der Belegschaft bereits herumgesprochen hatte.

»Ich hab Monsieur Fernandez gekannt, ja«, antwortete er auf Mandas Frage. »Aber nich' so gut. Bin ja nich' immer da, und wenn, dann meistens in der Küche, und er stand die meiste Zeit vorn am Eingang. Nur manchmal kam er zur Bar, um kurz Pause zu machen, einen Schluck trinken und quatschen mit Bekannten. Aber nich' oft, Monsieur Leca sieht es nich' gern. Gestern Nacht ging er so gegen, ich glaub, muss kurz nach eins gewesen sein. Es war nich' mehr viel los, Monsieur Leca hat kurze Zeit danach auch dichtgemacht. Ich bin dann auch nach Hause.«

»Gab's gestern irgendeinen Vorfall?«, erkundigte sich Capucine. »Einen Streit beispielsweise? Gab's Krach mit irgendwelchen Gästen an der Tür?«

»Das gibt's fast jeden Tag, aber bei Monsieur Fernandez hat keiner aufgemuckt. Konnte sich Respekt verschaffen, Monsieur Fernandez, ohne dass er gleich zuschlagen musste. Und gestern...?« Er dachte nach. »Nein, da war nichts. Ich hätt es mitgekriegt, wenn es eine gröbere Angelegenheit gewesen wäre. Kann mich auch nich' erinnern, dass die Kollegen sich über irgend'nen Vorfall unterhalten haben.«

»Hast du sehen können, mit wem Fernandez gesprochen hat?«

Rico verneinte kopfschüttelnd. »Es ist immer viel los bei uns. Und dunkel und laut, und Lightshow und alles. Aber ich glaub, er kannte viele. Monsieur Fernandez redete gern mit den Leuten.«

»Weißt du, mit wem er zusammen war? Kennst du Kumpels von ihm?«, bohrte Manda weiter.

Der Junge verneinte. Es war nicht zu übersehen, dass er sich unwohl fühlte.

»Weißt du, wohin er gegangen ist?«

»Nach Hause, denk ich, oder?« Rico zupfte nervös an seinem Muscle-Shirt. »Messieurdames, ich muss wieder an die Arbeit, Monsieur Leca wird immer ärgerlich, wenn –«

Manda ignorierte es. »Ist er allein weggegangen?«

»Hab Ihnen doch gesagt, dass ich nich' Acht gegeben hab!«, beteuerte Rico.

Was zeigt eigentlich dieses seltsame Tattoo auf seinem Oberarm, dachte Capucine.

»Gut«, sagte der Junge zögernd. »Okay, manchmal... manchmal geht er mit 'nem der Mädchen weg.«

»Hatte er eine feste Freundin? Hier im Club?«

»Monsieur Fernandez und was Festes?« Der Junge zuckte die schmalen Schultern. »Weiß nich'. Glaub eher nich'.«

»Er hatte jeden Tag eine andere, möchtest du sagen«, sagte Capucine. Das Tattoo sieht aus wie ein Igel, dachte sie.

Die Schultern des Jungen zuckten lahm »Ich kümmere mich nich' um sowas.«

»Und wie war es gestern Nacht?«

»Hab ich Ihnen doch schon gesagt! Ich hab nich' Acht gegeben, ich schwör's.«

Capucine sah vorsichtig zu Manda. Der Junge verschweigt uns etwas, dachte sie. Das kann ihm Manda doch unmöglich durchgehen lassen.

»In Ordnung, Rico«, sagte Manda. »Fürs Erste reicht uns das. Du gibst uns noch deinen Namen und Adresse und sagst uns, wo wir dich erreichen können, wenn wir noch etwas von dir brauchen sollten, okay?«

Capucine zückte ihren Schreibblock.

»Rico«, diktierte der Junge. Er verbesserte sich: »Henri. Henri Rey.«

18.

Das neue Gefängnis des Departements lag an der Nationalstraße zwischen Montpellier und Sète. Hervé Lambert war bereits in den Verhörraum gebracht worden.

»Um die Schlägerei geht's? Was wollt ihr da noch von mir? Die Sache ist doch geregelt?«

Lazare betrachtete sein Gegenüber. Lambert sah älter aus als die dreiunddreißig Jahre, die sein Dossier vermerkte. Sein Gesicht war das eines Trinkers, fleischig, trotz seiner Sonnenbräune welk und von fahlem Teint. Seine kleinen dunklen Augen über den geschwollenen Tränensäcken blickten ausdruckslos geradeaus. Sein Schädel glänzte wie eine polierte Kastanie und war bis auf einen schütteren Haarkranz kahl. Er lebte laut Dossier allein, war seit Jahren ohne regelmäßigen Job, bewohnte ein billiges Appartement im Hafenviertel.

»Erstens ist sie noch nicht geregelt, und zweitens bin ich es, der Fragen stellt, verstanden?«

»Doch noch nich'? Kapier ich nich'.«

»Dann kapierst du vielleicht das, Hervé. Einer der Gitans, auf die ihr vor dem *Le Caraïbe* losgegangen seid, ist tot.«

Lambert schluckte. Dann murmelte er: »Is jetzt 'n Witz, oder was? Oder so 'n Trick?«

»Wenn du das hier für eine Spaß-Show hältst, muss ich dich enttäuschen«, sagte Lazare scharf. »Warum seid ihr auf die Gitans losgegangen?«

»Weiß nich' mehr... wir... uns war langweilig... und ganz nüchtern waren wir auch nich' mehr...«

»Ihr habt was gegen sie, stimmt's?«

Lambert zuckte die Schultern. »Haben doch viele, oder?«

»Und was?«

»Sie... sie gehören einfach nich' hierher, sie stinken, sie schleimen rum, graben unsere Mädchen an, sie klauen, sie...«

»Alles, was ein echter Franzose niemals tun würde, willst du damit sagen.«

»Mann! Hier ist Frankreich, ja!?«

»Du redest einen Offizier der Police nationale nicht in diesem Ton an! Haben wir uns verstanden?«, herrschte ihn Lazare an.

Der Häftling hatte sich unwillkürlich geduckt. »Is gut, is gut«, murmelte er. »Ich weiß bloß nich', was das soll.« Er wurde wieder mutiger. »Und so, dass diese Schweine nich' auch gut zurückgekeilt hätten, ist es ja auch nich', ja?« Er zeigte auf einen fleckigen Bluterguss an seiner linken Wange. »Der Zahn ist futsch!«

»Heul mir nichts vor, das hast du dir alles selbst eingebrockt. Hör mir jetzt lieber gut zu, Hervé. Du bist neulich nicht zum ersten Mal ungut aufgefallen. Zu dir gibt's eine eindrucksvolle Liste von Einträgen im Strafregister. Und seit mehreren Jahren ist bei fast jedem Aufmarsch der Nationalen deine Visage zu sehen. Wie auch die deines Kumpels Perez und ein paar anderen aus eurer Clique.«

»Ist nich' verboten, oder?«

»Richtig. Solange dabei keine Methoden angewandt werden, die gegen das Gesetz verstoßen. Wie neulich bei eurem Angriff auf die Gitans Der war nicht Zufall oder Spaß, sondern Absicht. Von wem habt ihr den Auftrag dazu bekommen? Wer gibt den Chef bei euch?«

Hervé Lamberts Blick flog umher, als suche er nach einem Fluchtweg. »Niemand!«, stieß er hervor.

Lazare seufzte. »Mir scheint, du hast eben nicht genau zugehört, Hervé. Es geht jetzt um Mord. An einem Mann, den ihr vor kurzem angegriffen habt. Der euch aber eine Lektion erteilt hat, die euch vermutlich nicht gefallen hat. Damit, würde ich sagen, habt ihr beiden ein Motiv. Ihr wolltet euch rächen. Und seid damit tatverdächtig.« Nüchtern fügte er hinzu: »Was übrigens heißt, dass du nichts mehr zu sagen brauchst. Oder einen Anwalt anrufen kannst.« Er nickte ihm auffordernd zu. »Wie wollen wir es halten? Es liegt an dir. Ich kann auf der Stelle gehen. Allerdings kann ich dir garantieren, dass du nicht schon morgen rauskommst, sondern dich auf eine längere U-Haft einstellen darfst. Mindestens bis zu Prozessbeginn. Was, wie du weißt, dauern kann.«

»Aber... tatverdächtig... wieso tatverdächtig? Mann! Ich schwör's! Ich hab damit nichts zu tun!«

»Davon kannst du dir leider nichts kaufen, mein Freund«, hielt Lazare kühl dagegen. »Es sei denn, jemand kann beschwören, dass du für gestern zwischen ungefähr Mitternacht und ein Uhr morgens ein Alibi hast.«

Der Angesprochene starrte ihn an. Dann runzelte er nachdenklich die Stirn. Seine Miene hellte sich auf. Erleichtert stieß er hervor: »Da war ich – ja! Da war ich im *Le Timonier*!«

»Wo?«

»In der Bar *Le Timonier*! Kennt doch jeder! Hier, in Sète, am Alten Hafen! Dafür gibt's Zeugen! Massenweise!«

Lazare gab sich enttäuscht. »Wann bist du da raus?«

»Um kurz nach eins!«

»Und dann?«

»Bin ich heimgegangen, was sonst?«

»Allein?«

»Allein! Und um genau kurz nach eins! Meine Kumpel können alles bestätigen!« Lambert lachte triumphierend. »Haha! Scheiße für Sie, was?«

Lazare schürzte die Lippen. »Ich glaube nicht, Hervé. Mir

fällt nämlich gerade ein, dass der Mord doch später geschehen ist. Zwischen halb zwei und zirka drei Uhr.« Er spielte den Zerknirschten. »Tut mir aufrichtig leid. Soll nicht wieder vorkommen.«

Lambert sank in sich zusammen.

»Da-das geht nich'!«, stammelte er.

»Ich fürchte, da bist du auf dem Holzweg, mein Freund. Und nicht nur das. Du steckst tief in der Scheiße, verdammt tief.« Lazare beugte sich nach vorne und fixierte Lambert mit strengem Blick. »Und aus der kommst du bloß raus, wenn du aufhörst, mir Märchen aufzutischen. Drum ein letztes Mal, Hervé: Wer hat euch angestiftet, auf die Gitans loszugehen? Wer hat das Sagen bei euch?«

Lamberts Stirn glänzte feucht. »Aber... aber... ich gehör doch eigentlich gar nicht zu denen, bin nur ab und zu...«

»Zu *wem* gehörst du nicht?«, unterbrach Lazare, nun fast milde. »Du meinst doch bestimmt die Kameraden, die sich in der Bar *Le Timonier* treffen, richtig?«

Lambert presste die Lippen aufeinander.

»Richtig?«, bohrte Lazare nach.

Der Häftling nickte geschlagen. »Aber ich bin bloß ab und zu dort. Ich schwör's. Ich bin nich' dabei. Und außerdem... sie... sie nehmen einen nur auf, wenn man...«

... sich durch seine Taten ihrer würdig zeigt, dachte Lazare. Nicht aber, wenn man wie du nur ein erbärmlicher Trunkenbold ist.

»In Ordnung.« Lazare lächelte wohlwollend. »Ich glaube dir. Jetzt möchte ich nur noch von dir wissen, wie ihr an diesen schrägen Vogel aus Deutschland gekommen seid.«

»Dany?«

»Daniel Rossbach, richtig. Kennst du ihn schon lange? Woher überhaupt?«

Lambert winkte ab. »›Schon lang‹ ist Quatsch. Ich war im *Le*

Timonier, Perez schleppte ihn an, er gab einen aus, wir kamen ins Gespräch.« Er entblößte sein tabakgelbes Gebiss. »Bin eben ein geselliger Mensch, nich'?«

Lazare gab sein Grinsen nicht zurück. »Kannst du eigentlich Deutsch?«

»Ob ich Deutsch kann? Wieso?«

»Weil ich mir sagen hab lassen, dass der Wortschatz dieses Monsieur Rossbach aus höchstens drei Wörtern besteht, und alle drei haben etwas mit *merde* zu tun. Stell ich mir ziemlich holprig vor, so ein Gespräch.«

»Er hatte ein paar Brocken Englisch drauf, genauso wie ich.«

»Was weißt du von ihm?«

»Was ich von ihm weiß?« Lazare nickte geduldig. »Was du von ihm weißt.«

»Wenig. Dachte erst, ist einer von den Kerlen, die rumstromern, da mal arbeiten, dort sich mal an den Strand legen. Einer von denen, die keine Lust auf geregelte Maloche haben und die Schnauze voll vom miesen Wetter bei sich zu Hause. War mir egal. Ich fand ihn okay. Hat mich öfters eingeladen, wieso sollt ich ablehnen? Hab ja nichts gegen Ausländer. Wenn's nich 'n schmieriger Araber, 'n dreckiger Zigeuner oder 'n Bimbo ist.«

»Mit wem hatte er außer dir noch Kontakt?«

»Mit wem er noch Kontakt hatte?«

»Hatte er außer dir Freunde, gute Bekannte in Sète? Vielleicht von früher?«

»Freunde? Bekannte?«

»Oder auch eine Frau?«

»Mir nichts bekannt, tut mir leid.« Lambert versuchte ein bedauerndes Lächeln. »Die Sprache eben, nich'?«

»Wo hat er eigentlich gewohnt? Privat? In einer Pension? Einem Hotel?«

»Wo er gewohnt hat?«

»Hervé.« Lazare beugte sich vor. »Zwei Bemerkungen. Ich

hasse es, wenn mir ein Idiot meine Zeit klaut, indem er jede meiner Fragen wiederholt. Noch mehr hasse ich es, wenn jemand meint, mich für blöd verkaufen zu können.« Er hob die Stimme. »Der Kerl wird in Deutschland als Mörder gesucht. Wenn sich herausstellt, dass du ihm Unterschlupf gegeben hast, sorge ich höchstpersönlich dafür, dass du wieder für eine Weile ins Schließfach einrückst. Geht das vielleicht noch in deinen Schädel?«

»Mann! Woher hätt ich das denn wissen können? Meinst du, er hätte es mir –«

»Ich sagte, du duzt einen Offizier der Police nationale nicht, kapiert?«, fauchte Lazare. »Und jetzt heraus damit. Dieser Daniel Rossbach ist vor ungefähr sechs Wochen in Sète aufgetaucht. Er war bei seiner Festnahme bestens genährt, hatte einen Packen Geld bei sich. Er wird nicht in einer Grotte auf dem Mont St. Clair campiert haben.«

Lambert hatte sich wieder im Griff. Er grinste dümmlich. »Wieso nich'? Ist doch schön da oben?«

»Du willst mich verarschen, stimmt's?«, sagte Lazare.

Lambert lachte künstlich. »Aber nich' doch. Ich und 'nen Bullen verarschen. Käm ich nie auf die Idee.«

»Zum letzten Mal«, sagte Lazare beherrscht. »Wo hat sich Rossbach so lange versteckt?«

Lambert schnellte nach vorne und brüllte: »Weiß ich doch nicht, verdammt! In einem Hotel vielleicht, oder in 'ner Pension!«

Lazare konterte in gleicher Lautstärke: »Jemand, der wegen Mordes gesucht wird und sich ausrechnen kann, dass in ganz Europa nach ihm gefahndet wird, checkt in einem Hotel oder in einer Pension ein? Willst du mich für dumm verkaufen?«

»Unter falschem Namen, wieso nich'?«

Lazare musterte ihn mit ausdrucksloser Miene. Dann richtete er sich im Sitz gerade. »In Ordnung«, sagte er.

Lambert legte nach: »Noch nie was davon gehört, dass man 'nen Pass auch fälschen kann?«

»Ich habe dich gewarnt«, sagte Lazare ruhig. »Ich lasse dich jetzt in die Zelle bringen. Damit du in den nächsten Tagen oder Wochen in Ruhe in deinem Gedächtnis kramen kannst.«

»Das ... das könnt ihr nich' –!«

»Einen Tatverdächtigen, der kein Alibi vorweisen kann, dafür aber ein umso einleuchtenderes Motiv hat, können wir nicht in Untersuchungshaft nehmen? Irrtum, mein Freund. Außerdem kann ich dir verraten, dass der Staatsanwalt überlegt, ob es sich bei eurer Randale vor dem Club nicht doch um versuchten Totschlag gehandelt haben könnte. Dass du und deinesgleichen die Gitans hassen, hast du ja auch eben wieder unter Beweis gestellt. So etwas – kleine kostenlose Nachhilfe in Strafrecht, Hervé – nennt sich Offizialdelikt. Dazu braucht die Staatsanwaltschaft keine Anzeige.«

Lamberts Adamsapfel hüpfte erregt. »Totschlag ...«, stotterte er. »Das war doch bloß ...«

»Du bist ein friedlicher und geselliger Zeitgenosse, ich weiß«, sagte Lazare beißend. »Damit wirst du deinen Zellengenossen bestimmt viel Freude machen. Ich werde gerne alles dafür tun, dass sie möglichst lange dieses Vergnügen haben.« Er lehnte sich zurück. »Verkauf mich nicht für blöd, habe ich dir gesagt, Hervé. Aber du wolltest nicht hören.« Er schob sich mit dem Stuhl zurück und sah an Lambert vorbei zum Wachbeamten. »Lieutenant?«

Der Angesprochene stand auf.

»Warte«, sagte Lambert heiser.

»Ich höre?«, sagte Lazare.

Lambert sah gehetzt um sich. Er senkte seine Stimme. »Wir ... wir könnten ins Geschäft kommen. Aber ... aber nur, wenn es sich rentiert, ja? ... und ...« Wieder sah er um sich. »Und vor allem, ich brauche Sicherheiten! Kapiert?«

»Aber natürlich«, sagte Lazare.

19.

Es war noch zu früh, um mit den Befragungen jener Anwohner in der Umgebung des Leichenfundorts zu beginnen, die am Vormittag nicht zu Hause gewesen waren. Manda überredete Capucine dazu, eine Kaffeepause an einem Stehtisch der Bar *Du Quai* zu machen. Danach machten sie sich ins Kommissariat auf, um nach Eintragungen zu Henri Rey zu forschen.

Capucine bemerkte, dass sie sich auf der Beifahrerseite verkrampfte und immer wieder auf eine imaginäre Bremse stieg.

»Fahr nicht so nah auf«, tadelte sie genervt. Er antwortete mit einem unwilligen Brummen, nahm aber die Geschwindigkeit ein wenig zurück.

Sie überquerten die Kaibrücke. Auf dem Kanal unter ihnen steuerte ein Motorboot in rascher Fahrt auf die Mole zu. Capucine öffnete das Seitenfenster einen Spalt. Der Himmel über der Stadt hatte vollständig aufgeklart, es war wieder sommerlich heiß geworden, die Luft über dem Asphalt flirrte.

»Ist dir eigentlich dieses seltsame Tattoo bei ihm aufgefallen? Vorne, an der Schulter.«

»Bin ja nicht blind.«

Capucine sah ihn von der Seite an.

»Ich hab so eins noch nie gesehen«, sagte sie. »Sah aus wie ein Tier, aber mit Stacheln. Wie ein fetter Igel, hm?«

Manda zuckte die Schultern.

Sie seufzte.

»Hör mal, Manda«, begann sie, um einen versöhnlichen Ton bemüht. »Das, was ich vorhin gesagt habe – ich hatte doch bloß das Gefühl, dass uns dieser Junge nicht alles gesagt hat. War keine Kritik an dir, wirklich nicht.«

Manda sah verkniffen nach vorne. »Du darfst mir schon ein wenig Erfahrung zugestehen. Ich bin schließlich ein paar Jahre länger hier«, sagte er. »Außerdem geb ich dir einen Rat, einen guten, und den sogar gratis. Wenn du in unserem Laden irgendjemandem irgendetwas von irgendwelchen Gefühlen erzählst, bist du schneller unten durch als du schauen kannst. Bei der Polizeiarbeit zählen nämlich bloß Fakten, und sonst nichts, ja?«

Kommt sie mir mit Gefühlen, dachte er. Muss noch eine Menge lernen, die Kleine.

Was soll ich mit dieser Mimose machen, dachte Capucine. Wieder einlenken, die kleine Dumme spielen, die zu ihrem Vorbild aufblickt? Zu Manda, dem klügsten, erfahrensten, dazu hinreißend männlichen Kriminalbeamten des gesamten Südens? Hierarchien gab es nun einmal. Soll ich mich als Anfänger nicht besser erstmal in sie fügen?

»Meine Güte, Manda«, platzte sie heraus. »Nun sei doch nicht immer so empfindlich. Du willst mir doch nicht erzählen, dass du nicht auch manchmal ein Gefühl hast, bei irgendwas, bei irgendwem. Sei ehrlich!«

Ein empörtes Hupen hinter ihm ließ Manda zusammenzucken. Er korrigierte hastig die Spur. Wenig später bogen sie auf den Parkplatz des Kommissariats ein.

20.

Brigadier Becker schien auf Lazares Anruf gewartet zu haben. Als betrachte er es als Ehre, ihm bei einem Verhör assistieren zu dürfen, hielt er ihm dienststeifrig die Wagentür auf. Beschwingt fädelte er auf die Straße nach Villeneuve ein und steuerte den Wagen durch den nachmittäglich dichten Verkehr.
Fünfundvierzig Minuten später nahm Daniel Rossbach im Verhörraum Platz. Der Brigadier übersetzte Lazares Begrüßung.
»Was will der Typ von mir?«, polterte der Gefangene. »Wer ist er überhaupt?«
»Commandant Lazare ist Kommissar der Police judiciaire, also der Kriminalpolizei. Was er will, wird er Ihnen gleich sagen.« Becker sah Lazare erwartungsvoll an. »Monsieur Rossbach fragt, was Sie von ihm wissen wollen, Commandant.«
»Fragen Sie ihn, wie er nach Sète gekommen ist«, sagte Lazare.
Becker übersetzte.
»Kann euch doch egal sein.« Rossbach lehnte sich zurück und verschränkte seine muskulösen Arme vor seiner Brust. »I want not speak with you, understand? Kein Bock, claro?« Er wandte sich an Becker. »Versteht der Vogel das?«
»Sagen Sie ihm, dass ich leider nicht so ausgezeichnet Englisch spreche wie er«, sagte Lazare. »Deshalb möchte ich, dass wir beim Französischen bleiben.« Er beugte sich vor und legte seine Arme auf der Tischplatte übereinander. »Sind Sie mit dem Zug angereist, Monsieur Rossbach? Mit dem Flieger? Oder einem Wagen? Alleine?«

Becker übersetzte.

»Zu Fuß natürlich.« Rossbach grinste zähnefletschend. »Ich bin nämlich ein Sportsmann, versteht ihr?« Er drehte sich zu Becker. »Kommt er da mit?«

»Ich würde davon ausgehen«, erwiderte Becker.

Der Kommissar nickte gelassen. »Brigadier, machen Sie Monsieur Rossbach klar, dass er in einem südeuropäischen Gefängnis sitzt, und das noch mindestens eine ganze Nacht.«

Becker räusperte sich. Dann übersetzte er.

»Dreckschweine«, knurrte der Gefangene.

»Er warnt Sie, Monsieur Rossbach«, sagte Becker. »Ich rate Ihnen dringend, Kommissar Lazare nicht zu verärgern. Er ist als harter Hund bekannt.«

Rossbachs Blick flackerte unmerklich. »Was soll der Stuss? Ist doch egal, wie ich hergekommen bin. Meint er, ich bin so bescheuert, in 'nem Bahnhof oder an 'nem Flugplatz in 'ne Kontrolle zu laufen?«

Der Kommissar lauschte Beckers Übersetzung.

»Nun, durch eine Schlägerei vor aller Augen auf sich aufmerksam zu machen, zeugt zumindest nicht von übertriebener Intelligenz«, sagte er zu Becker. »Aber fragen Sie ihn, warum er ausgerechnet nach Sète gekommen ist.«

»Wieso nicht?«, polterte Rossbach. »Hauptsache raus aus diesem beschissenen Deutschland.«

»Ein Patriot scheint er ja nicht gerade zu sein?«

»Soweit ich es verstehe, unterscheidet er zwischen seinem Volk und der momentanen Regierung«, erläuterte Becker die Antwort des Gefangenen. »Deutschland werde derzeit von Juden und Volksverrätern regiert, behauptet er.«

»Ich verstehe«, sagte Lazare.

Rossbach drehte sich zu Becker. »Und überhaupt jetzt mal – als Elsässer bist du doch Deutscher, oder? Und lässt dich von den Käselutschern rumkommandieren?«

Eine unmerkliche Röte erschien auf den Wangen des Brigadiers. »Wie ... hören Sie das an meiner Aussprache?«

Der Gefangene stutzte. Dann nickte er. »Woran sonst?«

Becker räusperte sich und wandte sich an Lazare. »Monsieur Rossbach ist darüber verwundert, dass ich Deutsch spreche. Er hat die Vermutung geäußert, ich könnte deutsche Wurzeln haben«, erklärte er.

Lazare winkte ab. »Ich möchte von Monsieur Rossbach noch wissen, wo er hier gewohnt hat.«

Becker gab die Frage weiter. Rossbach wich Lazares unverwandtem Blick aus.

»Mal in Hotels, mal bei Bekannten. An Namen und Adressen kann ich mich nicht mehr erinnern.«

»Darf ich ihm mit einem Namen aushelfen? Charles Laforet zum Beispiel?«

Becker streifte Lazare mit einem erstaunten Blick, ehe er sich dem Gefangenen zuwandte. Dieser ließ ihn jedoch nicht zu Wort kommen.

»Sag diesem arroganten Arschloch, dass ich die Schnauze voll habe von seinem Gelabere! Ich habe verdammtes Schädelweh, ja?«

»Sie fühlen sich nicht gut, Monsieur Rossbach?«

»Ja. Hat man euch nicht bloß ins Hirn, sondern auch auf die Augen geschissen?« Rossbach wischte sich einen Speichelfaden aus dem Mundwinkel und zeigte mit dem Finger auf ein breites Pflaster an seiner Schläfe. »Für was haltet ihr das? Für 'nen Knutschfleck?«

»Nein«, entgegnete Lazare sachlich. »Das ist eine Wunde, die Ihnen ein Mann namens Pablo Fernandez vor einigen Tagen beigebracht hat.«

»Pablo wer? Nie gehört, den Namen.«

»Das ist der Name des Mannes, der in der vergangenen Nacht getötet wurde.«

»Ach nee!« Rossbachs Stimme triefte vor Hohn. »Irgendwer hat ins Gras gebissen? Und das wollt ihr mir jetzt auch noch in die Schuhe schieben? Geht's noch blöder? Wo war ich gestern Abend, ihr Idioten? Na? Hier war ich! Im Hotel zur gesiebten Luft.« Er ließ sich auf die Lehne zurückfahren. »Und damit Ende, ihr Arschlöcher. Finito, kapiert ihr das?«

Während er übersetzte, beäugte der Brigadier Lazares Reaktion. Jeder andere würde ihm jetzt eine scheuern, dachte er. Die Videoaufzeichnung würde hinterher ein wenig holpern, aber was an diesem modernen Zeug funktioniert hier schon?

»Kapiert, Monsieur Rossbach«, sagte Lazare freundlich. Er gab dem Wachhabenden ein Zeichen und stand auf. »Noch einen angenehmen Aufenthalt, Monsieur Rossbach. Und gute Reise.«

Becker folgte ihm in den Flur.

»Was für ein Kotzbrocken«, sagte er.

»Was?«, gab Lazare abwesend zurück. »Ach so – ja, das dürfte es treffen.«

Der Brigadier hatte Mühe, mit Lazare Schritt zu halten.

»Fand ich übrigens großartig, wie Sie ihm Kontra gegeben haben.«

Lazare bedachte ihn mit einem zerstreuten Nicken. Sie gingen über den Parkplatz. Becker entriegelte die Türen. Sie stiegen ein und steuerten das Tor an. Wenig später standen sie im ersten Stau.

Der Brigadier stellte die Klimaanlage höher.

»Die Hitze wird zunehmen. Sagt der Wetterbericht.«

Lazare zuckte die Schultern. »Wir sind eben nicht im Norden.«

»Mon dieu«, sagte Becker mit gespieltem Entsetzen. »Das Sauwetter dort würde mir gerade noch fehlen.« Er warf einen vorsichtigen Seitenblick auf Lazare. »Aber – wenn ich fragen darf – Sie verstehen, dieser tote Gitan… es ist immerhin bei uns in Sète passiert, fast vor unserer Haustür…«

Lazare sah geradeaus. »Was wollen Sie wissen?«

Der Brigadier kuppelte, gab wieder Gas. »Warum wollten Sie eigentlich mit diesem Kerl reden? Ich meine, er saß doch tatsächlich schon in der Zelle, als dieser Fernandez ertrank.«

»Sicher.«

»Nicht dass Sie's falsch verstehen«, schob Becker eilig nach. »Der Boss sind Sie, Sie bearbeiten den Fall, keine Frage. Und Sie werden sich's überlegt haben.«

»Das habe ich mir eigentlich zur Gewohnheit gemacht«, sagte Lazare mit freundlicher Herablassung.

»Klar! Es ist wirklich nur … ich habe mir nur überlegt, nicht?, wenn da etwas dahintersteckt, was unsere Arbeit betrifft … diese Sache war für uns etwas, was Interpol oder die Deutschen angeht, aber nicht uns hier in Sète …« Der Brigadier nahm aus den Augenwinkeln wahr, dass ihn Lazare mit einem forschenden Blick maß. »Sie verstehen doch, was ich meine, oder?«

»Durchaus«, sagte Lazare verständnisvoll. Er legte einen vertraulichen Ton in seine Stimme: »Na schön. Aber Sie posaunen es nicht herum, ja?«

Der Brigadier lachte »Gegen mein Schweigen tönt ein aufgelassener Friedhof wie ein Konzert mit Johnny Hallyday, das verspreche ich Ihnen.«

Lazare blieb ernst. »Es könnte die Ermittlung gefährden, wenn gewisse Leute gewisse Dinge zu früh erfahren, verstehen Sie?«

»Commandant.« Es klang leicht indigniert.

»Also gut«, begann Lazare. »Zählen Sie einfach eins und eins zusammen. Geht das?«

»Ich werde mich bemühen.«

»Also: Dieser Pablo Fernandez kommt unter ungeklärten Umständen zu Tode. Es ist derselbe Mann, den Rossbach und seine Kumpane einige Tage zuvor schon einmal angegriffen haben. Und er gehört zu den Gitans.«

»So viel hab ich kapiert«, meinte Becker. »Aber wissen wollten Sie von diesem Rossbach doch vor allem, wie er hierherkam und wo er sich aufgehalten hat?«

»Richtig.«

»Ach! Und Sie haben die Vermutung, dass dieser ... dieser Monsieur Laforet etwas mit den Attacken auf die Gitans zu tun haben könnte?«

»Sie kennen ihn?«

»Lässt sich kaum vermeiden, wenn man hier wohnt. Sein Vater war ein ziemlich bekannter Geschäftsmann in Sète, wohlhabend dazu.« Der Brigadier streifte Lazare mit einem zweifelnden Blick. »Schon allein deshalb kann ich mir schlecht vorstellen, dass sich jemand wie Monsieur Laforet mit einem primitiven Burschen wie diesem Rossbach ernsthaft einlässt.«

»Sollte man meinen«, sagte Lazare bedeutungsvoll.

Der Brigadier sah nach hinten, setzte den Blinker und wartete auf eine Lücke, um auf die rechte Fahrspur zu gelangen. »Und wie geht's weiter?«

Lazare sah auf seine Uhr. »Fahren Sie mich doch gleich noch zum Club *Le Caraïbe*«, bat er.

21.

Commandant Danard zog die Türe seines Büros hinter sich zu, setzte sich hinter den Schreibtisch und kramte die Telefonliste des Kommissariats unter einem Stapel von Schriftstücken hervor. Seine Finger fuhren die Zahlenreihen ab, dann griff er zum Hörer.

Lieutenant Manda meldete sich.

»Wo steckt ihr gerade?«, fragte Danard im Ton des fürsorglichen Vorgesetzten.

»Sind noch dabei, die letzten Häuser von La pointe longue abzugrasen. Ein paar von den Anwohnern waren am Vormittag nicht zu Hause.«

»Hört mal, ich schlage mich gerade mit dem Einsatzplan herum. Wie es aussieht, braucht euch Lazare noch länger, hm?«

»Weiß nicht. Wir haben heute Abend noch eine Besprechung mit ihm, dann kann ich's dir sagen.«

»Auf jeden Fall kommen wieder mal eine Menge Überstunden zusammen.« Danard seufzte. »Na ja, irgendwie werden wir das hinkriegen. – Kommt ihr denn voran?«

»Ist zäh, Chef.« Manda klang wenig euphorisch. »Verdammt zäh.«

»Lazare scheint immer noch von Mord auszugehen, was?«

»So hab ich ihn verstanden, ja.«

»Aber eine Spur hat er noch nicht, oder?«

»Keine Ahnung, Chef. Von uns jedenfalls erstmal nicht. Mit Tatzeugen sieht's bisher ziemlich finster aus.«

»Ist er denn in der Nähe? Kann ich ihn mal sprechen? Wär

nicht schlecht, wenn ich wüsste, was er mit euch weiter plant, verstehst du?«

»Er müsste gerade auf dem Weg ins *Le Caraïbe* sein, soweit ich es mitbekommen hab.«

Danards Puls beschleunigte sich. »Er lässt nicht locker, was?« »Ist ziemlich penibel, stimmt.« Ein leises Lachen war zu hören. »Hat was von 'nem Fuchshund an sich, der Kerl.«

»Er scheint sich wohl darin verbissen zu haben, dass die Chose damit zu tun haben könnte, dass dieser Fernandez ein Gitan war, oder?«

»Irgend'ne Hypothese in dieser Richtung scheint er auf jeden Fall zu verfolgen«, meinte Manda.

»Und das, obwohl noch immer kein einziges Indiz vorliegt, dass es kein Unfall war«, sagte Danard. Er machte eine kurze Pause. »Nicht mal das Mobiltelefon von diesem Fernandez ist gefunden worden, richtig?«

»Nichts«, bestätigte Manda. »Aber gut möglich, dass Lazare doch mehr weiß, als er sagt. Vielleicht ist er heut Abend gesprächiger.«

»In Ordnung«, sagte Danard. »Dann wühlt erst mal weiter.« Er kappte die Verbindung. Er überlegte kurz, dann fischte er ein abgegriffenes Mobiltelefon aus seiner Brusttasche und tippte hastig eine Nummer ein.

Der Kerl wird langsam zum Risiko, dachte Danard, während er dem Freizeichen lauschte.

22.

Als Lazare vor dem *Le Caraïbe* eintraf, war der Haupteingang noch immer geschlossen. Ein Kleintransporter versperrte die Zufahrt zum Lieferanteneingang. Ein hagerer Mann belud eine Sackkarre mit Getränkekisten. Lazare folgte ihm in das Lokal. An der Tür zur Kühlkammer neben der Theke empfing sie ein stämmiger Mann, das Haar auf dem Schädel raspelkurz geschnitten. Mit ausdrucksloser Miene musterte er den Ausweis, den ihm Lazare entgegenhielt. Nachdem er die Kästen kontrolliert und die Lieferscheine mit lässiger Bewegung abgezeichnet hatte, führte er ein einsilbiges Telefonat. Schließlich bedeutete er Lazare mit einem knappen Wink, ihm in das Obergeschoss zu folgen.

Salvador Leca war nicht überrascht.

»War ja abzusehen, dass die Polizei früher oder später bei mir aufkreuzt.« Befehlend winkte er seinen Mitarbeiter aus dem Büro und deutete einladend auf einen Stuhl. »Aber ich hoffe, Monsieur le commissaire, Sie nehmen es mir nicht übel, wenn ich Sie bitte, es kurz zu machen.« Er wies mit beredter Miene auf einen Wust von Lieferbelegen und Schriftstücken auf seinem Schreibtisch. Daneben dampfte der Stummel einer Filterzigarette in einem überfüllten Aschenbecher. Durch einen Spalt des Rollos drang ein Strahl der nachmittäglichen Sonne herein. Eine Schreibtischlampe erhellte den Raum nur spärlich.

»Bürokratie«, sagte Lazare mitfühlend und setzte sich. Mit raschem Blick taxierte er den Clubbesitzer. Mitte, Ende vierzig. Klein, sehnig, sonnengebräunt, gepflegtes Äußeres, akkurates

Kinnbärtchen, aufmerksamer Blick unter schweren Lidern, sonore, melodische Stimme.

Leca nickte grämlich. »Und jetzt auch noch dieser Schlamassel mit Pablo. Ich telefoniere mir schon den halben Tag die Finger wund, um Ersatz für ihn zu finden. Möchte bloß wissen, wie das passieren konnte. Er ist ertrunken, heißt es? Ein Jammer.« Als ahne er, was Lazare ihn fragen würde, fuhr der Clubbesitzer fort: »Was seine Arbeit bei mir betrifft, so war der Junge durchaus brauchbar. Clever. Energisch. Aus ihm hätte noch etwas werden können.« Der Clubbesitzer kramte im Papierhaufen, zog eine Packung Zigaretten hervor und steckte sich eine an. Er nickte Lazare auffordernd zu. »Aber nun – wie kann man Ihnen behilflich sein, Monsieur le commissaire?«

»Wie kam Pablo Fernandez mit seinen Kollegen aus?«

Leca zuckte die Schultern. »Pablo machte einfach sein Ding. Er war ja nur im Sommer bei uns, und dann auch nur an den Tagen, an denen wir Hochbetrieb haben. Manche hielten ihn wohl für ein bisschen arrogant. Ich hatte den Eindruck, dass er lieber mit seinen Leuten abhing. Dass er Gitan war, wissen Sie ja, oder?« Auf Lazares Nicken fuhr er fort: »Aber bei den Gästen kam er gut an, soweit ich es beurteilen konnte. Besonders bei den Mädchen. Was er sonst noch getrieben hat? Ich bin überfragt.«

»Warum hat man wegen der Schlägerei neulich eigentlich keine Anzeige erstattet? Immerhin ist mit Pablo Fernandez einer Ihrer Mitarbeiter attackiert worden.«

Leca ließ eine Rauchwolke zur Decke schweben. »Weil ich ungern meine Zeit vor Gericht verplempere. Offen gesagt, den Eindruck, dass die hiesige Polizei scharf darauf ist, mit derartigen Belanglosigkeiten behelligt zu werden, habe ich ebenfalls nicht. Nein, sowas gehört zum Geschäft, manchmal spielen die Kerle einfach verrückt. Besser, man gießt kein Öl ins Feuer. Gerade jetzt nicht, Sie verstehen? Spannungen jeglicher Art sind nie gut für die Geschäfte. Und waren Sie in diesem Alter so viel vernünftiger? Ich nicht.« Er verzog abschätzig den Mund. »Außerdem will ich nicht lauter Rentner in meinem Laden haben, das *Le Caraïbe* ist schließlich kein Sanatorium.«

»Kommt es häufiger vor, dass Gitans angegangen werden?«

Der Geschäftsführer winkte mit müder Geste ab. »Mal geraten sich Gitans mit den Bürschchen von hier in die Haare, dann gehen wieder beide auf die Marokkaner oder Algerier oder irgendwelche Schwarzen los, je nach Laune. Und nie geht's um Religion oder Ideologie, sondern immer nur um eines: um die Frauen. Aber wir haben das im Griff. Ich bin mir sicher, es hat sich mittlerweile herumgesprochen, dass wir uns nicht auf der Nase herumtanzen lassen.« Leca warf einen demonstrativen Blick auf den Papierstapel vor ihm. »Aber jetzt würde mich doch eines interessieren, Monsieur le commissaire. All diese Fragen – ich meine, es war doch ein Unglücksfall. Oder nicht?«

»Ich bin hier, um das herauszufinden.«

Leca lehnte sich zurück und schlug die Beine übereinander. Nachdenklich sagte er: »Ich verstehe Ihre Skepsis, Monsieur le commissaire, sie ist vermutlich berufsbedingt. Aber ich kann sie nicht teilen. Gewiss, Sie haben die entsprechende Erfahrung. Aber wenn es sich beim Tod meines Türstehers um ein Verbrechen gehandelt haben sollte, wäre dazu doch ein Motiv nötig, nicht? Sicher, die Angreifer waren nicht gerade Leuchten. Aber ein Racheakt – und daran denken Sie vermutlich? – wäre so ziemlich das Dümmste, was sie sich hätten ausdenken können. Schließlich war die Polizei bei dieser Schlägerei vor Ort und hat ihre Namen notiert.« Die feinen Brauen über Lecas kleinen, wachen Augen hoben sich. »Sie sehen es nicht so?«

»Nun, Pablo Fernandez war Gitan, und –«

»Nun, ich weiß wirklich nicht, ob man immer gleich dieses Fass öffnen sollte, Monsieur le commissaire.« Der Clubbesitzer drückte die Zigarette aus. »Sie halten tatsächlich ein rassistisches Motiv für möglich?«

»Zumindest so etwas Ähnliches. Es ist außerdem allgemein bekannt, dass die Gitans sich dagegen wehren, von ihrem Gelände gejagt zu werden.«

Leca bestätigte ernst. »Und das mit Recht, wenn Sie meine persönliche Meinung dazu hören wollen. Das Terrain ist den Familien vor Generationen als Siedlungsgebiet überlassen worden. Aber nicht, weil man damals besonders menschenfreundlich gewesen wäre. Ein Grund war, dass man zu Recht ein schlechtes Gewissen hatte, wie man mit den Gitans in der Vichy-Zeit umgesprungen ist. Viele von ihnen war zuvor Geschäftsleute gewesen, waren in der Unterhaltungsbranche erfolgreich, hatten ein Varieté, einen Zirkus!« Leca hatte sich in Rage geredet. »Die Gitans wurden unter Pétain sämtlich enteignet, vertrieben und in Internierungslager gesteckt! Manche dieser Lager gab es noch Jahre nach dem Krieg! Die Leute wurden nie entschädigt! Und jetzt, wo es Begehrlichkeiten gibt, dieses Terrain zu Geld zu machen, will man sie wieder vertreiben! Sie wehren sich zu Recht! Wenn ich Sie also recht verstehe, dann sehen Sie hier einen Zusammenhang mit dem Tod von Pablo? Man hat einen Anschlag auf ihn verübt, weil man die Gitans einschüchtern will?«

Lazare öffnete die Arme zu einer fragenden Geste.

»Es wäre eine Ungeheuerlichkeit ...«, murmelte Leca. »Empörend ... wenn ...« Seine Stimme wurde unvermittelt leidenschaftlich. »Empörend, ja! Die Gitans gehören in dieser Region seit Generationen zu unserer Kultur! Man schmückt sich mit ihren Künstlern, weil es dem Geschäft dient! Behandelt sie aber gleichzeitig wie Dreck, übergeht ihre Rechte und Bedürfnisse, wenn ein paar Cents Profit winken! Es ist ein schlechter Scherz, nein, eine Schande, dass dahinter eine Gruppe von Geschäftsleuten steht, die selbst einmal Einwanderer waren. Wissen Sie das?«

Lazare nickte. Er war in einer Gemeinde auf der anderen

Seite der Lagune geboren und wusste Bescheid. Im späten neunzehnten Jahrhundert hatte die Stadt Sète eine ihrer größten Einwanderungswellen erlebt. Mehrere Tausend Fischer aus der Region um Neapel ließen sich in der aufstrebenden Hafenstadt nieder. Noch heute trugen viele Einwohner italienische Nachnamen.

»Wenn ich dabei vor allem Maître Montaignac nenne, verrate ich wohl kein Geheimnis! Ich bin keineswegs der Einzige, der den wachsenden Einfluss dieser Raffzähne nicht mehr länger hinnehmen will! Erst recht nicht die infamen Mittel, derer sich er und seine Kumpane bedienen! Wie dieser fette und schmierige Barbesitzer am Alten Hafen, dieser Laforet und seine versoffenen Anhänger! So unverantwortlich und primitiv kann eine Parole gar nicht sein, dass sie nicht verwendet wird, um Stimmung gegen die Gitans, und nicht nur gegen sie, zu machen! Alles unter dem Motto: Frankreich den Franzosen! Wie erbärmlich!« Leca hielt abrupt inne. Für einen Moment wirkte er, als sei es ihm peinlich, die Beherrschung verloren zu haben. Er sah Lazare entschlossen an. »Legen Sie diesen Lumpen das Handwerk, Monsieur le commissaire. Sie können auf mich zählen!«

23.

Das glühende Orange der untergehenden Sonne flutete die Landschaft der Petite Camargue. Brigadier Becker hatte an der Auffahrt vom Flughafen zur Autobahn abgebremst und suchte nach einer Lücke im dichten Verkehr, der sich in Richtung Barcelona wälzte. Die Augen gegen das grelle Lichtspiel der aufgeblendeten Scheinwerfer zusammengekniffen, ruckte er einige Mal an, bis er sich endlich mit einem erleichterten Seufzer in den Verkehrsstrom einfädeln konnte. Er drückte auf das Gaspedal.

»Beaucoup trafic, hm?«, sagte Hauptkommissar Max Kessler.

Der Fahrer warf einen Blick in den Rückspiegel.

»Oh. Sie sprechen doch Französisch? Ich dachte –«

Kessler lachte gemütlich. »Das war schon fast alles. Grad noch *bonjour, merci* und *je t'aime*. Dann ist schon Schluss.«

»Genügt ja auch«, sagte Becker. Vor ihm leuchteten Bremslichter auf. Er schaltete herunter. Er warf dem Mann zu seiner Rechten einen kurzen Blick zu. »Und Sie, Herr Kollege?« Nicht sehr redselig, dachte er. Und steif, als hätte ihm jemand ein Lineal in den Hintern gesteckt.

»Vielleicht zwei, drei Wörter mehr«, gab der Angesprochene einsilbig zurück. »Hab's kurz in der Schule gehabt. Ist aber kaum noch was da.«

»Hast du nicht erzählt, dass du schon mal in dieser Gegend auf Urlaub gewesen bist, Franz?«, warf Kessler von hinten ein.

»Wirklich?« Becker sah den Hauptkommissar mit freundlicher Neugierde an. »Sie kennen die Region, Monsieur?«

Betschart winkte bescheiden ab. »Ist zu viel gesagt. War mal da, mit meinem Onkel, irgendwann Anfang der Achtzigerjahre.«

»Schon eine Weile her, was?«, meinte der Brigadier. »Dann werden Sie Sète womöglich gar nicht mehr wiedererkennen. Hat sich einiges verändert seither.« Er trommelte mit den Fingern auf das Lenkrad. »Soll ich das Klima ein wenig höher stellen? – Nein? Nicht? Ich frage es, weil Sie bei Ihnen zu Hause diese Hitze wohl eher nicht gewohnt sein werden, nicht? Von wo aus Deutschland kommen Sie eigentlich genau?«

»Bayern«, warf Kessler von hinten ein.

»Ah. La fête de la bière, n'est-ce pas?«

»Genau!« Kessler beugte sich vor. »Aber Sie, Kollege? Woher können Sie so gut Deutsch?«

»Ich bin aufgewachsen im Elsass. Lautenbach, werden Sie nicht kennen. Meine Familie stammt von dort.« Die Stockung vor ihnen hatte sich aufgelöst. Becker gab wieder Gas und schwenkte auf die Überholspur. »Als ich acht war, zogen wir hierher, aber in meiner Familie redet man manchmal noch deutsch. Und hin und wieder besuchen wir auch noch Verwandte dort.«

»Dann passt's ja«, sagte Kessler.

»Ja. Deswegen hat man mich ausgesucht, Sie zu – wie sagt man –?«

»Betreuen?«

»C'est ça. Also, wenn Sie in den nächsten Tagen etwas brauchen oder Fragen haben, ich stehe dafür bereit.«

»Merci, Kollege.«

Wieder leuchteten vor ihnen Bremslichter auf. Becker bremste scharf ab. Er fluchte leise. Die Wagen vor ihnen kamen zum Stehen. Der Franzose löste die Kupplung und räkelte sich im Sitz. Er sah zu seinem Beifahrer. »Aber sagen Sie – ich meine, es geht mich zwar nichts an – aber wegen was hat man Ihren Landsmann eigentlich zur Fahndung ausgeschrieben? Es geht um Mord, habe ich mir sagen lassen. Richtig?«

Betschart antwortete nicht sofort. Blendendes Gegenlicht bleichte seine Züge aus. »Richtig«, sprang Kessler ein. »An einer Kollegin.«

»Putain.« Becker zog Luft durch die Zähne. »Scheiße. Und wie kam das?«

Kessler warf einen fragenden Blick zu seinem Kollegen, bevor er antwortete: »Es war bei einem Einsatz. Die Meldung war, dass ein paar Schwachköpfe versuchten, ein Haus abzufackeln.«

»Betrunkene wahrscheinlich, oder?«

Kessler verneinte. »Nazis. Im Haus haben Ausländer gewohnt.«

»Putain«, wiederholte Becker. »Und dann?«

»Irgendwas ging schief, fragen Sie mich nicht, was, ich war nicht dabei. Jedenfalls musste die Kollegin dran glauben.«

»Dann heizt ihm ordentlich ein, Kollegen, ja?«

»Darauf können Sie sich verlassen«, sagte Betschart, ohne ihn anzusehen.

Vor ihnen erloschen die Bremslichter. Die bis an den Horizont reichende Wagenschlange setzte sich wie ein zäher, mit glimmenden Glutnestern gesprenkelter Lavastrom in Bewegung. Becker legte den Gang ein.

24.

Zur selben Zeit ging das Auswertungsgespräch im Kommissariat zu Ende. Manda hatte zusammengefasst: Sämtliche Wohnhäuser in Sichtweite des Anlegeplatzes, an dem man Pablo Fernandez gefunden hatte, waren abgearbeitet, ebenso die Häuser, die an den Park mit der kleinen Bucht grenzten, wo Fernandez vermutlich ins Wasser gestürzt – oder geworfen worden – war. Niemand hatte etwas beobachten können. Nur eine etwas aufgedrehte Rentnerin, die angeblich nie anders als mit offenem Fenster schlafen konnte, hatte sich an ein ungewöhnliches Geräusch erinnert.

»An etwas, was wie ein oder mehrere Schreie geklungen haben soll. Sie konnte nicht erkennen, ob es die Stimme eines Mannes oder einer Frau war. Dazu seien Meeresrauschen und Wind zu laut gewesen, meinte sie.«

»Konnte sie sagen, welcher Art diese Schreie waren?«, hakte Lazare nach. »Waren es Hilferufe?«

Manda schüttelte den Kopf. »Sie meinte, dass es eher zornige Schreie waren. Wenn nämlich jemand in Not gewesen wäre, sagte sie, hätte sie sich überlegt, bei der Polizei anzurufen. Aber so ging sie davon aus, dass sich irgendwelche Leute in die Wolle gekriegt hatten, was nicht selten vorkäme, gerade in dem schmalen Uferstreifen neben dem *Le Caraïbe*. Sich bei der Polizei darüber zu beschweren, habe sie aber schon lange aufgegeben. Die sei nicht einmal angerückt, als sie glaubte, Beweise zu haben, dass in diesem Bereich Prostituierte ihrem Geschäft nachgingen, obwohl es seit vielen Jahren dort verboten sei. Wovon aber nichts bekannt ist, zumindest nicht, seit es das *Le Caraïbe* gibt.«

Lazare nickte anerkennend. »Wie schätzen wir diese Spur ein?«

Capucine zögerte mit einer Antwort. »Na ja, die Zeugin schwätzte uns zwar das Ohr ab, scheint aber so weit zuverlässig zu sein.« Sie schaute Manda an. Dieser nickte zustimmend: »Andererseits war sie ziemlich geladen. Wir durften uns einen längeren Vortrag über die Rücksichtslosigkeit der heutigen Jugend anhören.«

»Und ihre Beschwerden über den Betreiber des Clubs«, ergänzte Capucine. »Dem es angeblich egal ist, ob die Nachbarschaft unter dem Krach leidet, den seine Kundschaft macht.«

Lazare kämpfte gegen ein Gähnen an. »Schön. Dann nur noch zu diesem Kerl, der sich an der Fundstelle herumgetrieben hat. Und den Sie beide im Club angetroffen haben. Was wissen wir über ihn?«

Capucine schlug ein Blatt ihres Notizblocks um. Henri Rey, genannt Rico, war in Agde gemeldet, 19 Jahre alt, keine Ausbildung, keinen Job. Sein Vater war bereits verstorben, er hatte zwar noch einen Schlafplatz in der Wohnung seiner Mutter, war jedoch seit längerem nicht mehr in Agde gesichtet worden. Er war nicht arbeitssuchend gemeldet, schlug sich vermutlich mit mies bezahlten Hilfsarbeiten durchs Leben, wozu sein Job im *Le Caraïbe* zu gehören schien. Der Blick ins Zentralregister ergab nichts Dramatisches: Diebstahl eines Mopeds, Hehlerei mit einem gestohlenen Handy, einmal war er mit einer geringen Menge Marihuana aufgegriffen worden, immerhin lagen Fingerabdrücke vor. Was ein Verwandtschaftsverhältnis zur Familie des Opfers betraf, so waren die Meldeunterlagen dazu nicht eindeutig, da es sich sowohl bei den Fernandez' als auch bei den Reys um weit verstreut lebende Gitan-Sippen handelte, von denen etliche Familien noch bis vor wenigen Jahrzehnten nomadisch lebten. Was aber nicht heißen musste, dass eine Hochzeit zwischen Reys Tante und einem Fernandez nicht nach der Tradition der Gitans stattgefunden hatte, die beiden also doch in einer verbindlichen Beziehung zueinander stehen konnten. Jedenfalls ließe sich so sein Interesse am Tod Pablo Fernandez' erklären, das er Lazare gegenüber an den Tag gelegt hatte.

Lazare sah auf seine Armbanduhr. »Aber jetzt würde ich erstmal sagen, dass der Tag heute lang genug war, Kollegen. Sollte sich wider Erwarten heute noch etwas Entscheidendes ergeben, so ist die Zentrale darüber informiert, dass ich in Montpellier zu erreichen bin.« Er umgriff die Seitenlehne seines Stuhls.

Manda hob hastig die Hand. Sich der Aufmerksamkeit Capucines mit einem Seitenblick versichernd, nahm er Anlauf: »Was uns helfen würde, Commandant – gibt's denn – ich meine, wir haben doch vorhin festgestellt, dass sich weder die Spurensicherung noch die Gerichtsmedizin auf irgendwas festlegen will –«

Lazare sah ihn mit hochgezogenen Brauen an. Haspelnd schob Manda nach: »Also, was ich meine: gibt's Ihrerseits sowas wie eine Leithypothese?«

»Ist sie Ihnen nicht längst ersichtlich, Lieutenant?«

Manda schrumpfte unter Lazares Blick. Verflucht, nein, dachte er. Ich habe keinen Schimmer. Ein ersoffener Gitan, keine Spuren, keine Zeugen außer der Aussage einer schlafgestörten Alten, und du machst einen Zirkus, als hätte der Staatspräsident dran glauben müssen?

Capucine fasste sich ein Herz. »Für Sie ist demnach vor allem maßgeblich, dass Pablo Fernandez ein Gitan ist. Und Sie sehen einen Zusammenhang mit dem, worüber Sie mit dem Siedlungsältesten gesprochen haben. Nämlich, dass sie in letzter Zeit vermehrt schikaniert werden, weil die Stadt das Gelände, auf dem sie wohnen, verscherbeln möchte. An eine Firma, die dort eine Art Wassersport-Hotel hinstellen will. Liege ich richtig?«

»Wer wird so blöd sein, in der Lagune zu baden?«, brummte

Manda. »In die die Hausboote ihre Scheißtanks ausleeren und in die dieser ganze Schädlingsbekämpfungsdreck aus den Weinfeldern geschwemmt wird.«

Capucine ignorierte seinen Einwurf. Sie sah Lazare erwartungsvoll an. »Richtig?«, wiederholte sie.

Das Mädchen ist auf Zack, dachte Lazare.

»Nun, natürlich sollte jede Möglichkeit in Betracht gezogen werden«, wiegelte er ab. »Aber vielleicht sollten wir nicht immer sofort welterschütternde Verschwörungen wittern.«

Capucine spürte, wie sie errötete. Spar dir deine belehrende Tour, dachte sie.

Lazare dozierte weiter: »In der Wirklichkeit sind es dann doch oft wieder nur ganz unspektakuläre persönliche Motive, die einer Tat zugrunde liegen. Wir sollten also nicht gleich übers Ziel hinausschießen, nicht wahr?« Er lächelte onkelhaft. »Aber in einem liegen Sie nicht falsch: Wenn sich dieser Fall nicht doch noch als Unfallgeschehen herausstellen sollte, dann halte ich ein rassistisches Motiv für nicht ausgeschlossen.« Er sah wieder auf seine Armbanduhr, dann zu Capucine und Manda. »Wären Ihre Fragen damit beantwortet?«

Manda nickte. Zögernd tat es ihm Capucine gleich.

Lazare stand auf und verabschiedete sich. Die Klinke bereits in der Hand, wandte er sich noch einmal an Capucine. »Aber Sie können mir ja ein paar Fakten zu diesem Bauprojekt zusammenstellen, ja?«

Sie nickte mit zusammengekniffenen Lippen. Zu gütig, dachte sie.

Lazare grüßte mit einer stummen Geste und ging hinaus. Auch Manda hatte sich erhoben. Er knöpfte seine Jacke zu. Er grinste schief.

»Und jetzt sind wir klüger, was? Wie sieht's aus? Noch einen Schluck, irgendwo am Hafen?«

»Mir ist nicht danach, Manda.«

»Nun komm schon. Lassen wir uns doch von ihm nicht die Laune verhageln.«

Sie griff nach ihrer Jacke und ging zur Tür. »Er ist ein eingebildeter Fatzke.«

25.

Nachdem sie die Autobahn in Richtung Sète verlassen hatten, war es nur noch im Schritttempo vorangegangen, ein schwerer Unfall, wie Becker über Funk in Erfahrung bringen konnte. Der Brigadier hatte die erste Gelegenheit genutzt, um die Nationalstraße zu verlassen, war in Nebenstraßen ausgewichen, vorbei an endlosen Äckern und Industrieansiedlungen. Kurz nach zehn Uhr hielt er am Hotel *Le Mistral* am Rand der Fußgängerzone der Altstadt, das ihnen das Büro des Kommissariats gebucht hatte. Die Zimmer rochen nach Putzmittel und Insektenspray. Immerhin boten die Fenster einen Blick auf Hafen und Meer.

Natürlich war es für das Verhör von Rossbach zu spät gewesen.

»Genießen Sie lieber noch den Abend in unserer schönen Stadt«, hatte Becker gesagt. Er hatte die beiden bis zur Tür eines Restaurants am Kanal begleitet, sie dem Wirt vorgestellt und ihm eingeschärft, seine Gäste mit dem Besten zu bedienen, was seine Küche hergebe. Nachdem ihm Betschart und Kessler versichert hatten, dass sie ihn heute nicht mehr brauchen würden, hatte er sich verabschiedet.

Nach dem Essen schlenderten die beiden Deutschen durch die Altstadt, den Kai entlang bis zu der Stelle, wo der Canal royal in das offene Meer mündete. Autos, Motorräder und Motorroller lärmten auf den Straßen, die Terrassen entlang des Stadtkanals und am Alten Hafen waren bis auf den letzten Tisch besetzt, laute Gespräche, Gelächter und Musik schallten durch die Gassen. Die Luft war warm und schwül, noch immer verströmten Gebäude und Pflaster die Hitze des Tages.

»Anfang der Achtzigerjahre warst du da, hast du gesagt?«, fragte Kessler. »Da warst du… lass überlegen… neun oder zehn, stimmt's?«

»So ungefähr. Mein Onkel hat mich einmal mitgenommen. Ist fast jedes Jahr hierher gekommen.«

»Fast jedes Jahr?«

»Hatte hier Bekannte, glaube ich.«

»Tatsächlich? Aus Kriegszeiten vielleicht, hm?«

Betschart zuckte die Schultern. »Weiß nicht«, murmelte er. »Möglich.«

Kessler drang nicht weiter in ihn. Er sah auf seine Armbanduhr. Kurz vor halb zwölf. Er strich mit wohligem Stöhnen über seinen Bauch und wies mit einer Kopfbewegung in die Richtung, aus der sie gekommen waren. »Noch ein kleiner Absacker irgendwo, und dann Schluss für heute, was sagst du?«

Betschart nickte abwesend.

Warum erinnere ich mich nicht mehr?, dachte er.

26.

Raymond Danard fuhr langsam die Küstenstraße entlang. Die lange Sandbank zog an ihm vorüber, schimmernd grau. Dahinter dehnte sich das Wasser der Lagune gegen den Horizont, tintig schwarz und reglos wie eine Öllache, vom Mondlicht silbrig geschuppt. Der Badestrand, an dem tagsüber quirliges Leben herrschte, war wie ausgestorben. Vereinzelt strichen die Scheinwerfer noch über einen Wagen, der auf dem Seitenstreifen abgestellt war, je weiter Danard sich von der Stadt entfernte, desto seltener.

Er verlangsamte das Tempo, bremste ab und bog in eine Zufahrt ein, die nach wenigen Metern in eine holprige Piste überging. Sie endete in einem kleinen Wendeplatz, hinter dem sich niedrige Dünen erhoben, von einem verwitterten Stabzaun abgetrennt. Danard ließ den Wagen ausrollen und stellte ihn im Mondschatten eines verwahrlosten Oleanderstrauchs ab. Er setzte seine Kappe auf, zog den Schirm tiefer in die Stirn und stieg aus. Er drückte die Wagentür hinter sich zu, sah sich um und ging entlang der Straße wieder zurück zu der Stelle, an der die Teerstraße in den Schotterweg überging.

Ein unbeleuchteter Wohnwagen stand schief auf dem Seitenstreifen. Danard zog seine Kappe tiefer in Stirn, bog in einen Trampelpfad ab, der zu einem Loch im Zaun führte, zwängte sich hindurch und stapfte durch kniehohe Gräser und mehlig weichen Sand auf das Ufer zu.

Im Mondlicht zeichneten sich die Umrisse einer aufgelassenen Strandbar ab. Danard blieb stehen und ließ seinen Puls abklingen. Zikaden übertönten das leise Rauschen des Meeres. Eine feuchtwarme Brise umfächelte ihn. Irgendwo in der Ferne glomm ein Lagerfeuer, flogen Fetzen von Gelächter und Musik heran.

Aus einem Spalt in der Barackenwand schimmerte ein schwacher Lichtschein.

Danard tat einen Schritt nach vorne und pfiff leise. Ein verhaltenes Knarzen antwortete ihm, der Bretterspalt verdunkelte sich für den Bruchteil einer Sekunde, dann kreischte auf der ihm abgewandten Seite der Bude eine verrostete Türangel. Aus dem Schatten der eingesunkenen Veranda löste sich die Silhouette einer kleinen, schlanken Gestalt. Sie sah sich suchend um.

Danards Knie wurden weich. Durch seine Sinne taumelten die Empfindungen heißer, betörend duftender Haut, weicher, geschmeidiger Glieder.

Danard pfiff noch einmal, dieses Mal leiser.

Die Gestalt hielt inne. Dann schien sie ihn entdeckt zu haben. Mit den Armen das Gleichgewicht auf dem weichen Sand haltend, bewegte sie sich auf ihn zu.

Danard straffte sich, kniff die Augen zusammen, lauschte den sich nähernden Schritten. Dann hörte er nur noch, dass ihn eine Stechmücke umsirrte.

»Bonsoir, Monsieur Danard.« Die Stimme eines Mannes, dunkel und melodisch. »Das ist wieder eine Hitze heute Nacht, was? Kann einen ganz verrückt machen.«

»Bonsoir«, keuchte Danard.

Ein leises Lachen. »Keine Sorge, Monsieur Danard. Sie sind nicht umsonst hierhergekommen, Sie werden sich nicht beklagen. Es musste lediglich ein wenig umdisponiert werden. Aber es hat da einen kleinen, unangenehmen Zwischenfall gegeben, wie Sie vermutlich bereits wissen.« Die Glut einer Zigarette flammte auf. »Darüber würde ich mich gerne mit Ihnen unterhalten. Ich könnte mir vorstellen, dass Sie denselben Wunsch haben.«

Danards Kehle fühlte sich wie ausgetrocknet an. »Könnte sein«, sagte er heiser.

27.

Sie hatten die Gassenkneipe auf dem Rückweg entdeckt, als sie in eine kleine Nebenstraße einschlugen, um dem Menschengewühl auf dem Kai zu entgehen. Sie hatte einladend und heimelig auf sie gewirkt. Dass Einrichtung und die Dekoration aus Fischernetzen, abgehängten Bambusmatten und verstaubten Sturmlaternen bereits ein wenig verranzt war, hatten sie erst wahrgenommen, als sie bereits an ihrem Platz saßen, in einer Nische neben der zur Gasse geöffneten Fenstertür. Der Gastraum war nur noch spärlich besetzt, der von ein paar matten Deckenfunzeln beleuchtete Raum lief wie eine Grotte auf eine Tischgruppe im Hintergrund zu, an der einige jüngere Männer in ein Gespräch vertieft waren. An der Theke redete ein glatzköpfiger Alter auf den Wirt ein, seine Krücken neben sich gelehnt. Aus einem billigen Lautsprecher dudelte leise Musette.

Betschart nahm einen kleinen Schluck und wischte sich mit der Hand über den Mund. »Weißt du, was mir einfach nicht aus dem Hirn gehen will?«

Kessler gähnte in seine Faust. »Du wirst's mir sagen, Franz.«

»Ich frage mich die ganze Zeit: Wenn der Rossbach auch nur einen Funken Grips im Schädel hat, kann er sich doch ausrechnen, dass er zur Fahndung ausgeschrieben ist. An seiner Stelle würde ich doch versuchen, so schnell wie möglich aus Europa zu verschwinden. Aber was tut er? Verkriecht sich ausgerechnet hier. Und nicht irgendwo in Afrika oder Südamerika oder sonst in einem Land, mit dem es keine Auslieferung gibt.«

»Vielleicht hatte er das ja vor? Von Sète aus gibt's Fähren nach Marokko. Wahrscheinlich auch die eine oder andere nicht ganz koschere Möglichkeit, nach dorthin überzusetzen.«
»Wozu er aber Leute braucht, die ihm dabei helfen, seine Flucht zu organisieren.«
»Die hat er wahrscheinlich auch gehabt«, stimmte Kessler zu. Er drehte sich zur Schenke um, suchte den Blick des Wirts und hob ihm das leere Glas entgegen. Ein karges Nicken antwortete ihm.
»Und da ist noch was, was mir nicht aus dem Kopf geht«, sagte Betschart. »Wir wissen, dass er schon vor mehr als sechs Wochen über Kehl eingereist ist. Laut der französischen Kollegen hält er sich seit fast ebenso langer Zeit hier in Sète auf. Auch wenn wir davon ausgehen, dass für eine Flucht aus Europa noch einige Vorbereitungen nötig waren – furchtbar eilig konnte er es nicht gehabt haben, von hier wegzukommen. Und er scheint sich hier so sicher gefühlt zu haben, dass er sich nicht bloß öffentlich in Kneipen und Restaurants zeigt, sondern sich auch noch auf eine Schlägerei einlässt. Wo er sich ausrechnen kann, dass die Polizei auf ihn aufmerksam wird.«

»Vielleicht hat er die Kollegen hier einfach unterschätzt? Und hat geglaubt, dass hier noch mit Buschtrommeln kommuniziert wird? Aber wie ich den Burschen einschätze, war es einfach ein Aussetzer. Er war besoffen, hat den Überblick verloren.«

Oder er hatte Gründe, davon auszugehen, dass er von der Sèter Polizei nichts zu befürchten hatte, dachte Betschart.

»Er muss jedenfalls hier Unterstützer gehabt haben«, wiederholte er. »Leute, die ihm über mehrere Wochen Unterschlupf gewährt haben.«

»Klar, Franz. Aber ebenso klar ist, dass wir das in den paar Stunden, in denen wir hier sind, nicht rauskriegen. Es ist auch nicht unser Bier. Wenn es hier –« Er brach ab. Der Wirt murmelte ein *Santé,* stellte das Weinglas vor ihm ab und ging wieder zur Schenke zurück. Die Stimme gedämpft, fuhr Kessler fort: »Wenn's hier braune Nester gibt, soll der Franzmann selber zusehen, wie er sie ausräuchert.« Er hob das Glas. Aus den Augenwinkeln sah er, dass sich der Alte von der Theke löste und humpelnd näherte.

»Santé, Messieurs!«, nuschelte der Alte, einfältig lächelnd. »Oder besser, zum Wohl, Prost, n'est-ce pas?«

Betschart und Kessler erwiderten den Trinkgruß erstaunt.

»Excusez-moi, Messieurs, Entschuldigung, je parle très peu l'allemand… aber ich höre Sie sprechen deutsch. De quell' androit… von wo Sie sind en Allemagne?«

»Süden«, sagte Kessler. »Near Monaco.«

»Es heißt *Munich*«, belehrte ihn Betschart verhalten. Er lächelte dem Alten gönnerhaft zu und präzisierte: »Bavière. Près de Munich.«

»Munich? Ah, la fête de la bière… ich kenne. Ich –« Er hangelte seinen Arm aus der Krücke und deutete auf seine Brust. »J'était… stationiert in Friedrichshafen. Belle ville! Et le lac de constance…« Er zwinkerte vielsagend. »Et les filles… très belles filles… schön Mädchen… bon, j'était jeune – jung, n'est-ce pas?«

»Oui«, sagte Kessler, das Grinsen belustigt erwidernd. Er hob dem Alten sein Glas entgegen. Der Alte lehnte seine Krücke an den Tisch und stützte sich mit den Händen am Tisch ab. »Vous savez, messieurs… ich bin ein grand Bewunderer von votre nation.«

»Ah oui?«, sagte Betschart höflich.

»Mais oui! Meine tonton… meine Onkel, vous comprenez – du verstehen? – mir hat gesagt, als deutsch Wehrmacht war in Sète, il y avait de l'ordre. Ordnung! Nicht racaille… arabisch Mafia und Gitans und Juden in Straße, comme aujourd'hui, wie heute.«

»Oui, oui«, sagte Kessler lachend. Er sah Betschart an und sagte leise: »Was hat er da grad gesabbert? Hab bloß die Hälfte verstanden.«

Betschart zuckte die Schultern. »Ich auch«, log er.

28.

Bei Anbruch der Abenddämmerung hatte sich Jean Castro doch noch dazu aufgerafft, nach seinem Garten zu sehen. Ohne Begeisterung war er die krumm getretenen Stufen zur Terrasse hinabgeschlurft, die wie ein Balkon aus dem bewaldeten Hang des Mont St. Clair ragte. Während er vom ersten Stock seines Hauses einen ungehinderten Blick auf die Weite des Meeres hatte, war er hier unten von dichtem Gebüsch, ausladenden Kiefern und einem schulterhohen Wall aus grob gefügtem Bruchstein umgeben und vor neugierigen Blicken geschützt. In diesem Jahr hatte er wenig Freude an seinen Pflanzungen. Bereits im Frühjahr hatte es über Wochen nicht geregnet, das Gemüse wuchs schlecht an. Zwar füllte ein Wolkenbruch, der Anfang August über den Süden hereinbrach und im Flachland Überschwemmungen auslöste, die Zisterne wieder auf, doch schon drei Wochen später war sie wieder trocken gefallen. Zucchini, Gurken und Bohnen gediehen in der Gluthitze nur langsam, die Tomaten waren mickrig und würden es bleiben, das Unkraut wucherte.

Jean Castro hatte bis Anbruch der Dunkelheit gejätet, gewässert. Dann hatte ihn ein peitschender Schmerz in der Hüfte nach Luft ringen lassen und ihn wieder daran erinnert, dass er alt geworden war. Mit einer Handvoll Bohnen und Tomaten war er ins Haus zurückgehumpelt, hatte sich damit und aus Resten des Vortages ein Abendessen zubereitet, wie abwesend einige Gläser Wein getrunken, danach die Lichter gelöscht, sich in das obere Stockwerk begeben und sich ins Bett gelegt. Er hatte noch gespürt, wie die Schmerzen in seinem Rücken abflauten. Dann war er eingeschlafen.

Irgendwann erwachte er. Der Mond stand wie ein weißglühender Stein vor dem Fenster. Eine unerklärliche Unruhe überkam ihn, sein Puls stolperte, der Schmerz in seinem Rücken sirrte wieder heran. Er hatte plötzlich das unbestimmte Gefühl, als dürfe er die Zeit, die ihm noch blieb, nicht mehr mit Schlaf vergeuden, als sei etwas von großer Wichtigkeit in seinem Leben unerledigt geblieben. Er richtete sich auf und wälzte sich aus dem Bett, blieb eine Weile stehen und wartete auf das Abklingen des leichten Schwindels, der ihn erfasst hatte. Noch immer ein wenig benommen, wankte er in das Wohnzimmer hinab. Dort schob er den schweren Lehnsessel vor die offene Balkontür, ließ sich in das Polster fallen, krallte seine Finger in die Lehne und atmete einige Male tief durch. Sein Speichel fühlte sich metallen an, noch immer hämmerte sein Puls bis an die Kehle, er spürte, wie seine Augenwinkel feucht wurden, presste die Lider zusammen. Ein plötzlicher Zorn ließ ihn aufstöhnen. Zorn auf seinen alten, lädierten Körper, der ihm immer weniger gehorchen wollte, auf die Stille und Reglosigkeit um ihn, auf das Einsiedlertum, das er sich auferlegt hatte, nachdem man ihn, Fürsorglichkeit heuchelnd, von seinem Posten als Chef des Kommissariats abserviert hatte. Und darauf, dass diese Enttäuschung noch immer wie eine unverheilte Wunde in ihm pochte, obwohl nun schon fast eineinhalb Jahrzehnte verstrichen waren.

In den ersten Jahren hatte er sich mit grimmiger Genugtuung in dieses Haus im Wald des Mont St. Clair zurückgezogen und alle Welt spüren lassen, wie sehr er sie verachtete. Doch mit der Zeit hatte ihn immer öfter Melancholie überfallen. Sie kam unvermutet, traf ihn schutzlos. Vergeblich zermarterte er sich den Kopf darüber, was der Auslöser dafür war, dass er eben noch im schönsten Einklang mit sich schwelgte, einen Atemzug später aber in abgrundtiefe Verbitterung stürzte. Irgendwann gewann er die Erkenntnis, dass sein Stolz einen Preis hatte. Es war die nackte Einsamkeit.

Wieder tauchte vor seinem inneren Auge der junge Mann auf, der er gewesen war. Laut, kräftig, forsch, von sich überzeugt, nach Höherem strebend. Das Bild verblasste und wandelte sich in das, was seine Gegenwart war. Ein gebeugter Mann in einer Bruchbude mit abplatzendem Putz, inmitten eines verwahrlosten Grundstücks, abseits der hinter hohen Hecken verborgenen noblen Sommervillen. Der in den Tag gaffte und wartete, bis er verging. Und auf den Tod.

Die Kontaktversuche der meisten seiner früheren Kollegen hatte er brüsk abgeschmettert. Auch jener, mit denen er vor seinem Rauswurf freundschaftlich verbunden war und die ihm versicherten, insgeheim auf seiner Seite zu sein. Aber es gab Ausnahmen. Einer davon hatte erst ein halbes Jahr vor dem Desaster seinen Dienst im Kommissariat angetreten. Ein schmächtiger, bescheiden auftretender Bursche, der als Einziger gewagt hatte, vor versammelter Mannschaft die Entscheidung der Departementsleitung in Frage zu stellen. Sein Einwand war beiseite gefegt worden, bevor er ihn zu Ende gebracht hatte, und prompt hatte er einen Strafeintrag kassiert.

Wieder schob sich das Bild dieser Szenerie vor Castros inneres Auge: Wie der junge Lazare sich erhoben und ums Wort gebeten hatte, die Haltung auf irritierende Weise verletzlich und standfest zugleich.

Jean Castros innerer Aufruhr klang ab, seine Glieder lösten sich. Zwinkernd öffnete er die Augen. Unter ihm, sich in der Weite des endlosen Horizonts verlierend, lag das Meer, blinkend im Mondlicht, unbewegt und blank wie Stahl, überwölbt von einem Himmel, aus dem die Sterne vor der Tiefe des Weltalls wie Diamantsplitter glitzerten. In großer Entfernung flammten einsame Positionslichter auf.

Jetzt hörte er auch wieder den feinen, säuselnden Windhauch, der den balsamischen Duft von Kiefern und Pinien herantrug, den Ruf eines Kauzes und das Keckern eines Siebenschläfers, das ferne, schon ermattete Zirpen der Zikaden. Von der Küstenstraße tief unter ihm röhrte ein protzig getunter Sportwagen auf. Dann aber herrschte wieder Stille, war nichts als das seidige Rauschen des Windes zu hören.

Das leise, fast unhörbare Knirschen kam nicht vom Wind. Der Alte hielt den Atem an. Alle Sinne angespannt, lauschte er in die Nacht. Das Geräusch kehrte wieder. Es kam von der Rückseite des Hauses. Das Grundstück grenzte hier an einen brusthohen Steinwall, hinter dem sich eine Ruine einer Villa befand.

Castro löste sich behutsam aus seinem Sessel, bedacht darauf, kein Geräusch zu verursachen. Er ertastete die Schublade der Kommode, die neben ihm stand, zog sie hervor und griff sich die Pistole.

Wieder lauschte er. Der Einbrecher musste sich bereits im Haus befinden. Leise Schritte auf den Bohlen des Treppenhauses waren zu hören.

Castro straffte sich und sah angestrengt in die Dunkelheit. Die Tür zum Vorraum, von dem aus die Treppe nach oben führte, war nur von einem fahlen Streifen Mondlicht erhellt, der vom Küchenfenster und den geöffneten Glastüren des Wohnraums ins Innere des Hauses drang.

Wieder war das leise Knarzen der Bohlen zu vernehmen. Rasch schätzte Castro das Gewicht des Eindringlings ab. Ein Leichtgewicht, dachte er. Er versicherte sich, im Mondschatten zu stehen. Wieder kniff er die Augen zusammen. Seine Pistolenhand war heiß.

Eine Gestalt hastete durch den Lichtstreifen, blieb stehen, schien sich zu orientieren, betastete die Wände. Castro konnte erkennen, dass sie sich im Bereich der Küchentüre befinden musste.

Er wird nach der Treppe suchen, dachte er. Einbrecher wissen, dass sich die wertvollen Dinge meistens in den oberen Stockwerken befinden. Gleich werde ich seine Schritte auf der Treppe hören.

Der Unbekannte schien sich jedoch wieder zurückzubewegen. Kurze Zeit später hörte Castro ein leises Klirren aus der Küche. Von seiner Position aus konnte er sehen, dass der Unbekannte die Tür des Kühlschranks geöffnet hatte. Ein nervöses Schattenspiel tanzte auf den Bohlen des Vorraums.

Castro war verwirrt. Dachte der Idiot etwa, er habe seine Wertsachen im Eisfach versteckt?

Er schob sich leise vorwärts und stellte sich mit erhobener Waffe in den Türrahmen. Der Eindringling war etwa fünf Meter von ihm entfernt und wandte ihm den Rücken zu. Er kniete vor dem Kühlschrank, wühlte hastig darin herum, nahm etwas heraus und drückte die Türe wieder zu.

Castro ließ den Sicherungshebel klicken und rief mit einer Stimme, die jeden Gedanken an Widerstand verbot: »Keine Bewegung, mein Sohn.«

Die Gestalt zuckte zusammen, als habe sie einen Schlag erhalten. Eine Schale zerschellte auf den Fliesen, rote Soße spritzte auf.

»Keine Bewegung«, wiederholte Castro. »Was ich in der Hand habe, ist eine entsicherte Pistole.« Er tastete nach dem Lichtschalter zu seiner Linken. »Und jetzt hebst du die Hände, stehst auf und drehst dich um. Langsam.«

Der Eindringling gehorchte.

Castro schaltete das Deckenlicht ein. Er kniff die Augen ungläubig zusammen. Er ließ die Waffe sinken.

»Putain«, murmelte er.

29.

Kurz vor sieben Uhr stand Lazare auf. Er nahm eine Dusche, rasierte sich, zog sich an und verließ sein Appartement. Montpellier war längst erwacht. In Georgettes Bar-Tabac an der Rue Foch trank er wie immer einen kleinen Schwarzen und mampfte ein ofenwarmes Pain au chocolat. Er plauderte mit der Besitzerin und den frühen Gästen und bat um Ruhe, als im Hintergrund der Radiowetterbericht angekündigt wurde.

»Die Hundehitze soll wieder im Anmarsch sein«, sagte die Wirtin und drückte eine filterlose Zigarette im Aschenbecher aus. »Dann hat das Gejammer der Hotelbesitzer über den verregneten Sommeranfang erstmal ein Ende. War schon nicht mehr anzuhören.«

»Oben in den Bergen soll's noch auszuhalten sein«, warf Serge ein. Er war Dachdecker und stand kurz vor seiner Rente. »Ich werd mich jedenfalls dorthin verziehen. In der Stadt verreckst du ja.«

Wenig später stellte Lazare seinen Wagen auf dem Parkplatz der Kripo-Zentrale ab. Er betrat sein Büro, streckte sich kurz auf seinem Sessel aus. Er wählte die Nummer des Fuhrparks und orderte seinen Dienstwagen. Dann wählte er die Nummer des Gerichts.

»Monsieur Simoneau hat sich bis Mittag abgemeldet«, sagte Odette, die Sekretärin des Untersuchungsrichters.

»Mist.«

»Für mich nicht. Der Mann raubt mir mit seiner Hektik noch den letzten Nerv.«

»Bis Mittag...« Lazare lockerte gedankenverloren seinen Krawattenknoten.

»Nun jammern Sie mir nicht auch noch die Ohren voll. Monsieur Simoneau muss heute Vormittag bei Senator Gauthier antichambrieren. Sonst wird das doch nie was mit seiner Karriere. Dafür müssen wir doch Verständnis haben, oder nicht?«

»Keine Frage.« Und mich macht er erst verrückt, dachte Lazare. Macht auf bevorstehendes Endgericht, tut als wäre die öffentliche Sicherheit ganz Südfrankreichs kurz vor dem Zusammenbruch.

»Außerdem ist Monsieur Simoneau derzeit auch privat einigermaßen beschäftigt. Sein Ältester vergeigt eine Prüfung nach der anderen und ist neuerdings Rap-Sänger. Aber anscheinend mit Texten, bei denen eine Jungfrau schon vom Zuhören schwanger wird. Und vor kurzem muss es ordentlichen Zoff gegeben haben, als ihn sein Vater mit einem halben Gramm Gras erwischt hat.« Sie lachte schallend. »Hab ihn aber wieder aufbauen können, den guten Monsieur Simoneau. Das wächst sich alles aus, hab ich ihm gesagt. Lassen Sie sich das von jemandem wie mir sagen, die selber zwei solcher Plagen im Haus hat.« Sarkastisch fügte sie hinzu: »Ist ja schließlich auch meine Aufgabe als Chefsekretärin, nicht?«

Lazare mochte Odette. Er stellte sie sich vor, wie sie in unerschütterlicher Gelassenheit hinter ihrem Schreibtisch thronte, stets bester Laune und hellwach, gesprächig wie ein Waschweib am Dorfbrunnen. Und gutem und reichhaltigem Essen sichtlich nicht abgeneigt.

»Aber alles halb so wild. Ich könnte ihn zwar manchmal auf den Mond schießen. Aber eigentlich find ich's eher lustig. Da will einer das Verbrechen mit einem Schlag ausrotten, kriegt aber nicht mal seinen verwöhnten Balg an die Kandare.«

»Vorsicht, Odette. Sie spielen mit Ihrer beruflichen Zukunft.«

Ein rauchiges Lachen drang durch die Leitung. »Machen Sie sich auch darüber keine Sorgen, Monsieur Lazare. Mich loszuwerden haben schon ganz andere versucht.«

Sie verabschiedeten sich. Lazare holte seine Hauspost ab und überflog den Obduktionsbericht, machte sich Notizen in seine Kladde. Er lehnte sich zurück, legte die Beine auf die Tischplatte und rekapitulierte noch einmal das Gespräch, das er am Abend zuvor mit seinen beiden Zuarbeitern geführt hatte.

Ziemlich helle, diese Anwärterin, dachte er. Fast zu helle für diesen Fall. Er würde sie ein wenig bremsen müssen. Sie könnte alles gefährden.

Das Telefon holte ihn aus seinen Gedanken. Die Sekretärin des Kommissariats in Sète teilte ihm mit, dass die beiden Kriminalbeamten aus Deutschland eingetroffen waren. Danard hatte sie für zehn Uhr vormittags ins Kommissariat einbestellt, um sie über die Umstände von Rossbachs Festnahme ins Bild zu setzen. Commandant Danard lasse anfragen, ob Lazare an diesem Gespräch teilnehmen möchte.

Ist der Kerl so begriffsstutzig oder stellt er sich nur so, dachte er.

»Durchaus«, sagte Lazare freundlich. Er bedankte sich und legte auf. Während er seine Unterlagen in den Ordner legte, kam Kommissar Jaques Bruant herein. Er grüßte aufgekratzt. »Und? Schon erledigt, dein Jahrhundertfall?«

Lazare zuckte ergeben die Schultern.

Bruant warf seine Mappe schwungvoll auf den Tisch und umrundete seinen Schreibtisch. »Ehrlich gesagt, mir ist immer noch schleierhaft, wieso diese Sache der Zentrale aufgehalst worden ist. Als ob die Kollegen in Sète das nicht allein schaffen würden.« Er seufzte. »Na ja, geht mir ja ähnlich. Ich komme mir im Moment auch reichlich unterfordert vor.«

Lazare schloss den Ordner und schlüpfte in seine Jacke. »So?«, sagte er abwesend.

Der Kommissar machte eine vage Kopfbewegung nach Norden. »Ein Fall in einem Nest im Norden. St. Pierre d'Elze, wirst du nicht kennen. Ziemlich dumpfe Chose. Streit unter Nachbarn, der aus dem Ruder gelaufen ist. Ein Sturschädel wollte einem anderen Sturschädel eins auswischen, aber ein Unbeteiligter hat dran glauben müssen. Der Fall ist sonnenklar, aber der dortige Gendarm will es nicht glauben. Na gut, ist ja verständlich. Was ist da oben schon groß los? Ein paar Verkehrsvergehen, Diebstähle.« Der Kommissar grinste anzüglich. »Höchstens mal ein paar blutige Nasen, wenn so ein Bauernklotz eine Affäre mit dem Schaf seines Nachbarn anfängt.« Er wurde wieder ernst. »Der Chef der Brigade dort, ein gewisser Jeanjean, ist außerdem viel zu vertrauensselig. Harmoniesüchtig dazu. Lässt sich von den Leuten auf der Nase herumtanzen. Musste ihm direkt Bescheid stoßen. Hab aber meine Zweifel, ob es was genützt hat.« Er stöhnte gespielt. »Wirklich, lauter Dickköpfe da oben, das kannst du dir gar nicht vorstellen.«

Lazare knöpfte seine Jacke zu. »Doch. Kann ich.«

»Du kennst die Gegend? Provinz, wie sie im Buche steht, was?«

»Ich komm manchmal hin«, sagte Lazare. »Ein entfernter Verwandter lebt da.« Ich werde dich bei Gelegenheit darüber aufklären, dass man den wahren Provinzler daran erkennt, dass er über die Provinz lästert, dachte er.

»Und? Hab ich Recht? Lauter Sturköpfe, stimmt's? Außerdem eine Gegend, in der sich Fuchs und Hase Gute Nacht sagen. Nach jeder Kurve sagt dir dein Mobiltelefon, dass es keinen Empfang mehr hat. Da ist nicht weiter verwunderlich, wenn die Leute in so einer Einöde ein bisschen –« Er wedelte mit seiner Hand vor der Stirn. »Wirklich, wer sich freiwillig dort niederlässt, kann nicht ganz dicht sein.«

Lazare griff an die Türklinke. »Grüß sie mir trotzdem, die Berge.«

»Werd ich tun. Vorläufig gibt's aber keinen Anlass, da nochmal raufzugurken. Den Täter hab ich schon eingebuchtet.« Er sah auf die Uhr. »Oh. Ich muss auch gleich los. Den Kerl verhören.« Bruant nickte in grimmiger Zuversicht. »Er bockt zwar noch und macht auf Schlauberger, aber das werd ich ihm bald ausgetrieben haben.«

30.

Ein ländlicher Gendarmerieposten ist militärisches Sperrgebiet, mochten sich die betongrauen Dienstgebäude auch noch so unauffällig in das Bild der ländlichen Gemeinden mit ihren jahrhundertealten Häusern einfügen. Stabile Gitterzäune und Warnhinweise um das Areal boten der Mannschaft Schutz. Sie schotteten die Beamten aber auch vom Dorfleben ab.

Und noch dazu war Brigadier Jeanjean heute allein. Belmont und Morin waren schon zum Markt nach St. Esprit aufgebrochen, der kleine Laurent quälte sich noch immer mit der längst überfälligen Jahresstatistik, Gégé, der sich vor zwei Wochen bei einem Radrennen verletzt hatte, würde erst heute Nachmittag wieder antreten, und Franck kämpfte noch in Montpellier mit einer Zusatzprüfung zum Maréchal de logis.

Kurz nach neun Uhr hielt Jeanjean die Ruhe nicht mehr aus. Er verließ die Station und schlenderte ins Dorfzentrum hinunter. Die Hauptstraße lag wie ausgestorben vor ihm, die Fensterläden der Schule waren geschlossen. Nur vor der Bäckerei, am Ende des langgestreckten, von Platanen gesäumten Marktplatzes gelegen, stand der Lieferwagen einer Getränkefirma. Auf der steinernen Brückenbalustrade saßen zwei junge, vollbärtige Männer in schlabberigen Strickpullis, rauchend in ein Gespräch vertieft. Sie grüßten reserviert, als Jeanjean an ihnen vorüberging.

Vor Michels Bar döste ein struppiger Köter. Er stemmte sich aus der Liegeposition, lief einige Meter auf ihn zu, kehrte um und ließ sich wieder auf das Pflaster plumpsen. Der Fliegen-

vorhang war gerafft und gab einen Blick in das Innere frei. Der Wirt winkte grüßend. Jeanjean trat durch die Tür. Schattige Kühle umfing ihn. Er schob seine Dienstmütze in den Nacken und wischte sich mit dem Handrücken über die Stirn.
»Wird heiß heut, was?«, sagte der Wirt.
»Mir reicht's jetzt schon«, sagte Jeanjean. Er sah sich um. Im Schatten neben dem Fenster saß der alte Eleazar vor einem Glas Weißwein. Jeanjean nickte ihm grüßend zu.
»Wird heiß heute, was?«, krächzte der Alte.
»Mir reicht's schon jetzt«, erwiderte Jeanjean.
»Tja. Ist der Sommer. Was kann man machen?«
Eleazar war das Unikum von St. Pierre d'Elze. Noch keine fünfundzwanzig, kassierte er neun Jahre Knast für seine Beteiligung an einem Raubüberfall, bei dem es einen Toten gegeben hatte. Nach seiner Entlassung hatte er sich aus Scham nicht mehr nach Hause zurück gewagt. Schließlich war er unter den Brücken oder, für kleinere Diebstähle, immer wieder im Knast gelandet. Er war Ende fünfzig, des Lebens müde und knochig wie ein Gespenst, als sich die Gefängnistore in die Freiheit zum letzten Mal für ihn öffneten. Völlig mittellos kehrte er nach St. Pierre d'Elze zurück. Seine Eltern waren mittlerweile verstorben, ihr Haus war jahrelang leer gestanden, das Anwesen verödet. Niemand hatte ihn zunächst erkannt. Es hatten nur Gerüchte die Runde gemacht. Wer war dieser Verrückte, der täglich mit seinem alten Rennrad die Runde durch die Berge machte? Fast fünfzig Kilometer, rasend, als sei er auf der Flucht, von St. Pierre d' Elze über den Pass nach St. Esprit hinab, danach über die steilen Serpentinen nach Tormes mit hängender Zunge emporkeuchend und wieder zurück, bei sengender Sonne, bei strömendem Regen und Schneegestöber? Langsam dämmerte es allen, wer sich unter dem Fahrradhelm und der riesigen Sportbrille verbarg. Und wer sich, beseelt von einem unbändigen Willen und wie ein Süchtiger die endlich gewon-

nene Freiheit genießend, auf diese Weise peinigte. Mit den Jahren kamen er und die Dörfler sich wieder ein wenig näher. Seine Touren machte er immer noch, ließ sie aber seit einigen Jahren gemächlicher angehen.

»Sie sind derzeit ziemlich im Stress, stimmt's?«, sagte der Wirt vorsichtig. »Sehen aus, als könnten Sie einen kleinen Schwarzen brauchen.«

»Wie Sie's nur immer ahnen«, sagte Jeanjean.

Michel machte sich an der Kaffeemaschine zu schaffen. »Aber nicht bloß Sie haben Stress, das können Sie mir glauben«, sagte er über die Schulter. »In St. Pierre jedenfalls ist es schon geruhsamer zugegangen. Aber es gibt eben so Zeiten, wo alles meint, verrückt spielen zu müssen.«

Er stellte die Tasse vor Jeanjean. »Seit unsere gute Bäckerin ihren Rappel gekriegt hat, wird überall nur noch politisiert.« Er seufzte tief. »Und ich darf die Streithähne auseinander halten.«

Jeanjean nippte an seinem Kaffee. »Tja, die Politik.«

»Ist doch aber auch ein Schwachsinn. Der arme Maurice. Nicht bloß, dass sie ihm Hörner aufsetzt, dass es bloß so staubt – jetzt soll auch sein Umsatz massiv zurückgehen, fast um die Hälfte, heißt es. Die ganzen Neos jedenfalls fahren rüber nach St. Esprit. Im Laden dort reiben sie sich die Hände. Die sind zwar, unter uns gesagt, auch eher Nationale. Aber wenigstens so schlau, ihr Maul zu halten.«

»Tja«, sagte Jeanjean. »Die Politik.«

Michel wischte mechanisch mit einem Lappen über die Theke. »Und dann diese ewigen Reibereien zwischen den Alten und den Neos«, seufzte er. »Ich meine, ich bin auch nicht unbedingt ihr Freund, und unter ihnen sind eine Menge Spinner. Aber einige haben durchaus was drauf. Ich seh' das geschäftlich, verstehen Sie?«

»Ja«, sagte Jeanjean.

»Die bringen uns Leute, machen was los. Neulich, dieses

Folk-Festival, ich hab nicht schlecht Umsatz gemacht. So, dass unsereins das nicht brauchen könnte, ist es auch wieder nicht.«
»Nein«, sagte Jeanjean.
»Den Alten fällt ja nichts mehr ein. Aber das Leben muss doch weitergehen, oder?« Michel bleckte sein Pferdegebiss unter seinem Schnauzbart. »Die Weiber von den Neos jedenfalls werfen in schönster Sorglosigkeit ein Kind nach dem anderen, dass es eine wahre Freude ist. Unsere Schule war schon kurz davor, zugemacht zu werden. Jetzt ist sie wieder voll. Und was wär St. Pierre ohne Schule?« Er warf die Arme in gespielter Verzweiflung empor. »Mein Gott, die Leute sollen sich doch einfach zusammenraufen, so schwer kann's doch nicht sein.« Er schüttelte resigniert den Kopf. »Aber nein, jeder muss seinen Sturkopf behalten, die Alten wie die Neos. Und dass jetzt auch noch Emile eingesperrt worden ist, lässt die ganze Scheiße erst recht aufkochen.«

Jeanjean nickte sorgenvoll.

Der Wirt senkte die Stimme. »Schwallt mich doch gestern der alte Senechas zu, dass die Neos den guten Jules auf dem Gewissen hätten.«

»Die Neos, sagt er?«

Der Wirt nickte bekräftigend. »Weil sie zu blöd wären, einen elektrischen Zaun richtig anzuschließen.« Vorsichtig fuhr er fort: »Ich meine, ich will ja niemandem persönlich zu nahe treten, geschweige denn die Polizei kritisieren, aber –«

Jeanjean stellte die leere Tasse ab. »Nur zu.«

»Ich glaube, dass da ein Fehler gemacht worden ist. Emile mag seine Macken haben. Aber was technische Dinge betrifft, da macht ihm keiner so schnell was vor. Klar, es stimmt, dass er schnell in die Luft gehen kann. Aber dass er eine dermaßen blödsinnige Falle gebaut haben soll? Nein, nie. Als Wirt kriegst du schon ein bisschen Menschenkenntnis, das dürfen Sie mir glauben. Und die sagt mir, dass Emile unschuldig ist.« Er winkte resigniert ab. »Aber lassen wir das. Will Sie nicht auch noch damit zulabern.« Er deutete auf die Tasse. »Noch einen?«

Jeanjean nickte. Er legte einen beiläufigen Ton in seine Stimme. »Die Neos sind angefressen, hm?«

Der Wirt drehte sich um und ließ den Kaffee einlaufen. »Wer will es ihnen verdenken?«

»Was werden sie tun?«

»Ich hab nur von einer Kollekte für einen Anwalt läuten hören. Und dass sie bereits die Presse angespitzt haben. Aber ob's dabei bleiben wird? Jedenfalls zieht das Ganze bereits seine Kreise, bis weit über den Kanton hinaus. Die Neos glauben, dass Emile mundtot gemacht werden soll, weil er einigen Leuten zu aufmüpfig ist. Wäre zwar der Gipfel der Schäbigkeit, aber…«

»Aber wenn Emile es nicht war, der die Schweinerei mit dem Zaun verbrochen hat – wer könnte dann dahinterstecken?«

»Keine Ahnung, ehrlich. Ich halt mich bei solchen Spekulationen auch raus, verstehen Sie? Macht bloß noch mehr böses Blut.« Er schob die Tasse auf die Theke und beugte sich zu Jeanjean. Sich mit einem flinken Blick auf Eleazar absichernd, sprach er mit gedämpfter Stimme weiter: »Erst gestern hab ich wieder zwei Kerle auseinanderziehen müssen. Einer davon war von den Neos. Er hat getönt, dass nur die Jäger dahinterstecken können, weil Emile mit ihnen ja seit Jahren im Clinch liegt.«

Jeanjean rührte den Zucker in die Tasse und führte sie an seine Lippen. »Die Jäger?«

Der Wirt richtete sich wieder auf. Laut sagte er: »Aber da ist natürlich nichts dran. Unter ihnen mag es zwar ein paar Holzköpfe geben, die ein bisschen gröber drauf sind. Aber dass sie eine derartige Schweinerei anstellen würden?« Er schüttelte energisch den Kopf. »Nein! Dummes Geschwätz ist das. Gerüchte, nichts anderes. Ich könnt' wirklich aus der Haut fahren, wenn ich das höre.«

Jeanjean trank aus und stellte die Tasse auf den Tisch. Er sah

auf die Uhr, griff in seine Tasche und zog seine Geldbörse hervor.
»Tja«, sagte er, wie abwesend in den Münzen wühlend. »Schwierig, das alles.«

Für einen Moment war nichts als das Summen der Kühlanlage und das Geräusch eines Wagens zu hören, der den Dorfplatz passierte.

»Wirklich, dummes Geschwätz ist das«, sagte Michel. »Ich meine, die Jäger sind ja oft bei mir, verstehen Sie?«

»Sicher.« Jeanjean legte zwei Euro auf die Theke.

»Ich meine, ich hör ja, was da alles gequatscht wird, nicht wahr?« Er zog die Stirn zweifelnd in Falten und wiederholte: »Verstehen Sie?«

»Er hat dich schon verstanden!«, krähte es von hinten.

Der Wirt schnellte herum. »Trink! Und halt die Klappe, kapiert?«

31.

Das Hotel *Le Mistral* lag in einer lebhaften Gasse mit kleinen Läden und Imbissrestaurants, die auf die Promenade entlang des Kanalufers mündete. Schon kurz nach Sonnenaufgang hatte der Straßenlärm eingesetzt. Nach dem Frühstück packten Betschart und Kessler und deponierten ihre Koffer in einer Kammer hinter der Rezeption.

»Ach ja, Messieurs bleiben nur eine Nacht«, sagte die junge Frau auf Französisch. Sie nahm die Schlüssel in Empfang und warf einen Blick in das Belegbuch. »Und die Rechnung…?« Sie nickte sich zu. »… geht an das Kommissariat, alles in Ordnung.« Sie sah lächelnd auf. »Sie entschuldigen, Messieurs. Ich bin Ferienaushilfe, heute ist mein erster Tag.« Sie schob den beiden Männern den Block mit den Meldeformularen zu. »Nur noch Ihre Einträge und Unterschriften, Messieurs. Es ist wohl gestern Abend versäumt worden.«

Betschart griff sich den Kugelschreiber.

Kessler gab ihm einen leichten Stoß mit dem Ellenbogen. »Gut gebaut, die Kleine, was?«, raunte er. »Ob wir bei der mal 'ne Leibesvisitation machen sollten?«

»Bitte, eine was?« Das Mädchen hatte deutsch gesprochen. Kesslers Wangen verfärbten sich. Betschart sah die junge Frau verblüfft an.

Sie nickte reserviert. »Ich studiere Geschichte an der Universität in Saarbrücken. Da ist wichtig, dass man kennt Ihre Sprache.« Sie korrigierte sich: »Dass man Ihre Sprache spricht.«

Betschart warf seinem Kollegen einen zornigen Blick zu.

Kesslers Betretenheit kurz auskostend, schürzte die junge Frau befriedigt die Lippen. Ihr Lächeln kehrte zurück. »Waren Messieurs denn zufrieden?«

»Ja«, sagte Betschart.

»Sehr«, sagte Kessler. Fahrig kritztelte er seine Unterschrift auf den Block. Seine Backen glühten noch immer vor Verlegenheit.

Sie erkundigte sich, ob sie ihren Gästen ein Taxi rufen solle. Betschart verneinte dankend. Man werde abgeholt.

Sie verabschiedeten sich. Auf dem Weg vom Foyer auf die Straße sagte Betschart nichts. Er trat an den Rand des Bürgersteigs und spähte angestrengt in den vorüberbrausenden Verkehr. Kessler stellte sich an seine Seite.

»Hab ich doch nicht schmecken können, dass die Deutsch kann«, sagte er kleinlaut.

Halt einfach öfter mal deinen Schnabel, dachte Betschart.

»Kann passieren, Max«, sagte er.

Wenig später löste sich der Dienstwagen des Kommissariats aus dem vorüberziehenden Verkehr und bremste vor dem Portal ab.

32.

Brigadier Belmont meldete sich kurz vor zehn Uhr aus St. Esprit, wo Morin und er wie immer den Aufbau des Wochenmarkts zu beaufsichtigen hatten.

»Könnte gut sein, dass wir bald Verstärkung brauchen, Chef.«
»Wie stellst du dir das vor?«, fuhr Jeanjean auf. »Gégé kommt erst am Nachmittag zurück, und Laurent hockt an der Statistik, die schon seit Tagen fertig sein sollte.« Er fasste sich. »Sag mir, was los ist.«

»Riesenaufregung überall. Die Leute stehen zusammen, schimpfen lauthals oder streiten untereinander. Bisher haben wir die Streithähne noch auseinanderhalten können. Aber wir sind schon ein paarmal derart schwach angequatscht worden, dass es uns in den Fingern gejuckt hat.«

»Ihr reißt euch gefälligst zusammen«, mahnte Jeanjean. »Aber wenn es dich beruhigt, lasse ich bei der Brigadegemeinschaft Bereitschaft anordnen, zufrieden?«

Belmont beendete erleichtert das Gespräch.

Bruant, dieser ignorante Idiot, dachte Jeanjean verbittert. Natürlich hatte sich die Festnahme von Emile Praden bereits im gesamten Kanton herumgesprochen. Der Bauer war in allen Vereinigungen, in denen die Bio-Landwirte organisiert waren, an vorderster Front aktiv, dazu noch in einer Reihe von Kulturinitiativen. Er und seine Frau Fernande, eine kluge und herzliche Nordfranzösin mit ansteckend dreckiger Lache, waren aber nicht nur dort geachtet. Seine Hilfsbereitschaft, seine Fairness im Geschäftlichen und nicht zuletzt die Produkte ihrer

Farm wurden auch von den Einheimischen geschätzt. Und jeder im Kanton wusste, dass Praden nie etwas unternommen hätte, was seinen Nachbarn geschadet hätte. Geschweige denn die Dummheit begangen hätte, eine tödliche Stromfalle zu installieren.

Das Telefon riss Jeanjean aus seinen Gedanken. Der Bürgermeister von Tormes klang besorgt. Für den Abend habe eine Firma namens *Cevennes développement* eine Informationsveranstaltung im Gemeindesaal angesetzt, bei der es um Fragen der Forstwirtschaft gehen sollte.

»Aber irgendwelche Querköpfe meinen wieder mal rausgefunden zu haben, dass es sich bei dieser Firma um den Ableger eines deutschen Konzerns namens *E-on* handelt.«

»Nie gehört.«

»Hab mich auch erst vor kurzem etwas kundiger machen können. Die Deutschen wollen in der Provence drüben ein Biomasse-Kraftwerk bauen. Um das betreiben zu können, sind sie gerade dabei, allen Waldbesitzern im gesamten Süden Verträge aufzuquatschen. Das Angebot lautet in etwa: Wir baggern Foststraßen für unsere Harvester und Transportlaster auf unsere Kosten aus, holzen deinen Wald ab, und du bekommst für dein Holz, das bisher nutzlos vor sich hin gegammelt hat, ein passables Sümmchen. Der Witz nebenbei ist, dass die Holzmenge für dieses Kraftwerk auch dann nicht reichen würde, wenn ganz Südfrankreich gerodet würde. Die Betreiber haben jetzt schon angekündigt, dass dafür Holz aus Nordamerika importiert werden muss. Also, offen gesagt –«

Die Pfortenglocke schnarrte.

»Moment –« Jeanjean gab Laurent, der am anderen Ende des Büros über einem Stapel Papiere hockte, einen stummen Wink.

»Bin wieder da.«

»Offen gesagt, eine ziemliche Schnapsnummer, das Ganze.

Für die unsere Politiker auch noch grünes Licht gegeben haben. Was es für den Tourismus bei uns heißen wird, mag ich mir gar nicht vorstellen. Wir haben ja hauptsächlich Wanderer. Die können wir vergessen, wenn unser Wald umgepflügt ist wie ein Schlachtfeld von Vierzehnachtzehn.«

»Möglich.« Ist gut, komm zum Punkt, dachte Jeanjean.

»Jedenfalls haben wir Hinweise, dass sich zu dieser Veranstaltung einige Leute angesagt haben, die den Herrschaften heimleuchten wollen. Ich wiederum hätte aber gern, dass wir von der nagelneuen Bestuhlung, die wir erst vor ein paar Monaten angeschafft haben, noch eine Weile was haben.«

»Wir werden da sein«, versprach Jeanjean. Er hatte gerade aufgelegt, als Laurent mit ratloser Miene die Glastür zum Vorzimmer aufschob und den hinter ihm stehenden Besucher mit einer Kopfbewegung aufforderte einzutreten.

Das darf nicht wahr sein, dachte Jeanjean. Du nicht auch noch.

Im Türrahmen stand Yves Durand. Der schmächtige Mann wankte wie angetrunken, sein Gesicht war gerötet wie nach einem schweren Sonnenbrand, sein zottiger Vollbart starrte vor Schmutz und Staub, seine Stirn glänzte schweißnass. Seine Hände waren rußverschmiert, und seine Kleidung verströmte einen widerwärtigen Geruch nach kalter Asche und Rauch.

»Ja?«, sagte Jeanjean barsch. Quatsch mir bloß nicht wieder die Ohren voll, du Wichtigtuer, dachte er. Verschone mich mit deinen Verdächtigungen, dass man dich da schief angesehen und dir dort Schläge angedroht hat, als du wieder mal Vorträge zur Rettung der Welt gehalten hast. Mit deinen Prophezeiungen, das Wasser in den Flüssen werde bald unrettbar vergiftet sein, weil einige der Alten noch immer nicht damit aufhören wollten, tonnenweise Pestizide auf ihren Äckern zu verteilen. Und mit deinen abenteuerlichen Hirngespinsten, im Kanton rotte sich eine Bande von Rechtsradikalen zusammen, die es auf alle abgesehen hätten, die nicht ihrer Meinung waren, auf Hippies, Neos, linke Anarchos. Klar, jetzt hast du vermutlich wieder mal die Klappe zu weit aufgerissen. Und die Quittung kassiert.

Der Ankömmling öffnete den Mund, schloss ihn wieder, schluckte. Sein Kinn bebte, in seinen geweiteten, rot geränderten Augen brannte hilfloser Zorn und der Schmerz einer ungeheuren Demütigung.

Etwas in Jeanjean schlug Alarm.

»Ja?«, wiederholte er, etwas behutsamer.

Der Schock bebte noch durch Durands Stimme, als er endlich herausbrachte: »Man hat versucht, uns zu töten.«

33.

»Ich möchte Ihnen im Namen der Police nationale unser aufrichtiges Bedauern über den Tod Ihrer Kollegin übermitteln«, sagte Kommandant Danard. »Wir freuen uns, wenn wir einen Beitrag dazu leisten konnten, dass er gesühnt werden kann.« Er lächelte zuvorkommend und zeigte auf die Tischgruppe. »Setzen wir uns doch.« Als alle Anwesenden Platz genommen hatten, machte er eine einladende Geste. »Dann – Ihre Fragen, Messieurs.«

Brigadier Becker gab die Aufforderung weiter.

Betschart versuchte, seiner Stimme einen kollegialen Klang zu verleihen. »Als Erstes würden wir gerne wissen, warum Sie Herrn Rossbach noch länger behalten wollten. Wir sind zwar darüber informiert, dass er an einer Körperverletzung beteiligt war, aber dass die Ermittlungen in einem Mordfall, noch dazu an einer Polizeiangehörigen, Vorrang haben, dürfte doch außer Zweifel stehen.«

Beckers Wangen verfärbten sich unmerklich. Er wich dem missbilligenden Blick Danards aus und räusperte sich, bevor er übersetzte.

»Keine Frage, Monsieur«, antwortete Danard konziliant. »Aber wenn Sie gestatten, gebe ich diese Frage gleich an Commandant Lazare weiter. Da er die entsprechende Ermittlung leitet, kann er Ihnen erklären, warum wir zunächst darum baten, Ihren Gefangenen noch eine kurze Zeit hierzubehalten.« Er sah auffordernd zu Lazare. »Es ging nicht nur um Körperverletzung, sondern um einen ungeklärten Todesfall, den Fall Fernandez, nicht wahr?«

Lazare nickte bestätigend. »Monsieur Rossbach kommt dabei zwar nicht als Täter in Betracht, weil er zu diesem Zeitpunkt schon in unserem Gewahrsam war. Aber das Opfer ist vor einigen Tagen von mehreren Schlägern angegriffen worden, zu denen auch Monsieur Rossbach gehörte. Wir erhofften uns von ihm Informationen darüber, ob diese Schlägerei in Beziehung zu diesem Todesfall steht.« Er wartete Beckers Übersetzung ab, bevor er ergänzte: »Wobei ich Ihnen mitteilen kann, dass wir das entsprechende Verhör in der Zwischenzeit durchgeführt haben. Es hat sich gezeigt, dass die Aussagen Monsieur Rossbachs für uns doch nicht so ergiebig sind.« Er lächelte großzügig. »Es steht also nichts mehr im Wege, ihn Ihnen zu übergeben.«

»Compris«, sagte Betschart. Zu freundlich, dachte er. Unser LKA hätte euch was gepfiffen, wenn ihr uns wieder heimgeschickt hättet.

Er richtete sich im Stuhl auf. »Dann würden wir noch gerne wissen, ob es Ihrerseits Erkenntnisse über mögliche Unterstützer hier in Sète gibt.«

Danard lauschte Beckers Übersetzung. Er sah fragend zu Lazare.

»Erkenntnisse darüber, wo er sich aufgehalten haben könnte, haben wir bedauerlicherweise nicht.« Danard ergänzte: »Sich inkognito hier aufzuhalten, dürfte durchaus möglich sein. Aber nicht auf Dauer«, fügte er selbstgefällig hinzu. »Wir haben unsere Überwachungseinrichtungen in den letzten Jahren schließlich erheblich verbessern können.«

Lazare wandte sich an Becker. »Die Frage der Kollegen zielte vermutlich auf so etwas wie ein Netzwerk, dessen er sich bedient haben könnte? Weil der Mord, der Monsieur Rossbach in Ihrem Land zur Last gelegt wird, einen rechtsextremen und rassistischen Hintergrund hat? Ist Monsieur Rossbach denn Mitglied einer entsprechenden Organisation?«

Becker übersetzte.

So nicht, Freunde, dachte Betschart. Rossbach sei Mitglied einer rechtsextremen, nur im lokalen Raum aktiven, eher losen Gruppierung gewesen, gab er kurz angebunden zurück.

Lazare tat, als stelle ihn diese Aussage zufrieden. Was soll das, dachte er. So naiv könnt ihr doch nicht sein? Noch ein Blinder sieht doch, dass Rossbachs Flucht bestens organisiert gewesen sein muss. Und das konnte nur gelingen, weil er und seine Unterstützer auf staatsübergreifende Strukturen zurückgreifen können.

Er sah zu Danard und Becker, dann zu Betschart. »Was die Stadt Sète betrifft, Messieurs, so schließen wir einen derartigen Hintergrund zwar im Grundsatz nicht aus, haben aber, wie gesagt, keine Erkenntnisse. Zumindest nicht solche, die einer seriösen Überprüfung standhalten würden.«

Tut mir leid, Kollegen, dachte er. Ich kann wegen euch kein Risiko eingehen

Er öffnete die Hand zu einer bedauernden Geste. »Wobei ich gestehen muss, dass diese Frage für unseren Fall natürlich nicht oberste Priorität hatte.«

Betschart versteifte sich. Herrschaften, werden wir bitte nicht albern, dachte er. Ist es das, was ihr unter Kollegialität versteht?

Danard spürte, dass sich die Stimmung unmerklich abgekühlt hatte.

»Wie können wir Ihnen sonst noch behilflich sein, Messieurs?«, sagte er freundlich.

»Wir möchten jetzt gerne mit dem Gefangenen sprechen«, sagte Betschart.

34.

Yves Durands Hütte – oder was davon übrig geblieben war – befand sich am Rande eines bewaldeten Plateaus unterhalb des Bergrückens, der die Gemeindegebiete von St. Pierre d'Elze und St. Esprit trennte. Die Freiwillige Feuerwehr von St. Esprit hatte die Unglücksstelle bereits abgesichert, als Jeanjean, Laurent und Yves Durand eintrafen.

Was sich Durand und seine Frau Natalie in vielen Jahren als kleines Paradies im Wald aufgebaut hatten, bot jetzt nur noch den Anblick einer verwahrlosten Müllkippe.

»Oh là là!« Laurent rieb sich die Wange. »Gründliche Arbeit, Respekt.« Er grinste. »Das müsste Belmont sehen. Er jammert doch immer, dass bei uns nichts los ist.«

»Halt die Klappe«, zischte Jeanjean. Erleichtert stellte er fest, dass Durand nicht zugehört hatte und wortlos weitergestapft war. Sie wateten durch das Chaos aus geborstenen Balken, geknickten Streben und Brettern und zerschlagenen Dachziegeln. Flocken eines Isoliermaterials hatten sich über die Reste des Mobiliars, aufgerissene Matratzen, zertrümmertes Geschirr und Gläser und angesengte Stofffetzen verteilt. Yves Durand hatte eine umfangreiche Bibliothek gehabt. Die Bücher, Comicbände, Vinylplatten und CDs waren über das Gelände verstreut, die aufgeschlagenen Seiten flatterten im Wind. Er ging in die Knie. *Pays de printemps, La barca de los muertes* las er. Laurent hatte sich neben ihm niedergelassen. Er zog einen schmalen Band aus dem Gewühl und zeigte mit vielsagendem Grinsen auf den Titel. *Le droit de la paresse.* Das Recht auf Faulheit.

»So hat eben jeder seine Bibel, was, Chef?«

Jeanjean winkte gedankenverloren ab. Durand war doch verheiratet? Wo war eigentlich seine Frau?

Der Einsatzleiter der örtlichen Feuerwehr stiefelte durch den Schutt heran.

»Tja. Ist so eine Sache mit dem Gas. Einmal nicht aufgepasst, und schon …«

»Es war eine Explosion?«

Der Feuerwehrmann nickte. »Auch wenn sich das blöd anhört: Zum Glück war es das. Wäre es ein ordinärer Hausbrand gewesen, stände jetzt der halbe Wald zwischen St. Pierre und St. Esprit in Flammen.« Er ließ seinen ausgestreckten Arm über das Plateau kreisen. »Sie sehen ja, wie trocken hier alles ist. Wer da zündelt, kann genauso gut alles mit Benzin tränken und ein brennendes Streichholz draufwerfen.«

»Eine Idee, wie es dazu gekommen sein könnte?«

Der Kommandant sicherte sich mit einem Blick hinter sich ab, dass Yves ihn nicht hören konnte. »Ich tippe mal auf die übliche Nachlässigkeit von diesen Leuten. Sehr beliebt ist zum Beispiel, dass man zu faul ist, die Gasschläuche regelmäßig zu erneuern.« Er seufzte gedankenverloren. »Was ich mich bei der Sache bloß frage, ist, warum die Bewohner nicht rechtzeitig bemerkt haben, dass etwas nicht stimmt. Für den Bumms, der gleich die ganze Hütte in die Luft gejagt hat, muss eine große Menge Gas ausgetreten sein, und das über längere Zeit. Den Austritt von Gas riechst du aber normalerweise sofort, schon beim kleinsten Leck.« Er zuckte die Schultern. »Aber gut, wenn man wieder mal zu tief ins Glas geschaut hat oder zugekifft ist … der Mann hatte nur Riesenglück, dass er gerade nicht im Haus war, als es krachte.« Er öffnete die Hände. »Aber das ist jetzt Ihr Ding. Unsererseits ist die Sache erledigt, Brandgefahr besteht nicht mehr.« Er grüßte lässig militärisch, ging zu seinen Männern zurück und gab den Befehl zum Aufbruch.

Jeanjean sah ihm nach.

»Was machen wir, Chef?«, sagte Laurent. »Müssen die Kriminaler ran? Ich meine, es war doch bloß eine besserer Gartenschuppen. Also wenn man mich fragt, dann –«

»Das tut man aber nicht«, fuhr ihn Jeanjean an. »Ich will die verdammte Ursache festgestellt haben, klar?«

Der junge Gendarm lenkte beflissen ein. »Klar, Chef.«

Der Brigadier atmete tief durch. Was ist hier eigentlich los, dachte er. Haben wir Krieg? Wenn ja, wäre jemand so freundlich, mir Bescheid zu geben?

35.

»Red du mit ihm«, hatte Betschart zu Kessler auf dem Weg in den Verhörraum gesagt.

Kessler hatte die Schultern gezuckt. »Meinetwegen.« Er hatte seinen Kollegen mit einem besorgten Blick gestreift. »Alles okay bei dir?«

»Ich ertrag die Drecksau nicht, das ist alles.«

»Er kriegt seine Packung, keine Sorge«, beruhigte ihn Kessler. »Wir haben ihn ja jetzt.«

Der Gefangene wurde hereingebracht. Der Justizbeamte nahm an Beckers Seite neben der Tür Platz.

»Normalerweise freut man sich ja, wenn man Landsleute trifft.« Daniel Rossbach feixte herausfordernd »Es gibt aber auch Ausnahmen.«

»Glaub ich Ihnen aufs Wort«, sagte Kessler. »Herr Rossbach, wir –«

»Und bevor ihr anfangt mich vollzulabern – ich sag nichts. Außer, dass ihr mir die Geschichte mit dieser toten Polizitusse nicht anhängen könnt. Weil ich es nicht war und weil ihr es nicht beweisen könnt. Die ganze Aktion hättet ihr euch sparen können.« Er grinste verschlagen. »Aber wahrscheinlich habt ihr bloß einen Grund dafür gesucht, einen kleinen Urlaub rauszuschinden, stimmt's? Und? Gut gefickt gestern Nacht? Gibt heiße Weiber hier, hab ich Recht?« Er grinste. »Aber wahrscheinlich seid ihr eh schwul, wie die meisten deutschen Bullen.«

Kesslers Kiefer mahlten. »Wieso sind Sie untergetaucht, wenn Sie sich nichts vorzuwerfen haben?«

Rossbach lehnte sich zurück und verschränkte seine Finger im Nacken: »Sagen wir mal so. Weil ich eure Tricks kenne, ihr Arschlöcher. Ihr braucht einen Sündenbock, stimmt's? Aber nicht mit mir, Freunde. Ihr habt nicht mal 'nen Beweis, dass ich an diesem Abend da war.«

Kessler hob die Brauen. »Wo denn? Von was reden Sie?«

»Beim Jexwirt, frag doch nicht so blöd. Da, wo man dieses Drecksgesindel von Flüchtlingen hat einquartieren wollen.«

Das wäre zwar schon mal astreines Täterwissen, du Trottel, dachte Betschart grimmig. Aber leider ist zu befürchten, dass dir dein Anwalt später einimpft, dass du es aus den Nachrichten hast.

Kessler setzte nach: »Wie sind Sie überhaupt hierhergekommen? Und wie haben Sie sich die ganze Zeit finanziert? Mit den paar Euro vielleicht, die Sie noch auf Ihrem Konto gehabt haben?«

Rossbach verschränkte die Arme vor seiner Brust. »Das war's, Herrschaften. Ende der Durchsage.«

Kessler setzte zu einer Antwort an, doch Betschart stand mit einem Ruck auf und wandte sich an Becker. »Sind seine Sachen vorbereitet?«

»Sind an der Pforte deponiert.«

»Gut.« Betschart sah auf die Uhr. »Dann fahren wir jetzt erstmal ins Hotel zurück und holen unsere Koffer, okay? Die Maschine geht um –«

»Ich bin nicht reisefähig«, nölte Rossbach. »Mir ist kotzübel. Nicht bloß von dem Fraß hier.«

»Hören Sie mit dem Zirkus auf«, fuhr ihn Betschart an. »Sie sind untersucht worden.«

»Aber ich hab wahrscheinlich Hepatitis, ja?« Rossbachs Stimme klang jetzt wie die eines leidenden Kindes. »Ihr müsst mich ins Krankenhaus bringen. Verdammt, das ist Vorschrift, ja?« Fast flehend fügte er hinzu: »Wirklich, mir geht's beschissen!«

»Halt deine Fresse!«, brüllte Betschart. »Halt endlich deine dreckige Fresse! Ja?!« Rossbach war zusammengezuckt und hatte unwillkürlich die gefesselten Hände vor sein Gesicht gehalten.

»Franz«, sagte Kessler. »Wir bleiben cool, ja?«

»Abmarsch«, sagte Betschart heiser.

36.

Noch an der Unglücksstelle hatte Jeanjean versucht, mit Kommissar Bruant in Montpellier Kontakt herzustellen. Erst nach geraumer Weile hatte er eine erhöhte Stelle am Rande des Plateaus gefunden, an der sein Handy ein Netz anzeigte. Kommissar Bruant befinde sich gerade in einem Verhör, ließ ihn dessen Kollege wissen. Er notierte den Sachverhalt und versprach, schon einmal Spurensicherung und Brandfahndung in Marsch zu setzen. Bruant würde sich umgehend melden.

Jeanjean stellte einen Kollegen zur Bewachung des Tatorts bis zum Eintreffen der Kollegen aus Montpellier ab. Dann fuhr er mit Durand in die Station zurück, um das Protokoll aufzunehmen.

Mit seinen fast sechzig Jahren stand Yves Durand vor dem Nichts. Er hatte keine Versicherung abgeschlossen, seine Waldhütte existierte offiziell nicht, den Platz hatte ihm Emile Praden vor zwanzig Jahren für eine lächerliche Pachtsumme überlassen. Der damalige Gemeinderat war trotz fehlender Baugenehmigung übereingekommen, ihn gewähren zu lassen, war er doch unermüdlich zur Stelle, wenn es galt, bei Veranstaltungen im Dorf mit anzupacken. Längst hatte man ihm den Fauxpas verziehen, der ihm einige Wochen nach seiner Ankunft unterlaufen war, als er die gutwilligen Dörfler zu einem Einweihungsfest eingeladen und sie mit einem mehrstündigen experimentellen Konzert beglückt hatte, das aus einer meditativen Collage aus Originaltönen aus dem südamerikanischen Regenwald bestand. Seine Frau Natalie war eine etwas melancholische Hilfslehrerin mit aparter Jean-Seberg-Frisur aus der Gegend um Clermont. Es war ihr gelungen, den zuvor ein wenig verplanten und erfolglosen Künstler auf den Boden der Wirklichkeit zu holen und mit ihm eine kleine Gemüsefarm aufzubauen. Mit ihr hatte Durand das alte Brotfest und den Dorfmarkt wiederbelebt, Kurse in Englisch und Okzitanisch gegeben. Und weil er, wenn es darauf ankam, großzügig und witzig sein konnte, hatten ihm die Dörfler seine gelegentlich eifernden Allüren nachgesehen. Ihre beiden Kinder waren bereits erwachsen und seit einigen Jahren aus dem Haus.

Als er an diesem Morgen aus Montpellier zurückgekehrt und auf seine Behausung zugegangen war, hatte ihn bereits Gasgeruch irritiert. Die Durands betrieben Kochherd und Bad mit einem Durchlauferhitzer, die dazugehörige Gasflasche war unter der Arbeitsplatte verstaut. Die Schläuche hatte er erst vor einem halben Jahr erneuert, den Gashahn drehten sie nicht nur bei längerer Abwesenheit, sondern täglich vor dem Schlafengehen zu.

Er hatte die Türe aufgeschlossen und wollte sie aufschieben, als sich durch den Luftzug, der durch das Öffnen der Türe entstanden war, das Gas entzündete. Es hatte ihm das Leben gerettet, dass das Haus eine Ruine gewesen war, als er es bezog. Von der früheren Schäferhütte existierten damals nur noch zwei gemauerte Seitenwände, die anderen hatte er mit einer einfachen Holzkonstruktion ersetzt. So hatte ihm die Explosion zwar die schwere Eingangstür entgegengeschleudert und ihn zu Boden geworfen, doch ihre eigentliche Wucht entwickelte sie auf der gegenüberliegenden Seite der Hütte, dort, wo Balken, Bretter und leichte Isolation weniger Widerstand boten. Hätte er das Mauerwerk vollständig erneuert, wäre er von den Steinmassen begraben worden.

»Ich glaube Ihnen, dass Sie Acht gegeben haben, Monsieur Durand. Trotzdem muss ich Sie fragen, wann Sie oder Ihre Gattin zuletzt in Ihrer Hütte waren.«

»Meine Frau ist zur Zeit nicht da. Ich selbst bin vor vier

Tagen, in der Früh, gegen sieben, halb acht, nach Montpellier aufgebrochen. Wo ich bis heute Morgen war. Zeugen dafür gibt's, so viel Sie wollen.«

Jeanjean rechnete in Gedanken nach. Demnach kam Yves Durand als Verursacher nicht in Frage. Hätte er versehentlich den Gashahn offen gelassen, wäre das Haus schon viel früher in die Luft geflogen.

Er atmete durch. »Dann wäre die Frage: Wenn es nicht doch ein technischer Defekt war, was die Spurensicherung aber herausfinden wird –«

»Es war kein technischer Defekt. Niemals.«

»– mit wem haben Sie sich in letzter Zeit angelegt?«

Durand lächelte schwach. »Mit wem nicht, wäre schneller zu beantworten.« Er wurde wieder ernst. »Natürlich hat es immer wieder mal den einen oder anderen Krach gegeben, aber man weiß ja mittlerweile seit Jahren, welche Meinungen ich vertrete. Ich habe dabei immer auch gehörig Gegenwind bekommen, klar. Aber nie ist es so weit gekommen, dass jemand mich bedroht hätte. Ich meine damit: Wenn jemand jetzt versucht, mein Haus in die Luft zu jagen, dann müsste es einen besonderen Grund geben, oder? Einen Streit, der über die bisherigen Reibereien hinausgeht. Aber davon weiß ich nichts, verdammt noch mal.« Er sah ratlos auf. »Warum? Und warum jetzt? Das verstehe ich einfach nicht.«

Jeanjean betrachtete ihn nachdenklich. »Ich kann mich erinnern, dass Sie vor vier oder fünf Jahren bei uns vorstellig geworden sind, weil die Jäger zu nahe an Ihrem Haus herumgeballert haben.«

»Vor allem, weil ein Querschläger eine Scheibe zerschlagen hat, richtig.«

»Wir haben damals ein paar ernste Worte mit den Leuten reden müssen. Ich hoffe doch sehr, dass es etwas gebracht hat, oder?«

»Ein paar von ihnen haben sich sogar bei mir entschuldigt«, sagte Durand mit eigenartigem Lächeln.

Jeanjean nickte befriedigt. Na immerhin, dachte er. Irgendwann nehmen die Leute dann doch wieder Vernunft an.

»Aber nicht dafür«, setzte Durand nach. »Sondern dafür, nicht besser gezielt zu haben. Mein Haus stehe auf einem Gebiet, in dem sie früher ungestört hätten jagen können. Sie beschwerten sich, ich hätte ihnen die Wildschweine und Hasen vertrieben. Was wahrscheinlich sogar stimmt.«

Jeanjean runzelte die Stirn. »Wer?«

»Die meisten kannte ich nicht, es waren jüngere Kerle. Und der Jagdverein ist aus St. Pierre.«

Bei dem der alte Senechas das Sagen hat, dachte Jeanjean. Was für ein Zufall.

»Gut ...« Er setzte sich gerade. »Laurent hat mitgeschrieben und bringt Ihre Aussage nur noch kurz in Form, damit Sie sie unterschreiben können. Vielleicht wollen Sie in der Zwischenzeit mit jemandem telefonieren? Sie müssen ja vorläufig irgendwo unterkommen, nicht?«

Durand winkte ab. »Das ist das geringste Problem. Es gibt auch Nachbarn, die einem nicht nach dem Leben trachten.«

»Bestimmt«, meinte Jeanjean.

Durand stand auf. »Ich fühl mich wie aus dem Mülleimer gezogen. Ich werd kurz runter zum Gemeindehaus gehen und mich erstmal waschen, in Ordnung?«

»Chef?«, sagte Morin vorsichtig. »Bloß 'ne Frage, Chef. Monsieur Durand hat doch gesagt, dass er vor vier Tagen nach Montpellier losgefahren ist und seither nicht mehr im Haus war.«

Jeanjean runzelte unwillig die Stirn. »Hast du doch gehört, oder?«

»Dass *er* losgefahren ist, hat er gesagt.«

»Und ich hab gesagt, dass du das ja gehört hast«, raunzte Jeanjean.

»Aber Monsieur Durand ist doch verheiratet – ich meine – wenn Monsieur Durand alleine losgefahren ist, könnte nicht Madame –?«

Yves Durand hielt die Türklinke in der Hand. »Natalie war nicht zu Hause«, sagte er mit ausdrucksloser Stimme. »Ich bin nach Montpellier gefahren, um sie in der Klinik zu besuchen.«

»In der Klinik?« Jeanjean räusperte sich einen Kloß aus dem Hals. »Deshalb hab ich sie schon lang nicht mehr auf dem Markt gesehen. Hoffentlich nichts Ernstes, hm?«

Yves führte seinen Zeigefinger an die Schläfe. »Tumor«, sagte er tonlos.

Dann zersplitterte sein Gesicht plötzlich. Er schluchzte röhrend auf. Dann gaben seine Knie nach. Der Länge nach schlug er auf den Boden. Jeanjean und Laurent stürzten zu ihm.

»Ich kann ihr das doch nicht sagen...«, flüsterte Durand. Tränen liefen über seine Wangen. Ein haltloses Zittern durchlief ihn. »Es war doch... das Haus, der Garten... es war doch ihr Leben... ich muss mir ja fast wünschen, dass sie...«

Jeanjean hielt seinen Kopf. Eine Kälte krallte sich in seinen Nacken. Sie raubte ihm fast die Sinne.

Genug, dachte er, jetzt ist es genug. Es ist kein Spaß mehr.

37.

Lazare hatte noch nicht an seinem Schreibtisch Platz genommen, als Capucine eintrat, einen Stapel Papiere unter dem Arm. Lazare bemerkte, dass sie blass war.

Sie hat die halbe Nacht gearbeitet, dachte er.

»Ich hab ein bisschen in den Unterlagen gestöbert.« Sie griff nach der Lehne des Stuhls, schob ihn an den Schreibtisch, legte den Stapel ab und setzte sich.

»Vergessen Sie nicht zu schlafen«, sagte Lazare. »In unserem Beruf muss man wach sein.«

Sie lächelte gequält. »Werd's mir zu Herzen nehmen.« Sie deutete auf den Stapel. »Soll ich was dazu sagen?«

Lazare nickte gnädig. »Ich bitte darum.«

Das Brachland, auf dem die Gitans siedelten, maß etwa drei Hektar. Es war in den frühen Sechzigern in städtischen Besitz gekommen, nachdem mehrere kleine Werften, von Bank- und Steuerschulden erdrückt, pleite gegangen waren. Doch die Hoffnung, darauf wieder Gewerbe ansiedeln zu können, hatte sich nicht erfüllt. Die Konjunktur lahmte, Großbetriebe siedelten um, die öffentlichen Schulden stiegen. Da die Stadt das Gelände abgeschrieben hatte, konnten die Gitans, die sich zwischenzeitlich hier angesiedelt hatten, bleiben.

Die Kommunisten, die über Generationen die Stadt regierten, wurden schließlich abgewählt – die Bürgerlichen hatten mit ihrem Programm, wie sie Sète wirtschaftlich wieder in die Höhe bringen wollten, überzeugt. Doch der wirtschaftliche Niedergang der Stadt setzte sich fort. Die Bedeutung des Wirtschaftshafens nahm ab, die Tonnage der umgeschlagenen Güter schrumpfte – da Sète an die flachen Nehrungen der Camargue grenzte und von nur landwirtschaftlich genutztem Hinterland umgeben war, hatten sich die Mächtigen der Wirtschaft für Rotterdam und Antwerpen, im Herzen des hochindustrialisierten Nordens gelegen, als die zentralen Häfen Europas entschieden.

Umso erfreuter war man im Rathaus, als ein bis dahin unbekannter Investor Interesse bekundete, das Areal zu erwerben. Der auf Glanzpapier gedruckte Planungsprospekt zeigte ein Viersternehotel mit über 200 Betten, Tagungsräumen, einer Veranstaltungsbühne, einem Wassersportzentrum mit Pool, aufgeschüttetem, von Palmen und Bambus gerahmten Weißsandstrand und einem Hafen für die Hausboote, die vom Rhone-Kanal über die Lagune in den Canal du midi schipperten.

»Interessant.« Lazare unterdrückte ein Gähnen. »Weiß man von diesem Investor etwas?«

»Auf den Prospekten, die im Rathaus eingegangen sind, steht der Name *SA Domitia*. Die Firma ist aus einem in Norditalien und Kroatien aktiven Konsortium hervorgegangen, das Ende der Neunziger im Zuge eines Geldwäsche-Skandals teils liquidiert, teils umstrukturiert worden ist. Sie scheint auf Hotelanlagen, Freizeitparks und Kasinos spezialisiert zu sein, hat bisher hauptsächlich im Tessin, an der Riviera und der Côte d'Azur investiert. Weiter westlich meines Wissens noch nicht. Die Firma hat ihren Hauptsitz zwar in der Schweiz, es gibt aber Ableger in Mailand und Vitrolles, die wiederum mit Planungs- und Entwicklungsfirmen vernetzt sind, wie und in welchen juristischen Konstruktionen, kann ich schlecht sagen. Der Geschäftsführer der *Domitia* ist ein Schweizer Staatsbürger namens Dr. Neri, über andere Anteilseigner habe ich nichts herausfinden können.

Aber in die Planungen in Sète ist die Firma *SA Sud* eingebunden. Deren Hauptaktionär ist ein Maître Jaques Montaignac. In der *SA Sud* sind mehrere kleinere Unternehmen zusammengefasst. Montaignac selbst hat noch umfangreicheren Immobilienbesitz in Sète, Frontignan und Cap d'Agde. Sie kennen ihn vielleicht?«

»Dem Namen nach«, sagte Lazare. »Was haben wir über ihn?«

Capucine hob einige Blätter ab, überflog sie rasch. »Maître Montaignac entstammt einer alten Sèter Handelsfamilie, hat in Rechtswissenschaft promoviert und hat das Vermögen seiner Eltern geerbt. Verheiratet, zwei erwachsene Kinder. Er sitzt dem Gewerbeverein von Sète seit vielen Jahren vor, ist Mitglied im Vorstand der Komitees zur *Fête de St. Louis* sowie mehrerer Wohlfahrtsorganisationen. Bei einigen ausgewählten Kulturveranstaltungen wird er als Mäzen erwähnt, wobei ihm moderne Malerei und klassische Musik besonders am Herzen zu liegen scheinen.«

»Politisch steht er wo?«

Die junge Polizistin blies Luft durch die Backen. »Eine eindeutige Kontur ist nicht zu erkennen. Er ist sicherlich kein Mitglied der Kommunistischen oder Sozialistischen Partei, scheint da aber auch keine Berührungsängste zu haben. Jedenfalls hat er auch in Zeiten, in denen die Stadt noch von Kommunisten regiert war, gute Geschäfte mit ihnen gemacht.«

»Gibt es Kontakte nach Rechtsaußen?«

»So wie ich ihn einschätze, wird er als Geschäftsmann durchaus aufmerksam verfolgen, wie sich der Front national in Sète entwickelt. Aber wenn er bereits mit ihnen kungeln sollte, so ist davon noch nichts an die Öffentlichkeit gedrungen.«

Ausgezeichnet, dachte Lazare. Das Mädchen ist gründlich. Und hat einen Blick dafür, worauf es ankommt.

»Nicht übel«, sagte er.

Capucines Wangen röteten sich leicht. Sie nickte, nahm den Papierstapel an sich und stand auf. Ich brauche eine Dusche, dachte sie, und danach ein paar Stunden Schlaf. Das wird er einsehen. »Brauchen Sie mich noch?«

»Ja«, sagte Lazare. »Ich benötige als Nächstes alles, was wir über einen hiesigen Geschäftsmann haben. Der Name ist Laforet. Charles Laforet.«

Sie atmete durch, nahm wieder Platz, zückte Block und Stift und notierte den Namen. »Da ich nicht von hier bin, wäre es hilfreich zu wissen, worauf ich achten soll.«

»Der Mann verdient sein Geld unseres Wissens mit der Verwaltung einiger Immobilien in der Altstadt. So lässt er es jedenfalls das Finanzamt wissen. Gut möglich aber, dass das nur ein Teil der Wahrheit ist.«

»Verstehe«, sagte Capucine.

»Daneben taucht sein Name immer wieder bei politischen Aktivitäten auf, an denen auch Hervé Lambert und Konsorten beteiligt sind und die sich in letzter Zeit verstärkt gegen die Gitans richten.« Capucine stutzte. »Sie sehen also doch einen Zusammenhang mit der Attacke auf Fernandez?«

»Wir ermitteln in alle Richtungen«, entgegnete Lazare kurz angebunden.

Capucine nickte reserviert. »Die Frage, bis wann Sie das Dossier brauchen, kann ich mir wohl ebenfalls ersparen.«

»Wir ermitteln in einem Mordfall, wie Ihnen vielleicht schon aufgefallen ist.«

Na fein, dachte sie. Also bis gestern.

38.

Auf dem Tisch der Kantine der Gendarmeriekaserne von St. Pierre d'Elze dampfte die Mittagssuppe.

»Es war wirklich seltsam.« Belmont brach ein Stück Brot ab und griff nach seinem Löffel. »Die Nachricht von der Explosion kam ungefähr im gleichen Augenblick bei den Leuten auf dem Markt an, als die Einsatzzentrale auch uns angefunkt hatte. Wir waren sicher, dass es jetzt rundgeht.« Er sah zu Morin. »Wollten schon die Bereitschaft alarmieren, stimmt's?«

Morin wischte sich mit dem Handrücken über seinen Schnauzer und nickte. »Waren sicher, dass es gleich kracht.«

»Aber nichts ist passiert. Im Gegenteil, es war auf einmal ganz ruhig. Die Neos haben ihre Köpfe zusammengesteckt, und –«

»Fast, als ständen sie unter Schock«, ergänzte Morin. Er griff nach dem Schöpflöffel und füllte sich erneut den Teller.

»Es wurde nur noch geflüstert. Was, haben wir nicht hören können. Und während der Markt immer bis mindestens halb eins vor sich hintrödelt, war diesmal Punkt zwölf kein einziger Stand von den Neos mehr zu sehen.«

»Kein einziger«, sagte Morin.

»Hört sich an wie nach Ruhe vor dem Sturm«, meinte Laurent.

»Sie sind alle im Gemeindesaal verschwunden. Wir haben es uns geschenkt, reinzugehen.« Belmont schaute zu Jeanjean, der stumm seine Suppe löffelte »Oder was meinst du, Chef? Hätten wir –?«

»Was?« Jeanjean war in Gedanken versunken gewesen. Kommissar Bruant hatte sich vor wenigen Minuten endlich gemeldet. Ob Jeanjean vorhabe, ihn jetzt schon wegen jedem Hausbrand anzurufen? Man möge ihn gefälligst erst dann mit dieser Angelegenheit behelligen, wenn nicht wieder nur hysterische Vermutungen, sondern eindeutige – er betone: eindeutige, ja? – Ergebnisse der Spurensicherung auf dem Tisch lägen.

»Hätten wir reingehen sollen?«, wiederholte Belmont.

»Nein. Schon in Ordnung.«

Nichts ist in Ordnung, dachte Jeanjean. Er legte den Löffel ab, stand auf, stellte Teller und Besteck in die Spülmaschine und zog sich seine Uniformjacke über. Fragende Blicke begleiteten ihn.

»Hab noch was zu erledigen.« Jeanjean stand bereits in der geöffneten Tür. Er wandte sich noch einmal um. »Die Beerdigung von Jules heute Nachmittag übernehme ich. Zur Veranstaltung in Tormes heute Abend fährst du, Belmont. Du schnappst dir dazu Gégé. Sein Krankenstand endet heute, mit Beginn der Abendschicht.« Er ließ die Tür hinter sich zufallen.

39.

Brigadier Becker stellte einen Becher Kaffee auf Capucines Schreibtisch. Sie sah überrascht von ihrem Bildschirm auf.

»Ist ja nicht mit anzusehen, wie sich unsere junge Kollegin abschuftet«, sagte er mitfühlend. »Eine Schande, wirklich.«

Sie rang sich ein Lächeln ab.

»Aber so ist es nun mal«, tröstete Becker. »Den Anwärtern wird immer die Arbeit aufgehalst, auf die die anderen keinen Bock haben, nicht wahr?«

Sie griff nach dem Becher, nahm ihn in beide Hände und lehnte sich zurück. »Halb so schlimm. Ich krieg dabei ja auch eine Menge davon mit, was bei euch in der Stadt so läuft, verstehst du?«

Becker setzte sich auf die Schreibtischkante. »Ihr seid immer noch an der Wasserleiche dran, hab ich mir sagen lassen?«, sagte Becker mit leichtem Kopfschütteln.

Sie nahm einen Schluck. »Immer noch. Ziemlich penibel, dieser Commandant Lazare.«

Becker lachte leise. »Penibel bis pedantisch«, bestätigte er. »Womit er sich einerseits nicht bei allen Kollegen beliebt macht, er andererseits aber durchaus seine Erfolge erzielt. Das muss man ihm leider zugestehen.«

»Ja?« Capucine sah ihn zweifelnd an.

»Ich würde mich zwar nicht darum reißen, mit ihm zusammenzuarbeiten. Aber sein Ruf als Ermittler ist im Allgemeinen nicht der schlechteste.« Er sah auf ihren Monitor. »Er hat dir ein Dossier aufgedrückt, hm? Über diesen Fernandez, nehm ich an?« Er grinste. »Viel Vergnügen, kann ich da nur sagen. Über 'nen Gitan was rauszufinden, ist wie 'nen Fisch mit Händen fangen.«

»Nein. Es geht um jemand anderen. Um einen Monsieur Laforet.«

»Schau an. *Charles* Laforet?«

Sie nickte. »Du kennst ihn?«

»Er ist in der Stadt natürlich ein Begriff. Aber nicht direkt mein Umgang, ehrlich gesagt. Hat mal für den Stadtrat kandidiert, wenn ich mich recht erinnere. Und soll eine Bar am Alten Hafen haben.« Er stand auf. »Tut mir leid, viel mehr kann ich dir da nicht sagen. Aber wenn ich dir sonst helfen kann, meldest du dich einfach, ja? Keine falsche Schüchternheit.«

»Dank dir«, sagte sie und beugte sich wieder über ihre Tastatur.

Netter Kollege, dachte sie. Wenn nur alle so wären. Offen und umgänglich.

Er nickte ihr noch einmal aufmunternd zu und verabschiedete sich. Er hatte den Türknauf schon in der Hand, als Capucine hinter seinem Rücken sagte. »Entschuldige, da wär vielleicht doch noch was...«

Er drehte sich um.

»Hast du schon einmal was mit einem *Anonymat* zu tun gehabt? Worum geht's da?«

Becker stutzte. »Ein Anonymat...?« Er überlegte. »Das... das hat meines Wissens mit der Fremdenlegion zu tun. Ja! Wenn ein Ausländer dort eintritt, erhält er es. Einen neuen Namen, einen neuen Lebenslauf. Legende nennt sich das.«

»Wozu das?«

»Ich nehme an, es hängt damit zusammen, dass die meisten Staaten ihren Bürgern verbieten, in der Armee eines anderen Landes zu kämpfen.« Er schmunzelte vielsagend. »Und dann muss man natürlich auch sagen, dass es früher durchaus einige

Legionäre gab, die verdammt gute Gründe hatten, nicht mehr an ihre frühere Identität erinnert zu werden.«

»Wird es denn strikt gehandhabt, dieses Anonymat?«

»Davon kann man ausgehen. Würde sonst ja auch wenig Sinn haben, oder?«

»Wie kann man es trotzdem knacken?«, fragte Capucine. »Ich meine, bei aller Tradition und Geheimnistuerei – bei einem Ermittlungsverfahren wegen Mordes zum Beispiel?«

Becker zuckte die Schultern. »Hab's noch nie versucht, gab auch nie 'ne Veranlassung.«

»Da müsste doch das Verteidigungsministerium zuständig sein, oder?«

»Könnte sein«, meinte Becker. »Aber klar, logisch. Wer denn sonst?«

Er sah auf die Wanduhr und fluchte leise. »Verdammt! Die Deutschen! Sie müssen zum Flughafen.«

Er verabschiedete sich und hastete zur Tür hinaus.

40.

»Sie stören nicht, Monsieur Jeanjean.« Fernande Praden saß auf einem Hocker in der Mitte des Wohnraums, der sich fast über die gesamte Fläche des Erdgeschosses ihres Hauses erstreckte, leicht vornübergebeugt, mit hängenden Schultern. Sie zog an ihrer Zigarette. »Ich mache eh gerade Pause.« Sie trug einen abgewetzten grauen Overall, der über und über mit weißer Farbe befleckt war. Neben ihr stand ein halb gefüllter Farbeimer, an dessen Rand ein breiter Malerpinsel geklemmt war. Der Boden entlang der Wände war mit Zeitungspapier ausgelegt, Tür- und Fensterrahmen abgeklebt. Zwei der Wände waren bereits geweißelt. Der Raum war leer, nur im hinteren, als Küchenecke abgeteilten Bereich standen zusammengerückt ein Tisch, Stühle, ein Küchenbüfett, ein Kochherd mit Arbeitsplatte.

»Ich musste etwas tun«, sagte sie. »Aber es ist eh nutzlos. Im Herbst ist der Schimmel wieder da. Er ist überall.«

Jeanjean seufzte teilnahmsvoll. Er trat aus dem Türrahmen in den Raum, kippte den Kopf in den Nacken und sah auf das gedunkelte Balkenwerk der Zimmerdecke. »Tja. So wohnlich alte Häuser sind –«

»Ich hab's satt«, unterbrach sie ihn leise. »Alles vermodert. Es wird immer schlimmer. Du dichtest die Wände ab, legst Drainagen, tünchst, und nach dem nächsten Unwetter kommt der Schimmel an einer anderen Stelle raus.« Sie sah zur Seite. »Immer wieder. Was du auch machst. Das ganze Land verfault. Es bringt mich um.«

Sie stemmte sich aus dem Sitz und drückte ihren Rücken

durch. Sie war klein und stämmig, ihre langen, bereits mit einigen grauen Strähnen durchwirkten Haare hatte sie im Nacken zu einem Knoten gesteckt. Sie sah Jeanjean ins Gesicht: »Und Ihnen sehe ich an, dass sie mir nicht sagen werden, was ich mir wünsche. Nämlich, dass Emiles Unschuld festgestellt worden ist und er auf dem Weg hierher ist.«
Jeanjean verneinte ernst. »Ich muss etwas von Ihnen wissen, Madame Praden.«
Sie musterte ihn nachdenklich. Sie stippte die Asche ihrer Zigarette auf den Boden und wies mit einer Kopfbewegung in die Küchenecke. »Einen Kaffee?« Sie wartete seine Antwort nicht ab und ging an den Herd. »Er ist schon fertig. Setzen Sie sich, Monsieur.«
Er rückte sich einen Stuhl zurecht und nahm Platz. Sein Blick fiel auf eine gerahmte Collage aus verblassten Fotografien an der Wand neben dem Küchentisch. Er rückte seine Brille zurecht: Emile Praden, Anfang dreißig, das pechschwarze Haar schulterlang, bärtig, eine Kettensäge schwingend. Fernande, mit blitzenden Zähnen, strahlend jung, inmitten einer Schafherde. Emile, ernst und übernächtigt, das Haar zerzaust, mit einem Transparent *Nucléaire? – non merci!* Fernande vor einem Mikrophon, die Augen geschlossen, dahinter eine Jazzformation. Emile, die Faust tapfer geballt, die Sorgen über sein Pleiteprojekt weglächelnd, vor seinem winzigen Buchladen in St. Pierre d'Elze. Die Ankündigung eines Konzerts von Manu Chao auf den Feldern des Larzac. Fernande und Emile, ihre strahlende Tochter beim Schulabschlussball umarmend. Eine ausgeblichene Fotografie, die einen glatzköpfigen Mann mit einem Banjo und einen jungenhaften Gitarristen mit schulterlangen Locken zeigte.
Fernande Praden kam mit zwei Kaffeetassen an den Tisch. Sie war seinem Blick gefolgt.
»*This land is your land, this land is my land*«, sagte sie.

Jeanjean sah sie verständnislos an.

Sie drückte ihre Zigarette aus und wies mit dem Kinn auf die Fotografie. »Arlo Guthrie und Pete Seeger singen es. Auf dem Tönder-Festival in Dänemark.«

Schon kapiert, dachte Jeanjean. Madame kennt sich in der Welt aus und hat einen erlesenen Geschmack.

Sie lächelte wehmütig. »Auf diesem Konzert haben wir uns kennengelernt.«

Eine leichte Gereiztheit zuckte in Jeanjean auf. »Madame Praden, ich muss wissen, mit wem Sie beide in letzter Zeit Streit hatten.«

Sie führte die Tasse mit beiden Händen zum Mund und schien in ihrem Gedächtnis zu kramen. Dann sagte sie: »Ich kenne Sie nicht gut, Monsieur Jeanjean. Ich weiß nicht einmal, ob ich Ihnen trauen kann.« Sie nahm einen Schluck. »Ich weiß nur, was Emile mir über Sie gesagt hat.«

Jeanjean sah sie erwartungsvoll an.

»Er hat gesagt: Monsieur Jeanjean bemüht sich, fair zu uns zu sein.«

Man kann es auch übertreiben mit seinen Komplimenten, dachte der Brigadier.

»Ich habe Ihnen eine Frage gestellt«, sagte er. »Können Sie sich vorstellen, warum?«

»Allerdings.« Sie sah ihm ins Gesicht. »Emile hat nichts am Trafo verändert. Weder mit noch ohne Absicht. Also muss es jemand anders getan haben. Jemand, der es uns anhängen und uns ruinieren will. So, wie es jemand auch bei Yves getan hat.«

»Sie sind davon überzeugt, dass die Explosion bei ihm ebenfalls kein Unfall, sondern ein Anschlag war?«

Sie sah ihn erstaunt an. »Das fragen Sie nicht im Ernst, oder?«

Der Brigadier zuckte unbestimmt die Schultern. Brandfahndung und Spurensicherung hatten sich noch nicht gemeldet.

»Yves würde so etwas nie passieren. Er ist gewissenhaft. Unter uns gesagt, bis zur Pedanterie.« Fernande Praden nippte an ihrem Kaffee. »Aber diese Schweinehunde werden nicht gewinnen«, murmelte sie. Sie sah Jeanjean an und wiederholte es. »Das schwöre ich, Monsieur.«

»Was werden Sie tun? Ich meine, Sie und Ihre Freunde?«

Sie dachte lange nach. Dann hob sie den Kopf. »Als Erstes Yves helfen, sein Haus und seinen Betrieb wieder aufzubauen. Ab morgen beginnt die Kollekte. Sie spenden doch auch?«

»Er will – Monsieur Durand will seine Hütte wieder aufbauen?«

»Wenn Natalie aus der Klinik entlassen wird, hat er gesagt, braucht sie schließlich ein Dach über dem Kopf.«

Jeanjean nickte stumm. Wieder fühlte er Kälte in seinem Nacken.

Sie setzte die Tasse ab. »Aber zurück zu Ihrer Frage, Monsieur. Diskussionen gab es, ja, auch heftige. Einen Streit aber, der eine solche Aktion begründen würde – nein. Niemals.«

»Ihr Mann ist in Umweltfragen sehr engagiert.«

»Ich auch.«

»Gibt es so etwas wie einen aktuellen Schwerpunkt?«

Fernande Praden überlegte kurz. »Die Schiefergas-Geschichte ist noch lange nicht ausgesessen. Was im Moment vor allem ansteht, ist dieses unsinnige Biomasse-Kraftwerk von den Deutschen. Vor drei Wochen haben sich alle Waldbesitzer, die dagegen sind, zu einem Verein zusammengeschlossen. Emile hat es mit angeschoben und ist im Vorstand.«

»Wurden Sie schon mal bedroht? Mündlich? Schriftlich? Anonym?«

Fernande Praden verneinte. »Es sei denn, Emile hätte es mir verheimlicht. Was ich aber nicht glaube.« Sie schüttelte bestimmt den Kopf, griff nach ihrem Tabaksbeutel und drehte sich eine Zigarette. »Gut, als wir hier angefangen haben, gab es in den ersten Jahren Spannungen mit ein paar Jägern, als wir einen Teil von unserem Wald für unsere Tiere einzäunen mussten. Aber Emile hat sich am Ende mit denen an den Tisch gesetzt. Die meisten waren vernünftig, einige von ihnen hatten ja selbst eine Herde. Danach gab's zwar noch ein paar hinterhältige Aktionen am Zaun, aber seit wir den Zaun elektrifiziert haben, ist eigentlich Ruhe.« Sie stockte. »Nur einmal war Emile nahe dran, wirklich auszurasten ... aber nein, das war vor über zehn Jahren ...«

Jeanjean nickte ihr aufmunternd zu. Fernande zündete sich die Zigarette an und wedelte das Streichholz aus.

»Da waren ein paar Bengel aus St. Pierre, die meinten, der Weg zu uns herauf wäre eine ideale Motocross-Trainingsstrecke für sie. Der Krach war nicht auszuhalten. Emile hat sie sich vorgeknöpft, woraufhin einer von den Jungs meinte, von Leuten, die nicht von hier sind, bräuchten sie sich überhaupt nichts sagen zu lassen. Außerdem sei sein Vater der größte und einflussreichste Bauer weit und breit.« Ein amüsiertes Lächeln erschien auf ihrem Gesicht. »Da Emile nun mal nicht der geborene Diplomat ist, hat er ihm einen Satz heißer Ohren angeboten. Und das wohl so überzeugend, dass danach Ruhe war.«

Der größte und einflussreichste Bauer im Ort heißt Antoine Senechas, dachte Jeanjean.

»Und sonst?«

Fernande Praden senkte nachdenklich den Blick. »Nein, mir fällt nichts ein.« Sie sah zweifelnd auf. »Höchstens ... im Frühjahr haben sich ein paar Kerle in Overalls oben an unserer Hauptquelle herumgetrieben. Emile ist zu ihnen hochgegangen und hat gefragt, was sie hier verloren hätten. Hat sich aber geklärt. Sie waren freundlich, haben sich entschuldigt, sie hätten sich mit dem Katasterplan geirrt. Sowas kommt öfter vor, das Kataster von kleinen Gemeinden ist manchmal ungenau, manche Veränderungen sind noch nicht berücksichtigt.«

Sie schüttelte bestimmt den Kopf. »Nein, keiner dieser Vorfälle wäre ein Grund dafür, uns oder Yves auf eine derartig hasserfüllte Weise anzugehen.« Sie warf einen Blick auf die Standuhr und stand auf. »Heute Nachmittag wird Jules beerdigt. Ich muss mich langsam zurechtmachen.«

Jeanjean erhob sich ebenfalls. Sie begleitete ihn zur Tür.

»Sorgen Sie dafür, dass Emile freikommt, Monsieur Jeanjean. Ich schaffe die Arbeit nicht allein, verstehen Sie?«

»Ja«, sagte er. »Ich verstehe.«

»Und, verflucht, er fehlt mir.« Sie senkte den Blick, schüttelte den Kopf. Leise fügte sie hinzu: »Mehr, als ich dachte.«

Auf dem Weg zurück gab das Mobiltelefon Laut. Jeanjean brachte seinen Wagen am Straßenrand zum Stehen und nahm das Gespräch an.

Brandfahnder und Spurenexperten hatten ihre Untersuchung an Yves Durands Hütte abgeschlossen.

»Mit Fingerabdrücken oder Fasern war natürlich nichts«, gab der Gendarm durch. »Was aber jetzt schon mal vorab gesagt werden kann, ist, dass sich am Schlauch zwischen Gasflasche und Durchlauferhitzer ein Schlitz befindet, der auf keinen Fall von der Explosion verursacht worden sein kann. Materialbruch liegt ebenfalls nicht vor, der Schlauch war fast neu. Wir werden das Labor zwar noch drauf ansetzen, aber ich tippe jetzt schon auf eine Messerspitze oder einen Teppichschneider. Als Zweites haben wir am Türriegel einer Seitentür eine Beschädigung entdeckt, die ebenfalls nicht durch die Explosion entstanden sein kann. Das Vorhängeschloss war unbeschädigt, aber am Flachriegel war deutlich zu erkennen, dass ihn jemand entweder mit einem Stemmeisen oder einem Geißfuß bearbeitet hat. Die Schlüsse müsst ihr draus ziehen. Aber wenn es sich da nicht um eine klassische Einbruchsspur handelt, fress' ich meinen Hut.«

Der Brigadier gab ein grimmiges Knurren von sich. »Ich ebenso.«

»Und was euch vielleicht auch noch interessieren könnte: Wir haben versucht, das ganze zeitlich zu rekonstruieren. Also Grundfläche plus Raumvolumen der Hütte mal geschätzte Austrittsgeschwindigkeit des Gases et cetera. Da der Schlitz am Schlauch relativ klein war, kämen wir auf eine Tatzeit zwischen vorgestern Nacht bis zirka gestern Mittag. Genauer geht's nicht, tut mir leid, sind zu viele Unwägbarkeiten drin, wie die Bude isoliert war und so weiter.«

Nachdem Jeanjean aufgelegt hatte, blieb er noch eine Weile im Wagen sitzen. Schließlich raffte er sich auf, startete den Motor und bog auf die Straße ein. Ein zorniges Gebrüll ließ ihn zusammenfahren, er stieg hart auf die Bremse. Ein Radfahrer schoss an ihm vorbei, drehte sich mit wutverzerrtem Gesicht zu ihm um, zeigte ihm den Stinkefinger und verschwand in einer Kurve.

»Schon gut, Eleazar«, murmelte Jeanjean schuldbewusst.

Ich darf nicht so viel träumen, dachte er.

41.

Die Verkehrsdichte auf der Autobahn in Richtung Lyon-Marseille hatte beinahe minütlich zugenommen. Brigadier Becker verlangsamte das Tempo und schaltete runter. Er suchte Betscharts Blick im Rückspiegel. »Soll ich nicht doch überholen und vorausfahren? Ich meine, Sie könnten auf dem Marseiller Flughafen noch ein bisschen ausspannen, Kaffee trinken, etwas essen. Und ich wäre früher zurück. Wir sind derzeit nicht gerade unterbeschäftigt, noch ist die Saison nicht zu Ende, verstehen Sie?«

Betschart wechselte einen genervten Blick mit Kessler. Schon auf dem Gefängnishof war ihre Verwunderung in Unmut umgeschlagen, als sie sahen, dass Rossbach neben dem Fahrer des Gefangenentransporters nur von einem wichtigtuerischen Bewaffneten begleitet werden sollte. Darauf angesprochen, hatte dessen Vorgesetzter mit unverhohlener Reserviertheit reagiert. Ihr Hinweis sei unnötig, man sei über die Gefährlichkeit des Mannes hinlänglich informiert. Alle Vorschriften zur Sicherung einer Überführung würden eingehalten – wenn dies in Deutschland anders gehandhabt würde, so nähme er das zur Kenntnis, man sei aber hier in Frankreich. Der Gefangene wirke außerdem körperlich geschwächt, nahezu willenlos. Dass er zu einer Gewaltattacke imstande sein könnte, sei nicht anzunehmen. Man mache das schließlich nicht zum ersten Mal, hatte er hinzugefügt.

»Wirklich, wir haben im Augenblick ziemlich zu tun«, setzte Becker nach.

»Was meinst du, Franz?«, sagte Kessler. »Ich hätte nichts dagegen. Was bringt es, wenn wir hinterherzockeln?«

»Wir bleiben dahinter«, sagte Betschart ärgerlich, den Blick unverwandt auf die Rückfront des Transporters gerichtet. Das vergitterte Rückfenster spiegelte die gleißende Nachmittagssonne wider, von den Insassen waren nur der Umriss von Kopf und Schulter des Bewaffneten zu erkennen. Rossbach musste tief in den Sitz gesunken sein.

Becker seufzte ergeben. »Wie Sie möchten, Messieurs.« Wieder verlangsamte er die Fahrt. Der Verkehr war dicht, floss aber gleichmäßig dahin. Ein schwerer Geländewagen röhrte an ihnen vorbei, gefolgt von einem Audi mit aufgeblendetem Scheinwerfer.

Der Brigadier fingerte eine Wasserflasche aus dem Türfach und nahm einen ausgiebigen Schluck. Er sah wieder in den Rückspiegel.

»Haben Sie den gestrigen Abend wenigstens gut verbracht? Waren Sie zufrieden mit meiner Empfehlung?«

»Super, merci«, sagte Kessler.

Der Geländewagen fädelte vor ihnen ein. Becker bremste behutsam ab. Der Audi rauschte vorbei, gefolgt von einem bulligen Tendance.

»Hotel und alles, auch in Ordnung?«

»Super. Nichts zu meckern.«

»Bisschen laut«, sagte Betschart gähnend.

Die Fahrbahn stieg leicht an. Der Geländewagen verlangsamte seine Fahrt. Vor ihm schwenkte der Tendance auf die rechte Spur. Wieder trat Becker auf die Bremse. Zwei weitere Fahrzeuge lösten sich aus der Überholspur und setzten sich vor den Geländewagen.

»Tja. Im Sommer ist eben überall *la fête,* verstehen Sie?« Becker lachte gemütlich. »Da hilft nur eines: Mitfeiern, nicht wahr?«

Er schaltete. Die Autobahn wand sich in einer Rechtskurve durch den Einschnitt eines schütter bewachsenen Kalksteinhügels empor, passierte die Einfahrt zu einem Rastplatz und senkte sich wieder zur Ebene hinab.

Betschart setzte sich mit einem Ruck gerade und starrte mit zusammengekniffenen Augen nach vorne. Der Gefangenentransporter war nicht mehr zu sehen.

Der Brigadier schien seine Gedanken erraten zu haben. Er blinkte, wartete eine Lücke im unablässigen Verkehrsstrom der Überholspur ab und schwenkte auf sie ein. Er drückte aufs Gas, der Wagen schoss voran, Betschart wurde in den Sitz gedrückt.

Nun wurde auch Kessler unruhig. Er richtete sich auf, blinzelte. Die heiße Luft flimmerte in der sengenden Nachmittagssonne, Scheiben und blitzende Karosserien warfen Garben blendender Reflexionen zurück.

Becker erhöhte das Tempo und schaltete das Funkgerät ein. Ein aufgeregter Wortwechsel drang aus dem Lautsprecher. Betschart griff an die Lehne des Fahrersitzes und beugte sich nach vorne. Der Brigadier bedeutete ihm mit einer fahrigen Geste zu schweigen. Er lauschte angespannt. Seine Miene wurde zunehmend besorgter.

»Wo ist der verdammte Transporter!?«, rief Betschart.

Der Brigadier presste einen Fluch durch die Zähne. »Der Gefangene hatte einen Herzanfall. Die Rettung ist angefordert worden. Sie warten auf dem Rastplatz auf den Helikopter.«

»Kehren Sie um!«, befahl Betschart. »Sofort. Zu diesem Platz.«

»Aber nicht hier, ja?«, gab Becker gereizt zurück. Fast entschuldigend fuhr er fort: »Und jetzt machen Sie mich bitte nicht nervös. Und Sie sich nicht verrückt. Dazu gibt es keinen Anlass.« Er beugte sich über das Lenkrad und sah nach oben. Ein Hubschrauber querte in niedriger Höhe die Fahrbahn und verlor sich im Norden.

»Sehen Sie? Überhaupt keinen Anlass.«
Wieder war die schnarrende Stimme der Funkzentrale zu hören.
»Man ruft den Fahrer des Transporters«, übersetzte der Brigadier.
Der Sprecher wiederholte den Satz. Er tat es ein drittes Mal.
Betschart sank in die Lehne zurück. Seine Kiefer mahlten.

42.

Eine lange, flüsternde Prozession hatte sich auf den beschwerlichen Weg nach Lo Barta gemacht, um Jules Papin die letzte Ehre zu erweisen. Nachbarn hatten das Grab auf dem Hausfriedhof hinter dem Obstgarten ausgehoben, neben den Grabhügeln seiner Frau, seines Sohnes und seiner Ahnen. Der Verstorbene hatte sich zwar stets seine hugenottische Familiengeschichte zugutegehalten, war aber nicht gläubig gewesen. So war der Pastor zwar erschienen, griff in die Zeremonie jedoch nicht ein. Der Bürgermeister von St. Esprit, die Schärpe umgehängt, die Stirn vom Aufstieg noch verschwitzt, hielt eine Trauerrede, nach ihm sprachen der Kommandant der Freiwilligen Feuerwehr, ein früherer Nachbar und Schulfreund. Ein ergrauter Veteran des Bundes der ehemaligen Widerstandskämpfer salutierte, aus Montpellier war ein Vertreter der Kommunistischen Partei angereist, deren streitbares Mitglied Jules bis zuletzt gewesen war. Auch aus dem Tal von Tormes war eine größere Abordnung erschienen. Unter ihnen war ein spindeldürrer Greis, der nach der Trauerrede des Parteisekretärs an die Grube getreten war und seine knochige Faust an die Schultern gehoben hatte. Jeanjean kramte in seinem Gedächtnis. Hatte er mit ihm nicht vor einiger Zeit zu tun gehabt? Bei der Randale während der Einweihung eines Résistance-Denkmals in Tormes, bei dem angeblich versäumt worden war, auch die Namen der nichtfranzösischen Kombattanten einzugravieren? Jeanjean erinnerte sich an seine Ratlosigkeit, wie er mit dem krakeelenden Alten umgehen sollte. Und daran, dass eine bestürzte

Nachbarin auf der Station erschienen war und angesichts des hohen Alters und der leidvollen Lebensgeschichte des Greises um Milde für ihn gebeten hatte, die Jeanjean nach Rücksprache mit dem Chef der Kantonsbrigade zuletzt auch walten ließ. Richtig – Siset nannten ihn die Leute. Siset, der Katalane. Und das, obwohl seine Familie schon seit den Vierzigerjahren des vergangenen Jahrhunderts im Kanton lebte, wie er herausgefunden hatte.

Der Chor sammelte sich, Fernande Praden gab den Einsatz. Schon nach den ersten Worten von *Se canta*, der sentimentalen Hymne Okzitaniens, war der Chor nicht mehr zu hören, alles fiel aus voller Kehle ein, von Strophe zu Strophe schwoll der Gesang an und mündete in einen machtvollen Choral. In allen Gesichtern war Ergriffenheit zu sehen. Für einen bewegenden Moment tauchte eine Idee von der Schönheit des Lebens und des Friedens aus der Tiefe der Vergangenheit. Es war das Vermächtnis des Bauern Jules Papin, Sohn einfacher Landwirte, sechs Jahre Volksschule, von den Lehrern verprügelt, wenn er die Sprache seiner Eltern benutzte, danach Krieg und Zwangsarbeitsdienst, den Rest seines Lebens Arbeit und Kampf, und dazwischen eine Handvoll seliger Momente von Liebe und der Abwesenheit von der Sorge um das tägliche Brot.

Jeanjean hatte sich ein wenig abseits postiert. Er konnte den bekümmerten Maurice in der Menge ausmachen. Er hielt seine Frau tröstend im Arm. Sie tupfte sich mit einem Taschentuch die Augenwinkel ab. Die alteingesessenen Bewohner von St. Esprit und der umgebenden Gemeinden, schwarz gewandet, standen mit feierlich ernsten Mienen neben den in Erdfarben gekleideten Neos. Vergeblich suchte Jeanjean nach Anzeichen von Feindseligkeit, denn die Kunde dessen, was Yves Durand zugestoßen war, musste sich schon längst im gesamten Kanton herumgesprochen haben.

Ist es nur noch der Tod, der die Leute Mores lehrt?, dachte

Jeanjean. Muss erst jemand sterben, damit sie ihre lächerlichen und nutzlosen Geplänkel, ihre dummen Eifersüchteleien beiseite legen?

Jules' Sohn, ein dicklicher Mann in den Vierzigern, leitete die Trauergäste mit unbeholfener Geste zu einem Tisch, an dem der Ehrenwein ausgeschenkt wurde. Die gefüllten Gläser wurden höflich in Empfang genommen, man wechselte einige Worte mit ihm. Es war ihm anzusehen, dass er sich unbehaglich fühlte.

Jeanjean brach auf, hier gab es nichts mehr zu tun. Seinen Wagen hatte er in einer Kehre unterhalb des Hofes geparkt, oben hatte es keinen Platz mehr gegeben. Er hatte sich bereits in Bewegung gesetzt und schon einen Teil des Weges hinter sich gebracht, als er seinen Namen hinter seinem Rücken hörte. Jeanjean drehte sich um.

Francis, der Gemeindesekretär, näherte sich schnaufend. »Würden Sie mich mitnehmen? Ich hab noch im Rathaus zu tun.« Er grinste. »Außerdem kann ich mir Beerdigungen nicht allzu lange antun, verstehen Sie? Ich kann mit den Sentimentalitäten nichts anfangen, die da immer zelebriert werden. Einen Tag später nämlich schlagen sich die Leute wieder den Schädel ein. Und überhaupt, der Tod ist einfach scheiße. Ich jedenfalls kann drauf verzichten. Wenn der Kerl mit der Sense mal bei mir anklopft, werd' ich ihm sagen: Nur über meine Leiche, Freundchen.«

Der Brigadier musste schmunzeln. Er machte eine einladende Handbewegung, ließ den Sekretär an seine Seite treten und setzte seinen Weg fort.

»Schon bitter, was? Der Sohn arbeitet bei einer Elektrizitätsfirma, und sein Vater stirbt am Strom.«

»Hm«, machte Jeanjean.

»Sagen Sie, ich hab die Geschichte von Yves' Hütte gehört. Eine Gasexplosion, heißt es?«

»Wir untersuchen«, sagte Jeanjean.
»Was war es? Hat er nicht achtgegeben?« Francis antwortete sich selbst: »Glaub ich nie und nimmer. Yves ist kein Schussel, Natalie erst recht nicht.«
»Wissen Sie etwas?«
Francis hob abwehrend die Hände. »Nein.« Er sah besorgt nach oben. »Ich weiß nur, dass die Hitze zunehmen wird. Und das die Leute vermutlich noch verrückter macht.«
Jeanjean blieb abrupt stehen und musterte ihn eindringlich. »Ob Sie etwas wissen, habe ich gefragt.«
»Nichts«, beteuerte der Gemeindesekretär, ohne stehen zu bleiben. »Jedenfalls nichts, was nicht eh schon bekannt ist. Dass Yves mit etlichen Leuten im Clinch lag, ist schließlich kein Geheimnis, oder? Speziell mit den Jägern. Klar, ich kann's verstehen, früher trieben sich da, wo er gebaut hat, eine Menge Wildschweine herum. Ist ja eine alte Kastanienplantage. Andererseits ist es kein Spaß, wenn dir dein Frühstücksomelett mit einer Bleikugel gewürzt wird. Sie erinnern sich doch an den Zirkus, den es damals gab, oder?«
»Und ob.«
»Der alte Senechas war vornedran«, sagte Francis beiläufig, als spräche er zu sich selbst. Er beeilte sich hinzuzufügen: »Es ist nur, weil ich ihn vorhin gesehen habe. Und ich mir dachte, dass er von Jahr zu Jahr unleidlicher wird. Gut, ein halsstarriger Klotz war ja schon immer, ich krieg's ja hautnah mit im Gemeinderat. Aber früher hast du ihn wenigstens noch hin und wieder aufgeräumt erleben können, wenn es was zu feiern gab. Seine Frau kann einem leid tun. Wird immer magerer, huscht nur noch wie ein verschrecktes Gespenst durchs Dorf.« Er seufzte. »Aber leicht hat er's ja auch nicht. Hat einen Riesenbetrieb und merkt, dass es mit der Nachfolge hapert. Es hat ihn schwer getroffen, als ihm sein Ältester eröffnet hat, dass ihn die Landwirtschaft nicht die Bohne interessiert und er an

die Küste gehen wird. Jetzt setzt er seine ganze Hoffnung auf seinen Zweiten, Cypril. Sieht aber gleichzeitig, dass der Junge nicht das Zeug dazu hat. Hat zu wenig im Hirn, scharwenzelt lieber um die Mädchen rum, ist einerseits ein Großmaul, andererseits ein Duckmäuser, der vor seinem Alten kuscht, dass es einem beim Zuschauen schon wehtut. Der Alte weiß natürlich, dass der Junge alles an die Wand fahren wird. Aber etwas anderes, als ihn zur Schnecke zu machen und ihn zu tyrannisieren, fällt ihm nicht ein. Und statt dass der Junge einmal aufmucken würde, verehrt er seinen Alten auch noch wie Gottvater Zeus. Und legt sich krumm, um ihm zu gefallen. Wofür er aber nur noch mehr Verachtung von ihm einfährt.«

Sie hatten das Auto erreicht und stiegen ein.

43.

»Beschwert haben sie sich?«, tobte Danard. »Höre ich recht? Die Boches haben sich *beschwert*?!«

»Man hätte ihre Warnungen ignoriert, behaupten sie«, erklärte Brigadier Becker.

»Wie hätten sie es denn gerne gehabt? Eine Eskorte wie beim Besuch des Staatspräsidenten? Diese arroganten Schnösel sollen gefälligst ihre Schnauze halten! Hätten sie ihre Ganoven zu Hause besser im Griff, hätten wir jetzt nicht diese Scheiße am Hals! Und es ist *ihre* Scheiße!«

Becker wechselte betreten das Standbein. »Soll ich das, äh, so übersetzen?«

Der Kommandant gab ein zorniges Knurren von sich. »Idiot!« Er atmete tief durch und sagte gefasst: »Sag ihnen, dass die Fahndung läuft, die gesamte Polizei und die Gendarmerie auf den Beinen ist, mit Straßensperren und dem ganzen Programm. Sie sollen sich ins Hotel verziehen oder am besten gleich nach Hause fahren, ist mir egal. Sie haben hier nichts zu melden, wir haben keinen Bedarf an schlauen Ratschlägen. An Vorwürfen schon gleich gar nicht.«

Der Brigadier nickte und ging. Im Türrahmen kam ihm Lazare entgegen. Aus dem Vorzimmer und den Fluren schwappte Lärm herein, erregte Stimmen, unentwegte Funkgespräche, trampelnde Stiefel.

Du hast mir gerade noch gefehlt, dachte Danard.

Lazare ließ Becker an sich vorbeigehen und schob die Türe hinter sich zu.

»Die Scheiße dampft, hm?«

»Zum Himmel und höher«, presste Danard durch seine Lippen.

»Hat man schon eine Spur?«

Danard verneinte düster. Er umkurvte seinen Schreibtisch und ließ sich in den Sessel fallen.

»Wie konnte Rossbach überhaupt fliehen?«, fragte Lazare.

»Was den Ablauf angeht, so muss Folgendes passiert sein: Rossbach klappt unversehens zusammen, läuft blau an, schnappt nach Luft, röchelt wie ein Erstickender und hängt schließlich wie tot im Sitz. Die beiden bekommen einen Schrecken, funken die Einsatzzentrale an. Die empfiehlt ihnen, den nächsten Parkplatz anzusteuern, um dort auf die Luftrettung zu warten. Was sie dann auch tun. Sie halten ziemlich am Anfang des Platzes, nur weiter hinten steht ein Campingwagen, die Leute dort aber waren zu diesem Zeitpunkt gerade auf der Toilette und bekamen nichts mit. Unsere beiden haben gerade den Motor ausgemacht und versuchten, den Mann wieder auf die Beine zu bekommen, Herzmassage und alles, sie waren in Panik, als die Tür aufgerissen wird und zwei Vermummte ihre Automatics auf sie richten. Rossbach ist mit einem Schlag natürlich wieder hellwach. Der Fahrer wird niedergeschlagen, geht zu Boden, der andere wird gezwungen, die Handschellen aufzuschließen, worauf Rossbach aus dem Wagen springt. Dann wird auch der zweite Kollege niedergeschlagen. Mit dem Kolben. Als der Hubschrauber nach ein paar Minuten landet, findet man nur noch die beiden Verletzten.«

»Gibt's ein Video von diesem Rastplatz?«

»Ist unbrauchbar. Der Wagen hat an einer Stelle angehalten, an der der Waldrand durch den Transporter verdeckt war. Von dort aber müssen die Kerle gekommen sein. Die Beschreibung, die der Fahrer gegeben hat, bringt uns auch nicht viel weiter. Mittelgroß, gut trainiert, akzentfreies Französisch, eventuell mit leichtem Midi-Anklang, dunkelbraune Kleidung, schwarze Sturmmasken. Schnelle, konzentrierte Bewegungen, rücksichtslos.«

Profis, dachte Lazare. Und ein Leck in eurem Laden, gegen das der Schlitz an der Titanic ein harmloser Riss war.

»Also keine Zeugen?«

Danard schüttelte bekümmert den Kopf. »Becker war zwar mit den beiden Deutschen knapp dahinter, aber der Verkehr muss zu diesem Zeitpunkt ziemlich chaotisch gewesen sein. Ein paar Drängler waren unterwegs, so dass sich wohl einige Wagen vor seine Stoßstange quetschten. Als er wieder aufschließen wollte, war unser Transporter schon nicht mehr auf der Straße. Becker ist erst noch einige Kilometer vorwärts gepescht, dann aber bei der nächsten Gelegenheit raus.« Danard erhob sich ächzend und ging zu einer Wandkarte. »Und bevor Sie fragen: Die Kerle sind nicht über die Autobahn abgehauen.« Er streckte seinen Zeigefinger aus. Lazare trat hinter ihn. »Der Rastplatz ist von einem Streifen Wald umgeben. Dahinter verläuft eine Straße einige Kilometer an der Autobahn entlang, dann trifft sie auf die Departementsstraße. Dort könnten sie die Route nach Norden genommen haben, nach Fabrègues und danach in die Berge. Oder nach Süden, Richtung Frontignan. Wir haben in diesem ganzen Bereich Straßensperren, die Brigade anti-criminalité ist auch mit von der Partie. Kurz, jede Menge Aufwand, hysterisches Herumgerenne, aber bisher aber kein Ergebnis.«

Er setzte sich wieder und nahm seinen Kopf in seine Hände.

»Putain, putain, putain«, murmelte er. »Und auch noch diese Blamage. Dass sich unsere Leute aber auch dermaßen aufs Kreuz legen lassen ...« Er sah auf. »Andererseits, was kann man ihnen vorwerfen? Sie hatten eben Angst, dass er ihnen abkratzt. Okay, wenn der Kerl hopsgegangen wäre, wär's vermutlich kein großer Schaden für die Menschheit gewesen. Aber dass wieder irgendwelche Schmierfinken ›Toter in Polizeigewahrsam‹ und so 'nen Dreck plärren, darauf kann auch ich verzichten. Noch dazu bei einem Ausländer.« Er stöhnte. »Dieser ganze Hickhack mit Interpol, der Botschaft und all den Wichtigtuern...« Er schüttelte den Kopf. »Was ich mich bloß frage bei der ganzen Chose, Lazare. Die Sache muss verdammt gut vorbereitet gewesen sein. Wozu aber dieser Aufwand? Für einen dahergelaufenen, versoffenen Deutschen? Ich meine, ich bin hier an der Küste geboren und aufgewachsen, kenne tausend Leute und sie mich, verstehen Sie? Aber sogar ich frage mich, ob sich jemand für mich je so ins Geschirr legen würde, wenn ich mal in der Scheiße säße. Ich hätte da meine Zweifel, ehrlich gesagt.«

»Tja. Vermutlich sind wir Zeugen eines Heldenlieds von bedingungsloser Ganoventreue geworden.«

»Mir kommen gleich die Tränen, Lazare«, sagte Danard gallig. »Aber damit sollen sich jetzt gefälligst die Geheimniskrämer vom Staatsschutz herumschlagen. Ich bin nicht sonderlich traurig darüber, dass wir bei dieser Rossbach-Scheiße jetzt erst einmal draußen sind. Sie doch auch nicht, oder? Oder halten Sie allen Ernstes noch immer daran fest, dass es eine Verbindung zwischen Rossbach und dem Fernandez-Fall geben müsste? Verplempern Sie und gewisse profilneurotische Untersuchungsrichter und Staatsanwälte – ich habe keine Namen genannt, ja? – immer noch Ihre Zeit damit, einen Mordfall oder gar einen rassistischen Anschlag zu konstruieren?«

Lazare überhörte den gehässigen Ton. Er wandte sich zur Türe. »Ich wollte bloß mal hören, was passiert ist.«

Im Flur kam ihm Manda entgegen. Er hatte mit den Kollegen des Kommissariats in Perpignan gesprochen. Sie konnten bestätigen, dass sich Fernandez' Tante tatsächlich bei ihrer Familie aufhielt und mit den Vorbereitungen zur Beerdigung beschäftigt war. Sie hatte zu Protokoll gegeben, dass sie Pablo am Nachmittag vor seinem Tod zum letzten Mal gesehen hatte. Als er am nächsten Morgen nicht wie üblich in seiner Schlafnische aufzufinden war, hatte sie sich zunächst noch keine Sorgen gemacht. Einer ihrer Neffen – ja, der Name war Henri Rey, Rufname *Rico* – hatte sich jedoch beunruhigt gezeigt. Sie sei daraus nicht schlau geworden, er habe sich ein wenig wirr ausgedrückt und davon gesprochen, dass Pablo mit jemandem aus der Siedlung verabredet gewesen sein wollte. Ob Pablo mit jemandem Streit gehabt hatte, könne sie nicht sagen, er sei nie sehr mitteilsam, wenn nicht gar ziemlich maulfaul gewesen und zudem häufig unterwegs. Sie habe wenig Kontakt zu ihm gehabt, sei auch nie sonderlich warm mit ihm geworden. Dass sie ihn in den Sommermonaten bei sich übernachten ließ, begründete sie mit familiärer Solidarität. Pablo habe ihr außerdem einige Euro dafür zugesteckt.

Auch die Liste der Telefonate, die in zeitlicher Nähe zum vermuteten Todeszeitpunkt sowohl im Umfeld des *Le Caraïbe* als auch am Tatort geführt worden waren, gab keinen Aufschluss. Keine der Nummern konnte Pablo Fernandez zugeordnet werden.

»Hilft nicht viel weiter, Commandant, was?«

»Sie sind sehr ungeduldig, Lieutenant«, sagte Lazare. »Das sollten Sie sich abgewöhnen. Es ist schlecht für Ihre Gesundheit.«

44.

Jeanjean ließ den Wagen auf dem Platz vor dem Rathaus ausrollen. Der Gemeindesekretär suchte umständlich nach dem Türgriff. Der Brigadier half ihm mit einem stummen Fingerzeig. Francis öffnete die Türe einen Spalt, beugte sich aus dem Sitz, ließ sich aber wieder in die Lehne zurückfallen.

»Tja. Wieder einer von den Alten weg. Von den Guten, meine ich.«

»Hm.«

»Und was kommt nach? Leute, die von nichts einen Dunst haben, nichts wissen vom Leben hier und nichts von früher. Die von Fortschritt labern, denen aber nichts anderes einfällt, als mich zu schikanieren, ich solle gefälligst einen verlogenen Internetauftritt für unsere Gegend organisieren, für die Touristen. Nichts gegen die Touristen. Aber das ist eine Sackgasse, wenn Sie mich fragen. Wir haben nur ein paar Monate, wo damit was zu verdienen ist. Keine Wintersaison. Und dann muss man ehrlich sagen, hier ist nicht gerade die Côte d'Azur. Das Wetter in den Cevennen ist viel zu launisch, die Leute schauen sich heutzutage den Wetterbericht im Internet an, und wenn der sagt, dass morgen im Kanton St. Pierre drei Tröpfchen Regen fallen könnten, dann stornieren sie.«

»Hm«, machte Jeanjean.

»Gerade jetzt hab ich so ein Projekt auf dem Schreibtisch, das mich noch die letzten Haare auf dem Kopf kostet. Eine Gesellschaft von der Küste nervt uns schon seit Monaten, dass wir ihr Nachlässe bei den Erschließungskosten geben. Am liebsten, dass wir sie ganz übernehmen. Weil es uns ja nützen soll.« Er schüttelte den Kopf.

Der Brigadier drehte den Zündschlüssel. Der Motor erstarb. »Um was geht's?«

»Um ein Hotelprojekt der oberen Kategorie, großkotzig *resort* genannt, geplant von irgendeinem Konsortium aus Sète, oben im Forst zwischen St. Pierre und St. Esprit, gleich neben dem Wald von Senechas, der ihnen einen Teil davon verscherbeln würde. Geplant ist Wellness, biotische Verpflegung und der ganze Firlefanz. Idiotisch. Okay, es bringt für kurze Zeit Arbeit für ein paar von unseren Handwerkern, aber auch das ist nicht mal sicher, weil irgendwelche armen Schlucker aus Polen oder Portugal zuletzt doch billiger sind. Danach bleiben vielleicht noch ein paar mickrige Stellen als Putzfrauen, Küchenhilfen oder Gärtner. Für den einen oder andern mag das ja ein ganz netter Zuverdienst sein. Aber die Gemeinde hat kaum was davon, weil die Steuer woanders bezahlt wird. Ich könnt mich in den Hintern beißen, dass der halbe Gemeinderat Feuer und Flamme für diesen Blödsinn ist. Diese ganze Konzentration auf den Tourismus ist Humbug. Da werden Riesensummen an Subventionen gezahlt, um die Dörfer rauszuputzen. Und was ist das Ergebnis? Das Land wird zur Karikatur, die Dörfer sehen mehr und mehr wie Puppenstuben aus, jeder Filmdekorateur, der einen Schinken aus unserer glorreichen Historie auszustatten hat, jubelt über das angeblich so authentische Ambiente. Dass gleichzeitig aber kein Geld mehr dafür fließt, die Poststation zu halten oder die Schule, ist völlig egal.«

»Hm«, machte Jeanjean.

»Ich hab alle Hände voll zu tun, die vernünftigen Anträge von denen zu unterscheiden, die bloß drauf aus sind, Subventionen abzugreifen. Haben Sie eine Ahnung, was ich da schon auf dem Tisch hatte! Das Spiel ist immer das gleiche. Man gründet eine Firma mit beschränkter Haftung, schwadroniert davon, den ländlichen Raum mit dem geplanten Betrieb stärken zu wollen, kassiert Fördergeld, lässt den Laden ein halbes Jahr laufen und macht dann pleite. Zuvor aber hat man sich Geschäftsführergehälter in einer Höhe abgezweigt, die unsereins wie Trottel aussehen lassen. Die wir wahrscheinlich auch sind.« Er holte Luft. »Bei diesem Hotelprojekt kommt übrigens noch was anderes hinzu. Da oben ist das Wasser knapp. War es immer schon. Die wenigen Quellen, die auf dem Grundstück sind, sind nicht ergiebig genug. Die Quellen nebendran aber, die das Problem lösen könnten, gehören ein paar Neos. Ob die Investoren schon mit ihnen in Kontakt getreten sind, weiß ich nicht. Was ich dafür umso besser weiß, ist, dass sie bei den Neos auf Granit beißen werden.«

»Ist Monsieur Praden einer davon?«

»Einer davon ist Emile Praden, richtig.«

Der Gemeindesekretär hatte es auf einmal eilig. Er öffnete die Tür, stieg aus und beugte sich noch einmal in das Wageninnere.

»Danke fürs Mitnehmen. Ich hoffe, ich hab Sie nicht allzu sehr vollgeschwätzt.«

»Schon in Ordnung.«

»Aber manchmal muss es einfach raus, verstehen Sie?«

»Alles in Ordnung«, sagte Jeanjean. »Wirklich.«

Der Gemeindesekretär drückte die Türe zu. Jeanjean lehnte sich zurück und atmete durch. Und wie alles in Ordnung ist, dachte er.

Er sah auf seine Uhr. Der alte Eleazar startete seine Tour stets von seinem Haus am Dorfrand. Da er die Runde immer gegen die Uhrzeigerrichtung machte, musste er sich jetzt irgendwo zwischen Tormes und St. Esprit befinden.

Jeanjean drehte den Zündschlüssel. Der Keilriemen kreischte auf.

45.

Von seinem Platz auf der Terrasse des Cafés am Kai beobachtete Kessler, wie sein Kollege am Kanalufer auf und ab ging, die Hand mit dem Handy am Ohr, mit der anderen erregt fuchtelnd. Der Verkehrslärm verschluckte seine Stimme.

»Also«, begann Betschart wenig später, wieder am Tisch Platz nehmend. »Der Chef ist natürlich ausgerastet. Besonders, wie ich ihm sage, dass wir mehrmals auf die Gefährdungslage hingewiesen haben, aber kein Schwein hier auf uns gehört hat.«

»Man nimmt hier doch einiges verdammt lässig«, grummelte Kessler.

»Lässig…«, echote Betschart verbittert. »Einer unfähiger als der andere. Und was an Grips fehlt, wird mit Arroganz ausgeglichen.« Er stürzte den Rest seines Kaffees hinunter. Angewidert verzog er das Gesicht.

Kessler sah auf seine Armbanduhr. »So. Der Flieger in Marseille hebt im Moment ab.« Er grinste schief. »Schätze, den kriegen wir nicht mehr.«

Betschart atmete genervt durch.

»Während du telefoniert hast, hat übrigens dieser Becker angerufen, Franz. Wollte wissen, was unser Plan ist. Ob wir heut Abend von Montpellier nach Frankfurt fliegen, dort übernachten und dann mit dem Zug ab in die Heimat fahren wollen. Andere Möglichkeit, meint er: Er kutschiert uns heute doch noch nach Marseille, wo wir am Flughafen übernachten und morgen früh direkt nach München fliegen könnten.« Kessler sah

Betschart fragend an. Als dieser nicht gleich antwortete, hakte er nach: »Du hörst hin und wieder zu, wenn ich was sage?«

»Wir bleiben!«, fuhr ihn Betschart an.

Kessler setzte die Tasse ab. »Nochmal«, sagte er.

»Was denn sonst? Oder ist dir lieber, dass wir heimdackeln und den Kollegen erzählen: Sorry, der Kerl ist uns Trotteln vor der Nase weggeschnappt worden? Weil wir nicht genug Arsch in der Hose gehabt haben, uns mit unserer Warnung durchzusetzen?«

»Aber –?«

»Ich hab dem Chef gesagt, dass es bereits eine heiße Spur gibt und das Ganze eine Sache von höchstens einem Tag ist. Er ist damit einverstanden, dass wir noch so lange warten. Kommt ihm billiger, sagt er.«

»Heiße Spur? Träumst du?«

»Hat dieser Glatzkopf – dieser Danard – nicht das Maul vollgenommen, dass der Rossbach nicht weit kommen wird, weil die halbe französische Polizei auf den Beinen ist?«

»Schon, aber das war doch –«

»Ich hab dem Chef außerdem gesagt, dass uns die französischen Kollegen haben wissen lassen, dass sie unseren Rat brauchen könnten.«

»Und wie sie uns das haben wissen lassen«, bemerkte Kessler gallig.

»Es hat ihm jedenfalls eingeleuchtet. Zwei Tage gibt er uns, wenn sich bis dahin nichts tut, sollen wir zurück.«

Kessler schüttelte den Kopf. »Ist doch Blödsinn, Franz. Möcht wissen, was du dir davon versprichst? Noch zwei Tage Urlaub oder was?« Er grinste schwach. »Wenn's dir darum ginge, würd ich's mir sogar noch eingehen lassen.«

Betschart beugte sich vor und senkte die Stimme. »Ich werd einfach das Gefühl nicht los, dass man uns hier verarschen will, Max. Denk doch einfach mal nach.«

»Wirst lachen, aber das tu ich gelegentlich«, sagte Kessler verstimmt. »Nicht bloß du.«

»Dann überleg mal: Schon bei der Herfahrt kriegen wir mit, dass sie den Rossbach noch nicht herausrücken wollen. Begründung: Er könnte in einen Mordfall verwickelt sein. Gleichzeitig müssen sie aber zugeben, dass er alles andere als ihr Hauptverdächtiger ist. Wenn er das aber nicht ist, sie von ihm bloß die eine oder andere Detailinformation brauchen, während wir gegen ihn wegen des Mordes an einer Kollegin ermitteln, dann ist die übliche Prozedur doch die: Sie kommen zu uns und vernehmen ihn, sooft sie wollen. Oder?«

»Hauptkommissar Franz Betschart hat eine Theorie«, spöttelte Kessler. »Jetzt bin ich fast gespannt.«

Betscharts Augen blitzten ärgerlich. »Ich frage mich bloß, warum er ihnen so wichtig gewesen ist. Weiters, warum sie vor uns ein Geheimnis draus machen. Und drittens, wer es sein kann, der so ein Interesse an diesem Hohlkopf hat, dass er ihn in einer derart aufwändigen Aktion befreit.«

Kesslers Unmut war verflogen. »D'accord. Dass das Ganze ein leichtes Gerüchle haben könnte, streit ich nicht ab. Aber – andererseits – Franz! Wir sind nicht im Kongo, auch nicht bei irgendwelchen Dschungelbanditen.«

»Sag ich das? Aber auch hier wird's nicht bloß Engel geben. Genauso wie bei uns. Auch bei uns gibt's Sauereien, die sich kein Schwein hat vorstellen können, ich wenigstens nicht. Oder hast du es bei uns für möglich gehalten, dass ein Kollege von der Droge selbst dealt? Oder, wie neulich, der von der Sitte, der selber ein Pferd auf der Bahn gehabt hat? Und sämtliche Razzien verpfiffen hat? Und da soll es ausgerechnet hier anders sein? Weil das Meer so schön ist? Und das Wetter besser?«

Kessler schüttelte den Kopf. »Das sind doch Abenteuergeschichten. Wir sind doch nicht im Kino!« Er seufzte schwer.

»Sag, wieso bist du eigentlich auf einmal so ein sturer Hund? Fällt mir schon seit längerem auf.«

»Weil diese Drecksau eine Kollegin auf dem Gewissen hat, darum«, stieß Betschart hervor. »Wenn dir das egal ist? Mir nicht!«

»Mir ebenfalls nicht, das weißt du genau. Mich hat's auch getroffen. Ich hab Marina gut leiden können, wirklich. Sie war eine super Kollegin. Aber deswegen steigere ich mich nicht gleich so rein, ja?«

Betschart wandte sich ärgerlich ab.

»Mir ist's auch nahegegangen, echt«, beteuerte Kessler.

Betschart legte den Kopf zurück und schloss die Augen. Wieder tauchten vor seinem inneren Auge die Bilder der Beerdigung auf. Hunderte von Kollegen waren erschienen, alle Amtsträger, der Innenminister. Es hatte alle erschüttert, wie der haltlos schluchzende Witwer am offenen Grab zusammengebrochen war.

Kesslers Stimme drang an sein Ohr. »Und überhaupt – wo willst du denn da ansetzen? Noch dazu mit deinem bisschen Französisch?«

Betschart sammelte sich. »An der Tatsache, dass der Rossbach auf jeden Fall in dieser Stadt Leute gehabt hat, die ihm unter die Arme gegriffen haben. Bei denen er wohnen hat können und die ihn versorgt haben, und das für fast eineinhalb Monate. Du hast gesehen, wie herausgefressen er war, er hat keinesfalls wie ein Penner irgendwo gehaust. Also muss es da einen verbindlichen Kontakt gegeben haben. Und der muss so gut und so verbindlich gewesen sein, dass man alles unternimmt, ihn auch noch zu befreien. So eine Aktion aber planst du nicht auf dem Bierdeckel, dafür braucht's Logistik. Abfahrtszeiten und Fahrtroute müssen recherchiert werden, Rossbach muss genau gebrieft werden, wann und wo er sein Theater abziehen muss, die Fluchtroute muss präpariert sein, und und und.« Betschart redete sich in Rage. »Das alles haut nur hin, wenn es auch bei der hiesigen Polizei Leute gibt, die da mitspielen. Dieses Kommissariat muss Lecks wie ein Spaghettisieb haben. Ich trau keinem mehr, nicht diesem schmierigen Kommissar Danard, erst recht nicht dem anderen, diesem –«

»Lazare«, half Kessler. »Stimm ich dir zu. Ziemlich undurchsichtig, der Mann, stinkt mir auch. Aber gut. Weiter?«

»Nochmal Stichwort Kontakte. Wo könnte jemand wie Rossbach, der vermutlich kein Wort Französisch kann, andocken?« Betschart wartete keine Antwort ab. »Erinnerst du dich an diese versiffte Kneipe, in der wir gestern noch waren? Wo offenbar Leute drin verkehren, die noch immer davon schwärmen, wie die Wehrmacht damals in ihrer Stadt aufgeräumt hat?«

Kessler sah ihn lange an. Dann sagte er: »Franz, du spinnst.«

46.

Eleazar ist auch nicht mehr der Alte, dachte Jeanjean, als er ihn auf einer Kehre der Serpentinen über ihm entdeckte, kurz nach dem Ortsausgang von Tormes. Er lenkte seinen Wagen an den Straßenrand, zog die Handbremse, öffnete das Seitenfenster und ließ seinen Arm heraushängen.

Der Alte kam aus der Kurve auf ihn zugeschossen.

Der Brigadier hob die Hand. »Eleazar! Stopp!«, rief er. »Ich muss –!«

Ohne abzubremsen, jagte der Alte an ihm vorbei und verschwand hinter der nächsten Biegung. Jeanjean sah ihm verblüfft nach. Er löste die Bremse, legte den Gang ein, raste die Straße empor, wendete bei der nächsten Ausbuchtung und fuhr dem Alten hinterher. Er erreichte ihn, hupte, überholte ihn, blieb wieder stehen, dieses Mal in der Mitte der Straße. Wieder brauste Eleazar an ihm vorüber.

Jeanjean sandte ihm einen Fluch nach, rannte zu seinem Wagen zurück und legte krachend den Gang ein. Bald hatte er den Alten erreicht. Er setzte sich neben ihn und forderte ihn auf, stehen zu bleiben. Der Alte fuhr weiter, den behelmten Schädel stur auf den Asphalt gerichtet.

Jeanjean drückte aufs Gas und fuhr voraus. Vor einer scharfen Kehre über einem Felsabbruch hielt er an und stellte den Wagen quer.

»Halt!«, brüllte der Brigadier.

Das Fahrrad geriet ins Rutschen, als Eleazar abbremste, sich schlingernd näherte und einige Meter vor Jeanjean zu stehen kam. Jeanjean stapfte auf ihn zu. Der Alte duckte sich angriffslustig.

»Herrgott noch mal! Sind Sie taub oder blind oder alles zusammen?«, rief der Brigadier. »Wenn ich Halt sage, dann wird gefälligst gehalten, klar?« Er lächelte beschwichtigend. »Man muss ja denken, Sie hätten was angestellt!«

Der Alte starrte ihn an. »Ich bin ein freier Mensch«, knurrte er.

»Stellt niemand in Frage. Ich brauche nur Ihren Rat, Eleazar. Mehr nicht.«

Der Alte entspannte sich. Er nahm seine Schutzbrille ab. »Nehmen Sie's mir nicht krumm«, bat er. »Manchmal hat man eben so ... wie sag ich? ... so Reflexe, nicht wahr?«

Jeanjean nickte verständnisvoll. »Ich muss was von Ihnen wissen. Dauert nicht lange.«

Eleazar sah ihn erwartungsvoll an.

Er käme auf seiner täglichen Tour doch immer am Pass Puychauzier vorbei, oder? Sei ihm an der Stelle, an der die Piste zu Yves Durands Hütte abzweigt, in den vergangenen drei Tagen etwas aufgefallen?

Der Alte dachte nach. Am Pass? Etwas Besonderes? Nein.

Keine Person, die sich da sonst nicht herumtrieb? Ein abgestellter Wagen?

Wieder schüttelte der Alte den Kopf.

»Mein Gedächtnis ist noch ganz gut«, sagte er. »An was Besonderes kann ich mich nicht erinnern, wirklich.« Auf seiner Stirn erschien plötzlich eine Zornesfalte. »Dass die jungen Kerle da oben immer um die Kurve schießen, als hätten sie das Wort Gegenverkehr noch nie gehört, ist ja nichts Besonderes, oder? Erst vorgestern Abend hätte mich so ein Idiot fast in die Schlucht gedrängt.«

»So etwas müssen Sie anzeigen«, sagte der Brigadier.

»Hätt ich am liebsten getan. Aber bis ich wieder auf den Beinen war, war das Arschloch schon wieder verschwunden. Ich hab ihn nur noch kurz weiter unten gesehen.« Er grinste schief. »Außerdem … anzeigen … ich hab da eben so … wie sag ich … so Reflexe, nicht?« Er wurde wieder ernst. »Nächstes Mal schieß ich sie ab, die Bande.«

»Können Sie den Wagen wenigstens beschreiben?«

»War kein Auto. War eine Enduro.«

»Welche Marke?«

»Ich hab nur gesehen, dass sie eine ziemlich auffällige Farbe gehabt hat. Ein grelles Grün.« Er setzte seine Brille wieder auf. »Tut mir leid. Ging alles zu schnell. Und es wär schön, wenn ich sagen könnte, dass das was Besonderes gewesen ist. Aber hirnlose Idioten gibt's leider zu viel.«

Da hast du Recht, dachte Jeanjean. Kann gut sein, dass auch ich einer davon bin.

47.

Betschart atmete erleichtert durch, als er in die schattige Kühle des Foyers des *Mistral* eintrat. Niemand war zu sehen. Er drückte die Glocke der Rezeption, wartete eine Weile, bimmelte erneut. Wenig später erschien die junge Hotelbedienstete. Ihr Gesicht hellte sich auf.

»Das Kommissariat hat uns schon informiert.« Sie stellte einen Korb mit frisch gewaschenen Handtüchern neben der Rezeptionstheke ab, griff sich das Belegjournal und schlug es auf. »Zum Glück hat es genau zwei Stornierungen gegeben, normalerweise sind wir um diese Zeit absolut komplett.« Sie kritzelte Notizen in das Buch, schob es beiseite und lächelte: »Man kommt schlecht los von unserer Stadt, nicht wahr?«

Betschart musste schmunzeln. Die offene Art der jungen Frau – er hatte erlauscht, dass sie Delphine gerufen wurde – gefiel ihm. »Danach schaut es fast aus, ja.«

»Sie waren noch nie hier, Monsieur?«

»Doch. Ist aber lange her. Ich war zehn oder elf.«

»Oh. Da hat sich einiges verändert, oder?« Sie strich sich eine Haarsträhne hinter das Ohr. »Da wären Sie ja fast ein Zeitzeuge für meine Examensarbeit zur jüngeren Stadtgeschichte, Monsieur –«, sie sah in das Buch, »– Monsieur Betschart.«

Er winkte ab. »Ist zu lange her, wirklich.«

»Ich will Sie damit nicht auch noch be- wie sagt man? Belästigen?«, ruderte sie lachend zurück. »Aber Sie waren in Ferien hier, mit Ihren Eltern vermutlich? Entschuldigen Sie, wenn ich indiskret sein sollte. Es interessiert mich nur, weil es in Sète damals wenig Tourismus gab, verstehen Sie? Die Stadt war damals noch nicht so herausgeputzt wie heute, sie war vor allem ein Wirtschaftshafen, die Leute lebten von der Fischindustrie. Außer dem großen Fischerstechen im Sommer gab es wenig, was für Touristen von Interesse gewesen wäre. Mit malerischen Palmenstränden konnten wir sowieso noch nie aufwarten.«

»Es war ... es war mein Onkel, der mich damals mitgenommen hat. Soweit ich mich erinnere, ist er fast jedes Jahr hierhergekommen.«

»Jedes Jahr? Das ist ungewöhnlich«, meinte Delphine. »Ich meine, für diese Zeit. Und für einen Deutschen. Es gab ja hier noch viele Menschen, die die Besatzung miterlebt hatten und damit schlechte Erinnerungen verbanden.«

»Ich glaube, es waren Freunde, bei denen er gewohnt hat. Vielleicht ... aus Kriegszeiten, ich weiß es nicht.«

»Und Ihr Onkel lebt vermutlich nicht mehr, dass Sie ihn fragen könnten, hm?«

Wieder hatte Betschart das Gefühl, als griffe etwas an seine Kehle. Er schüttelte stumm den Kopf.

»Das tut mir leid«, sagte sie leise.

Er räusperte sich. »C'est la vie«, sagte er und versuchte ein Lächeln.

Was ist los mit mir, dachte er.

48.

Ein Anruf bei Olivier, dem Besitzer der Autowerkstatt am Ortsrand von St. Pierre d'Elze, ergab, dass sich unter den Kunden seiner Werkstatt kein Besitzer einer grün lackierten Enduro befand. Es sich dabei aber, falls Jeanjean dies interessiere, mit hoher Wahrscheinlichkeit um eine Kawasaki handeln müsste. Vorausgesetzt, dass nicht irgendein Angeber seine Schrottmühle mit dieser Farbe aufgemotzt hatte.

Der Brigadier wies Laurent an, die Halterlisten des Departements nach Kawasakis mit grüner Lackierung zu überprüfen. Der Durchlauf ergab hunderte von Treffern. Laurent grenzte die Suche ein, indem er sich auf die Postleitzahlen der nördlichen Kantone beschränkte.

»Bingo«, sagte er.

»Das will ich auch hoffen«, sagte Jeanjean.

»Senechas, Cypril. Jahrgang sechsundneunzig, gemeldet in St. Pierre d'Elze.«

»Wo sonst«, sagte Jeanjean. Das ist nicht wahr, dachte er.

»Die Maschine ist erst seit kurzem angemeldet.« Anerkennend fügte Laurent hinzu: »Muss gut verdienen, der Junge. So ein Gerät gibt's nicht umsonst.«

Der Brigadier stand auf, ging zur Garderobe und nahm seine Uniformjacke vom Haken. »Deinen Sold auch nicht. Komm mit.«

Der Hof von Antoine Senechas thronte auf einer flachen Erhebung über der Flussbiegung. Seine penibel abgeernteten Felder stuften sich vom Talboden in geräumigen Terrassen empor. Hinter dem Anwesen, das aus einem wuchtigen zweistöckigen Haupthaus und mehreren allein stehenden Wirtschaftsgebäuden bestand, stieg das Gelände gemächlich an, um in die baumbestandene Flanke des Mont Chauzier überzugehen. Am Wohnhaus kündete ein Eckturm davon, dass die einstigen Erbauer nicht nur über herrschaftliche Ambitionen, sondern auch über den dazu erforderlichen Reichtum verfügt haben mussten. Dass Antoine Senechas diesen im Laufe seines Lebens vermehrt hatte, zeigte das größte der Wirtschaftsgebäude, eine langgestreckte, moderne Stallung, der sich eine Reihe hoher Remisen anschloss.

Auf halbem Weg von der Departementsstraße zum Hof entdeckte Jeanjean, dass sich ein bulliger Ferguson, den Anhänger mit Baumstämmen beladen, auf den Weg ins Tal gemacht hatte. Er hielt an einer Wegbucht an, stellte sich neben sein Auto und ließ das Gefährt näher kommen.

Im Führerstand des Traktors saß der Alte, hinter ihm sein Sohn. Jeanjean stellte sich in die Wegmitte. Mit befehlendem Wink gab er dem Fahrer zu verstehen, dass er anhalten solle.

Antoine Senechas' sonnenverbranntes Gesicht drückte Missmut aus. Er musterte die Beamten argwöhnisch.

»Wäre übertrieben zu sagen, dass ich erfreut bin, euch hier zu sehen, Georges. Wüsste nämlich nicht, was die Gendarmerie auf meinem Grundstück verloren hätte.«

»Und ich wäre dir verbunden, wenn du den Motor für einen Moment abstellen würdest«, rief Jeanjean gegen den Lärm.

Der alte Bauer warf ihm einen ärgerlichen Blick zu. Das Motorengeräusch tuckerte hustend aus.

»Ich muss mit deinem Sohn sprechen«, sagte der Brigadier. Er winkte dem Jungen. »Steig bitte ab, Cypril.«

Der Alte drehte sich mit einem Ruck um. Cypril schien unter dem bohrenden Blick seines Vaters zu schrumpfen.

»Was wollt ihr von ihm?«, sagte Antoine Senechas.

»Steig ab«, wiederholte Jeanjean.»Wir haben ein paar Fragen.«

Der junge Mann gehorchte zögernd.

»Um was es geht, will ich wissen!«, bellte der Alte. Er hievte sich aus seinem Sitz und stapfte auf die beiden Gendarmen zu. »Sonst verbiete ich ihm, auch nur ein Wort zu sagen, verstanden?«

»Dann müsste er in die Station mitkommen.« Der Brigadier wandte sich an Cypril.»Willst du, dass dein Vater dabei ist?«

»Und ob er das will!«

Der junge Mann schluckte. »Ja. Aber ich weiß noch immer nicht...«

»Hat er was angestellt«, knurrte der Alte.

»Du fährst seit kurzem eine Kawasaki, Cypril. Lackierung hellgrün, richtig?«

Der junge Mann warf einen hilfesuchenden Blick zu seinem Vater, dann drehte er sich zu Jeanjean und nickte. »Ja...?«

»Warst du damit vorgestern unterwegs? Genauer gesagt, zwischen vorgestern Abend bis Mittag des nächsten Tages?«

»Vorgestern...« Der Junge dachte nach.

»Was gibt's da zu überlegen, du Schafskopf!«, sagte der Alte. »Du bist vormittags nicht daheim gewesen, und deine Maschine war auch nicht da.«

Cypril atmete schnell. »Ich... war vormittags in St. Pierre...«

»Nach dem Mittagessen war er mit mir oben im Wald«, mischte sich der Alte wieder ein. »Und jetzt will ich endlich wissen, was ihr eigentlich von ihm wollt!«

»Antoine, bei allem Respekt, ja?«, sagte der Brigadier streng. »Ich habe eine amtliche Handlung vorzunehmen.« Er wartete die Reaktion des Bauern nicht ab, nahm wieder Cypril ins Visier. »Wo warst du vorgestern noch?«

»Nach dem Abendessen bin ich...«, der Junge schluckte wieder, »... nochmal nach St. Pierre...«

»Bei einem seiner Weiber wahrscheinlich«, sagte der Alte verächtlich.

Cypril senkte den Kopf und nickte. Sein Gesicht brannte.

»Hast du bei ihr übernachtet?«

»Wir... wir haben... wir waren in der Schäferhütte...« Er machte eine fahrige Geste zum Hochwald.

»Hurenbock«, sagte der Alte gepresst.

»Die ganze Nacht?«

»Ja.«

Jeanjean nickte bedächtig. »Gut. Dann brauche ich den Namen.«

»Wozu? Wie kommst du dazu, meinen Sohn als Lügner hinzustellen?!«

Jeanjean atmete durch.

»Beruhigen Sie sich, Monsieur Senechas«, sagte Laurent. »Ist einfach Vorschrift, nicht?«

»Den Namen, Cypril«, sagte Jeanjean.

Das Gesicht des Jungen glühte.

»Elaine«, flüsterte er.

»Was?!«, brauste der Alte auf. »Die aus dem Bäckerladen? Die Tochter von Maurice? Diese dürre Pute, die nichts als rumgackern kann und den ganzen Tag bloß vor dem Spiegel steht?«

Der Junge nickte gepeinigt.

49.

Lazare hatte kaum in seinem Büro Platz genommen, als Capucine eintrat, einen Packen Papier unter dem Arm. Lazare hob anerkennend die Brauen. »So schnell?«
Sie lud den Stapel ab. »Ein paar kleinere Details aus dem städtischen Wirtschaftsamt fehlen zwar noch, sie sind bestellt. Aber ich hatte das Gefühl – ich meine, den Eindruck, dass es für die Ermittlung entscheidend ist, die wichtigsten Informationen so schnell wie möglich zu haben.«
»Ihr Eindruck trifft zu.« Lazare lehnte sich zurück und schlug die Beine übereinander. »Ich höre.«
Die junge Polizistin setzte sich, zog den Stapel zu sich heran und atmete durch. »Also – Monsieur Laforet ist Jahrgang '62 und in Sète geboren. Er ist einziger Sohn von Edouard und Simone Laforet. Madame Laforet starb bereits Mitte der Siebzigerjahre, man fand ihre Leiche im Kanal. Ihr Tod ist offiziell als Unfall eingetragen, die Umstände deuten aber eher auf Suizid –«
»Sie finden Details wie diese wichtig?«, unterbrach Lazare.
Sie sah ihn betroffen an. »Ich dachte, dass es vielleicht ein Licht auf sein Herkommen und seine Prägung wirft. Ich wollte es Ihnen überlassen, das zu beurteilen.«
Lazare machte eine beschwichtigende Geste. »Fahren Sie fort.«
»Bei… bei einem anderen Detail bin ich mir ebenfalls nicht sicher, ob es von Belang ist. Es betrifft seinen Vater. Edouard Laforet hat in der Fremdenlegion gedient. Von 1945 bis 1960,

um genau zu sein. Der übliche Zeitraum, zu dem man sich damals verpflichten musste. Auch, um in den Genuss des Anonymats zu kommen, mit der er nach seiner Entlassung eine neue Identität –«

»Ich weiß. Weiter.«

»Sein Klarname ist Karl Forster. Geboren 1908 in München, gelernter Kaufmann, im Krieg ranghoher Offizier der deutschen Armee. Er trat im Frühherbst '45 in Straßburg in die Legion ein, vermerkt sind Einsätze in Indochina und Algerien. Nach seiner Entlassung ließ er sich zunächst im Elsass nieder, wo er auch heiratete.« Sie blätterte weiter. »Nach der Geburt des Sohnes kaufte Forster, mittlerweile Laforet, ein größeres Grundstück im Süden, in der Nähe des Pic St. Loup, wo er einen Obst- und Weinbaubetrieb gründete und damit schnell zu einem beachtlichen Vermögen kam. Anfang bis Ende der Siebziger kam der Erwerb von Immobilien in Sète und Umgebung hinzu sowie weiterer Ländereien, hauptsächlich im Norden, in den südlichen Cevennen. Er starb zu Beginn der Neunziger, sein Sohn –«

Lazare unterbrach: »Wissen wir etwas darüber, ob oder wie sich der Vater politisch verhalten hat?«

»Nein, in dieser Beziehung hat er sich öffentlich nie positioniert. Erwähnenswert sind höchstens noch Gerüchte, dass Laforet senior einem elitären Zirkel angehört haben soll, einer Art Freundeskreis ehemaliger Armeeangehöriger.«

Lazare nickte. »Kehren wir zum Junior zurück«, befahl er.

»Der brachte das Kunststück fertig, das Erbe mit abenteuerlichen Investitionsideen innerhalb weniger Jahre fast gänzlich an die Wand zu fahren. Soweit ich herausgefunden habe, besitzt er heute nur noch eine kleinere Immobilie mit vier bescheideneren Mietwohnungen in der Rue Carnot sowie eine Herberge mit Bar in der Rue du Marin, eine eher schäbige Kneipe namens *Le Timonier*, die bei einer bestimmten Klientel aber nicht unbeliebt ist. Um diese mal so zu umschreiben: Wenn Sie nicht einen günstigen Zahnarzt bei der Hand haben, sollten Sie im *Le Timonier* besser nicht mit dem Parteibuch von Sozialisten oder Kommunisten herumwedeln.«

»Ich hab's nicht vor«, sagte Lazare. »Er ist dort also Wirt?«

»Er hat den Laden verpachtet, ist aber oft dort anzutreffen und spielt dann den generösen Gastgeber. Wie ich mir habe schildern lassen, scheint er bemerkenswert wendig zu sein. Er kann sich jovial, gebildet und kultiviert geben, spricht zwei Fremdsprachen, kann aber auch ordinär fluchen wie ein Kutscher, und auch vor seinem Jähzorn sollte man sich besser hüten, heißt es.« Capucine schmunzelte. »Als Ehemann scheint er übrigens nur bedingt tauglich zu sein. Er ist geschieden, wird zwar zuweilen mit Frauen gesehen, umgibt sich aber genauso gerne mit jungen Kerlen. Es gibt Stimmen, die behaupten, dass er vom anderen Ufer ist, wofür es aber keine Beweise zu geben scheint.«

»Wovon lebt er? Von den Mieten?«

»Zum Teil. Diese Einnahmen dürften aber nicht allzu üppig ausfallen, zumindest für seinen Lebensstandard. Es gibt sogar Gerüchte, dass er auf eine Pleite zusteuern könnte. Wie er trotzdem seinen Standard hält, ist allgemein ein Rätsel, seitens der Finanzbehörden gibt es dazu jedenfalls keine Erkenntnisse. Ich habe aber weder die Zeit noch die Instrumente gehabt, um das genauer zu recherchieren, tut mir leid.«

Lazare winkte nachsichtig ab. »Was haben Sie noch?«

»Nur noch, dass der Junge ein ziemliches Früchtchen gewesen sein muss, Details sind im Archiv zwar bereits gelöscht, aber sein Name taucht in einigen Verfahren zu schwerer Körperverletzung, Randale, Vandalismus, Verkehrsdelikten und dergleichen auf. Ich gehe davon aus, dass er seinen Wehrdienst abgeleistet hat, da es in der fraglichen Zeit keine Einträge mehr gibt. Es scheint, dass ihm sein Vater schließlich doch die Ohren langgezogen hat. Denn danach studierte er Jura in Paris und

München und machte einen passablen Abschluss in Wirtschaftsrecht. Er hat aber nie in einem entsprechenden Bereich gearbeitet. Vor allem hatte er, wie schon gesagt, nach dem Tod seines Vaters keine sonderlich glückliche Hand. Das Gleiche gilt für seine anderen Ambitionen. Er hat versucht, hier in Sète eine Ortsgruppe des Front national zu gründen, brachte aber nie mehr als ein Häufchen Gleichgesinnter zusammen. Danach hielt er sich eine Weile politisch eher bedeckt. Was sich aber seit einigen Jahren geändert zu haben scheint. Der Front national erhält Zulauf. Soweit ich es beurteilen kann, sowohl aus dem konservativen Lager, seltsamerweise aber auch von einer Seite, die früher stramm links gewählt haben muss.«

»Haben Sie eine Erklärung dafür?«

»Ja. Sie nicht?«

»Erzählen Sie.«

»Es ist ganz einfach. Viele Fischer werden durch die Quotenbestimmungen aus Brüssel in den Ruin getrieben, während gleichzeitig nichts gegen die Hochseefischerei auf dem Mittelmeer unternommen wird. Da die anderen großen Parteien darauf keine Antwort haben, sich der Front national aber als einzige europakritische Partei positioniert hat, gibt man eben ihr seine Stimme.«

Lazare nickte anerkennend.

Capucine stand auf. »Ich melde mich, sobald ich die restlichen Unterlagen habe, in Ordnung?«

»In Ordnung.« Er sah ihr nach, bis sie den Raum verlassen hatte. Dann griff er zum Telefon.

»Monsieur Simoneau überzeugt gerade einen Reporter der *Midi libre* wieder einmal davon, dass er der fähigste Jurist der Republik ist«, sagte Odette. »Aber keine Sorge, das vermassele ich ihm mit Genuss.«

Sie hielt Wort. Keine halbe Minute später rief Simoneau zurück.

»Ich brauche einen Durchsuchungsbeschluss für Charles Laforet«, sagte Lazare.
»Starten Sie jetzt Ihren letzten verzweifelten Rundumschlag, Lazare? Oder was versprechen Sie sich davon?«
»Erkenntnisse.«
»Ich habe gerade absolut keinen Sinn für Humor, Commandant.«
»Ich ebenfalls nicht. Vor allem nicht am Telefon.«
Kurzes Schweigen. »Was kann ich als Begründung angeben?«
»Beweismittelsicherung, generelle Gefahrenabwehr, mögliche Attacken auf die Gitans und die Siedlung betreffend.«
»Ach. Jetzt plötzlich doch? Sagten Sie nicht kürzlich, dass der Fall Fernandez nichts damit zu tun hat?«
»Was möglicherweise ein zu schnelles Urteil war. Jedenfalls muss ich sichergehen, und das, bevor der Zugriff auf eventuelle Beweise unmöglich gemacht wird.«
Die Leitung blieb für einen Augenblick still. »Na schön. Sie bekommen den Beschluss. Aber wenn Sie damit wieder auf die Schnauze fallen, ist die Sache erledigt, ob Ihnen das passt oder nicht. Haben Sie das verstanden?«
Er legte auf. Lazare gab eine neue Nummer ein.
Brigadier Becker nahm ab. Er schien gerade beim Essen zu sein.
Lazare legte einen kollegialen Ton in seine Stimme. »Ich bin gerade etwas in Zeitnot, Herr Kollege. Würden Sie mir etwas abnehmen? Ich benötige für morgen Vormittag einen Dienstwagen für eine Auswärtsfahrt.«
»Müsste machbar sein. Was genau heißt morgen Vormittag?«
Lazare überlegte kurz. »Sagen wir zehn Uhr dreißig. Wenn möglich, nicht gerade die klapprigste Kiste. Es geht nämlich aufs Land.«
»Okay, ich kümmere mich darum. Sie brauchen keinen Chauffeur, richtig?«

»Richtig.«

»Dann dürfte es erst recht kein Problem sein«, sagte der Brigadier. »Geht wahrscheinlich um den Fernandez-Fall, hm?«

»Von Ihren seherischen Fähigkeiten könnte sich Nostradamus eine dicke Scheibe abschneiden«, sagte Lazare.

Becker wehrte in gespielter Bescheidenheit ab. »Das nennt man Intuition, habe ich mir sagen lassen.«

Na, dann wollen wir sie doch mal auf die Probe stellen, dachte Lazare.

50.

Brigadier Jeanjean befahl Laurent, die Berichte der Brandfahndung und der Spurensicherung einzuscannen und an Kommissar Bruants Büro zu senden. Am Telefon war dieser am Nachmittag nicht zu erreichen gewesen. Eine Personalversammlung, hatte sein Vertreter erklärt, ein verdienter Kollege werde in den Ruhestand verabschiedet. Und: Nein, von einer bevorstehenden Entlassung von Emile Praden sei ihm nichts bekannt. Allerdings habe er mitbekommen, dass der Untersuchungsrichter bereits die angekündigten Unterlagen angemahnt hatte.

Was darf eigentlich heutzutage alles Polizist werden, dachte Jeanjean. Er zog den Einsatzplan für die nächste Woche zu sich heran und studierte ihn stirnrunzelnd. Allein Morin schob bereits seit Monaten Überstunden vor sich her, und es sah nicht danach aus, als entspannte sich die Situation in den nächsten Tagen. Wann sollte er sie je ausgleichen?

Die Pfortenglocke im Vorraum schnarrte gedämpft. Jeanjean sah, dass Morin sich über die Sprechanlage beugte, nach dem Schlüsselbund griff und nach draußen ging.

Wenig später kam er zurück, gefolgt von Maurice. Morin öffnete ihm die Tür zu Jeanjeans Büro, ließ ihn eintreten und nahm wieder im Vorraum Platz.

»Wie geht's so, Georges?«, sagte der Bäcker.

Jeanjean sah kurz auf, dann wieder auf die Tabelle vor ihm. »Es geht.«

Maurice zog die Türe hinter sich zu, sah noch einmal hinter sich und trat näher.

»Die Hitze wird immer ärger, hm?«

Jeanjean sah ihn über die Brille an. »Was willst du, Maurice.«

»Deine Lucques-Oliven sind heute gekommen, Georges.« Er führte Daumen und Zeigefinger an den gespitzten Mund und sagte genießerisch: »Hast wirklich Geschmack, muss man dir ausnahmsweise lassen.«

»Wurde ja auch Zeit«, sagte Jeanjean. »Maurice, was willst du?«

»Nichts Wichtiges, Georges. Bloß deinen Rat. Es geht um was Juristisches. Da bist du doch beschlagen wie kein Zweiter.«

»Hör auf, mir Honig ums Maul zu schmieren. Ich bin leicht im Stress, ja?«

Der Bäcker nickte teilnahmsvoll. Er trat einen Schritt vor und vergewisserte sich noch einmal, dass die Tür zum Vorbüro geschlossen war.

»Hör zu, Georges«, begann er mit gesenkter Stimme. »Nur eine rein theoretische Frage. Oder sagt man hypothetisch? Egal.«

»Ich habe gesagt, dass ich leicht im Stress bin, Maurice«, sagte Jeanjean mit drohendem Unterton. »Du dürftest mich so weit kennen, dass das bei mir bedeutet, dass ich im Moment einiges um die Ohren habe, und nicht bloß Erfreuliches. Was, kannst du dir wahrscheinlich vorstellen.«

Der Händler nickte mitfühlend. »Ich werd's kurz machen, keine Sorge. Also: Mal angenommen, Georges – rein theoretisch, ja? –, da ist ein junges, meist handsames, aber leider ziemlich naives, wenn nicht gar dummes Weibsbild, das in einen Windhund verschossen ist. Den es anhimmelt, dass es dir beim Zuschauen schon das Herz bricht. Du kannst dir's vorstellen?«

»Weiter«, knurrte Jeanjean.

»Dieser Windhund kommt eines Tages daher und fleht sie auf Knien an, ihm ein falsches Alibi zu geben. Natürlich nicht, weil er wirklich Dreck am Stecken hätte, nein, niemals! Sondern weil er von irgendwelchen Kerlen – die auf ihn eifersüchtig seien, auf seine Beliebtheit, auf seine Erfolge, darauf, dass er aus einem reicheren Haus stammt, der ganze Schmus eben – in ein schlechtes Licht gerückt werden soll. Leider sei sein Pech, dass er bei einer Sache, mit der er – und das schwöre er – nichts zu tun habe, kein Alibi habe.«

»Kurz, das brave Ding will ihn retten und gibt es ihm.«

Der Bäcker nickte geschmerzt. »Georges – was würde sie dafür kassieren, wenn es rauskommt? Oder anders gefragt, was würde ein Gendarm mit ihr da machen? Ich meine – ein Gendarm, der kein pedantischer Sesselfurzer ist, verstehst du? Der vernünftig ist, der die Leute in seinem Dorf kennt. Und den sie kennen.« Er hob den Finger und lächelte einfältig. »Wie gesagt, Georges: Nur mal angenommen, ja? Nur theo–«

»Kleine Gegenfrage, Maurice«, schnitt ihm Jeanjean das Wort ab. »Was würdest du von einem Gendarmen halten, der – nur mal angenommen, nur theoretisch, ja? – entschieden hätte, diese offensichtlichen Phantastereien einer verwirrten Pubertierenden vorläufig nicht zu Protokoll zu nehmen? Und hätte stattdessen – wiederum nur angenommen, ja? Nur theoretisch! – in seinem Büro in aller Ruhe darauf gewartet, dass ihr Vater hereingeschlichen kommt und ihm vorstottert, er bräuchte für einen angenommenen, rein theoretischen Fall Rat? Was würdest du von diesem Gendarmen halten?«

Maurice glotzte ihn an.

Na, das dauert ja, dachte Jeanjean.

Ein erleichtertes Lächeln erschien auf dem Gesicht des Händlers. »Was ich von so einem pflichtvergessenen Kerl halten würde? Schwierig«, sagte er mit gespieltem Ernst. »Sehr schwierig. Die Strafe dafür kann gar nicht hart genug sein. Hochkantiger Rausschmiss oder Strafversetzung an die belgische Grenze wäre das Mindeste, oder?«

»Absolut deiner Meinung, Maurice.« Jeanjean deutete befehlend auf den Stuhl.»Aber jetzt steh nicht blöd rum. Ich will die Fakten.«

Mit einer flinken Bewegung griff sich Maurice die Lehne und setzte sich. Er legte seine Arme auf die Tischplatte, sah wieder sichernd hinter sich, bevor er begann:»Also – ich komme eben von meiner Tour zurück und höre von meiner Frau, dass du Elaine in die Mangel genommen hast. Ich hab natürlich aus ihr herausgequetscht, um was es gegangen ist. Ich kann dir sagen, dass mich fast der Schlag getroffen hat.«

»Erzähl mir nicht deine Krankengeschichte. Wie war's wirklich?«

»In der Nacht, nach der du sie gefragt hast, war die Kleine natürlich daheim. Du darfst mir glauben, dass ich das mitgekriegt hätte, wenn sie sich aus dem Haus geschlichen hätte.« Er stockte.»Was war in dieser Nacht eigentlich? Es geht doch nicht um die, in der sich jemand an Yves Hütte zu schaffen gemacht hat?«

»Frag nicht so bescheuert. Du weißt, dass ich dir keine Auskunft geben darf.«

»Auf jeden Fall – mitten in der Nacht abzuhauen, zu irgendeiner Party –, das hat sie bisher nur einmal probiert. An den Zirkus, den ich ihr danach gemacht habe, wird sie sich noch auf ihrem Sterbebett erinnern.« Er seufzte.»Wenn das junge Gemüse in diesem Alter ist, musst du aufpassen wie ein Knastwärter.«

»Glaube, das hab ich schon mal irgendwo gehört.«

Maurice ballte die Fäuste.»Aber diesen Kerl wenn ich in die Finger kriege... ich hab den jungen Senechas noch nie leiden können. Diesen Waschlappen, dieses Großmaul Weiß doch jeder, dass er jedem Rock nachrennt. Aber sie wollte es nicht glauben.« Er schüttelte den Kopf.»Der Kerl taugt nichts. Er ist ein Windbeutel, genauso wie sein Bruder. Ich sag's dir, Georges: Das alles kommt davon, weil sie die Wehrpflicht abgeschafft haben.

Die Bagage weiß einfach nicht mehr, was sich gehört. Die jungen Kerle haben einfach keinen Halt mehr, verstehst du?«

»Hm«, machte Jeanjean.

»Aber die eigentliche Schuld hat sein Alter. Spielt den Patron, als wären wir noch im Mittelalter. Und was kommt dabei raus?« Er seufzte tief. »Aber was hätte ich machen können? Der Kerl hat ihr doch das Blaue vom Himmel herunter versprochen. Und meine Frau hat sie dabei noch bestärkt. Hat wahrscheinlich bloß gesehen, dass der alte Senechas Geld und Grund wie Heu hat.« Er seufzte wieder. »Ich liebe sie. Aber wenn die Geld riecht, setzt ihr Hirn aus. So ist sie einfach.« Er zuckte ratlos die Schultern. »Ich liebe sie. Aber sie bringt mich noch um.«

»In Ordnung, ich spende dir 'nen Kranz«, sagte Jeanjean. Er legte seine Hände auf die Tischplatte. »Du hast den Rat gekriegt, den du haben wolltest, oder?«

Maurice stand hastig auf. »Ich danke dir, Georges«, sagte er bewegt. »Und jetzt ... sie wartet draußen im Wagen und heult sich die Augen aus dem Kopf, weil sie sich schon lebenslänglich im Knast sieht. Hab wahrscheinlich leicht übertrieben. Ich hol sie rein, okay? Aber nimm sie nicht zu scharf her, ja? Sie ist ja noch ein Kind. Und einfach dumm.«

»Fahrt heim. Deine Aussage genügt mir vorerst. Hab noch was anderes zu tun.«

Der Händler nickte eilfertig. Er grüßte stumm und drehte sich zur Tür.

»Augenblick noch, Maurice. Sag deiner Kleinen: Wenn sie auch nur auf die Idee kommen sollte, den Kerl anzurufen und ihm zu sagen, dass sein Alibi geplatzt ist, dann – aber so vernagelt kann sie ja unmöglich sein, oder?«

Maurice starrte ihn an. Er schluckte.

»Ich ... ich fürchte ... vorhin ...«

Es ist nicht wahr, dachte Jeanjean. Es ist einfach nicht wahr.

»Morin! Laurent!«, donnerte er. »Einsatz!«

51.

Simoneau hatte Wort gehalten und den Durchsuchungsbeschluss vorab per Fax durchgeben lassen. Bei der Einsatzbesprechung hielt sich Lazare zurück und überließ das Wort Danard, von dem er wusste, dass er die Pose des Feldherrn liebte. Auf einer Videoleinwand wurden die Lage des Gebäudes in der Rue du Marin, seine Zu- und Ausgänge sowie die Umgebung studiert. Die städtische Baubehörde hatte einen jahrzehntealten Bestandsplan beisteuern können, der nach ihrer Kenntnis noch gültig sein sollte. Zuletzt wurden die Positionierung der Straßensperren, die Aufgaben der Teams der beteiligten Abteilungen und die Durchsuchungsziele festgelegt: Sämtliche Räume sollten durchkämmt, angetroffene Personen in Büros, den Wohnräumen und der Bar erkennungsdienstlich überprüft werden. Es gab wenige Nachfragen, danach zerstreuten sich die Anwesenden, um die Informationen an ihre Abteilungen weiterzuleiten.

Als Lazare den Flur zu seinem Büro entlangging, wurde er von einer Bewegung auf dem Parkplatz unter ihm abgelenkt. Er trat ans Fenster. Ein schlanker, großgewachsener Mann verließ gerade seinen Wagen und steuerte mit federnden Schritten auf die Pforte zu, den Oberkörper vorgebeugt wie ein Ringer, der den Kampfplatz betritt.

Lazare lächelte grimmig. André Morvan greift ein, dachte er. Wurde aber auch Zeit, dass du auftauchst, alter Freund.

Er sah ihm nach, bis er unter dem Vordach des Eingangs verschwunden war. In seinem Büro setzte er sich an den Tisch, streckte die Beine aus und verschränkte seine Finger im Nacken. Dass die Leute vom Staatsschutz die Deckung verließen, hatte er erwartet. Aber warum haben sie sich so lange Zeit gelassen? Nun, er würde es bald erfahren.

Er griff zum Telefon. Erst nach geraumer Weile meldete sich eine mürrische Stimme. Der Ton änderte sich nur unmerklich, nachdem Lazare seinen Namen genannt hatte.

»Nein, mein Sohn«, brummte Jean Castro. »Auf ein Glas Wein vorbeikommen kannst du nicht. Ich bin schließlich keine Straßenkneipe.«

Lazare stutzte. »Gibt's Probleme, Jean? Ich meine: Kann man helfen?«

»Sicher. Indem du nicht bloß auf ein Glas Wein, sondern auch zum Essen bleibst. Hab nämlich neuerdings eine Köchin.«

Lazare sagte lachend zu und legte auf.

Wenig später klopfte es.

»Wollte nur mal auf einen Sprung bei einem alten Kumpel vorbeischauen«, sagte André Morvan. »Läuft's, Siso?«

Morvan und er hatten sich während ihrer Ausbildung kennengelernt. Dass Morvan schon damals um Grade ehrgeiziger und mehr von sich überzeugt, Lazare dafür noch um einiges dünnhäutiger als heute war, hatte anfangs zu Reibereien zwischen ihnen geführt. Dann aber kamen sie überein, sich gegenseitig doch respektieren zu können. Am Ende ihrer gemeinsamen Zeit waren sie sogar enge Freunde geworden. Ihre Wege hatten sich getrennt, nachdem sich Lazare für die Kripo, Morvan aber für eine Karriere bei der DCRI, dem Inlandsgeheimdienst, entschieden hatte. Dort war er mittlerweile Verbindungsbeamter zwischen dem Geheimdienst und der erst vor wenigen Jahren eingerichteten, abgeschirmt operierenden Sonderabteilung der Kripo, die auf Staatsschutzdelikte angesetzt war.

»Man schlägt sich durch, André. Und selbst?«

»Sagen wir es so: Es wird nicht langweilig. Besonders dann, wenn man in einem gewissen Kommissariat nicht in der Lage ist, einen simplen Gefangenentransport über die Bühne zu bringen.«

»Ich bin hier nur Gast, und ein Gast lästert nicht über seinen Gastgeber«, sagte Lazare. Er winkte Morvan heran. »Gib mir lieber einen Tipp, was da eigentlich gespielt wird. Hat man schon eine Spur?«

Morvan schüttelte vergrämt den Kopf, griff sich einen Stuhl und setzte sich. »Die Straßensperren waren für die Katz, bisher jedenfalls. Die Typen haben bestimmt mehrmals das Fahrzeug gewechselt oder sich in irgendeinem Schlupfloch verkrochen. Aber bis sämtliche leerstehenden Häuser, Wohnungen und Ferienhäuser durchsucht sind, vergehen Wochen.« Er seufzte. »Unser Verein präsentiert sich wieder mal als ein Haufen unfähiger Idioten.«

»Gibt es etwas, womit ich dich wieder aufbauen kann?«

»Möglich.« Der Geheimdienstoffizier schlug die Beine übereinander. »Mich interessiert deine Einschätzung, Siso. Die Ganovenszene an der Küste ist dein Revier, wir haben andere Kunden im Auge, wie du weißt. Kurz: Wir rätseln unter anderem noch darüber, für wen ein versoffener Deutscher so wichtig sein könnte, dass er so einen Aufwand treibt, um ihn zu befreien.«

»Meine Hoffnung war, dass ihr mir das sagen könnt.«

»Die ich leider enttäuschen muss, Siso, wir haben keinen Schimmer«, sagte Morvan. »Das Zweite, wozu mich deine Meinung interessieren würde ist: Diese Befreiungsaktion konnte nur durchgeführt werden, weil die Entführer über die relevanten Informationen zum Ablauf der Überführung verfügten. Die Liste der Personen, die über die Modalitäten des Gefangenentransports informiert waren, arbeiten wir gerade ab. Hast du einen Tipp, auf welchen Kandidaten wir vielleicht besonders achten sollten? Du gehst hier schließlich ein und aus.«

»Ich kann dir da nicht helfen, tut mir leid.« Ernst schob er nach: »Wirklich.«

»Hab's befürchtet.« Morvan lockerte seine Krawatte und blies Luft durch die Backen. Er sah sich um. »Nicht mal ein Klimagerät spendiert man dir. Und das bei dieser Hitze. Ich würde mich beschweren.«

»André. Du hast doch noch was auf dem Herzen. Raus damit.«

»Okay, Siso.« Morvan setzte sich gerade und sah Lazare ins Gesicht. »Uns ist zu Ohren gekommen, dass du dich für diesen Rossbach interessiert und sogar versucht hast, ihn mit einer fadenscheinigen Begründung noch länger hierzubehalten. Und das, obwohl es wohl überhaupt keinen Zweifel daran gibt, dass er als Täter in deinem Fall nicht in Betracht kommt.«

Lazare erklärte es ihm.

Der Geheimdienstler fasste zusammen: »Deine Hypothese ist demnach, dass es sich bei dieser Schlägerei nicht um die Aktion irgendwelcher besoffenen Radaubrüder gehandelt hat, sondern Teil einer Kampagne gegen die Gitans ist?«

Lazare nickte. »In etwa.«

»Was aber noch nicht dein auffallendes Interesse an ausgerechnet diesem Deutschen erklärt. Der Mann war bei dieser Schlägerei bestenfalls eine Randfigur.«

»Ich bin nur gründlich.«

Für den Bruchteil einer Sekunde huschte Ärger über Morvans Gesicht. »Dann frage ich anders: Hat die Vernehmung Rossbachs etwas erbracht, was nicht auch aus den anderen Beteiligten herauszubringen war? Vielleicht so etwas wie eine internationale Komponente dieser vermuteten Kampagne? Das Stichwort wäre: deutsch-französisches Faschisten-Netzwerk oder dergleichen?«

»Hat es nicht«, sagte Lazare. »Außerdem wäre das doch eher euer Bier, oder?«

»Sehr richtig. Trotzdem sollst du, wie ich höre, die beiden deutschen Kollegen danach gefragt haben.«

»Dann weißt du auch, dass sie die Sache kleingeredet haben. Der Mann sei zwar überzeugter Faschist, aber seine Gruppe spiele nur regional eine Rolle.«

»Und Rossbach selbst?«

»Hat natürlich ebenfalls gemauert. Bis auf den Eindruck, dass er geistig alles andere als das Format für einen brauchbaren Agenten hat, habe ich wenig von ihm mitbekommen.«

Morvan sah ihn nachdenklich an. Dann sagte er: »Was ist eigentlich mit diesen deutschen Polizisten? Welchen Eindruck hattest du von ihnen?«

»Korrekt. Ein bisschen steif, wie man es den Deutschen eben nachsagt, nicht? Worauf zielt deine Frage?«

»Nun, mir fällt auf, dass die beiden nach der gescheiterten Überführung nicht sofort wieder nach Hause geflogen sind.«

Lazare hob die Arme zu einer ratlosen Geste. »Vermutlich hat Danard getönt, dass es bei der rund um den Globus bekannten Effizienz seiner Behörde nur eine Sache von Stunden sein kann, bis Rossbach wieder gefasst ist.«

»Möglich«, räumte Morvan ein. »Andererseits gehören auch die beiden zu jenen, die über den Ablauf der Rückführung in allen Details informiert waren.«

Lazare versuchte, seine Verblüffung zu überspielen. Er räusperte sich. »Interessant«, sagte er. »Aber du willst jetzt nicht etwa andeuten, dass –?«

Morvan hob abwehrend die Hände. »Ich will nichts andeuten, sondern habe lediglich gesagt, was mir aufgefallen ist. Die beiden könnten sich genauso gut einfach in ihrem Hotel oder in irgendeiner Kneipe verplaudert haben. Ein, zwei Gläser Wein zu viel, die falschen Zuhörer am Tisch, und schon ist die Scheiße am Dampfen.«

»Fällt mir schwer zu glauben. Es war schon an der Grenze

der Fadheit, wie sie ihre Gewissenhaftigkeit vor sich her trugen. Alles ziemlich nah an dem Klischee, das man von den Deutschen hat.«

Morvan stellte den Kopf schräg. »Vielleicht solltest du dich einmal fragen, ob dieses Klischee auch der Wirklichkeit entspricht. In Deutschland wird derzeit ein Prozess geführt gegen das Mitglied einer Bande von Faschisten, die in den vergangenen Jahren fast ein Dutzend Ausländer abgeknallt hat. Mitgekriegt?«

»Am Rande.«

»Was da jedenfalls zu Tage kam, hat sogar einige deutsche Kollegen, mit denen ich darüber gesprochen habe, die Stirn runzeln lassen. Beweismittel verschwanden, Zeugen starben einen Tag vor ihrem Auftritt vor Gericht, am Verfahren beteiligte Beamte wurden als Anhänger einer verbotenen Nazi-Organisation entlarvt. Darum die grobe Formel, auch wenn ich dir damit den Schock deines Lebens verpassen muss, Siso: Weder unsere Polizei noch die irgendeines anderen Landes besteht nur aus Unschuldslämmern. Ich jedenfalls habe mir angewöhnt, alles für möglich zu halten.«

»Zwei Fragen«, sagte Lazare. »Die erste: Hast du dazu mehr als irgendwelche Binsenweisheiten anzubieten? Beweise zum Beispiel, auf die man bauen könnte?«

»Du vergisst nicht, dass wir beide unterschiedlichen Diensten angehören, Siso?«

»Danke für den Hinweis. Hätte es beinahe vergessen.«

»Gern geschehen«, sagte Morvan. »Was wäre die zweite Frage?«

»Es ist die, die ich schon mal gestellt habe. Warum bist du gekommen, und was wollt ihr von mir?«

»Tu nicht so, als hättest du es nicht schon längst kapiert.« Morvan stand mit einem Seufzen auf und rückte den Stuhl an den Tisch. »Ich wollte dich nur dezent darauf hinweisen, dass es nicht überall Begeisterung auslöst, wenn du, anstatt dich um deinen Kram zu scheren, in Angelegenheiten herumstöberst, die dich nichts angehen.« Er tippte sich mit dem Finger grüßend an die Schläfe. »War schön, mal wieder mit dir zu plaudern, alter Freund.« Er schickte ein bekräftigendes Nicken nach. »Kein Scherz.«

52.

»Du weißt, was du tust, Georges?«, sagte Morin. »Einen Durchsuchungsbeschluss haben wir auch nicht.«

»Du hast Recht.« Jeanjean öffnete die Fahrertür. »Aber wenn mir jetzt etwas scheißegal ist, dann ist es das. Los. Laurent sichert außen ums Haus, wir gehen rein.«

»Schon gut«, murmelte Morin. Er wechselte einen ratlosen Blick mit Laurent, stieg aus und folgte Jeanjean, der bereits das Haupthaus ansteuerte. Morin bemühte sich, mit ihm Schritt zu halten.

In der Haltung des Patriarchen saß Antoine Senechas am Kopfende des Esstisches. Die Bäuerin war gerade dabei, das Abendessen abzutragen, als die beiden Gendarmen eintraten.

»Tut mir leid, dass ich beim Abendessen stören muss, Antoine«, sagte der Brigadier. »Aber die Angelegenheit duldet keinen Aufschub. Wir müssen mit deinem Sohn sprechen. Sofort.«

»Eine Anmaßung sondergleichen«, presste der Alte mit mühsam gebändigtem Zorn heraus.

»Ich sagte sofort!«

»Und ich frage, was du dir erlaubst!«, fauchte der Alte zurück. Er warf einen wütenden Blick zu seiner Frau, wedelte befehlend in Richtung Küche. Sie zuckte zusammen und verschwand. »Wie ich überhaupt seit geraumer Zeit den Eindruck habe, dass man in der hiesigen Gendarmerie nicht mehr zu unterscheiden weiß zwischen anständigen Leuten und dahergelaufenem Gesindel. Und sich lieber gemein macht mit dem nichtswürdigen Gesocks, das nichts anderes im Sinn hat, als uns das Leben schwer zu machen, und das auf Glauben und Moral pfeift.«

»Verschone mich mit deinen Predigten«, schnauzte Jeanjean zurück.

»Sie gehören nicht hierher, diese Hungerleider und Habenichtse, diese Rauschgiftsüchtigen mit ihren verhurten Weibern! Zerstören wollen sie alles! Ruinieren, was einmal gegolten hat!«

»Klar! Säufer, Hurenböcke und Faulpelze hat es früher hier nie gegeben«, entgegnete Jeanjean. »Es stimmt, unter den Neos gibt's ein paar schräge Vögel. Aber ein paar von denen haben wenigstens noch ab und zu Ideen, verstehst du? Ihr Alten habt nämlich keine mehr. Außer Geld zu scheffeln, euch an euren Grundbesitz zu krallen und von eurer Liebe zum Althergebrachten zu schwadronieren. Die Zukunft ist euch egal, ihr verscherbelt das Land an den, der euch das meiste Geld auf den Tisch blättert. Dass die Jungen von hier sich eure Preise nicht mehr leisten können, kümmert euch nicht.«

Der Alte sprang auf und drosch mit beiden Fäusten auf die Tischplatte. »Mach ich Politik?! Oder die Juden und Arschficker in Paris?!«

»Ach, nur die sind verantwortlich?«, höhnte der Brigadier. »Wer hat denn sein Dorfhaus, anstatt es der Gemeinde für die Vorschule zu vermieten, an diesen englischen Schlagersänger verkauft? Der die Nachbarn wochenlang mit seinem Gejaule terrorisiert hat? Und der Zwölfjährige angefixt hat, mit ihm ins Bett zu steigen, bis ihm ein paar Eltern den Weg zum Flughafen gezeigt haben? Wer hat denn den Weiler Fontsec an diesen ausrangierten General verkauft, der mit minderjährigen Jungs seine Spiele gemacht hat, bis wir ihm das Handwerk gelegt haben? Wer hat denn einen der schönsten Höfe, die es früher hier gab, an diesen Kelten-Apostel aus Deutschland verkauft, der mit seinen Anhängerinnen im Mondschein nackt um den Menhir am Pass oben getanzt hat? Ich sag dir, welcher Name unter jedem dieser Kaufverträge steht. Der Name eines verbohrten, arroganten Arschlochs!«

»Das wirst du bereuen, Georges«, sagte der Alte heiser.

»Nein, du, Antoine. Dein Ältester hat es nicht mehr ausgehalten, er ist dir aus dem Zügel gelaufen, ist in die Stadt abgehauen. Und ist auch schon geschieden, bei seinem letzten Besuch hat jeder gesehen, dass er zudem an der Flasche hängt. Auch Cypril habe ich schon viel zu oft zu viel durchgehen lassen. Wie neulich, als er sich bei dieser Rave-Sache am Pass hat einspannen lassen und zu blöd war zu erkennen, dass da bloß eine Bande von Dealern mit unseren Kindern ein Geschäft machen wollten!« Jeanjean musste schlucken, bevor er weitersprechen konnte: »Bilde dir nur weiter was darauf ein, dass die Senechas aus uraltem Bauernadel stammen. Dass ihr seit Generationen schon hier hockt. Dass einer von euch im Parlament gelegentlich sein Maul aufmachen darf und ein anderer als Anwalt in Montpellier die Leute aufs Kreuz legt«

Senechas' Augen funkelten hasserfüllt. »Gutes Stichwort, Georges. Sehr gutes Stichwort.«

Der Brigadier fing den Blick Morins auf, der die Szene fassungslos verfolgt hatte. Er reckte das Kinn gegen den Alten. »Und jetzt rufst du ihn. Es ist ernst.«

»Den Teufel werde ich tun.«

»Dann lässt du uns keine andere Wahl«, sagte Jeanjean. Er wandte sich an Morin. »Hol Laurent. Durchsucht das Haus.«

»Was?«, japste der Alte. »Seid ihr noch bei Verstand?«

»Wenn ich sage, dass die Sache ernst ist, dann ist sie das. Ich rate dir dringend, mit uns zu kooperieren.« Er hieß Morin mit einer Handbewegung innezuhalten. »Zum letzten Mal. Ich will deinen Sohn.«

»Er ist nicht da!«, brüllte der Alte.

»Wo ist er?«, brüllte Jeanjean zurück.

»Ich weiß es nicht! Verdammt noch mal!«

Von der Küchentür ließ sich eine weinerliche Stimme vernehmen: »Wir wissen es wirklich nicht, Monsieur.«

»Halt deinen Mund!« Senechas drückte sein Kreuz durch, stieß den Stuhl mit einem Tritt hinter sich und kam langsam auf Jeanjean zu.

»Ich rate dir, mich nicht zu unterschätzen, Georges. Hab aber keine Sorge, dass ich dir mit der Drohung komme, dass ich und meine Familie einigen Einfluss haben. Es sollte dir nur klar sein, dass ich alles tun werde, mich gegen dein absolut unangemessenes Verhalten zu verwahren.« Er verlor die Beherrschung und brüllte spuckend: »Noch nie sind ich und meine Familie derart gedemütigt worden!«

Es reicht, dachte Jeanjean.

Er drehte sich zu Morin. »Ich will als Erstes sein Zimmer sehen. Computer und alles kommen mit.«

»Das tust du nicht«, schrie Senechas. »Da hast du kein Recht dazu.«

Jeanjean würdigte ihn keines Blicks und fuhr ungerührt fort. »Danach filzen wir den Rest.«

Morin starrte mit aufgerissenen Augen an ihm vorbei. Seine Rechte zuckte an seine Hüfte. Jeanjean wirbelte herum. Senechas hatte einen Sprung zum Waffenschrank gemacht und die Türe bereits geöffnet.

»Nicht bei mir«, keuchte der Alte. »Das Haus eines Senechas wird nicht durchsucht!«

Jeanjeans Hand fuhr zu seinem Holster. »Finger vom Gewehr, Antoine«, sagte er heiser. »Und weg vom Schrank.«

»... wie die Hütte eines Lumpenpacks!«

»Die Hände weg vom Gewehr, oder ich muss schießen«, sagte Jeanjean. Es ist nicht wahr, dachte er.

Die Hand des Alten zuckte. Jeanjean riss die Pistole hoch und feuerte durch das Fenster. Glas splitterte, aus der Küche drang ein entsetzter Schrei. Der Alte ließ die Hand sinken. Morin hechtete auf ihn zu.

»Lass ihn«, sagte Jeanjean schwer atmend. »Monsieur Senechas ist ab sofort absolut kooperativ. Vorausgesetzt, dass er noch einen Funken Verstand in seinem Schädel hat.« Er sah den Alten an. »So ist es doch, Antoine. Oder?«

Aus Antoine Senechas war alle Kraft gewichen. Er nickte stumm.

53.

Die Tür zum Büro Danards stand offen, als Capucine daran vorbeiging, einen Packen lose flatternder Kopien und ein Bündel Akten an die Brust gepresst.

»Einen Augenblick!«

Capucine ging einige Schritte zurück und blieb im Türrahmen stehen.

»Nur eine bescheidene Nachfrage«, sagte der Gruppenleiter mit säuerlicher Miene. »Nach meiner Kenntnis des Dienstplans ist Ihre Schicht doch schon seit geraumer Zeit beendet. Oder nicht?«

Sie zuckte die Schultern. »Was soll ich machen, Monsieur le commandant? All die Archive, hier im Kommissariat, im Rathaus ... ich kenne mich in Sète eben noch nicht so gut aus.«

Danards Stimme verlor an Strenge. Er winkte sie herein. »Nichts gegen Ihre Gewissenhaftigkeit, ich weiß sie zu schätzen. Aber ich kann es bald nicht mehr verantworten, was Commandant Lazare hier meinen Leuten abverlangt. Andauernd sind Dienstpläne zu ändern, weil er Hilfe fordert. Außerdem scheint er zur Übertreibung zu neigen. Besonders bei diesem Fall, bei dem Vernunft und Erfahrung jedem anderen Ermittler längst gesagt hätten, dass wir es hier mit großer Wahrscheinlichkeit nicht mit einem Mord zu tun haben.« Er kniff die Augen zusammen. »Oder sollte es im Fall doch neuere Informationen geben, die man mir vorenthält?«

Capucine war müde. Danard kam ihrer Antwort zuvor: »Ich meine: Gibt es mittlerweile auch nur einen einzigen Beleg dafür, dass dieser Fernandez nicht einfach ertrunken ist?«

Sie verneinte.

»Was von Anfang an abzusehen war!«, sagte Danard. »Die ganze Sache beruht auf einer grotesken Fehleinschätzung, gepaart mit Eitelkeit und der Unfähigkeit, sich einen Fehler einzugestehen. Aber ich kann und will nicht mehr länger verantworten, dass hier alles drunter und drüber geht.« Er nickte sich zu und schwieg einen kurzen Moment.

Capucines Blick fiel auf die Uhr an der Wand. Sie trat unschlüssig von einem Fuß auf den anderen. »Kann ich dann –?«

Danard ließ sie nicht ausreden. »Was hat er Ihnen denn noch aufgehalst? Hinter welchem Phantom ist er noch her?«

Sie wies mit einer Kopfbewegung auf das Aktenbündel in ihren Armen. »Im Augenblick hat er einen Monsieur Laforet im Visier.«

Danard schüttelte den Kopf. »Unser Kämpfer für Recht und Gerechtigkeit will auf Biegen und Brechen ein rassistisches Motiv konstruieren. Schwachsinnig. Er vergeudet seine und unsere Zeit. Und das nur, weil er meint, sein Gesicht wahren zu müssen.« Er sah Capucine an. »Oder sehen Sie es anders? Keine Sorge, es bleibt unter uns, ja?«

»Ich... ja, ich bin auch skeptisch. Wir haben tatsächlich bisher nichts, was uns wirklich voranbringen würde.«

»Irre ich mich, oder klang das ein wenig zögerlich?«

Sie verneinte. »Ich stimme Ihnen zu, Monsieur le commandant. Es ist nur... es gibt da noch eine Person, die mir nicht aus dem Kopf gehen will.«

»Ein Zeuge?«

»Ein entfernter Verwandter des Opfers. Ich werde das Gefühl nicht los...« Sie verbesserte sich: »Ich habe den Eindruck, dass man ihn sich noch einmal genauer ansehen müsste.«

»Könnten Sie sich präziser ausdrücken?«

»Es ist ein junger Gitan. Sein Name ist Rey. Henri – oder Rico – Rey.«

Der Gruppenleiter hob die Brauen. »Ein Tatzeuge? Oder jemand, der als Täter in Frage käme?«

»Weder noch. Er hat ein Alibi, ein Motiv ist ebenfalls nicht ersichtlich. Aber er ist schon am Fundort von Fernandez' Leiche aufgefallen. Eigenartigerweise zu einem Zeitpunkt, an dem noch kaum jemand von diesem Vorfall wissen konnte.«

Danard hörte aufmerksam zu. »Hatte er eine Erklärung dafür?«

Capucine bejahte. »Sie war plausibel.«

»Aber?«

»Nun, wir fanden heraus, dass dieser Henri Rey nicht bloß ein entfernter Verwandter von Fernandez ist, sondern auch ein Arbeitskollege von ihm. Er war …«, sie suchte nach Worten, »… ziemlich angespannt, als wir ihn vernommen haben. Ich kann es Ihnen wirklich nicht begründen, aber ich werde einfach das Gefühl nicht los, dass er noch etwas wissen könnte. Bevor der Fall zu den Akten gelegt wird, sollte man ihn sich doch noch einmal genauer ansehen.«

»Wie war der Name nochmal?«

Sie wiederholte ihn.

»Rey? Dieser Name sagt mir nichts. Ist der Mann früher schon mal aufgefallen? Haben wir etwas Relevantes über ihn im Register?«

»Er stammt aus Agde, hält sich aber derzeit in der Siedlung der Gitans auf. Scheint sich mit Hilfsarbeiten durchzuschlagen. Die Eintragungen geben nicht viel her. Bagatellen, typische Jugendsünden. Er wirkte auch nicht durchtrieben. Eher naiv. Wenn nicht sogar ängstlich.«

Danard nickte nachdenklich. »Diesen Eindruck haben Sie bestimmt Commandant Lazare mitgeteilt. Was meint er dazu?«

»Er hat es sich angehört. Ob er der Sache etwas beimisst, kann ich nicht sagen.« Sie seufzte. »Er ist wirklich nicht sehr gesprächig.«

54.

Kessler nickte der hübschen jungen Frau, die ihm ein weiteres Glas Rotwein auf den Tisch gestellt hatte, dankend zu. Er nahm einen Schluck und lehnte sich zurück. Sein Blick wurde träumerisch. Hinter der Hafenmole war noch ein rötlicher Widerschein der untergegangenen Sonne zu sehen. »Ich versteh den Rossbach«, sagte er versonnen. »Hier könnt ich's auch aushalten. Der Ausblick…« Seine Augen ruhten auf der jungen Bedienung, die bereits wieder die Schänke ansteuerte. »Ich meine, Meer und Hafen und so.«

»Geht mir im Moment grad am Arsch vorbei«, murmelte Betschart.

Kessler stöhnte auf. »Bist ein richtiger Griesgram geworden, Alter.«

»Vielleicht gibt's Gründe?«

Kessler neigte sich vor. »Herrgott noch mal, Franz! Uns kann keiner einen Vorwurf machen. Wir haben's nicht verbockt, ja? Und darum kann auch keiner von uns verlangen, dass wir die Suppe auslöffeln. Da sollen sich die Kollegen von hier gefälligst ins Zeug legen. Ganz abgesehen davon, dass wir eh nichts machen können.«

»Wie oft sagst du's noch?«

»So oft und so lang, wie ich einen Kollegen anschauen muss, der eine Visage wie ein personifiziertes Magengeschwür zieht.« Kessler nippte wieder an seinem Glas. »Lass dich von der ganzen Geschichte doch nicht so dermaßen runterziehen. Kriegt eins ja Depressionen mit dir.«

Betschart legte seinen Löffel ab, schob die Schale von sich. »Ich werd einfach das Gefühl nicht los, dass uns einige der hiesigen Kollegen verarschen möchten.«

»Was durchaus möglich ist und was wir auch garantiert daheim so weitergeben werden«, versicherte Kessler. »Aber jetzt hör auf, ja?«

Betschart setzte zu einer Entgegnung an, beließ es aber bei einer resignierten Handbewegung. Eine Weile lauschten sie dem Lärm, der die Luft am Alten Hafen erfüllte. Eine dichte Menschenmenge wogte den Kai entlang, alle Restaurants waren bis auf den letzten Platz gefüllt, aus jedem schallte Musik, knatternde Mopeds schlängelten sich durch den Strom der abendlichen Bummler.

Kessler brach das Schweigen. »Ist ja nicht so, dass ich dich nicht versteh. Freilich ist's was anderes, wenn's um eine Kollegin geht. Hab die Marina doch auch gut leiden können«, versuchte er einzulenken. »Aber Franz, zum letzten Mal: wir können nichts ausrichten! Nicht jetzt und nicht hier! Also tu mir den Gefallen und steigere dich nicht so rein.« Er hob sein Glas, setzte es wieder ab. »Man könnt ja fast meinen, dass…«

»Dass was?«, sagte Betschart schnell.

Kessler zögerte mit einer Antwort. »Na ja, dass du und Marina… ich mein, dass ihr euch gut verstanden habt, war ja nicht zu übersehen, und…«

»Merkst du nicht, dass du mir auf die Nerven gehst?« Betscharts Stimme klang rau. »Trink endlich aus. Und anschließend tun wir, was wir ausgemacht haben, klar?«

»Okay, okay«, sagte Kessler. »Ganz cool, ja?«

55.

Als sie mit dem Essen fertig waren, nahm Jean Castro Weinkaraffe und Gläser vom Tisch, entzündete eine Petroleumlampe und forderte Lazare auf, ihm in den Garten hinunter zu folgen. Während sie an den Beeten vorbeigingen, beklagte er seine diesjährige Ernte. »Wahrscheinlich hat das Wetter hier im Süden schon immer gern verrückt gespielt. Aber heuer war es zum Heulen. Fast eineinhalb Monate lang ohne einen Tropfen Regen.« Er stellte die Petroleumleuchte auf einen kleinen Tisch an der Begrenzungsmauer und sah in den sternenklaren Himmel. »Und die Hitze soll noch zunehmen.«

Als sie saßen, schenkte der Alte ein. »Auf ein Glas, sagt er«, grollte er. »Lässt sich alle hundert Jahre mal hier blicken und will dann bloß auf ein Glas vorbeischauen. Ich würde mich schämen, so mit einem alten Mann umzugehen.« Er hob das Glas. Lazare tat es ihm gleich.

»Siehst gut aus, Jean«, sagte er. Er machte eine Kopfbewegung zum Haus. »Dass du wieder Gesellschaft hast, tut dir gut, was?«

»Hm«, grunzte Castro behaglich.

»Scheint aber ziemlich schüchtern zu sein, hm? Verschwindet sofort wieder in der Küche.«

Der Alte nickte. »Stimmt, bisschen verschreckt, das ist sie. Ist mir aber lieber, als wenn sie dauernd am Schnattern wäre. Aber der größere Jammer ist, dass diese jungen Dinger heutzutage so mager sind. Fast unsichtbar. Ich wette, wenn du jemandem erzählen würdest, dass du sie hier gesehen hast, niemand würde dir glauben. Also versuch's gar nicht erst.«

»Ich werd's nicht versuchen«, versprach Lazare. »Ich will schließlich nicht, dass mich ein gewisser Jean Castro für bescheuert hält.«

Der Alte lachte verhalten. »Ich weiß, dass du nicht auf den Kopf gefallen bist. Aber zur Klarstellung: Wenn du jetzt überlegst, ob ich alter Trottel etwas mit einem Kind von höchstens zwanzig habe, müsste ich schwer an dir zweifeln.«

Lazare hob abwehrend die Hände.

»Ist bloß eine entfernte Verwandte. Nettes Ding, ist mir direkt ans Herz gewachsen. Wohnt aber bloß vorübergehend bei mir.«

»Verstehe.«

Der alte Polizist nickte befriedigt. Ein leichter Wind säuselte heran. Kurz brachte er die Zikaden zum Verstummen, dann erfüllte wieder ihr Zirpen die Luft.

»Gut«, sagte Castro. »Und jetzt erzählst du mir, woran du gerade zu beißen hast. Erzähl mir bloß nicht, dass du aus Sentimentalität angetanzt kommst oder weil dir gerade langweilig war.« Er nickte Lazare aufmunternd zu. »Ich höre.«

Lazare berichtete.

»Und daher gehst du von Mord aus.« Der Alte zupfte nachdenklich an seinem Bart. »Unter anderem auch deshalb, weil jemand, der an der Küste aufgewachsen ist, erfahrungsgemäß nicht so leicht ersäuft.«

Lazare wedelte eine Mücke von sich. »Vor allem, weil der Tote Gitan war. Und es Leute gibt, die die Gitans gerne loshaben möchten. Auf dem Gelände nämlich, auf dem sie siedeln, soll ein Hotel gebaut werden. Und zwar nicht bloß eine kleine Klitsche, sondern ein regelrechtes Feriendorf.«

Castro nickte. »Hab davon läuten hören. Ich kenne die Pläne zwar nicht, aber wenn da nicht unser Maître Montaignac mit-

mischt, würde mein Weltbild ordentlich ins Wanken geraten.«
Der Alte nahm einen Zug aus seiner Zigarette. »Aber bevor du mich löcherst – ich bin zu selten noch in der Stadt unten, um dir dazu was sagen zu können. Nur so viel: Montaignac ist ein Fuchs. Juristisch mit allen Wassern gewaschen. Er hätte es gar nicht nötig, zu solchen Mitteln zu greifen. Er ist außerdem viel zu sehr auf sein Image als seriöser Geschäftsmann und kultivierter Feingeist bedacht. Er würde sich nie auf eine derart primitive Weise die Hände schmutzig machen. Wen hast du noch im Katalog?«

Wieder summte ein Moskito heran. »Es gibt da noch einen gewissen Salvador Leca. Bei ihm war das Opfer angestellt. Ist dir der Name ein Begriff, Jean?«

Castro zögerte kurz. »Salvador Leca? Doch, der Name sagt mir etwas. Ziemlich raffinierter Bursche. Kam aber erst nach meiner Zeit so richtig hoch.« Er schenkte Lazare und sich nach und fuhr fort: »Aber du wirst ihm bereits auf den Zahn gefühlt haben, vermute ich mal.«

»Er hat abgestritten, damit etwas zu tun zu haben. Ich sehe aber auch kein Motiv bei ihm.«

Der Alte schwieg eine Weile. Dann fragte er: »Wen hast du noch?«

»Einen abgehalfterten Geschäftsmann und Front-National-Aktivisten namens Laforet.«

Der Alte fischte ein Päckchen Zigaretten aus seinem Aufnäher und hielt sie Lazare hin:

»Laforet junior? Charles Laforet?«

Lazare zog eine Zigarette heraus. »Er sagt dir was?«

Castro gab einen ärgerlichen Ton von sich. »Mit diesem Namen ist ein Fall verbunden, der mich heute noch wurmt, weil ich dabei auf die Schnauze gefallen bin.« Er gab Lazare Feuer und zündete sich seine eigene Zigarette an. »Aber ich will dich nicht mit Geschichten langweilen, bei denen ich an meine

Grenzen geraten bin. Tut meiner Eitelkeit noch immer nicht gut.«

»Ein, zwei Stichworte, damit ich sehen kann, ob es für meinen Fall von Bedeutung ist?«

»Ich glaube es zwar nicht«, meinte Castro. »Es könnte dir höchstens helfen, dir ein Bild von diesem Kerl zu machen. Ich hatte ihn nämlich schon einmal im Visier, irgendwann Anfang der Achtziger. Damals kam ein deutscher Tourist bei einem Verkehrsunfall mit Unfallflucht ums Leben. Die Sache passierte in einer kleinen Gasse oberhalb der Grand Rue, sie war mehr als dubios. Die entscheidenden Verletzungen des Opfers waren nicht, wie bei einem Verkehrsunfall üblich, an Beinen und Hüfte, sondern am Hinterkopf. Aber auch für einen Raubüberfall gab es kein Indiz, nichts fehlte. Es gab damals Leute, die Charles Laforet, mehr noch seinen Vater, verdächtigten, ihre Finger im Spiel gehabt zu haben. Und die sehr einleuchtende Gründe dafür hatten, das zu tun. Aber ich hatte keinen Zeugen und keine Beweise. Nur einen Beteiligten, der aber bei der Attacke ebenfalls fast unter die Räder gekommen wäre und durch den Schock sein Gedächtnis verloren hatte. Um's kurz zu machen: Ich bin nicht mal bis zu einer Anklage gekommen. Der Vorfall wurde als Verkehrsunfall mit anschließender Unfallflucht eingestuft und landete in dem Regal, in dem die ungelösten Fälle verstauben.« Er seufzte tief. »Ich hätte nicht so schnell den Schwanz einziehen dürfen. Aber damals habe ich mir fast die Zähne daran ausgebissen.« Der Alte blies Rauch in die Luft. »Und die Deutschen damals haben sich auf unsere Ermittlungen und das Urteil verlassen. Woran ja im Prinzip nichts auszusetzen war, bei dieser mickrigen Beweislage, die ich damals vorlegen konnte.«

Der alte Polizist hob sein Glas und lehnte sich zurück. »Hat eine Menge Staub aufgewirbelt damals, als dieser Tourist über den Haufen gefahren wurde«, sinnierte er. »Und ich Pfeife hab's vermasselt...« Er schlug sich mit dem Handballen gegen die Stirn. »Wie hieß er gleich wieder...?« Er grinste entschuldigend. »Ich werde wohl doch langsam senil, was?«

»Den Eindruck habe ich eher nicht«, sagte Lazare.

»Das glaube ich dir nicht, mein Junge«, sagte Castro, und eine leichte Gekränktheit schwang in seiner Stimme mit. »Oder welchen Grund sollte es sonst haben, dass du mir nicht endlich sagst, worauf du bei der Sache mit deinem Gitan wirklich hinauswillst?«

Lazare setzte zu einer Entgegnung an, doch in diesem Moment klingelte sein Handy. Juliani meldete eine Schlägerei im Hafenviertel.

»Nicht weit von der Bar *Le Timonier*. Wir wissen noch nichts Genaueres, aber sicher ist, dass die Kollegen aus Deutschland angegriffen worden sind.«

56.

Aus der schluchzenden Bäuerin war nur noch herauszubringen gewesen, dass ihr Sohn am späten Nachmittag einen Telefonanruf erhalten hatte, Minuten später in Panik aus dem Haus gestürzt war, sich auf seine Enduro geschwungen hatte und davongebraust war.

Noch auf der Rückfahrt in die Gendarmeriestation hatte Jeanjean die Kripo-Zenrale in Montpellier angerufen. Man versprach ihm, Kommissar Bruant ausrufen zu lassen.

Laurent machte sich sofort an den beschlagnahmten Computer. Cypril hatte sich auf Websites von Auto- und Motorradherstellern, auf Geschichtsforen, die sich mit dem Zweiten Weltkrieg und dem Algerienkrieg befassten, auf Erotikseiten und, immer wieder, auf denen der Jugendorganisation des Front national getummelt. Wenige, in von Rechtschreibfehlern strotzendem Französisch verfasste Einträge bei facebook kündeten davon, dass er seine Nation liebe und auf ihre Errungenschaften stolz sei, sie aber durch Einwanderung, die schleichende Unterhöhlung der westlichen Kultur, die Weltherrschaftspläne der »Weisen von Zion« und den Kommunismus bedroht sah.

»Überlass diese Arbeit der Kripo«, sagte Jeanjean. »Wir wollen doch gewissen Meisterpolizisten nicht Anlass geben, sich aufzuplustern.«

Das Telefon schrillte. Bruant sicherte kleinlaut zu, die Fahndung nach Cypril Senechas einzuleiten und sich auf den Weg nach St. Pierre d'Elze zu machen.

Der Brigadier hatte gerade aufgelegt, als Belmont und Gégé

aus Tormes eintrafen. Belmont legte einen Jagdkarabiner auf Jeanjeans Schreibtisch.

»Wäre beinahe brenzlig geworden«, sagte er.

Jeanjean starrte auf die Waffe, dann zu Belmont. »Bericht«, sagte er.

»Die Veranstaltung hat keine Viertelstunde gedauert. Von Anfang an war sie ein einziges Gebrüll, die Anzugbürschchen von dieser Kraftwerksfirma konnten einem fast leidtun. Es waren gut hundert Leute im Saal. Einige wollten die Redner hören, die anderen machten Krawall, es ging hin und her. Einer der Kerle auf der Bühne wollte gerade wieder zu reden anfangen, als die Tür aufflog und ein alter Knilch hereinkam, mit dieser Büchse herumfuchtelte, irgendetwas brüllte und schließlich auf die Leute auf der Bühne anlegte. Zum Glück war er nicht mehr sonderlich flink, so dass es den Leuten neben ihm gelang, ihm das Gewehr aus der Hand zu reißen und ihn niederzuschlagen.«

Gégé ergänzte: »Der Alte wehrte sich wie ein Verrückter. Wir haben die Versammlung schließlich für beendet erklärt und den Sanitäter gerufen, weil der Alte etwas abgekriegt hat.«

Gégé zog sein Notizbuch aus seiner Brusttasche und schlug es auf. »Der Alte ist Jahrgang '24, in Tormes ansässig. Sein Name –«

»Das kann nur der alte Siset gewesen sein«, schaltete sich Morin ein.

»Richtig, so nannten ihn die Leute«, sagte Gégé. »Siset.«

Nicht schon wieder, dachte Jeanjean.

»Was heißt: er hat was abgekriegt?«, hakte er nach.

»Nichts Dramatisches, ein paar Schläge, leichte Gehirnerschütterung. Wir haben den Doktor holen lassen, er hat Entwarnung gegeben. Eine Frau, die sich als seine Haushälterin oder Betreuerin ausgegeben hat, hat ihn mitgenommen.«

»Wäre albern gewesen, ihn einzubuchten«, sagte Gégé. »Zeugen hatten wir ja genug. Außerdem wollten wir nichts riskieren. Wir wussten ja nicht, ob er nicht doch stärker angeschlagen war.«

Jeanjean wog den Karabiner in seinen Händen und hielt ihn gegen das Deckenlicht. Es war eine *manufrance robust*, ein geschätztes halbes Jahrhundert alt, der Lauf gepflegt und geölt, der gedunkelte Nussholzschaft poliert. Der Brigadier öffnete das Patronenlager und musterte es mit gerunzelter Stirn.

»Bei allem Respekt vor dem Alter. Aber der Kerl geht mir langsam auf die Nerven«, sagte er zu Morin. »Hat er eigentlich Familie?«

»Er wohnt meines Wissens allein. Und ziemlich weit außerhalb. Abgelegen ist gar kein Wort dafür.«

»Einfach unverantwortlich«, brummte der Brigadier. »Versuch doch rauszukriegen, ob es Verwandte gibt. Ich glaube, ich muss bald ein ernstes Wort mit denen reden.«

Er winkte Belmont heran und übergab ihm die Flinte.

»Kümmere dich drum. Noch heute«, befahl er. »Und frag bloß nicht, was du zu tun hast, verstanden?«

»Denke schon.« Belmont warf einen kennerhaften Blick auf die Waffe. »Aber verdammt schade drum, was?«

57.

Brigadier Juliani fing Lazare vor dem Wachraum des Kommissariats ab. »Bisher wissen wir nur, dass die deutschen Kollegen im *Le Timonier* waren und es dort zu einem Streit mit einigen Gästen gekommen ist. Angeblich haben die Deutschen zuvor den Eindruck vermittelt, dass sie Leute aushorchen wollten. Sagte zumindest der Wirt aus. Schon in der Kneipe soll es deswegen Randale gegeben haben, woraufhin der Wirt die beiden vor die Tür gesetzt hat. Drei oder vier Gäste sind ihnen aber gefolgt und haben sie an der Rue du Marin, kurz vor der Kreuzung der Grand Rue, abgefangen und begonnen, auf sie einzuprügeln. Eine Patrouille der Stadtpolizei war auf die Schlägerei aufmerksam geworden und hat eingegriffen.«
»Verletzte?«
»So wie's aussieht nichts Gravierendes. Ein paar saftige Blutergüsse auf beiden Seiten, nicht mehr.« Juliani wies mit einer Kopfbewegung zur Glastür hinter ihm. »Sie sind schon verarztet. Ich habe Becker holen lassen, okay?«
Lazare schob ihn zur Seite und stürmte in den Nebenraum. Betschart und Kessler saßen auf einer Bank. Sie wirkten erschöpft. Becker stand alarmiert auf.
»Messieurs!«, fauchte Lazare. »Ich erwarte eine Erklärung! Sie wissen, dass Sie sich hier auf französischem Hoheitsgebiet befinden. Jede polizeiliche Tätigkeit ist Ihnen strikt untersagt. Haben Sie eine Sekunde darüber nachgedacht, dass Sie unsere Ermittlungen durch Ihre Aktion torpedieren könnten?«
Becker übersetzte. Kessler antwortete ihm.

»Der Kollege bestreitet, dass sie polizeilich tätig waren«, erklärte Becker. »Sie hätten sich lediglich mit einem Gast unterhalten, weil dieser ein wenig Deutsch sprach.«

Lazare schnaubte. »Sie sollen uns nicht für dumm verkaufen! Sie haben sich hier nicht einzumischen! Die Suche nach Rossbach ist Sache der französischen Behörden. Ich werde Meldung erstatten. Außerdem fordere ich ihre sofortige Ausreise.«

»Der Flug ist für morgen Abend gebucht«, warf Becker verhalten ein.

Lazare nickte grimmig. »Spät genug!« Er drehte sich auf dem Absatz, stiefelte hinaus und warf die Türe hinter sich ins Schloss.

58.

Kurz nach Sonnenaufgang wurden die Zufahrten zur Rue du Marin abgeriegelt, Kontrollposten besetzt. Bewaffnete Trupps der Brigade anti-criminalité sicherten das Gebäude. Der Wirt, der im Stockwerk über dem *Le Timonier* wohnte, öffnete ihnen schlaftrunken. Charles Laforets Stadtwohnung war leer. Im angrenzenden Büro waren die Rechner entfernt, die Aktenregale ausgeräumt. Die Appartements im Dachgeschoss waren unbewohnt, Küche, Toilette und Badezimmer aber noch bis vor kurzem benutzt worden.

Die Durchsuchung war noch im Gange, als Maître Meunier am Kontrollposten seine Anwaltsbefugnis vorwies und energisch ein Gespräch mit Einsatzleitung und Staatsanwalt forderte. Die Aktion sei skandalös, völlig unverhältnismäßig, fuße allein auf Gerüchten und politisch motivierten Verleumdungen, sie beschädige mutwillig das Ansehen seines Mandanten. Die Räume ständen im Übrigen leer, weil sein Mandant nachweislich seit längerem eine Renovierung seines Gebäudes plane. Die Dürftigkeit der Beweislage zeige sich schließlich nicht zuletzt darin, dass die Staatsanwaltschaft offensichtlich keine Begründung für einen Haftbefehl gefunden habe, weder gegen seinen Mandanten noch gegen irgendeinen Mieter oder Gast. Von daher sehe er keine Veranlassung, seinem Mandanten zu empfehlen, sich unverzüglich im Kommissariat einzufinden. Dieser befinde sich gerade auf einer mehrtägigen Geschäftsreise, sei grundsätzlich erreichbar und somit keineswegs auf der Flucht. Er, Maître Meunier, biete im Namen seines Mandanten an, nach dessen Rückkehr ein klärendes Gespräch mit Staatsanwalt und Ermittlungsleitung zu führen. Mit der Ankündigung, umgehend Beschwerde einzulegen, rauschte er hocherhobenen Hauptes ab.

Brigadier Becker stellte sich an seine Seite. »Mist, was? Der Vogel ist ausgeflogen«, sagte er bedrückt. »Er könnte durch die Deutschen gestern gewarnt worden sein, was meinen Sie?«

Lazare nickte finster. »Es wird ein Nachspiel haben«, sagte er. »Geht das mit dem Dienstwagen übrigens nachher in Ordnung?«

»Zehn Uhr dreißig, wie Sie es angeordnet haben«, bestätigte Becker eifrig.

Lazare ließ ihn stehen, ging zur gegenüberliegenden Straßenseite und winkte Juliani zu sich. »Ist die Befragung der Nachbarn schon abgeschlossen?«

Der Angesprochene verneinte. »Aber bald. Zwei Befragte haben aber bereits bestätigt, dass gestern Abend ein grauer Ducato für längere Zeit auf dem Trottoir vor dem Haus geparkt hat und beladen wurde.«

»Gibt es genauere Zeitangaben?«

»Ungefähr zwischen halb neun und zehn Uhr, höchstens Viertel nach zehn.«

»Und die gestrige Schlägerei war wann?«

»Wir wurden gegen elf Uhr alarmiert. Laut Tagebucheintrag waren wir acht Minuten später vor Ort. Schätze also, dass der Streit irgendwann zwischen halb elf und elf ausgebrochen ist.« Er sah Lazare fragend an. »Könnte das eine Bedeutung haben?«

Der Kommissar zuckte die Schultern. »Wird sich zeigen«, sagte er.

Und ob es eine Bedeutung hat, dachte er. Wer oder was immer Laforet vor der bevorstehenden Hausdurchsuchung gewarnt und beunruhigt hatte – das Auftauchen der beiden deutschen Schnüffler in seiner Kneipe konnte es nicht gewesen sein.

59.

Kesslers Miene ließ keinen Zweifel, dass er nicht auf den gestrigen Abend angesprochen werden wollte. Mit angewiderter Miene schüttete er den Frühstückskaffee in sich hinein, mampfte ein Croissant und entfernte sich humpelnd. An der Tür zwischen Terrasse und Foyer drehte er sich noch einmal um. »Um sieben werden wir zum Flughafen abgeholt«, sagte er. »Was du bis dahin machst, ist mir egal. Irgendein Blödsinn wird dir bestimmt einfallen. Bin ich mir sicher.«

Sein Abgang kreuzte sich mit der Ankunft Delphines. Sie sandte Kessler einen verwunderten Blick nach, bevor sie den Brotkorb des Büfetts auffüllte. Sie wand sich durch die Tischreihen und sammelte Geschirr und Besteck ein. Vor Betscharts Tisch blieb sie stehen, stellte ihre Last ab und fischte ein Stück Papier aus ihrem Schürzenaufnäher.

»Sehen Sie mal, was ich gestern zufällig gefunden habe, Monsieur. Ich hoffe, ich war nicht indiskret. Aber mir ist die Geschichte Ihres Onkels nicht mehr aus dem Kopf gegangen. Und nachdem ich gestern Nachmittag noch im Stadtarchiv zu tun gehabt habe, ist mir dieser Artikel in die Hände gefallen.«

Sie faltete das Blatt auseinander und legte es neben Betscharts Kaffeetasse. Es war die Kopie eines Zeitungsausschnittes. Mit Stift hatte sie das Datum vermerkt: 19. August 1981.

Ein postkartengroßes Foto war zu sehen, darunter eine Notiz von wenigen Zeilen.

»Sehen Sie?« Die junge Frau buchstabierte: »August Betschart ... es dürfte Ihr Onkel sein, nicht wahr?«

Er musterte das grob gerasterte Foto. Der Fotograf hatte einen falschen Moment erwischt, Onkel Augusts Augen waren halb geschlossen, er lächelte betreten, als sei es ihm peinlich, im Mittelpunkt zu stehen.

Ein leichter Schwindel überkam Betschart. »Worum geht es da?«, fragte er mit rauer Stimme.

Sie beugte sich über seine Schultern und übersetzte: »Er hat die Medaille unserer Stadt verliehen bekommen.«

»Wofür?«

Sie runzelte die Stirn, überflog noch einmal den Text. »Es ist nicht erwähnt. Es ist jedenfalls eine bedeutende Ehrung. Für Personen, die sich um Sète verdient gemacht haben. Sie wird nicht allzu oft verliehen.« Sie richtete sich wieder auf. »Aber wenn Sie möchten, kann ich versuchen, die Unterlagen noch zu finden. Die Ehrung musste damals ja in einem städtischen Ausschuss beschlossen worden sein. Leider geht es heute und morgen nicht mehr, das Archiv ist erst übermorgen wieder geöffnet.«

Betschart deutete auf das Foto. »Wer sind die Leute neben ihm?«

Delphine nahm die Kopie und kniff die Augen zusammen. »Der Mann rechts, mit der Schärpe ... ja, das ist eindeutig der damalige Bürgermeister, Monsieur Martelli. Bei dem Mann neben ihm könnte es sich um Monsieur Vallat handeln, den damaligen Vizebürgermeister, aber ich bin mir nicht sicher. Der Mann links von Ihrem Onkel dürfte Gilbert Blanchard sein, der lange Vorsitzender der Fischergewerkschaft war. Genau kann ich es Ihnen nicht mehr sagen, er ist in den Neunzigern gestorben.«

Eine Treppenstufe unter dem Geehrten stand eine junge, etwas rundliche Frau. Betscharts Puls beschleunigte sich.

»Und wer ist das?«

»Die ihn so freundlich anstrahlt?« Delphine schmunzelte.

»Sie himmelt ihn beinahe an, nicht wahr?« Sie hielt sich die Kopie wieder vor die Augen. Ihre Miene hellte sich auf. Gerührt sagte sie: »Es ist unsere Madame Blanchard, die Gattin von Gilbert Blanchard. Eindeutig. Eine herzensgute Person, noch heute, und noch immer aktiv in der Gemeinde.«

Betschart bemerkte, dass seine Hand zu zittern begonnen hatte.

»Interessant«, sagte er heiser.

»Nicht wahr? Und Sie wissen wirklich nicht, wofür er die Medaille erhalten hat? Ich meine, er gehörte doch zu Ihrer Familie?«

Betschart verneinte kopfschüttelnd.

»Würde Sie es denn interessieren, das herauszufinden? Man könnte Madame Blanchard fragen. Sie ist zwar nicht mehr die Jüngste, hat aber noch immer ein gutes Gedächtnis. Und ist nebenbei auch eine wunderbare Erzählerin.« Sie sah auf ihre Armbanduhr. »Ich hätte in eineinhalb Stunden frei und habe heute nachmittags nichts Dringendes vor. Soll ich versuchen, ihre Adresse herauszufinden? Vielleicht freut sie sich ebenfalls, Sie zu sehen. Was meinen Sie?«

Betschart versuchte ein dankbares Lächeln.

»Wäre schön«, sagte er.

60.

Durch die geöffnete Bürotüre hatte Capucine gesehen, dass sich Lazare in sein Büro begeben hatte. Sie raffte ihre Unterlagen zusammen und klopfte an seine Türe.

»Die restlichen Unterlagen zum Dossier Laforet«, verkündete sie. »Sollen wir gleich drüber sprechen, oder –?«

Lazare nickte wohlwollend und wies mit einer Kopfbewegung auf den Stuhl. Sie setzte sich, legte den Papierstapel auf den Tisch. Sie sah ihr Gegenüber irritiert an.

Lazare runzelte die Stirn. »Was haben Sie?«

»Man hat mir gesagt, dass die Hausdurchsuchung ein Schlag ins Wasser war.«

»So könnte man es bezeichnen. Und?«

»Ich... ich hatte Sie in anderer Stimmung erwartet. Sie wirken nicht frustriert oder verärgert. Ich wäre es.«

»Solche Dinge passieren. Machen Sie sich nicht meine Gedanken.«

Sie sah ihn zweifelnd an.

»Ich hatte nur eben...«

»Ja?«

»Ich hatte nur für einen kurzen Moment die Vermutung, Sie könnten womöglich sogar damit gerechnet haben.«

»Wie kommen Sie darauf?«, sagte Lazare schroffer, als er es beabsichtigt hatte.

Ihr Lächeln verrutschte. »War nur so ein Gedanke, Monsieur le commandant.«

»Soso. Und was beinhaltet er?«

Capucine fühlte sich unbehaglich.»Nun, dass... dass das Ziel dieser Razzia vielleicht nur gewesen sein könnte, jemanden zu einer Reaktion zu veranlassen?«
»Im Grundsatz begrüße ich es, wenn meine Mitarbeiter mitdenken. Trotzdem würde ich vorschlagen, dass Sie mir sagen, was es zu Laforet noch zu vermelden gibt.«
Sie sah auf das erste Blatt.»Nur noch eine Information aus dem Archiv des Wirtschaftsamts. Stichwort wirtschaftliche Situation. Aus den Zeiten von Laforet senior dümpelt noch eine Firma namens *SA Terroir du Bosc* vor sich hin, die irgendwann Mitte der Achtzigerjahre mit dem Ziel gegründet wurde, Laforets Ländereien in den Cevennen zu verwerten. Was aber nie realisiert wurde, vermutlich, weil der Alte nur einige Jahre später starb. Aus dieser Firma kann Charles Laforet also keine größeren Erlöse erzielen, von ein paar Verpachtungen mit lächerlichen Summen abgesehen. Allerdings habe ich ein Gerücht in Erfahrung bringen können, dass ein gewisser Maître Montaignac sowohl seit Jahrzehnten einen großen Packen Anteile daran hält, als auch, dass er – über eine andere Firmenkonstruktion – auf den Ländereien dieser *SA Terroir du Bosc* seit einiger Zeit mit Laforet kooperiert. Das entsprechende Projekt, meines Wissens geht es um eine Hotelanlage, soll aber noch in den Kinderschuhen stecken, es scheint größere Probleme mit Infrastruktur, Erschließung, Trinkwasserversorgung und dergleichen zu geben.«
»Gut, das genügt. Was haben Sie noch?«
Wieder sah Capucine auf ihre Unterlagen.»Anfang der Achtziger gab es eine Untersuchung zum Tod eines ausländischen Touristen, bei dem der Name Laforet auftaucht. Die Sache wurde zunächst als Unfall –«
»Danke«, unterbrach Lazare.»Aber ich glaube nicht, dass eine mehr als dreißig Jahre zurückliegende Angelegenheit noch mit unserem Fall zu tun haben könnte.«

Capucine zuckte die Schultern. »Ich wollte es nur nicht unerwähnt lassen«, murmelte sie. »Mir ging nur dieser Spruch durch den Kopf: ›Das Vergangene ist nicht tot, es ist nicht einmal vergangen.‹« Sie fügte rasch hinzu: »Ist nicht von mir. Hab ich gelesen.«

Lazare hob amüsiert die Brauen.

»Ich bin altmodisch«, gestand sie. »Manchmal.«

»Okay. Das war alles, nehme ich an?«

»Vorerst ja.« Sie unterdrückte ein Gähnen. »Ich lasse Ihnen die Kopien dazu hier, in Ordnung?«

Lazare nickte. Sie ordnete ihre Blätter, schlug sie auf die Tischplatte, schob sie von sich weg und stand auf.

»Ist man einigermaßen zufrieden?«, fragte sie spitz.

»Ich habe schon dünnere Dossiers vorgelegt bekommen«, erwiderte Lazare gönnerhaft. »Ruhen Sie sich erstmal aus. Sie dürften in letzter Zeit ja kaum ein Auge zugemacht haben, vermute ich.«

»Ich habe noch ein paar Stunden Dienst«, erklärte sie. »Und machen Sie sich keine Gedanken, Monsieur le commandant«, sagte sie reserviert. »Es gibt ja auch noch andere Leute, die einem unter die Arme greifen und deren Beruf es ist, herumzuschnüffeln. Sympathische und kluge Journalisten beispielsweise, die ihre Arbeit ernst nehmen.«

»Solche findet man heutzutage noch?«

»Wenn man es richtig anstellt, durchaus.« Sie sah auf Lazare herab. »Man sieht's mir zwar nicht an, aber ich kann auch nett sein.« Sie machte eine kurze Pause. »Wenn man es zu mir ist.« Sie schickte ein bekräftigendes Nicken hinterher und ging.

Lazare glotzte ihr nach. Nanu, dachte er. Was war das jetzt?

Noch in Gedanken, zog er den Papierstapel zu sich. Die Kopie eines Zeitungsartikels lag obenauf. Die Tageszeitung *Midi libre* vom 21. August 1981 titelte: »Unfall oder Mord?« Ein grob gerastertes Foto zeigte den Unfallort, eine Gasse im Hafenvier-

tel. In der Gruppe der Beamten war der damalige Kommissariatsleiter Jean Castro in nachdenklicher, konzentrierter Pose zu erkennen. Lazare überflog die Zeilen. Sein Blick blieb an einem Namen hängen. Er kniff die Lider zusammen, las ihn erneut. Er schüttelte ungläubig den Kopf, dachte nach. Konnte das ein Zufall sein, dass –
Das Läuten des Telefons holte ihn aus seinen Gedanken. Becker war am anderen Ende der Leitung. Der Wagen, den Lazare geordert habe, stehe bereit.

»Ausgezeichnet«, sagte Lazare. »Ich bin in zehn Minuten unten am Parkplatz.« Er unterbrach die Verbindung und wählte eine neue Nummer.

»Man ist auf Posten?«

»Man ist auf Posten«, bestätigte Danard.

61.

Kommissar Bruant war bereits am Morgen wieder nach Montpellier aufgebrochen, um von dort aus die Fahndung nach Cypril Senechas zu koordinieren. Er hatte keinen Einwand gegen Jeanjeans Angebot, den Kanton zu durchfilzen, falls Cypril sich doch noch in der Nähe verstecken sollte.

Kurz nach neun Uhr meldete sich Belmont über Funk.

»In der Schäferhütte ist niemand, Chef. Sieht auch alles danach aus, dass hier seit längerem keiner mehr gewesen ist.«

»Woran willst du das erkennen?«

Belmont hustete kurz und hart. »Der Staub in der Hütte liegt fingerdick. Es gibt keine Fußspuren auf dem Boden und um das Heulager. Vor der Hütte steht Gras und Unkraut, auch da gab's weder Schuhspuren, geschweige denn Reifenabdrücke von einer Enduro.«

»In Ordnung. Macht weiter.«

»Wir müssen erst einmal wieder zurück, Chef. Auf der Piste hierher hat unser Auspuff dran glauben müssen.«

»Idioten«, brummte Jeanjean und unterbrach die Verbindung.

Wenig später betraten Gégé und Morin den Wachraum. Während Gégé die Teeküche ansteuerte, ließ sich Morin auf dem Stuhl vor Jeanjeans Schreibtisch nieder, streckte die Beine von sich und lockerte den verschwitzten Hemdkragen.

»Scheißhitze, und das schon am Vormittag«, sagte er. »Was Neues von der Fahndung?«

»Noch kein Ergebnis«, sagte Jeanjean. »Und was habt ihr zu vermelden?«

»Wir haben zwei aus seiner Jagdmannschaft aufgetrieben, die Chaptal-Brüder. Die beiden waren ganz vernünftig, konnten uns aber nicht weiterhelfen. Der Jüngere meinte lediglich, dass er und Cypril als Jugendliche öfters in der Scheune vom *Mas du Bosc* Partys gefeiert hätten. Das Haus stand damals meist leer, ist aber seines Wissens seit einiger Zeit wieder öfter bewohnt. Von daher denke ich, dass wir es uns schenken können, da nachzusehen.«

»*Mas du Bosc*? Das alte Herrenhaus oben auf dem Plateau?« Gégé kam mit einer Tasse Kaffee in der Hand zurück.

»Genau, im Wald auf dem Plateau, am Ende der Piste.«

»Cypril war noch nie der Hellste«, warf Morin ein. »Ich bin mir sicher, dass er sich bei seinem Bruder an der Küste versteckt. Wenn er nicht schon längst über die Grenze ist. Ich denke, wir können es uns sparen, bei uns weiter herumzustöbern.«

»Dein Job ist nicht zu denken, sondern zu tun, was ich dir sage«, brummte der Brigadier. »Wir gehen auf Nummer sicher.«

»Du bist der Chef«, sagte Morin seufzend. Er griff in seine Brusttasche, holte einen Notizzettel hervor. »Übrigens – du wolltest doch die Adresse von jemandem, der für den verrückten Alten aus Tormes verantwortlich ist.« Er schob ihn über den Tisch. »Es ist eine Nachbarin, eine Madame Mathilda Bouffier. Sie macht ihm den Haushalt und müsste wissen, ob und wo es noch irgendwelche Verwandten gibt.«

62.

Beckers Stirn glänzte. »Aber Sie ... Sie sagten doch, dass Sie keinen Fahrer bräuchten.«

»Ich habe es mir anders überlegt.« Lazare grimassierte leidend und deutete auf sein rechtes Handgelenk. »Ich habe Schmerzen. Eine Arthrose oder etwas in der Art, verstehen Sie? Es wäre unverantwortlich, mich damit auf den Verkehr loszulassen.«

Becker schluckte. »Aber ich habe keine Zeit, Commandant. Ich muss dringend ...«

»Tut mir leid«, sagte Lazare. »Die Angelegenheit ist wichtig.« Er wies befehlend auf den Wagen, der am Rand des Parkplatzes des Kommissariats stand. »Und jetzt kommen Sie.«

Er ging einige Schritte voraus. Becker bewegte sich nicht. Seine Brust hob und senkte sich.

»Es ... es geht nicht, wirklich«, stammelte er.

Lazare kehrte um, baute sich vor ihm auf und sagte streng: »Commandant Danard hat mir zugesagt, dass Sie mir zur Verfügung stehen. Was bedeutet, dass Sie meinen Weisungen unterstehen.«

Beckers Blicke flogen hilfesuchend umher. Wenige Schritte entfernt standen vier Uniformierte an einem der Einsatzfahrzeuge. Sie waren gerade dabei, ihren Wagen für eine Ausfahrt vorzubereiten und schienen keine Notiz davon zu nehmen, was sich in ihrer Nähe abspielte.

»Ich kann nicht«, sagte Becker heiser.

Lazare musterte ihn mit hochgezogenen Brauen.

»Warum nicht, Brigadier?«, sagte er.
Noch immer stand der Brigadier wie angewurzelt. Auf seiner Stirn hatten sich Schweißperlen gebildet. Lazare trat einen Schritt zurück, drehte sich zu den Uniformierten und rief sie im Befehlston zu sich. Zwei der Männer umringten Becker, fixierten seine Arme auf den Rücken und lösten seinen Waffengurt.
»Sie sind vorläufig festgenommen«, sagte Lazare. »Sie sind verdächtig der Vorbereitung eines Sprengstoffanschlags sowie des Verrats von Dienstgeheimnissen.« Er wandte sich an die beiden anderen. »Filzt ihn, ob er einen Funkzünder bei sich hat. Dann holt das Bombenkommando.«
Danard trat mit hochrotem Gesicht aus der Pforte. Er starrte Becker fassungslos an.
»Worauf warten Sie?«, raunzte ihn Lazare an. »Bereiten Sie die Evakuierung des Kommissariats vor.«

63.

Manda hatte vorgeschlagen, in der Bar-Tabac an der Avenue Victor Hugo eine kleine Pause einzulegen und Capucine geraten, sich zu entspannen. Kein Job sei es wert, sich die Laune vermiesen zu lassen. Erleichtert stellte er fest, dass sie nach der ersten Tasse Kaffee etwas ruhiger wurde.

»Entspannen. Leicht gesagt, wenn du dauernd mit der Person konfrontiert bist, die dir den Tag vermasselt«, sagte sie. »Dass Lazare hochnäsig und unkollegial ist, ist das eine. Das andere ist, wie er ermittelt. Ich zumindest habe gelernt, dass man von Innen nach Außen ermittelt –«

»Was doch wirklich Basiswissen ist«, konnte ihr Manda nur beipflichten. »Anfangen bei Partner, Familienmitgliedern, Nachbarn, und immer weiter.«

»Eben. Und er? Was macht er? Lässt uns ein paar Anwohner abfragen, mehr nicht. Warum knöpft er sich bloß den Geschäftsführer vom *Le Caraïbe* vor, lässt aber nicht sämtliche Kollegen und Mitarbeiter antanzen? Warum werden die Familienverhältnisse von Fernandez nicht endlich genauer unter die Lupe genommen? Wieso hat sich dieser Junge, dieser Rico, zuerst so interessiert gezeigt und tut dann so, als habe er Fernandez kaum gekannt? Wieso überprüfen wir nicht genauer, was in der Siedlung der Gitans gerade abläuft? Es pfeifen doch die Spatzen von den Dächern, dass sie sich gegen ihre Vertreibung mit allen Mitteln stemmen wollen. In jeder Buchhandlung hier in Sète liegen doch bereits Petitionen aus, im Internet ebenfalls. Zu Kalibern wie den »Gipsy-Kings«-Brüdern, dem Regisseur Tony Gatlif, zu Goran Bregović und Emir Kusturica soll bereits Kontakt aufgenommen worden sein. Es brodelt, Manda! Und da soll es Zufall sein, dass ein Gitan aus dieser Siedlung unter seltsamen Umständen in einer Flachwasserbucht ersäuft?«

Manda zuckte mit den Schultern.

»Ich bin auch einigermaßen verblüfft«, sagte Manda. »Möchte wirklich wissen, wie er zu seinem guten Ruf als Ermittler gekommen ist.«

»Hab fast den Eindruck, dass er überhaupt kein Interesse mehr hat. Am Fall nicht, am Beruf ebenso wenig.«

»Burn-out oder so, meinst du?«

»Was weiß ich. Ich hab dieses Chaos jedenfalls satt.«

»Beruhige dich. Es ist ja abzusehen, dass es keine Anklage geben wird. Dann packt er hier wieder seine Sachen und geht zurück zur Zentrale.« Er sah auf die Uhr. Im gleichen Moment vibrierte sein Diensthandy.

In der Einsatzzentrale war ein Einbruch in der Rue de Pecheur gemeldet worden, einer fünf Gehminuten entfernten Gasse am Alten Hafen.

Vor dem Haus warteten bereits zwei Beamte der Police municipale auf sie. Einer der beiden begleitete sie zum Eingang.

»Sonderbare Sache, Kollegen«, meinte er. »Aber seht selbst.« Den Einsatz hatte ein Anruf Madame Boudins ausgelöst. Die resolute alte Dame füllte ihre Rente damit auf, dass sie einige Räume ihres sichtlich in die Jahre gekommenen Stadthauses vermietete. Die Beamten folgten ihr in ein geräumiges, mit schweren Teppichen ausgelegtes Foyer, dessen Wände mit gerahmten Fotografien aus ihrer Glanzzeit als Diseuse tapeziert waren. Manda war beeindruckt. »Das sind Sie?«

»Was dachten Sie?« Obwohl zwei Köpfe kleiner als Manda, gelang es ihr, entrüstet auf ihn herabzusehen. »Dass ich die Porträts meiner Rivalinnen bei mir aufhänge?«

Eine Treppe führte in den Flur der ersten Etage, an dessen Ende eine Tür in den Nebentrakt abging. Eine matte Deckenfunzel erleuchtete den schmalen Gang. Die Bodenbohlen knarzten, an den Wänden wellten sich die Tapeten, die abgestandene Luft war vom Geruch von Schimmel und eines penetranten Reinigungsmittels durchsetzt. Vor einer Tür am Ende des Flurs blieb die Vermieterin stehen.

»Seltsamerweise ist nur in dieses Zimmer eingebrochen worden.« Ein abschätziger Zug kräuselte die kräftig geschminkten Lippen. »Wissen Sie, bei keinem meiner Mieter ist viel zu holen. Aber hier am allerwenigsten. Die junge Dame, an die ich es vermietet habe, lebt mehr als bescheiden.«

Sie drückte gegen das Türblatt. Als wäre die Türe nur angelehnt gewesen, schwang sie zurück. »Ich verlange von meinen Mietern, dass sie stets absperren. Aber sie war nicht nur nicht versperrt, sondern stand sogar offen, verstehen Sie?«

Wie aufs Stichwort drehte sich ein Schlüssel hinter ihnen. In einem Türrahmen am Ende des Flurs erschien ein schmächtiger älterer Mann, den ein schäbiger Anzug umschlotterte. Er näherte sich in unterwürfiger Haltung. Die Vermieterin maß ihn mit einem wohlwollenden Blick. »Das ist Monsieur Fage. Er hat mich informiert«, erklärte sie.

Der Alte nickte beflissen. »Ich sah es als meine Pflicht«, sagte er, einen leichten Bückling machend. Madame Boudin schenkte ihm ein gönnerhaftes Lächeln. »Monsieur Fage ist Pianist«, erklärte sie.

»War.« Der Alte winkte wehmütig ab. »Tempi passati, Madame Boudin ... tempi passati ...«

»Haben Sie etwas von einem Einbruch mitbekommen, Monsieur?«, fragte Manda.

Der alte Künstler schüttelte bekümmert den Kopf. »Es tut mir aufrichtig leid«, murmelte er.

Capucine begutachtete das altertümliche Türschloss. Sie sah

zu Manda. Er schien den gleichen Gedanken zu haben. Ein Kinderspiel, es mit einem Dietrich zu öffnen.

Sie gingen an der Hausbesitzerin vorbei und betraten die kleine Kammer. Manda zog die Vorhänge zurück. Der Raum war karg wie eine Zelle. Das Tageslicht fiel auf einen abgetretenen Linoleumboden, ein schmales Eisenbett mit durchgelegener Matratze, eine schlichte Kommode mit aufgesetztem, fleckig eingetrübtem Spiegel und einen Kleiderschrank. Türen und Schubladen standen offen und waren geleert.

»Offen gesagt, es sieht eher danach aus, als ob hier jemand überstürzt ausgezogen wäre«, meinte Capucine.

»Ohne mich rechtzeitig zu informieren? Und mir die Schlüssel zu übergeben?« Madame Boudins Ohrgehänge klirrte vor Entrüstung. »Das wäre doch die Höhe! Immer dieser Ärger mit den Auswärtigen. Wo steuert unser Land nur hin? In den Ruin, sage ich Ihnen. Keine Ehrlichkeit mehr, kein –«

»Wäre es eine Möglichkeit?«, unterbrach Capucine.

»Natürlich! Es ist ja nicht das erste Mal, dass man mich auf diese Weise betrügt. Wissen Sie, ich habe als Vermieterin schon viele leidvolle Erfahrungen machen müssen. Da gibt man diesen Leuten ein Dach über dem Kopf und wird nach Strich und Faden betrogen. Wie soll ich innerhalb kurzer Zeit einen geeigneten Nachmieter finden? Gesindel fände sich genug, aber –« Sie stockte und fuhr nachdenklich fort: »Dabei hat Mademoiselle den besten Eindruck auf mich gemacht. Sie hat die Miete pünktlich bezahlt, war außerdem stets höflich und zuvorkommend. Sie hat mir einmal erzählt, dass sie einen Teil ihres Verdienstes ihren Eltern schickt. Sie muss aus Rumänien kommen oder aus Bulgarien, ich habe es mir nicht gemerkt.« Sie seufzte. »Aber das war vermutlich pure Verstellung. So wird man halt immer wieder enttäuscht, nicht wahr?«

Der alte Feingeist litt mit ihr. »Immer wieder, ja, leider ...«

Keinen Cent würde ich für dieses Loch bezahlen, dachte

Capucine. »Nun, nachdem in den anderen Räumen nichts fehlt, die Wohnung offensichtlich komplett ausgeräumt ist, wäre das doch die einfachste Erklärung, nicht wahr?« Sie sah Manda fragend an. »Wäre ich ein Dieb, würde ich doch als Erstes gleich einmal die Wohnung von Madame durchsuchen. Er musste sie ja durchqueren, um hierher zu gelangen.«

Die Vermieterin schüttelte entschieden den Kopf. »Die Tür von hier zu meiner Wohnung ist bestens gesichert. Hätte mir gerade noch gefehlt, dass ich in meinem Privatbereich belästigt werde.« Sie trat auf den Flur und zeigte auf eine Tür am Kopfende des Flurs. »Der Eingang zu diesem Bereich ist hier. Die Türe führt auf die Gasse.«

Capucine ging nach hinten, bückte sich und betrachtete das Türschloss. Auch diese Türe wäre von einem geschickten Einbrecher mit Leichtigkeit zu öffnen. Manda trat auf den Flur. »Haben Sie in letzter Zeit zufällig jemanden gesehen, der nicht hierhergehört?«, fragte er Madame Boudin.

Wieder klirrte das Ohrgehänge. Dann aber stockte sie. Sie drehte sich zu dem Alten. »Aber haben Sie mir nicht erzählt, Monsieur Fage, dass Sie kürzlich ein verdächtiges Subjekt bemerkt haben?«

»Nun... verdächtig...«, sagte der alte Künstler gewunden. »Ich sah es als meine Pflicht, nicht wahr?... Madame Boudin hat weiblichen Mietern jeglichen Herrenbesuch strikt untersagt, nicht wahr?... Deshalb war ich darüber verwundert, verstehen Sie?«

Manda und Capucine nickten ihm aufmunternd zu.

»Es war gestern früh. Ich kam gerade aus der Toilette. Ein junger Mann, höchstens zwanzig, nicht sehr groß, stand im Flur, vor dieser Tür. Er erklärte, Mademoiselle habe ihn gebeten, etwas für sie abzuholen, sie selbst sei gerade verhindert. Da die Tür bereits geöffnet war, nahm ich an, dass sie ihm ihren Schlüssel gegeben hatte. Ich war zwar erstaunt, hatte aber keinen Anlass, ihm nicht zu glauben. Er war durchaus höflich, wenn auch von einem etwas zweifelhaften Äußeren.«

»Was verstehen Sie darunter?«, erkundigte sich Capucine.

»Nun, er war etwas, wie soll ich es ausdrücken, unseriös gekleidet. In der Art der heutigen Jugend eben, nicht wahr? Und er machte auf mich nicht den Eindruck eines gebürtigen Franzosen. Er sprach zwar akzentfrei, aber –«

»Ein Araber? Ein Gitan?«

»Er hatte am ehesten etwas von einem Gitan. Er hatte diese gewisse ... diese gewisse ... proletenhafte ... Nonchalance, nicht wahr? Bluejeans, knappes T-Shirt, eine Tätowierung ...«

»Wie sah sie aus?«, fragte Capucine schnell. »War es ein Schriftzug? Ein Bild?«

»Daran kann ich mich nicht mehr erinnern. Aber ich glaube, es war eine Art Bild. Ein Tier möglicherweise.«

»Ein Igel?«

»Ich kann es Ihnen nicht sagen.« Der Alte schüttelte bekümmert den Kopf. »Es tut mir aufrichtig leid, Mademoiselle.«

»Madame genügt, Monsieur«, korrigierte Capucine nachsichtig.

Manda warf ihr einen amüsierten Blick zu und wandte sich wieder an den Alten. »Aber danach war die Tür erst einmal wieder verschlossen, richtig?«

Monsieur Fage hüstelte asthmatisch. »Erst am späten Nachmittag habe ich entdeckt, dass die Türe offen steht. Ich wartete eine Weile, dann aber sah ich es als meine Pflicht an, nicht wahr?, Madame Boudin –«, er machte einen kleinen Bückling in die Richtung seiner Vermieterin, »– davon in Kenntnis zu setzen.«

Die Vermieterin übernahm: »Ich dachte zunächst, dass Mademoiselle vielleicht nur versehentlich die Türe offen gelassen hat. Deshalb habe ich zunächst nur ihre Türe abgeschlossen. Sie hatte ja selbst einen Schlüssel.«

Manda und Capucine wechselten einen ratlosen Blick.

»Na schön«, begann Manda. »Wir werden die Spurensicherung anfordern. Dann bräuchten wir noch –«, er zog einen Notizblock aus seiner Brusttasche, »– da Sie nicht die Geschädigte sind, Madame, den Namen Ihrer Mieterin.«

Sie überlegte kurz.

»Mademoiselle Gora«, half der Mieter aus.

»Richtig. Shari Gora«, sagte sie, den Namen buchstabierend. Manda notierte ihn und überreichte ihr seine Visitenkarte. »Sollte sie zwischenzeitlich kommen, dann sagen Sie ihr, dass sie sich umgehend bei uns melden soll, ja?«

Sie nahm die Karte und drehte sie unschlüssig in ihrer Hand. »Ich werde es tun, Monsieur. Wenngleich ich nun doch dazu neige daran zu glauben, dass sie klammheimlich ausgezogen ist. Ich hatte Mademoiselle nämlich dafür engagiert, einmal in der Woche bei mir zu putzen. Was sie bisher jedes Mal pünktlich und zu meiner Zufriedenheit getan hat. Heute wäre wieder ihr Putztag gewesen.«

»Aber sie ist nicht erschienen.«

Wieder klirrte ihr Ohrgehänge. »Ja! Finden Sie diese Betrügerin, Herr Kommissar! Dieses Pack muss zur Verantwortung gezogen werden!«

64.

Danard war tief erschüttert. »Becker, wie kannst du bloß...« Er verstummte, schüttelte den Kopf. »Du bist nicht nur der Idiot, für den ich dich immer gehalten habe, sondern auch noch ein Kameradenschwein?«

»Komm mir bloß nicht damit«, zischte Becker. »Glaub mir, jemanden hier fertigzumachen, hätte ich einfacher haben können.« Seine Augen wurden zu Schlitzen. »Ich will anerkannt haben, dass ich immer für mich behalten habe, wer hier im Hause säuft, kifft, zu den Huren geht, wenn du verstehst, was ich meine, ja?«

Danards Gesicht wurde dunkel. Er wandte sich mit einem Ruck an den Beamten, der neben der Tür Posten bezogen hatte.

»Abführen«, sagte er heiser.

Der Beamte trat heran, griff unter Beckers Achsel und zog ihn hoch. An der Tür drehte sich Becker noch einmal um. »Idioten wie ihr werden nicht mehr lange das Sagen haben. Und, Lazare, keine Sorge, ja? Du stehst auch schon auf der Liste.«

»Hinaus«, grunzte Danard. Die Tür klappte hinter Becker und dem Polizisten zu.

Der Blick des Untersuchungsrichters wanderte zu Lazare. »Sie wussten, dass er der Maulwurf ist? Dass er seit langem Dienstgeheimnisse an Laforet weitergegeben hat? Seit wann und woher wussten Sie es?«

»Als ich Rossbach verhörte, sprach er Becker als Elsässer an.«

Simoneau nickte verstehend. »Was er nur von Laforet hatte wissen können.« Er drehte sich zu Danard. »Und Sie, Commandant? Als sein direkter Vorgesetzter? Sie haben nie etwas geahnt?«

Im Gesicht des Gruppenleiters zuckte es. Für den Bruchteil einer Sekunde sah es so aus, als wollte er sich auf Simoneau stürzen. Er gab einen unterdrückten Zorneslaut von sich, stand auf und verließ wortlos den Raum. Hinter ihm fiel die Türe schmetternd zu.

Simoneau sah ihm mit verächtlicher Miene nach. Dann sagte er zu Lazare: »Unsere Gegner waren also über jeden unserer Schritte im Bilde...«

»Nicht über jeden«, widersprach Lazare. »Von mir haben sie nur die Informationen bekommen, die sie aus ihrem Bau locken sollten.«

Simoneau maß ihn mit einem zweifelnden Blick. Dann sagte er: »Wie gedenken Sie jetzt weiter vorzugehen?«

»Besorgen Sie mir den Beschluss zu einer richterlichen Vernehmung.«

»Für Laforet.«

Lazare nickte. »Wenn er sich weiterhin drücken will, ziehen wir das übliche Procedere durch. Aufenthaltsermittlung, bis hin zur Fahndung. Jetzt dürfte es dagegen ja keine Einwände mehr geben, oder?«

Der Untersuchungsrichter musterte Lazare mit einem ausdruckslosen Blick. Dann sah er auf seine Uhr und griff nach der Türklinke. »Wir haben zu reden, Commandant«, sagte er kühl. »Ich erwarte Sie in einer Stunde in meinem Büro.«

Lazare sah ihm stirnrunzelnd nach. Was hatte Simoneau plötzlich?

65.

Capucine legte den Hörer auf, lehnte sich zurück und verschränkte die Hände hinter ihrem Nacken. Manda kehrte an seinen Schreibtisch zurück, eine Kaffeetasse in der Hand.

»Und?«, fragte er.

Sie setzte sich wieder aufrecht. »Eine Shari Gora ist nirgendwo gemeldet, weder bei irgendeinem Einwohneramt noch bei der Sozialversicherung. Also ist sie entweder illegal hier oder noch nicht allzu lange im Lande. Auf jeden Fall ist sie keine französische Staatsbürgerin.«

Manda nippte an seinem Kaffee. »Anzunehmen.«

»Der Name, vorausgesetzt, dass es ihr richtiger ist, könnte auf eine Herkunft aus Rumänien hindeuten, der Familienname Gora zusätzlich darauf, dass sie aus einer Roma-Familie stammt.«

»Könnte«, sagte Manda ohne allzu große Begeisterung. »Also, wenn du meine Meinung hören willst: Ich weiß wirklich nicht, ob wir uns da nicht unnötige Arbeit aufhalsen. So wie ich diese Madame Boudin einschätze, ist sie möglicherweise bloß vergrätzt, weil sie die Miete für ihre verwanzten Löcher in Gefahr sieht. Vielleicht will sie es auch bloß deswegen als Einbruch hinstellen, damit sie ihre Versicherung übers Ohr hauen kann. Eine Vermisstenanzeige liegt ebenfalls nicht vor.«

»Vielleicht hast du Recht«, räumte sie ein. »Aber es gibt da noch eine Information. Diese Shari Gora hat vermutlich im *Le Caraïbe* gearbeitet.«

Manda pulte gelangweilt in einer Lücke zwischen seinen Backenzähnen. »Woher willst du das wissen?«

Sie stutzte kurz, seine Gleichgültigkeit begann sie zu irritieren. Sie neigte sich vor. »Ich habe mir die Protokolle von der Schlägerei neulich vorgenommen. Cordy hat eine Zeugin mit diesem Namen vermerkt, er hat sie auf etwa zwanzig geschätzt, und er hat sie als ›scharfe Braut, verdammt scharf sogar‹ bezeichnet. Südlicher Typ, aber keine Araberin oder Schwarzafrikanerin, sagt er. Sie habe zwar bestritten, im Club angestellt zu sein, aber Cordy hat sie trotzdem unter ›Mitarbeiter‹ gelistet, weil er sie an einer Stelle im Club angetroffen hat, wo normalerweise kein Gast etwas verloren hat. Da sie ihm zur Schlägerei nichts sagen konnte, hat er sie nicht länger gelöchert. Irgendwelche arbeitsrechtlichen Ungereimtheiten hätten ihn in dieser Situation nicht interessiert, sagt er.«

Manda streifte sie mit einem unwilligen Blick. »Na schön«, meinte er seufzend. »Aber ich weiß wirklich nicht –«

»Wettest du gerne, Manda?«

»Nur, wenn ich weiß, dass ich gewinne.«

»Ich wette nämlich, dass wir im *Le Caraïbe* auch auf den Burschen stoßen, von dem der alte Mieter im Haus von Madame Boudin gesprochen hat. Auf den mit der eigenartigen Tätowierung.«

Manda nahm wieder einen Schluck. »Wette abgelehnt«, murmelte er.

»Ist dir auch klar, was das heißen könnte?« Sie strahlte. »Dass eine Verbindung zum Fall Fernandez besteht!«

»Ist das wieder eins von deinen Gefühlen, die mit dir durchgehen?«, dämpfte Manda spöttisch. »Dass eine Illegale zufälligerweise im selben Club wie er gearbeitet hat, soll uns aus dieser verfahrenen Chose heraushelfen?«

»Und, dass sie seit Fernandez' Tod verschwunden ist«, hielt Capucine dagegen.

Er seufzte tief. »Na gut. Meinetwegen überprüfen wir es noch. Aber wenn du mich fragst, ist der Fall Fernandez so gut wie gestorben. Ich bin mir auch sicher, dass Lazare sich längst darüber im Klaren ist. Er will es sich bloß noch nicht eingestehen, dass der Verdacht, hinter einer ordinären Wasserleiche müsste unbedingt ein rassistisches Jahrhundertverbrechen stecken, eine Schnapshypothese war.« Er ließ die Schultern fallen und starrte vor sich hin. »Mir geht was anderes nicht aus dem Kopf«, murmelte er. »Ich kann's immer noch nicht glauben, dass sie Becker eingebuchtet haben. Was für eine Scheiße...«

Hitze flutete Capucine. Sie nickte ernst.

Manda sah auf. »Es kommt mir wie ein schlechter Witz vor. Er soll einen Anschlag auf Lazare versucht haben.« Er schüttelte den Kopf. »Ausgerechnet Becker.«

Capucine starrte angestrengt auf ihren Bildschirm. Sie versuchte, beiläufig zu klingen.

»Hätte ich auch nie gedacht«, sagte sie.

»Und er soll seit längerem Informationen an den Typen durchgestochen haben, gegen den die Hausdurchsuchung heute Morgen in die Hose gegangen ist.«

An den Mann, über den ich ein Dossier für Lazare gemacht habe, dachte sie. Und über das ich mit Becker gesprochen habe.

Capucine warf einen raschen Blick auf ihre Uhr.

»Der Junge mit dem Tattoo müsste jetzt bereits im Club sein«, sagte sie. »Wir sollten aufbrechen.«

»Meinetwegen.« Manda stöhnte. »Oh Mann... ausgerechnet Becker...«

66.

»Wenn ich den Eindruck vermitteln sollte, nicht überragender Laune zu sein, dann trügt Sie Ihre Wahrnehmung nicht.« Der Untersuchungsrichter deutete mit befehlender Geste auf den Stuhl vor seinem Schreibtisch. »Ich hatte mir in der Tat mehr von Ihnen versprochen, Commandant. Ich hab mich für Sie beim Staatsanwalt und vor Gericht ins Zeug gelegt und Sie in die Ermittlungen im Fall Fernandez in Sète eingeschleust. Aber was jetzt droht, ist, dass ich mich nur noch lächerlich mache. Darauf habe ich jedoch wenig Lust.«

Lazare war darauf vorbereitet. Odette hatte ihn im Vorzimmer mit eindeutiger Grimasse in Richtung der Tür zu Simoneaus Büro vorgewarnt: Er ist mies drauf!

»Immerhin haben wir soeben ein Leck stopfen können«, sagte er.

»Sicher. Nachdem das Boot schon auf Grund gelaufen ist. Und der Illusion, dass es das einzige ist, werden Sie wohl nicht nachhängen.« Simoneau hob die Brauen. »Oder etwa doch?«

Lazare verneinte.

»Schön, wenn wir uns wenigstens hier einig sind«, giftete der Richter. »Aber zunächst zu Ihrer Kenntnis: Die Vorladung an Laforets Anwalt zur richterlichen Vernehmung ist unterwegs, der Staatsanwalt entsprechend informiert. Wenn Laforet nicht binnen drei Tagen antanzt und keinen nachvollziehbaren Grund für sein Nichterscheinen nennt, können Sie meinetwegen eine Aufenthaltsermittlung einleiten. Ich tue das aber nur, weil wir uns sonst komplett lächerlich machen würden.«

»Keine Fahndung?«, platzte Lazare heraus.

»Machen Sie Scherze? Bei dieser Beweislage? Haben Sie irgendetwas in der Hand, mit dem wir beweisen können, dass Laforet den versuchten Anschlag auf Ihren Wagen in Auftrag gegeben hat? Wir können bestenfalls beweisen, dass sich Becker und er kannten. Alles andere ist pure Spekulation, solange Becker oder einer seiner Kameraden nicht selbst auspacken. Und dass sie das tun, werden nicht einmal Sie erwarten. Ich frage mich auch, was Sie sich überhaupt noch davon versprechen. Womit wollen Sie Laforet darüber hinaus konfrontieren? Auch wenn feststeht, dass in einer von ihm verpachteten Bar rassistische Tiraden geschwungen werden und gegen Gitans gehetzt wird – der Versuch, ihn dafür verantwortlich zu machen, ist geradezu lächerlich.« Er sah Lazare herausfordernd an. »Korrigieren Sie mich ruhig, wenn Sie es anders sehen.«

Lazare schwieg verärgert. Simoneau fuhr fort: »Genauso wenig verspreche ich mir von der Auswertung der Spurensicherung aus Laforets Haus. Auch wenn sich nachweisen ließe, dass dieser deutsche Nazi in einer der Wohnungen Unterschlupf gefunden hat – es kostet seinen Anwalt vermutlich nur ein Lächeln, wenn wir versuchen sollten, ihn als Vermieter dafür zu belangen.«

»Richtig, aber –«

Der Untersuchungsrichter unterbrach gereizt: »Dann fasse ich jetzt die Erkenntnisse, die Sie bisher zuwege gebracht haben, zusammen, ja? Wir haben nicht viel mehr als die magere Erkenntnis, dass Laforet ein eingefleischter Rassist ist und in einer Gruppe Gleichgesinnter das Wort führt. Weiters, dass er finanziell auf Krücken geht und von daher die Nähe Maître Montaignacs sucht, vermutlich, um seinen bisher ungenutzten Besitz in den Bergen doch noch zu versilbern. Um es abzukürzen: Es ist mehr als illusorisch zu glauben, auf Basis dieser mickrigen Fakten Klage gegen Laforet oder Montaignac erheben zu können.

Dieser Zug ist abgefahren, Commandant. Ich kann das Spielchen, zu dem Sie mich beschwatzt haben, nicht mehr länger aufrechterhalten. Und noch länger begründen, wieso ich einen Beamten der Regionalzentrale auf einen letztlich völlig unspektakulären Todesfall ansetze, dessen Bearbeitung eigentlich Sache des Kommissariats vor Ort wäre.« Er bemerkte Lazares skeptische Miene und runzelte ärgerlich die Stirn. »Oder wollen Sie dieser Einschätzung etwa noch widersprechen?«

Lazare setzte sich aufrecht. »Was mir durch den Kopf geht, ist, wie sich Laforet verhält.«

»Das bedeutet?«

»Charles Laforet könnte doch alles an sich abtropfen lassen, oder? Tatsächlich ist niemand in der Lage, ihm irgendetwas nachzuweisen, wir schon gleich gar nicht. Dennoch reagiert er, als wäre er in höchstem Maß gefährdet. Er bringt nicht nur seine Unterlagen in Sicherheit, taucht unter, präpariert sogar meinen Wagen mit Sprengstoff. Ich frage mich, was ihn treibt, das zu tun. Die einzige Erklärung, die mir dazu einfällt, ist, dass er um eine Schwachstelle weiß, mit der es doch eng für ihn werden könnte.«

Der Richter hob unwillig die Brauen. »Und welche sollte das sein?«

»Ich weiß es nicht. Aber es muss einen Grund haben, dass er beinahe hysterisch reagiert.«

Der Untersuchungsrichter schüttelte entschieden den Kopf. »Nein. Machen wir uns nichts mehr vor. Sie und ich wissen, dass es keine Chance mehr gibt, im Fall Fernandez auch nur in die Nähe einer Anklageerhebung gegen Laforet zu kommen. Geschweige denn dazu, worum es uns wirklich gegangen ist.«

»Ihr Vorschlag?«

»Kein Vorschlag, sondern eine Entscheidung. Wir machen den Deckel zu, bevor die Pleite komplett ist und wir uns vollends zum Kasper machen«, sagte Simoneau schroff. »Die Abwicklung des Falles Fernandez werden die Kollegen in Sète erledigen. Ich habe diese Entscheidung bereits mit dem Chef der Division und der Staatsanwaltschaft abgesprochen. Ihr Einsatz ist beendet, Commandant.« Er runzelte die Stirn. »Sie sehen übrigens mitgenommen aus. Ein wenig ausgebrannt. Setzen Sie mal ein paar Tage aus, bauen Sie Überstunden ab. Noch Fragen?«

Lazare starrte ihn mit offenem Mund an.

»Ich fragte –«

»Keine Fragen«, sagte Lazare heiser. Er stand auf und steuerte die Tür an.

Simoneau rief ihm hinterher: »Übrigens, falls es nicht klar sein sollte: Die Sache mit diesem Rossbach hat Sie erst recht nicht mehr zu interessieren, haben Sie mich verstanden? Ich verzichte darauf, mir auch noch Kompetenzquerelen mit anderen Diensten einzuhandeln.«

Lazare nickte wortlos, ohne sich umzudrehen. Er zog sachte die Türe hinter sich zu. Dann stürmte er durch das Vorzimmer, den Flur entlang, die Treppe hinab. Am Parkplatz angekommen, ließ er sich in seinen Wagen fallen. Er atmete einige Male tief durch. Dann fischte er sein Handy aus seiner Tasche.

Eine gelassene Stimme meldete sich. »Hallo?«

»Macht es Spaß, André?!«, fauchte Lazare.

Kurzes Schweigen. »Was soll das?«

»Ob es Spaß macht, mich zu verarschen, frage ich dich!«

Ein gedehntes Seufzen. »Schalt einen Gang zurück, Siso. Das hat niemand vor.«

»Ich will dich sehen. Sofort.«

67.

Die Putzfrau beugte sich über die Terrassenbrüstung und rief in die Tiefe.

»Rico?! Policia!« Sie wandte sich an Capucine und Manda. »Rico räumt Platz vor Keller auf. Immer die Leute werfen Gläser hinab und Abfall. Sieht jeden Morgen wie auf Müllhalde aus.«

Sie ging wieder zurück. Wenig später tauchte Rey über eine Seitentreppe auf. Er grüßte zurückhaltend.

Manda sah ihn mit strenger Miene an. »Rico, wo warst du gestern früh?«

»Gestern früh?«

»Gestern früh. Zwischen halb acht und acht.«

Der junge Mann rieb sich den Nacken. »Gestern…«, murmelte er. »Weiß nich'…«

»Sie wurden in der Rue de Pecheur gesehen«, verkürzte Capucine.

Reys Lider flatterten nervös. »Gestern früh…?« Sein Gesicht hellte sich auf. »Ach ja, richtig. Dort war ich.«

»Wo genau?«

»In dieser… dieser Pension… die Hausnummer weiß ich nich' mehr.«

»Was wolltest du da?«

Der junge Mann schluckte. »Was wollte ich da…«

»Wenn ich dir helfen darf, Rico: Du wolltest jemanden besuchen, stimmt's? Und zwar eine Frau namens Shari Gora.«

Rey senkte den Kopf. »Stimmt… Monsieur Leca – unser

Chef, verstehen Sie – er hat mich gefragt, wo sie sein könnte, weil... sie ist am Abend zuvor nich' im Club gewesen... er wollte wissen...«

»Das heißt, sie hat hier im Club gearbeitet.«

Der junge Mann verspannte sich. »Weiß nich'... kann sein, dass sie manchmal mithilft...«

Manda fiel ihm ungeduldig ins Wort. »Es interessiert uns erstmal nicht, ob sie gemeldet war oder nicht, Rico.«

Rey war erleichtert. »Ich weiß es auch wirklich nich' genau, Monsieur«, beteuerte er. »Sie war eben öfters hier, nich'? Ob sie angestellt war oder nich', sowas ist Monsieur Lecas Sache.«

»Und du wolltest nur nachsehen, wo sie steckt.«

Rey nickte. »Vielleicht... vielleicht war sie ja auch krank oder so...«

»Du hast nichts aus ihrem Zimmer geholt?«

Rey verneinte stumm.

»War das Zimmer leer?«

Der junge Mann zuckte die Schultern. »Hab nich' so drauf geachtet, Madame. Es war dunkel, die Vorhänge zu, nich'?« Er fügte heftig hinzu: »Hab nichts geklaut, ja?«

Capucine hob beruhigend die Hand. »Behauptet niemand. Aber du hast Monsieur Leca anschließend gesagt, dass sie nicht da ist, richtig? Was sagte er darauf?«

»Er war wütend. Hat geschimpft, von wegen Unzuverlässigkeit und so. Monsieur Leca ist sehr streng bei sowas.«

Manda betrachtete ihn nachdenklich. Er drehte sich zu Capucine. Diese zuckte die Schultern.

»In Ordnung, Rico«, meinte er. »Danke, wir halten dich nicht weiter auf.« Er grüßte mit einer lässigen Handbewegung.

Capucine sah aus den Augenwinkeln, dass Rey erleichtert die Schultern fallen ließ.

»Nur noch eine letzte Frage, Rico. Dein Tattoo da... was zeigt es?«

Der junge Mann deutete auf seine Schulter. »Das? Sehen Sie das nich'?«

»Es ist irgendein Tier, oder?«

»Ein Igel, Madame.«

»Aha?«, sagte sie.

In Reys verlegene Miene mischte sich Stolz. »Wir Gitans sind wie sie, Madame. Die Igel ernähren sich von dem, was sie finden. Wenn sie auf einen Fuchs treffen, rollen sie sich zusammen. Und was macht der Fuchs? Er pisst auf den Igel. Uns geht's genauso. Wir werden bespuckt und beschimpft. Aber wir igeln uns ein und gehen unseres Weges, verstehen Sie?«

»Ich glaube schon«, sagte Capucine. Sie griff in ihre Jackentasche, fischte ein Kärtchen heraus und reichte es ihm. »Darauf sind mein Name und unsere Nummern im Kommissariat. Wenn Ihnen noch etwas einfällt, rufen Sie uns an, in Ordnung?«

Der junge Mann drehte die Karte ratlos. Dann nickte er. »Mach ich«, murmelte er.

68.

Lazare schlug die Tür hinter sich zu und baute sich vor Morvans Schreibtisch auf.

Morvan grinste. »Freut mich aufrichtig, dich zu sehen. Lebend, meine ich. Und nicht in Portionen zerlegt.«

»Steck dir deine überhebliche Tour in den Arsch!«

»Wenn ich deine Laune richtig deute, hat man dich ausgebremst, stimmt's?«

»Ihr steckt dahinter!«

»Tun wir nicht! Komm runter, ja?«, konterte Morvan heftig. »Dich zu beschweren, hast gerade du keinen Grund. Auch du hast mir etwas verschwiegen, ja? Nämlich, dass die Ermittlungen zu diesem ertrunkenen Gitan bloß vorgeschoben waren, um Beweise gegen Montaignac zu bekommen. Wäre es dir gelungen nachzuweisen, dass Montaignac sich für seine Pläne der Schlägerbande von Laforet bedient, hättet ihr, Richter Simoneau und der Staatsanwalt, endlich den Hebel gehabt, mit dem sich auch Montaignacs Verflechtungen in die internationale Finanzmafia hätten aufdecken lassen. Dass nicht nur die Camorra schon seit längerem versucht, auch im Südwesten in das Geschäft mit Geldwäsche und Subventionsbetrug einzusteigen, ist schließlich kein Geheimnis. So war es doch, oder?«

Lazare schwieg verbittert.

Morvan fuhr fort: »Leider ging euer Plan nicht auf. Unter anderem, weil du ein U-Boot im Kommissariat hattest und Laforet, und mit ihm Montaignac, schon früh rochen, dass da etwas gegen sie laufen könnte. Liege ich falsch?«

»Nein!«

»Schön. Dann hör jetzt gefälligst auf, den Beleidigten zu spielen. Dafür, dass auch du deine Karten nicht auf den Tisch gelegt hast, wirst du deine Gründe gehabt haben, vermutlich sogar verdammt gute. Aber umso mehr müsstest du einsehen können, dass ich mir ebenfalls zu überlegen habe, was ich der Kriminalpolizei sage.«

Lazare spürte, dass sein Zorn zu verrauchen begann. Er griff sich den Stuhl und nahm Platz.

»Hör zu, Morvan«, begann er versöhnlich. »Ihr profitiert oft genug von dem, was wir für euch ausgraben. Da kann ich erwarten, dass du mich nicht wie ein blindes Huhn in der Gegend herumlaufen lässt.«

Morvan schwieg eine Weile. Dann sagte er: »Wir werden komisch in unserem Job, was? Immer versuchen wir, in Deckung zu bleiben. Am Ende aber verlässt uns das Gespür dafür, wo das angebracht ist und wo nicht.«

»Jetzt zum Beispiel, André.«

Morvan straffte sich. »Also los. Sag, was du von mir wissen willst, und ich geb dir Antwort, soweit ich es verantworten kann, in Ordnung?«

»Was mich an Laforet interessiert, hast du richtig erkannt. Was aber wollt ihr von ihm? Ihr seid doch ebenfalls an ihm dran, oder nicht?«

»Natürlich. Aber anders als du, der gleich das volle Feuerwerk abzieht und hinterher mit leeren Händen dasteht, halten wir es für zielführender, ihn noch eine Weile in Sicherheit zu wiegen. Dazu kommt, dass wir im Augenblick andere Prioritäten haben, die unsere Kräfte binden. Um welche es sich handelt, muss ich dir nicht weiter erklären. Auch dir wird nicht entgegangen sein, welche Scheiße hierzulande derzeit dampft. Laforet ist nicht Dringlichkeitsstufe eins, er läuft bei uns als eher lokale Chose, verstehst du?«

»Eine lokale Chose? Dann erklär mir, wie ein durchgeknallter deutscher Rechtsextremer ausgerechnet nach Sète kommt!«

»Soweit wir es rekonstruieren konnten, brachten ihn seine Kameraden einen Tag nach dem Mord an dieser Polizistin in einer Art Stafette nach Kehl. Zwei Tage später tauchte er hier auf.«

»So früh schon hattet ihr ihn auf dem Schirm?«, staunte Lazare. »Wieso habt ihr ihn euch da nicht sofort gegriffen?«

»Der erste Grund ist, dass der internationale Haftbefehl zu diesem Zeitpunkt noch nicht vorlag, die Deutschen ließen sich eigenartigerweise jede Menge Zeit dafür. Was den zweiten Grund betrifft, so kann ich dir nur sagen: verschon mich gefälligst mit Fragen, von denen du weißt, dass du keine Antwort erhältst. Zumindest nicht von mir.«

»Ihr wolltet wissen, wo er hier andockt.«

Morvan grinste. »Reim's dir einfach selbst zusammen, Siso, was hältst du davon? Hätten wir es dann?«

»Noch nicht ganz. Wieso nimmt Laforet einen ätzenden Typen wie diesen Rossbach unter seine Fittiche?«

Morvan rollte genervt die Augen. »Na schön«, lenkte er seufzend ein. »Kleine Lektion in Geschichte, Siso. Der Vater von Charles Laforet war ein deutscher Offizier, der kurz nach Kriegsende in die Fremdenlegion eintrat und –«

Lazare machte eine ungeduldige Handbewegung: »– sich nach seiner Dienstzeit mit neuem Namen hier niedergelassen hat.«

Morvan nickte anerkennend. »Abgetaucht ist er unseres Wissens, weil er sich gegen Kriegsende noch einige Schweinereien erlaubt hat und ihn die Amerikaner deshalb als Kriegsverbrecher auf ihrer Liste hatten. Auch nach seiner Entlassung aus der Legion hat er Kontakt nicht nur zu seinen ehemaligen Kameraden in Deutschland gehalten, sondern auch zu Gesinnungsgenossen bei uns, etwa zu ehemaligen Angehörigen der

Vichy-Milizen und Aktivisten der OAS, zu denen er über seinen Schwiegervater Kontakt geknüpft hatte. Als Monsieur Edouard Laforet hat er, regelmäßig und von der deutschen Justiz unbehelligt, Reisen nach Süddeutschland unternommen. Schon früh übrigens in Begleitung seines Sohnes Charles. Des Öfteren haben die beiden in einem Wald in der Nähe der österreichischen Grenze an Gedenkveranstaltungen für die *Division Charlemagne* teilgenommen, die als eine Art europäische Veteranentreffen getarnt waren.« Er nahm Lazares Stirnrunzeln wahr. »Die *Divison Charlemagne* bestand aus französischen Freiwilligen in der sogenannten Waffen-SS«, erklärte er. »Der Großteil dieser Truppe wurde in Berlin verheizt, ihre Reste waren zuletzt im Gebirge eingesetzt, um die sogenannte Alpenfestung der Nazis zu verteidigen. Als unser famoser General Leclerc Ende April '45 diese Anlage überrannte –«, er unterbrach sich und schmunzelte, »– wobei er, nebenbei, auch von unserem Nationaldenkmal Jean Gabin heldenhaft unterstützt wurde, der in einer seiner Einheiten diente. Böse Zungen allerdings behaupten, unser Freund habe damals hauptsächlich mit seiner damaligen Geliebten Marlene Dietrich poussiert, die ihm nachgereist war.«

»Rasend interessant«, bemerkte Lazare.

»Jedenfalls setzte General Leclerc dort einen versprengten Trupp der *Charlemagne*-Leute fest. Er deklarierte sie als Landesverräter und ließ ein Dutzend von ihnen erschießen. In der Nachkriegszeit trafen sich die Überlebenden am Ort der Hinrichtung, um ihrer Kameraden als Märtyrer zu gedenken. An diesen Treffen nahmen auch deutsche Mitglieder eines Vereins ehemaliger SS-Angehöriger teil. Einer davon, damals ein populärer deutscher Journalist, hatte sogar noch persönliche Beziehungen zu einigen Veteranen der Division *Charlemagne*. Er gründete in den Achtzigerjahren eine rechtsextreme Partei, die sich ›Republikaner‹ nannte. Als diese Partei anfangs ordentliche Erfolge einfuhr und sogar ins Europäische Parlament einzog, kam es zum Kontakt mit Jean-Marie Le Pen. Die Parteiführer besuchten sich öfters gegenseitig, der Deutsche schrieb sogar ein Buch über Le Pen. Die deutsche Partei verschwand bald wieder in der Versenkung, sie ging zum einen in weiteren rechten Parteien auf, zum anderen in einer Vielzahl kleinerer regionaler Zellen, die zunehmend auch im Untergrund aktiv wurden. In einer von ihnen war Rossbach in den letzten Jahren aktiv. Er und andere Aktivisten nahmen öfters an den erwähnten Gedenkfeiern teil, zu denen auch die Laforets immer wieder angereist waren. Rossbach kam wahrscheinlich durch die Vermittlung eines alten Kämpfers in seiner Zelle an Laforets Adresse.« Morvan atmete durch. »So weit zu diesem Kapitel der deutsch-französischen Beziehungen und zur Frage, warum Rossbach ausgerechnet hier landete. Genügt das?«

Lazare spürte, dass das Handy in seiner Brusttasche vibrierte. Er zog es hervor, drückte den Kontakt weg und wandte sich wieder an Morvan.

»Mir geht nur noch eins nicht aus dem Kopf: Nachdem euch klar geworden war, wer hier einen international gesuchten Rechtsextremisten unterstützt – wieso habt ihr Rossbach danach nicht einkassiert? Der Kerl wurde schließlich nicht wegen Ladendiebstahls gesucht. Er steht unter Mordverdacht, André! Das Opfer war Polizistin!«

Morvan seufzte. »Ich verrate dir jetzt mal was, Siso. Auch ich kapiere nicht immer, warum von wem welche Entscheidungen getroffen werden. Und wenn ich es endlich irgendwann kapiert habe, sind die Karten schon längst wieder neu gemischt, hat wieder irgendwer aus irgendwelchen Gründen neu entschieden.«

»Du weichst aus, André. Wieso ist der Kerl fast sechs Wochen unbehelligt geblieben, obwohl ihr wusstet, wo er steckt?«

»Du nervst, Siso«, stöhnte Morvan.

»Man hat andere Prioritäten, stimmt's? Was Faschisten und Rassisten treiben, ist nur noch Gefährdung der zweiten Kategorie? Vernachlässigbar?«

»Du bringst mich in Teufels Küche«, murmelte Morvan. Er maß sein Gegenüber mit einem argwöhnischen Blick. »Hör zu. Dieses Gespräch hier findet nicht statt. Ist das klar?«

»Hältst du mich für einen Trottel?«

Morvan beugte sich vor. »Na gut. Sagen wir so, wir haben einen Wink gekriegt. Einen, bei dem ich zugeben muss, dass ich selbst eine Weile gebraucht habe, um ihn zu realisieren. Wir konnten uns bei den deutschen Kollegen nämlich des Eindrucks nicht erwehren, dass man nicht ganz unglücklich darüber war, dass dieser Rossbach in Deutschland für eine Weile aus der Schusslinie ist.«

»Wie? Obwohl er eine Polizeibeamtin getötet hat?«

Morvan hob vielsagend die Brauen. »Vielleicht *weil* er eine Polizeibeamtin getötet hat?«

»Willst du damit sagen, dass –?«

Morvan grinste. »An deiner Stelle würde ich mir durchaus mal überlegen, in die Polizei einzutreten.«

»Sag, dass es nicht wahr ist, André! Darauf lasst ihr euch ein? Die Deutschen geben eine Order, wen ihr euch vorknöpfen dürft und wen nicht, und sofort wird gespurt?«

»Aber nein, die Gespräche verliefen durchaus kollegial. Um es mal so auszudrücken – es ist ein Geben und Nehmen, was zwischen den Deutschen und uns herrscht. Wir haben durchaus davon profitiert.«

»Dann habt ihr –?«

»Rossbach befreit? Sei nicht albern. So weit geht die deutschfranzösische Liebe dann doch wieder nicht.« Er schüttelte den Kopf. »Das muss auf Laforets Mist gewachsen sein, die Mittel und die Verbindungen in den Polizeiapparat hat er. Es ging ihm vermutlich vor allem darum, dass Rossbach nicht vor Gericht kommt, weder vor ein französisches noch vor ein deutsches. Einiges von Laforets krummen Geschäften und seiner Nazi-Connection dürfte Rossbach nämlich durchaus aufgeschnappt haben. Die Gefahr, dass er bei einer Verhandlung plaudert und diese Informationen dann auch bei uns landen, war Laforet wahrscheinlich zu groß. Er scheint einige Projekte angeleiert zu haben, bei denen es um größere Summen geht. Irgendwelche Störfeuer, etwa durch eine ungünstige Presse, könnten da schädlich sein. Eine andere Erklärung für diese Aktion habe ich nicht.«

Morvan ließ sich wieder in den Sitz fallen und verschränkte seine Arme vor der Brust.»Und damit Schluss, Siso. Ich hab dir schon zu viel gesagt, die Chose wird mir jetzt zu heiß, verstehst du? Ich rate dir, dich darauf zu beschränken, was dein Geschäft als Kriminalbeamter ist. Ich verlange nicht, dass du Kompromisse machst. Aber es dürfte dir klar geworden sein, dass du in einem Teich fischst, in dem du nichts verloren hast.« Er beugte sich wieder vor und sagte eindringlich:»Also wühl nicht weiter herum, sondern tu gefälligst, was Simoneau dir befohlen hat.«

Lazare nickte sarkastisch.»Ihr habt ihn also doch munitioniert, richtig?«

Morvan schüttelte den Kopf.»Nicht dass ich wüsste, glaub mir.« Er bemerkte Lazares ungläubige Miene und fügte hinzu: »Was ich stattdessen weiß, ist, dass er seit einiger Zeit Senator Gauthier in den Hintern kriecht. Dessen Clan wiederum im Baugewerbe tätig ist und die Partei des Senators großzügig sponsert. Und unter anderem seit Jahrzehnten beste Geschäftsverbindungen zu Maître Montaignac hat.« Sein Mund verzog sich spöttisch:»Was natürlich purer Zufall sein kann.«

Lazare starrte ihn an.

»Alles in Ordnung, Siso? Lässt du mich jetzt mit meiner Arbeit weitermachen?« Er sah auf die Uhr.»Ich habe durchaus auch noch anderes zu tun.«

Lazare stand auf und verließ grußlos den Raum. Langsam ging er den Flur entlang. Während er auf den Lift wartete, zog er abwesend sein Handy hervor. Das Display zeigte eine Nummer aus dem Carton St. Pierre d'Elze. Eine SMS mit der Bitte um dringenden Rückruf.

»Ihr Onkel hat wieder Dummheiten gemacht«, sagte die junge Frau, die sich als Mathilda Bouffiers Nichte vorgestellt hatte. »Bitte kommen Sie. Schnell. Es steht nicht sehr gut um ihn.«

69.

Die Witwe Blanchard wohnte in einem niedrigen Haus im Viertel der Lagunenfischer. Sie strahlte über das ganze Gesicht, nachdem ihr Delphine ihren Gast vorgestellt hatte.
»Aber natürlich erinnere ich mich! Sie sind Monsieur Augusts Neffe, natürlich!« Sie schlug die Hände vor ihrem Gesicht zusammen. »Ein bisschen verändert, aber ... mon dieu, wie die Zeit vergeht!«
Verlegen ließ Betschart ihre überschwängliche Umarmung über sich ergehen. Delphine sah gerührt zu.
»Monsieur Betschart hätte nur ein paar Fragen an Sie«, sagte sie. »Er will Ihnen nicht lange zur Last fallen.«
»Will er mich beleidigen?«, sagte die alte Frau empört. »Für einen Verwandten von Monsieur August nehme ich mir doch jede Zeit der Welt!«
Sie ließ die beiden an sich vorbeigehen, drückte die Eingangstür zu. Auf einen Gehstock gestützt, schlurfte sie in das Wohnzimmer voraus. Geschlossene Fensterläden, die die Tageshitze abhalten sollten, tauchten den kleinen, ältlich möblierten Raum in dämmeriges Dunkel, eine Stehlampe neben der Sitzgruppe sorgte für Beleuchtung. Die Witwe nahm in einem Sessel Platz. Sie bedeutete Delphine und Betschart mit einer resoluten Handbewegung, es ihr gleichzutun und erkundigte sich nach den Getränkewünschen ihrer Gäste. Beide lehnten ab.
Delphine streifte Betschart mit einem Blick, bevor sie das Wort ergriff. »Monsieur Betschart war noch ein Kind, als er mit seinem Onkel Sète besuchte.«

Die Alte nickte gerührt. »Weiß ich doch. Ein liebes Kerlchen war er.« Sie tätschelte seinen Arm. »Zum Küssen schüchtern, aber mit großen, neugierigen Augen!«

Verwirrt erwiderte Betschart ihr Lächeln. Er spürte, wie er sich verspannte.

Dann müsste ich sie doch kennen, dachte er.

»Monsieur Betschart glaubt sich daran zu erinnern, Madame, dass sein Onkel schon vorher seit vielen Jahren immer wieder hierherkam. Er würde gerne wissen, ob es einen bestimmten Grund dafür gab.«

»Na, weil wir darauf bestanden haben«, rief Madame Blanchard belustigt. Sie hob den Zeigefinger. »Wehe, du kommst nicht, haben wir ihm gesagt.« Sie seufzte tief. »Monsieur August war ein wunderbarer Mensch.«

Delphine übersetzte.

»Warum haben Sie darauf bestanden?«, fragte Betschart.

Madame Blanchard lauschte verblüfft der Übersetzung. »Er weiß nicht, warum wir ihn eingeladen haben?«

Die junge Frau gab die Frage weiter. Betschart schüttelte den Kopf.

»Non«, sagte er.

»Na hören Sie! Monsieur August hat doch Gilbert und seinem Freund Jean-Marie das Leben gerettet!« Sie sah Betschart ungläubig an, dann Delphine. »Hat Monsieur August ihm wirklich nie davon erzählt?« In gespielter Empörung schlug sie mit der Hand auf ihren Oberschenkel. »Das sieht Monsieur August ähnlich! Nun ja, ein Mann, der mit seinen Taten prahlt, war er nie. Wenn einer aber dazu berechtigt gewesen wäre, dann er.«

»Was ist da geschehen, Madame?«

Die alte Frau atmete tief durch. Für einen Moment huschte Wehmut über ihre Züge. Sie nahm ihre Brille ab und legte sie in ihren Schoß. »Na gut«, begann sie. »Also – Gilbert, mein späterer Mann, und Jean-Marie waren beste Freunde. Sie waren knapp achtzehn Jahre alt, als sie im Herbst '43 bei einer Verhaftungswelle in Nîmes gefangen genommen und kurze Zeit später nach Deutschland deportiert wurden. Erst waren sie im Lager von Dachau, dann kommandierte man sie zum Bau einer Bunkeranlage in einem abgelegenen Waldgebiet ab. Die Arbeit war hart, sie mussten in Zelten schlafen, die in die Erde gegraben worden waren, viele ihrer Kameraden überstanden den Winter nicht. Gegen Kriegsende wurde die Arbeit eingestellt und die Gefangenen wieder in das Hauptlager zurückgebracht. Als die Amerikaner näher rückten, pferchte man die Häftlinge in Güterwaggons, um sie nach Süden zu transportieren. Der Zug war bereits eine Weile unterwegs, als er in der Nähe von München von Fliegern der Alliierten angegriffen wurde. Die Bewacher verließen als Erste den Zug und gingen in Deckung. Jean-Marie und Gilbert hatten Angst, von den Bomben getroffen zu werden. Sie sahen aber auch ihre Chance, weil der Zug in diesen Minuten ohne Bewachung war. Sie rüttelten an den Türen, konnten sie aufschieben, sprangen aus den Waggons, mitten im Geheul der anfliegenden Kampfflugzeuge, dem Getöse von Einschlägen und Explosionen. Sie rannten zu einem Waldstück, wo sie zunächst geschützt waren. Doch keiner von ihnen kannte sich in der Gegend aus, keiner wusste, wohin sie sich wenden sollten, jeder schlug eine andere Richtung ein, sie waren kopflos, rannten blind vorwärts, nur Gilbert und Jean-Marie blieben zusammen. Nach einer Weile ebbte der Lärm des Luftangriffes ab, dafür waren nun erste Gewehrsalven zu vernehmen. Sie erkannten, dass Jagd auf sie gemacht wurde. Sie durchwateten einen schmalen Bach, das Wasser reichte ihnen nur bis zur Hüfte, sie liefen weiter, sahen aber, dass das schützende Waldstück hier zu Ende war. Immer wieder fielen Schüsse, aus allen Richtungen. Sie rannten zurück zum Bach, warfen sich ins Wasser und ließen sich zu einer kleinen Holzbrücke treiben, unter dem sich eine größere Menge von Schwemmholz und abgestorbener

Gräser angestaut hatte, unter denen sie sich verstecken konnten. Kurze Zeit später hörten sie, wie die Fahrzeuge der Wachmannschaft über die Bohlen der Brücke polterten, immer wieder. Dort blieben sie bis weit nach Einbruch der Dunkelheit. Das Wasser war eiskalt, sie hatten seit Tagen nichts mehr gegessen. Sie hatten keine Hoffnung mehr, sie waren tief im Feindesland, seit Tagen von allen Nachrichten abgeschnitten. Dass die Amerikaner schon im Anmarsch waren, hatten sie noch im Lager gehört, nicht aber, wo sich die Front befand. Sie wussten nur, dass sie noch weit entfernt war, sie würden es niemals schaffen, sich zu ihr durchzuschlagen. Sie gaben auf und krochen ans Ufer. Die Luft war scharf, Schneeregen fiel ...«

Delphine hob die Hand und bat um eine kurze Unterbrechung, um das Gehörte zu übersetzen. Dann nickte sie der Alten aufmunternd zu.

»Sie wussten nicht mehr, was sie tun sollten. In einiger Entfernung sahen sie die Lichter eines Bauernhofs. Da sie vor Schwäche schon nicht mehr gehen konnten, krochen sie auf das Haus zu. Auf einmal hörten sie hinter sich ein blechernes Klappern und das Knirschen von Fahrradreifen auf dem Schotter. Sie dachten, dass nun alles aus sei, dass man sie entdeckt hat. Aber es war Monsieur August, der damals ein Junge von vierzehn oder fünfzehn Jahren war. Er sah die beiden. Er erschrak, und einen kurzen Moment hatte er Angst und war unsicher, ob er sich auf einen Angriff gefasst machen musste von diesen durchnässten, über und über mit Schlamm bedeckten Gestalten. Dann aber sah er im Mondlicht ihre Gesichter, sah ihre vor Erschöpfung und Todesangst geweiteten Augen, und er begriff. Er musste irgendetwas gesagt haben, »you prisoner?« oder Ähnliches, aber er brauchte ihre Antwort gar nicht mehr, da er gerade aus dem Dorf kam, wo er das Massaker an den anderen Häftlingen, die von den Wachsoldaten wieder aufgegriffen worden waren, miterlebt hatte. Er führte sie in eine Scheune in der

Nähe, befahl ihnen, sich unter dem Heu zu verstecken und bedeutete ihnen, dass er wiederkommen würde. In der Nacht und den folgenden Tagen bis zum Einmarsch der Amerikaner versorgte er sie, so gut es ging. So lange, bis die Amerikaner in das Dorf kamen. Nur sie beide hatten überlebt, alle anderen Flüchtlinge waren erschossen worden.«

Madame Blanchard wartete ab, bis Delphine übersetzt hatte. »Nach dem Krieg hatten die zwei natürlich erst einmal andere Sorgen. Jean-Marie war ja noch eine längere Zeit im Spital, und auch Gilbert hatte alle Hände voll zu tun, in diesen Jahren über die Runden zu kommen. Erst als sie gesundheitlich und beruflich einigermaßen auf die Beine gekommen waren, ließen sie wieder zu, sich daran zu erinnern, was ihnen in der Deportation widerfahren war. Und so erinnerten sie sich auch wieder an Monsieur August. Es muss gegen Ende der Fünfzigerjahre gewesen sein, als sie sich auf die Suche nach ihm machten. Was nicht einfach war, da sie ja nur seinen Vornamen wussten. Aber sie erinnerten sich genau an die Landschaft und den Hof, in dem dein Onkel gelebt hat. Und schließlich fanden sie ihn. Sie schrieben ihm und luden ihn zu uns nach Sète ein. Seit der Zeit kam er mindestens einmal im Jahr hierher.« Das Gesicht der Alten wurde weich. »Monsieur August war ein großartiger Mensch. Wir liebten ihn alle, haben mit ihm Feste gefeiert, ließen ihn hochleben.« Sie stockte plötzlich. In ihren Augenwinkeln glitzerten Tränen. Von einem tiefen Seufzer begleitet, fuhr sie fort: »Umso erschütterter waren wir, als wir hören mussten, dass er überfahren worden ist. Die Polizei hat untersucht, sie ging von einem Unfall mit Fahrerflucht aus.« Ihr Gesicht wurde hart. »Wir aber waren sicher, und ich bin es noch heute, dass man ihn ermordet hat. Auch wenn das Gericht zehn Mal so entschieden hat, das sage ich jedem, solange ich noch atmen kann. Es war Mord.«

Betschart sah zu Delphine. Sie ahnte, was er fragen wollte. »Warum sind Sie so sicher gewesen, Madame?«

Die Alte wischte sich über die Augen und sammelte sich wieder. »Eines Abends kam er zu uns. Er war aufgewühlt, ließ sich kaum beruhigen. Er sagte immer nur: ›Er ist es. Er muss es sein.‹ Von wem er sprechen würde, fragten wir. Er erzählte, er habe in der Markthalle jemand gesehen, den er am Klang seiner Stimme und an einem Schmiss an der Wange als den Offizier wiedererkannt haben wollte, der damals als Ortskommandeur die Erschießung der Häftlinge befehligt hatte. Seiner Schilderung entnahmen wir, dass er Monsieur Laforet gemeint haben musste. Wir sagten, er müsse sich getäuscht haben, Monsieur Laforet sei ein angesehener Gemüsehändler hier in Sète. Eine zufällige Ähnlichkeit, sagten wir.« Die Alte gab sich für einen Augenblick ihren Erinnerungen hin. »Wir konnten es ihm schließlich ausreden, und er beruhigte sich. Dann kam die Ehrung, es gab einen Empfang im Rathaus, der Bürgermeister hielt die Ansprache, mehrere Zeitungen berichteten ausführlich darüber. Die meisten aber brachten nur das offizielle Foto und ein paar Zeilen, was Jean-Marie und Gilbert ein wenig ärgerte. Deshalb wandten sie sich an den hiesigen Korrespondenten der *L'Humanité*, der daraufhin einen großen Bericht brachte, in dem endlich auch zu lesen war, wofür man ihn geehrt hatte. Einen Tag vor seiner Abreise geschah es dann. Wie dieser angebliche Unfall genau abgelaufen ist, haben wir nie ganz herausbekommen, auch die Polizei fand es nie heraus. Sagte sie uns zumindest.« Madame Blanchard tat einen tiefen Atemzug. »Aber was sollten wir schließlich machen? Immerhin haben wir erreicht, dass die Ermittlungen noch einmal aufgenommen worden sind. Commandant Castro –« Sie unterbrach sich und schickte einen fragenden Blick zu Delphine. »Sie kennen ihn noch?«

»Er war damals der Polizeichef von Sète, nicht wahr?«

Madame Blanchard nickte. »Er hat sich für uns eingesetzt. Aber auch er kam nicht weiter. Ich glaube, das Gericht hat der

Wiederaufnahme damals nur zugestimmt, um die Wogen zu glätten. Wir aber hatten längst keinen Zweifel mehr daran, dass Monsieur August sich doch nicht getäuscht hatte, als er uns von seiner Beobachtung erzählte. Wir sammelten daraufhin Informationen über Monsieur Laforet, die uns mehr und mehr in unserem Verdacht bestärkten. Jetzt fiel uns auch dessen Akzent auf, den man sich immer mit seiner Herkunft aus dem Elsass erklärt hatte. Wir hörten Gerüchte, dass er in einem Klub ehemaliger Militärs und Œuvre-française-Leute verkehrte, lasen von Protesten von Landwirten und Streiks in seiner Firma, bei denen er Schlägertrupps engagiert hatte, um sie zu beenden.«

Zu Betschart gewandt, unterbrach Delphine kurz: »Die Œuvre française ist eine rechtsextreme Organisation aus den Sechzigerjahren, sie ist vor kurzem verboten worden.« Sie forderte Madame Blanchard mit einem Nicken auf, weiterzusprechen.

»Aber wir hatten eben keine Beweise, nicht? Wir waren zum Schluss sogar gezwungen, unseren Verdacht nicht mehr öffentlich zu wiederholen. Monsieur Laforet starb schließlich. Was konnten wir noch tun? Schließlich schlief alles ein.«

»Was geschah am Tag des Unfalls?«, ließ Betschart fragen.

Madame Blanchard warf ihm einen verwunderten Blick zu, bevor sie antwortete: »Es war am Tag vor seiner Abreise. Wir hatten ihn zum Abschied zu *Chez Albert* eingeladen und saßen bis weit nach Mitternacht zusammen, als er sagte, dass er sich müde fühle und am nächsten Morgen in Form sein wolle. Er wohnte damals bei Jean-Marie und wollte schon vorausgehen. Auf dem Weg dorthin, in der Rue Ribot, wurde er dann von einem Motorrad überfahren, er war sofort tot. Der Fahrer raste davon, ohne sich um...« Sie unterbrach sich und sah Delphine ratlos an. »Aber ich verstehe wirklich nicht... Monsieur sagte doch, er sei Monsieur Augusts Neffe, oder habe ich mich verhört? Oder hatte Monsieur August noch einen anderen Neffen?« Das Mädchen gab die Frage an Betschart weiter.

Betschart schüttelte wortlos den Kopf. Sein Puls hämmerte. Er fühlte einen kalten Film auf seiner Stirn.

»Aber .. dann müsste Monsieur das doch alles wissen!« Sie sah ihm ins Gesicht. »Sie waren doch dabei? Sie gingen doch damals neben ihm her, man hat Sie doch damals ohnmächtig neben Monsieur August gefunden?«

Entgeistert lauschte Betschart Delphines Übersetzung. Etwas krallte sich in seine Kehle. Er atmete stoßweise, und ein Schwindel wogte heran.

»Ist Ihnen nicht gut, Monsieur?«, fragte Delphine.

»Ich muss an die frische Luft«, keuchte Betschart.

70.

Manda kehrte gerade vom Aufenthaltsraum zurück, wo er sich eine kurze Kaffeepause gegönnt und sich mit Cordy über das Rugby-Match am vergangenen Wochenende verplaudert hatte, als Kommandant Danard ihn und Capucine zu sich befahl.

»Der Fall Fernandez ist wieder dort, wo er schon von Beginn an hingehört hätte, nämlich bei uns«, eröffnete der Gruppenleiter in aufgeräumtem Ton das Gespräch. »Die Divisionsleitung hat Commandant Lazare mit sofortiger Wirkung nach Montpellier zurückbeordert. Ich gestehe, dass ich nicht allzu traurig darüber bin. Eine vernünftige Entscheidung.« Danard bemühte sich nicht, seine Genugtuung zu verbergen. »Viel länger hätte ich diesen Zirkus auch nicht mehr hingenommen. Wir haben wahrlich Wichtigeres zu tun, als profilsüchtigen Beamten aus der Zentrale bei der Pflege ihrer Marotten zu helfen.«

Capucine und Manda wechselten einen verdutzten Blick. Danard nickte bekräftigend. »Das bedeutet für uns: die Ermittlungsergebnisse werden zusammengefasst und Staatsanwaltschaft und Untersuchungsgericht unverzüglich vorgelegt. Wobei ich mich angesichts der mickrigen Indizienlage schon sehr irren müsste, wenn man dort zu einem anderen Schluss käme als dem, das Verfahren einzustellen.« Er stellte den Kopf schräg. »Oder steht noch etwas aus? Irgendwelche Gutachten, die noch unterwegs sind? Oder andere Dinge, die vorher der Ordnung halber noch abgearbeitet werden müssen?«

»Nein«, sagte Manda bestimmt.

»Gut«, sagte Danard befriedigt. »Dann –« Er stockte und

sah Capucine an. »Aber hatten Sie nicht noch einen Zeugen erwähnt, einen jungen Mann namens –?«

»Rey«, half Capucine.

»Richtig. Ist das erledigt? Haben Sie ihn vernommen?«

Beide nickten.

»Und? Hat sich noch etwas Relevantes ergeben?«

Manda sagte: »Wir waren nicht wegen der Fernandez-Sache bei ihm. Wir haben in einem Einbruch in einer Pension in der Rue de Pecheur ermittelt. Jemand ist in das Zimmer einer jungen Ausländerin eingedrungen und hat es leer geräumt. Ein Zeuge hat dabei eine Beobachtung gemacht, die wir mit diesem Rey in Verbindung bringen konnten.«

Danards Blick wanderte von Manda zu Capucine und wieder zurück. »Der Bursche ist dort eingebrochen, oder was?«

Capucine schüttelte den Kopf. »Davon gehen wir nicht mehr aus. Aber –«

Manda übernahm: »Der Zeuge sagte, dass ihm Rey erklärt habe, dass er im Auftrag dieser Frau etwas abholen sollte«, erklärte er. »Es schien ihm glaubhaft, weil der Mann offensichtlich einen Schlüssel zu ihrem Zimmer hatte. Rey hat auch sofort bestätigt, dort gewesen zu sein und hat uns einen plausiblen Grund dafür nennen können. Offen gesagt, wir sind gar nicht sicher, ob es sich bei dieser Sache überhaupt um einen Einbruch gehandelt hat – wahrscheinlich ist die Frau einfach kurzfristig ausgezogen. Aber da er die angebliche Geschädigte demnach näher kannte, wollten wir von ihm vor allem wissen, wo wir sie finden könnten.«

»Moment – verstehe ich das richtig: Eine Frau wird Opfer eines Einbruchs, muss aber erst gesucht werden? Eigenartig.«

»Vermutlich war sie illegal hier. Wir haben Hinweise, dass sie eine Roma sein könnte, möglicherweise aus Rumänien oder Bulgarien.«

»Womit wir eine mehr als einleuchtende Erklärung hätten.

Hat die Spurensicherung denn Fingerabdrücke gefunden, die mit denen aus den Einbrüchen in den vergangenen Wochen übereinstimmen?«

Capucine und Manda verneinten. Ein verächtlicher Zug umspielte Danards Mund. »Na dann. Diese ganze Angelegenheit riecht mir verdammt danach, als ob hier wieder ein Schlaumeier die Polizei dazu missbrauchen möchte, um Geld von seiner Versicherung abzugreifen.« Er nickte sich bekräftigend zu. »Also, unternehmt nur das Nötigste, und dann Deckel zu, wir haben wahrlich Wichtigeres zu tun.« Seine Haltung signalisierte, dass das Gespräch zu Ende war. »Gut, dann sind wir uns einig, was –« Er unterbrach sich und sah Capucine mit einem Anflug von Unwillen an. »Noch was?«

Capucine holte Luft. »Es ist da bloß noch ein Punkt…« Sie wechselte das Standbein.

»Ich hab mir vorhin doch nochmal den Bericht der Spurensicherung zu diesem Einbruch vorgenommen. Und Reys Aussage.« Capucine sandte einen betretenen Blick zu Manda. »Uns gegenüber hat er behauptet, das Zimmer von dieser Frau Gora nicht betreten zu haben, sondern bloß einen Blick hineingeworfen zu haben. Er sagte, er sei gleich wieder gegangen, nachdem er gesehen hat, dass niemand im Zimmer war.«

Manda glotzte sie an. Auf seinen Wangen weiteten sich rosige Flecken.

»Und?« Danard sah demonstrativ auf seine Armbanduhr. »Kommt noch was? Ich meine, von Bedeutung?«

»Die Spurensicherung hat einen ganzen Katalog von seinen Abdrücken abnehmen können. Aber nicht bloß an der Tür, sondern auch am Schrank, der Kommode und dem Nachtkästchen neben dem Bett. Was bedeutet, dass er gelogen hat. Und doch in ihrem Zimmer war und es vermutlich komplett geleert hat. Warum auch immer sie eine andere Person dafür beauftragt hat.«

Capucine hielt dem ungehaltenen Blick ihres Vorgesetzten stand. Sie nahm ein unmerkliches Zucken des Augenlids wahr. Nach kurzem Nachdenken lenkte Danard ein. »Na schön.« Seine Stimme wurde wieder umgänglicher. »Wir gehen die Sache morgen nochmal in Ruhe durch, d'accord?«

71.

Von guten Wünschen der besorgten Madame Blanchard begleitet, hatte sich Betschart hastig verabschiedet. Delphine folgte ihm. Sie gingen einige Schritte am Kai entlang. Am Ende der Landspitze blieben sie stehen und setzten sich auf einen schmalen Betonblock.

Die Sonne berührte bereits den Horizont. Ein kaum spürbarer Wind kräuselte die Wasseroberfläche. Betschart schloss die Augen und atmete tief durch.

Delphine beobachtete ihn von der Seite. »Sie hatten von alldem keine Ahnung, Monsieur? Sie wussten wirklich nicht mehr, dass Sie die Sache damals miterlebt haben?«

Er schüttelte den Kopf. »Ich weiß es noch immer nicht... mein Kopf...«, er tippte sich an die Stirn.

»Aber dann... dann müssen Sie damals wohl einen Schock erlitten haben.« Sie berührte ihn am Arm. »Soll ich Sie nicht doch besser zu einem Arzt bringen? Oder ins Krankenhaus?«

Betschart wehrte mit einer matten Geste ab. »Ist schon vorüber«, flüsterte er. »Es war nur... die Hitze, wissen Sie? Mein Kreislauf... ist das wohl nicht gewohnt...« Er versuchte zu lächeln. »Wissen Sie, in der Gegend, in der ich daheim bin, heißt es: ein halbes Jahr Winter, ein halbes Jahr kalt...«

Delphine blieb ernst. »Dann bringe ich Sie wenigstens ins Hotel zurück«, sagte sie resolut. »Kommen Sie.«

Betschart lehnte bestimmt ab. »Ich gehe zu Fuß, ich weiß den Weg. Die frische Luft tut mir gut, wirklich. Und... ich muss jetzt einfach einen Moment nachdenken.« Er sah sie bittend an.

»Sind Sie sicher?«

Er nickte nachdrücklich. Sie gab auf und verabschiedete sich. Er sah ihr nach, bis sie am Ende des Kais hinter den Pfeilern der Straßenbrücke verschwunden war.

Er schloss die Augen, presste die Lider zusammen und verbarg sein Gesicht in seinen Händen. Sein Puls begann zu galoppieren. Die Erinnerung kehrte zurück, wälzte sich heran wie eine riesenhafte Woge, in seinen Ohren begann es zu rauschen: Das Festessen im Restaurant am Hafen. Das Lokal überfüllt. Onkel Augusts rundes, gütiges Gesicht. Glitzernde Lichter, Lärm, Gesang, dröhnendes Gelächter. Onkel August isst mit Genuss, trinkt, tanzt, macht Späße. Und dann: Mondhelle Nacht über der engen Gasse. Geisterhafte Stille, in der nur ihre hallenden Schritte zu hören sind. Onkel August hält seine Hand, aber es ist eher der Onkel, der Hilfe braucht, er hat wieder einmal übersehen, dass er nicht allzu viel verträgt, er wankt ein wenig, die Gasse ist menschenleer, der gelbliche Schein einer trüben Laterne beleuchtet das Kopfsteinpflaster. Hinter ihrem Rücken heult ein Motor auf, der Lärm bricht sich an den Häuserwänden, das Geräusch nähert sich unerhört schnell, sie drehen sich fragend um, das grelle Licht eines Scheinwerfers, dahinter schemenhaft der Fahrer, schwarz gekleidet, das Visier des Helms heruntergeklappt, der Arm des Vermummten kreist, in seiner Hand schimmert Metall. Onkel August wirkt gelähmt, er stößt einen Schrei aus, schleudert den Jungen zur Seite, hinter ihm ein berstendes Geräusch, er stolpert, fällt, kracht mit dem Kopf an einen Gossenquader, er hört noch das Aufröhren des Motors, dann verliert er die Besinnung.

Betschart nahm die Hände von seinem Gesicht und öffnete die Augen. Vor ihm lag die unbewegte Fläche der Lagune. Die Dämmerung hatte eingesetzt, vor dem stählern blauen Himmel im Westen stand ein graues Wolkenband, die Ränder von der untergehenden Sonne violett verfärbt.

Noch immer war er aufgewühlt. War er eine Weile ohnmächtig gewesen? Das Rauschen in seinen Ohren klang ab, das gleichförmige Geräusch des Straßenlärms zog wieder hoch. Plötzlich ging sein Puls schneller. Verdammt! Kessler! Er wartete im Hotel auf ihn, um zum Flughafen gebracht zu werden. Wie spät war es? Hastig griff er in seine Tasche, tastete nach seinem Handy.

Er hatte dem Passanten, der aus der Richtung der Brücke herangeschlendert kam, keine Beachtung geschenkt. Während er mit seinem Handy hantierte, hörte er eine verhaltene Stimme.

»Pardon, Monsieur.«

Betschart sah überrascht auf. Der Mann war größer als er, kräftig gebaut, trug einen Hut und einen dünnen Sommermantel. Seine Linke schwenkte eine Zigarette. Seine Rechte ruhte in seiner Manteltasche.

»Excusez-moi, Monsieur. Vous avez du feu?«

Betschart sah ihn verwirrt an. Der Blick des Fremden war ausdruckslos.

»Fire, Mister. For cigarette.«

Betschart schüttelte den Kopf. »Ich ... I don't smoke, sorry«, stotterte er.

»Good for health.« Der Mann blickte kurz nach beiden Seiten und trat näher. »Look at my other hand, Mister«, sagte er leise. »This is a gun, Mister. No mistake, *compris*?« Er winkte mit einer Kopfbewegung befehlend in die Richtung, aus der er gekommen war.

72.

Der Hof lag bereits im Schatten der untergehenden Sonne, als Lazare den Wagen mit dampfender Motorhaube vor dem Haupthaus abstellte. Durch seine Oberschenkel lief noch immer ein Zittern, während der Fahrt war er verkrampft hinter dem Lenkrad gesessen, und die letzten Kilometer auf der Buckelpiste nach La Farette waren eine Tortur gewesen.

Madame Bouffier umarmte ihn herzlich. »Ich wollte Sie ja nicht damit belästigen. Aber Monsieur Jeanjean hat davon gefaselt, dass die Sache Konsequenzen haben würde.«

»Monsieur wer?«

»Jeanjean, der Chef der Gendarmerie in St. Pierre drüben. Er ist normalerweise recht umgänglich. Aber diesmal hat es sich ernst angehört.« Sie begab sich wieder an den Herd, auf dem ein Topf mit Suppe brodelte. »Versuchen Sie Ihr Glück und stauchen ihn mal ordentlich zusammen. Ich selbst hab's aufgegeben, dem alten Holzkopf ins Gewissen zu reden.« Sie hob den Topfdeckel, rührte um und schnupperte in den Dampf. »Sie bleiben doch zum Essen, Monsieur?«

Lazare schüttelte mit bedauernder Miene den Kopf. »Wie steht's um ihn?«

Sie wies mit einer Kopfbewegung nach nebenan. »Er ist noch ein bisschen klapprig. Meine Nichte Josine ist gerade bei ihm. Sie ist Krankenschwester in unserem Kanton.«

In Sisets Schlafkammer verstaute eine junge Frau gerade einen Blutdruckmesser in ihrem Handkoffer, als Lazare eintrat. Sie begrüßte ihn mit einem freundlichen Nicken.

»Du auch noch! Junge! Darf doch nicht wahr sein«, krächzte es von hinten.

Lazare stellte sich an das Bett. »Guten Abend, Onkel.«

»Dich wegen so einer Lappalie von deiner Arbeit wegzuholen! Einfach hysterisch, diese Weiber! Hab's ihnen verboten – aber nein...«

»Nun mal ein bisschen mehr Dankbarkeit, Monsieur, ja?«, tadelte die junge Frau. »Seien Sie froh, dass sich Tante Mathilda um Sie kümmert, ja?« Sie wandte sich an Lazare. »Er hat sich eine leichte Gehirnerschütterung geholt, eine Zerrung an der Schulter und einige blaue Flecken, mehr nicht.« Sie klappte ihre Tasche zu und schlüpfte in ihre Jacke. »Eine Woche Bettruhe, dann ist er wieder auf dem Damm.« Auf ihren Wangen bildeten sich schelmische Grübchen. »So lange brauchen Sie nicht zu befürchten, dass er wieder was anstellt. Das beruhigt Sie hoffentlich?«

Lazare erwiderte ihr Lächeln. An der Tür drehte sie sich noch einmal um. »Sie fahren anschließend noch zur Gendarmerie in St. Pierre, nicht wahr? Ich frage nur, weil meine Kupplung auf der Herfahrt ihren Geist aufgegeben hat. Könnten Sie mich mitnehmen, wenn Sie wieder nach unten fahren?«

Lazare versprach es. Sie zog die Türe hinter sich zu.

Lazare griff sich einen Schemel und setzte sich an Sisets Bett. Der eingefallene Schädel des Alten verschwand fast in der Tiefe des Kissens. »Glotz nicht so mitleidig, mit mir ist alles in Ordnung«, nuschelte er. »Bisschen Schädelweh, sonst nichts.«

»Was zum Teufel hast du wieder angestellt, Onkel?«

»Fang du bloß nicht auch noch an! Ich wollte diesen Geiern bloß klarmachen, dass sie so nicht mit uns umspringen können. Will diese Drecksbagage doch glatt den ganzen Wald abholzen. Sind wohl verrückt geworden.« Sein Blick wurde grimmig. »Ich wollte ihnen einfach zeigen, dass es noch Leute gibt, die sich nicht so leicht hereinlegen lassen, verstehst du?«

»Mit deinem Gewehr.«

»Womit sonst? Mit einem Sträußchen Erika vielleicht, du Schlappschwanz?« Er stockte, zog eine schmerzerfüllte Grimasse und fuhr fort: »Einen Schreck wollte ich ihnen einjagen, jawohl.« Siset kicherte wie ein Bengel nach einem gelungenen Streich. »Scheint funktioniert zu haben, wie ich mir habe sagen lassen.«

Und wie, dachte Lazare.

»Wirklich, völlig unnötig, dass du deswegen antanzt. Alles…« Wieder durchzuckte ihn ein Kopfschmerz, er hustete, schluckte schwer »… in Ordnung. Erzähl du lieber, wie's dir geht. Siehst ein bisschen müde aus, mein Junge.«

Was kein Wunder wäre, dachte Lazare. Ich bin wie ein Verrückter hierhergerast, weil ich dachte, du liegst in den letzten Zügen.

»Es ist nichts«, sagte er achselzuckend. »Alltag, wie üblich.«

Siset kämpfte sich im Bett nach oben. »Mach mir nichts vor, du Lügenbold. Es ist die Sache, wegen der sie dich gerufen haben, stimmt's? Du bist wieder mal einem Halunken auf der Spur, bekommst ihn aber nicht zu fassen, hab ich Recht?« Er warf Lazare einen verärgerten Blick zu. »Ich bin auch noch nicht völlig vertrottelt, kapiert? Also erzähl mir gefälligst, woran du zu beißen hast.«

»Ein andermal, Onkel Siset. Als Erstes wirst du wieder gesund, kapiert?«

»Spart euch euer Mitleid, du und Mathilda. Es macht mich rasend, wie ihr mich zum tatterigen Alten stempelt«, maulte Siset. »Ich brauche noch keinen, der mir die Schnabeltasse hält, verstanden? Mach du lieber deine Arbeit ordentlich, das ist viel wichtiger.« Er wühlte seine Rechte aus der Zudecke und hob seinen knochigen Zeigefinger. »Und was deinen Fall angeht, mein Junge – denk einfach dran, was ich dir immer gesagt habe: Folge dem Geld, und du findest den Schuldigen. Es ist immer alles ganz einfach. So einfach, dass man dran verzweifeln könnte.«

Lazare musste schmunzeln. »Ich werde dran denken«, sagte er.

Der Alte nickte. »Ich weiß, dass du kein Dummkopf bist.« Er lächelte. »Ich verspreche dir auch, mein Junge, dass du eine Weile keine Scherereien mehr mit mir hast.« Unvermutet blitzte wieder Kampfeslust aus seinen kleinen Äuglein. »Vorausgesetzt, dass mich nicht wieder irgendwelche Idioten zur Weißglut bringen.«

»Klar«, seufzte Lazare. Er stemmte seine Arme auf seine Oberschenkel, wollte aufstehen, wurde aber plötzlich von einer Woge der Zuneigung überwältigt. Er beugte sich zu dem Alten und umarmte ihn. Es wird eine Anzeige geben, dachte er voller Sorge. Auch die Gendarmerie wird nicht umhinkommen, ein Verfahren zu eröffnen. Was die zu erwartende Strafe anging, würde das Gericht zwar wegen seines Alters Milde walten lassen. Aber die Gefahr bestand, dass ihn die Richter wegen Gemeingefährlichkeit in ein geschlossenes Heim einwiesen.

Lazare suchte noch nach Worten, als er die Hand Sisets auf seinem Rücken spürte, ein fast gewichtsloses Tätscheln. »Schon gut, mein Junge, mach dir um mich keine Sorgen«, murmelte der Alte mit mürber Stimme. »Aber was deine Arbeit angeht, da kann ich dir leider nicht viel Hoffnung machen. Der Mensch nämlich...«, er schob Lazare von sich, »...der Mensch ist 'ne ziemliche Fehlkonstruktion, verstehst du? Kaum hat er halbwegs was kapiert vom Leben, muss er schon wieder abtreten. Ist er endlich so weit, dass er ein paar vernünftige Sachen zum Besten geben könnte, liegt er schon in der Grube. So müssen die Jungen jedes Mal wieder neu herausfinden, wie der Hase läuft – und wenn sie es schließlich halbwegs kapiert haben, geht auch bei ihnen schon wieder das Licht aus.« Seine Stimme war in ein Murmeln übergegangen. Erschöpft schloss er die Augen.

Lazare löste sich behutsam vom Bettrand und sah auf den Alten hinab.

Großartig, dachte er. Genau die Aufmunterung, die ich im Moment brauche.

73.

Die Verbindungsdaten hatten ergeben, dass Cypril bereits kurz nach seiner überstürzten Flucht mit seinem Bruder Bernard in Sète Kontakt aufgenommen hatte. Die Beschattung des Hauses in der Rue Denfert-Rochereau, in dem Bernard Senechas wohnte, begann noch im Morgengrauen. Zur gleichen Zeit griff auch die Telefonüberwachung. Wenige Minuten nach acht Uhr wurde ein Gespräch zwischen den Brüdern abgehört. Cypril bat, offenbar erneut und in unüberhörbarer Panik, seinen Bruder um Geld, um untertauchen zu können. Die beiden stritten sich heftig, auch um die Höhe der Summe.

Kurz nach zwölf Uhr erhielt der Bruder an seinem Arbeitsplatz bei der Firma *SA Sud* einen weiteren Anruf von Cypril, in dem der Bruder beteuerte, kurzfristig keinen größeren Betrag auftreiben zu können. Zeit und Ort der Übergabe wurden vereinbart. 18:00 Uhr, *Café de la place*, du weißt Bescheid.«

Für einen Moment herrschte unter den Fahndern Ratlosigkeit. Dann ergab die Ortung, dass sich der Anrufer am Nordufer der Lagune, am Stadtrand in Mèze, eingeloggt hatte.

Als Bernard Senechas die Firma verließ und in sein Auto stieg, hefteten sich zwei zivile Einsatzfahrzeuge an die Stoßstange. Zwei Zivilbeamte der Nationalpolizei von Mèze hatten im Umkreis des *Café de la Place* unauffällig Posten bezogen.

Kurz nach 18:00 bockte Cypril Senechas die grün lackierte Enduro am Rinnstein einer Seitengasse neben dem Café auf. Er wirkte übernächtigt und entkräftet. Wie gelähmt ließ er die Festnahme über sich ergehen.

Bruant erwartete ihn bereits im Verhörraum des Regionalgefängnisses. Der Kommissar machte gar nicht erst den Versuch, seine schlechte Laune zu verbergen. Er spulte die Formel ab, nach der Cypril das Recht auf Aussageverweigerung zustand.

»Andererseits werde ich dir nichts Neues verraten, wenn ich dir sage, dass es bei der Verhandlung zu deinen Gunsten ausgelegt wird, wenn du mit uns kooperierst.«

Der junge Mann nickte geschlagen. Seine Schultern hingen herab, seine Stirn glänzte, er verströmte Schweißgeruch.

»Also: Warum hast du den Zaun bei Monsieur Praden manipuliert? Und den Gasschlauch bei Monsieur Durand? Warum wolltest du sie umbringen?«

»Ich wollte doch niemand töten!«, rief Cypril. »Und dass… dass der Alte an den Zaun geht, hab ich doch nicht wissen können!… Ich… ich dachte, dass eins von seinen Tieren an den Zaun kommt und es einen Kurzschluss gibt und ihm sein Zeug… seine Kühltruhe…«

»Und wozu diese Schweinerei? Was hast du gegen ihn gehabt?«

»Die Neos tun, als ob… ihnen alles gehören würde, mischen sich in alles ein… sie gehören einfach nicht hierher…« Er sah Bruant mit feuchten, rot umränderten Augen an. »Bei einer Gemeindeversammlung hat er meinen Vater angegriffen und lauter Lügen über uns verbreitet.«

»Was hat er ihm vorgeworfen?«

»Das war… das war, weil die Flusskrebse unten im Fluss verschwunden sind. Er hat behauptet, dass wir daran schuld sind, dass… weil wir einen giftigen Dünger ausbringen würden. Dabei…«, Cypril schniefte, »… dabei nehmen wir bloß das, was wir schon immer genommen haben… und was auch alle anderen im Tal nehmen…« Cypril stockte, senkte den Kopf. Ruckartig hob er ihn wieder und rief: »Ich wollt doch bloß, dass die Leute einen Denkzettel kriegen, und…«

»Das habe ich kapiert«, unterbrach Bruant. »Das Gleiche gilt vermutlich auch für Monsieur Durand, richtig?«

Cypril nickte. »Der hat sich beim Bürgermeister über uns beschwert, über uns Jäger. Weil wir angeblich zu nahe an seinem Grundstück gejagt haben. Alles gelogen! Aber der Bürgermeister hat ihm Recht gegeben. Auf einmal hätten wir nichts mehr zu sagen! Auf unserem eigenen Land!«

Bruant bemühte sich, seine Ungeduld zu zügeln. »Wie bist du bei ihm vorgegangen?«

Cyprils Kopf sank zwischen seine Schultern. Er gestand, das Türschloss aufgestemmt und den Gasschlauch perforiert zu haben. »Ich... ich hab ja zuvor gehört, dass die Leute für einige Tage weg sind... ich hab mir ausgerechnet, bis wann... ungefähr... dass sie eher zurückkommen, hab ich doch nicht wissen können, oder?«

Täterwissen, notierte Bruant in Gedanken. Keines dieser Details war in der Presse erwähnt worden. Er bemühte sich, einen väterlichen Ton in seine Stimme zu legen: »Ich glaube dir. Aber eines will mir nicht in den Kopf, mein Junge. Wie ich mir habe sagen lassen, kommst du aus einer anständigen Familie. Zuschulden kommen lassen hast du dir auch noch nichts. Solche hinterhältigen Methoden passen doch gar nicht zur dir. Wer hat dich auf diese schwachsinnige Idee gebracht?«

»Niemand«, flüsterte Cypril.

»Hat dein Vater einmal mit dir darüber gesprochen, dass man etwas gegen die beiden unternehmen sollte?«

Der Junge nickte, schüttelte den Kopf, nickte wieder. »Aber... er hat nichts davon gewusst, dass ich...« Seine Stimme erstarb.

»Du behauptest also, diese Anschläge ganz allein geplant und ausgeführt zu haben. Niemand hat dich dazu angestiftet, niemand hat dir geholfen.«

Cypril hielt den Kopf gesenkt. Er nickte stumm.

»Hör zu, mein Junge. Noch will ich dir helfen. Wenn du aber

glaubst, mich verkohlen zu können, kann sich das schnell ändern, verstehst du?«

Cypril sah auf. Sein Blick schwamm. »Nein... ich... niemand hat mich...«

»Dann frage ich anders. Wir wissen, dass du öfters Einladungen zu Veranstaltungen der Parteijugend des Front national bekommen hast. Bist du Mitglied?«

Cypril verneinte. »Ich war nur ein paar Mal... nur aus Interesse... ein paar Leute aus dem Dorf sagten, das sollte ich mir mal anhören...«

»Aber du bist Mitglied in der Jagdmannschaft von St. Pierre, mit der sowohl Monsieur Praden als auch Monsieur Durand im Clinch gelegen sind, richtig? Da hat man doch seinem Ärger Luft gemacht, oder nicht? Und vielleicht auch überlegt, wie man den Zugezogenen einmal ein wenig einheizen könnte?«

»Natürlich waren wir alle sauer auf sie... jeder im Dorf war es.«

»Und dann kam einer von ihnen auf die Idee mit der Stromfalle.«

Cypril presste die Lippen aufeinander. Dann murmelte er: »Nein... es ist nur einmal darüber geredet worden, dass es vor ein paar Jahren mal einen ähnlichen Unfall gegeben hat...«

Es klopfte an der Tür des Vernehmungsraums. Bevor Bruant protestieren konnte, flog die Türe auf. Ein kleiner, rundlicher Mann in dunklem Anzug stürmte herein. Hinter ihm stand der Wachbeamte mit gerötetem Gesicht, betreten die Schultern zuckend.

»Maître Meunier!«, bellte der Ankömmling. »Ich vertrete die Familie Senechas. Wessen wird mein Mandant beschuldigt?«

»Einen guten Tag wünscht man, verehrter Maître«, gab Bruant herablassend zurück. »Ich bin aufrichtig erfreut, wieder einmal mit Ihrer geschätzten Anwesenheit beehrt zu werden.«

Auf der Schläfe des Anwalts pulste eine dicke Ader. »Ich fordere eine Antwort!«

»Was Ihr gutes Recht ist, selbstverständlich.« Bruant nickte gelassen. »Ihr Mandant, Monsieur Cypril Senechas, ist dringend tatverdächtig des vollendeten Mordes, des versuchten Mordes in zwei Fällen sowie der Herbeiführung einer Sprengstoffexplosion und der schweren Sachbeschädigung.«

»Absurd!«

Bruant verzog genüsslich den Mund. »Es dürfte Sie vielleicht interessieren, verehrter Maître, dass Monsieur Senechas sämtliche ihm zur Last gelegten Taten bereits gestanden hat.«

»Was zu befürchten war. Ihre Neigung zu Vorverurteilungen wie auch Ihre Verhörmethoden sind schließlich bekannt!« Die Stimme des Anwalts wurde schrill. »Sie haben meinen Mandanten unter Druck gesetzt!«

»Nur zu mit den Beleidigungen eines Organs der öffentlichen Ordnung«, sagte Bruant beherrscht. Er wies mit einer Kopfbewegung auf die ihn umstehenden Beamten. »Wir sind ja hier unter uns, nicht wahr?«

»Monsieur Senechas ist verwirrt, sehen Sie ihn sich an, er steht unter Schock, seine Aussage ist völlig wertlos! Ihm ist bestenfalls Körperverletzung mit Todesfolge vorzuwerfen!« Meunier wandte sich an Cypril: »Sie sagen kein Wort mehr, haben Sie mich verstanden?« Er sah wieder zu Bruant. »Das Papier, auf dem dieses Geständnis steht, empfehle ich zum Gebrauch in der Toilette des Kommissariats. Im Auftrag meines Mandanten erkläre ich es hiermit als zurückgezogen und fordere seine sofortige Freilassung!«

»Aber ja doch, Maître«, erwiderte Bruant trocken. »Für Ihre brillanten Schachzüge sind Sie schließlich bekannt, nicht wahr?«

74.

Betschart hatte noch registriert, dass seine beiden Entführer, nachdem sie die Autobahn unterquert hatten, auf eine Departementstraße in nördlicher Richtung eingebogen und in ein ausgedehntes Waldgebiet eingetaucht waren. In einer von Büschen geschützten Straßenbucht hatten sie angehalten. Der Entführer hatte die Waffe auf ihn gerichtet, während der Fahrer ihm die Augen verbunden und befohlen hatte, sich auf dem Rücksitz zu krümmen. Nachdem sie eine Decke über ihn geworfen hatten, setzten sie ihre Fahrt fort.

Etwa eine halbe Stunde – oder war es bereits eine ganze Stunde? – später konnte er das Knirschen einer Schotterpiste unter sich hören. Der Wagen schaukelte stärker, der Fahrer hatte einen niedrigen Gang eingelegt, schaltete häufig. Kurven, notierte Betschart in Gedanken, eine Serpentine. Nach weiteren zwanzig oder dreißig Minuten hielt der Wagen an. Der Motor erstarb.

Betschart fiel eine ungewöhnliche Stille auf. Er fühlte weichen Kies unter seinen Sohlen. Er zählte dreizehn Schritte auf unebenen Steinplatten, danach zwölf Stufen einer ausgetretenen Steintreppe, eine schwere Pforte mit kreischenden Angeln, nach weiteren acht Schritten auf glatten Fliesen eine leichtgängige Salontür, schließlich glattes Parkett. Sein Entführer dirigierte ihn auf einen Stuhl und drückte ihn auf den Sitz. Dann nestelte er am Knoten der Augenbinde.

»Willkommen, Herr Betschart«, dröhnte eine joviale, zugleich energische Stimme.

Betschart blinzelte.

Charles Laforet, in Jägerkluft, thronte hinter einem massigen, von einer antiken Tischlampe erhellten Schreibtisch. Mit einer Kopfbewegung bedeutete er seinem Untergebenen, sich in den Hintergrund des geräumigen Büros zurückzuziehen. »Ich freue mich aufrichtig, Ihre persönliche Bekanntschaft machen zu dürfen, Herr Betschart. Ich hoffe, Sie nehmen mir nicht allzu übel, wenn ich zu etwas unkonventionellen Mitteln greifen musste, um dieses Treffen zu arrangieren. Aber es lag mir ausgesprochen viel daran, vor Ihrer Abreise noch ein Gespräch mit Ihnen zu führen.« Ein verbindliches Lächeln huschte über seine breiten, verlebten Züge. »Es ist wohl unnötig, dass ich mich vorstelle, nehme ich an.«

»Ich … ich bin nicht sicher«, log Betschart.

»Dann darf ich Ihnen helfen. Mein Name ist Laforet. Charles Laforet.«

»Ah«, murmelte Betschart.

Sich zurücklehnend und im leutseligen Ton eines Mannes, der eine angenehme Kneipenbekanntschaft vertiefen möchte, fuhr Laforet fort: »Und Sie kommen aus Bayern, wenn man mich richtig informiert hat? Ich war früher öfters in Ihrem schönen Land. Besonders die Gegend um Berchtesgaden – ein Paradies. Ich bitte Sie übrigens um Nachsicht für mein miserables Deutsch, Herr Betschart. Es fehlt mir einfach an der Übung.«

»Es ist ausgezeichnet«, hörte sich Betschart loben. Sein Gehirn arbeitete fieberhaft.

»Sie schmeicheln, Herr Betschart«, sagte Laforet. »Aber Sie werden sich fragen, warum ich mit Ihnen sprechen wollte, nicht wahr? Ich will es Ihnen erklären: Mir ist zu Ohren gekommen, dass Sie über mich Erkundigungen eingezogen haben. Es hat mich insofern erstaunt, weil Sie nach meinen Informationen doch aus einem anderen Zweck nach Sète beordert wurden.«

Er neigte sich vor. Sein Ton wurde schärfer. »Sie haben mehrere Personen nach mir befragt, waren in meinem Lokal. Können Sie mir erklären, was Sie dazu bewogen hat? Dass ich das Recht habe, das zu erfahren, werden Sie nicht bestreiten.«

Betschart räusperte sich. »Dass diese Bar Ihnen gehört, wussten wir nicht. Uns hat bloß interessiert, wer Rossbach in Sète unterstützt haben könnte. Wir wären nach unserer Rückkehr danach befragt worden.«

Laforets ausgebleichte Brauen hoben sich. »Das und nichts anderes wollten Sie recherchieren?«, bohrte er nach. »Und dazu suchen Sie Madame Blanchard auf? Diese bösartige alte Vettel, deren Genossen einen Prozess nach dem anderen gegen meine Familie verloren haben?« Seine Lider verengten sich. »Hören Sie, Betschart. Ich muss gestehen, dass ich Ihre Ausflüchte allmählich als ein wenig unhöflich empfinde, ja?«

»Ihren Namen habe ich bei dieser Frau zum ersten Mal gehört«, verteidigte sich Betschart.

Laforet maß ihn mit einem zweifelnden Blick. »Könnte es nicht so sein, dass man mir etwas anhängen, meinen Ruf in den Dreck ziehen möchte?« Er fügte in schneidendem Ton hinzu: »Das war es doch, womit Sie die alte Hexe beschwatzt hat, nicht wahr?«

Er zählt eins und eins zusammen, dachte Betschart. Es hat keinen Sinn, ihn zu belügen.

»Sie hat eine Andeutung fallen lassen«, sagte er.

»Wie schön Sie das sagen! Eine Andeutung!« Laforet reckte sein massiges Kinn. »Und darauf fällt ein erfahrener Kriminalbeamter wie Sie herein? Auf eine Räuberpistole, auf eine schmutzige Verleumdung, die damals von ideologisch verbohrtem Gesindel gegen meinen Vater in die Welt gesetzt wurde? Obwohl er sich um die Region verdient gemacht hat wie kein anderer?« Er schlug mit der Faust auf den Tisch. »Ich werde nicht zulassen, dass dieses unselige Gerücht wieder auflebt, dass das Andenken meines Vaters beschmutzt wird und damit auch mein Ansehen als Bürger und Unternehmer!« Er beruhigte sich wieder etwas. »Sagen Sie, ist Ihnen nie in den Sinn gekommen, dass man Sie lediglich benutzen will?«

»Benutzen wozu?«

»Wozu!«, brauste Laforet wieder auf. »Um diesen Dreck wieder aufzukochen, was sonst? Um nicht nur mir, sondern auch unserer Bewegung zu schaden!«

»Ich habe es nie vorgehabt«, beteuerte Betschart. »Kein Richter, auch bei Ihnen, würde nach so langer Zeit noch einmal eine Ermittlung ansetzen.«

»Sehr richtig. Die Sache ist nicht nur zu Recht vergessen, sondern auch schon längst verjährt«, stellte Laforet befriedigt fest. »Freut mich, dass wir uns hier einig sind.«

»Ich bin Polizist. Mit politischem Krampf will ich nichts zu tun haben. Im Ausland erst recht nicht.«

»Woran Sie gut tun.« Laforets Blick wurde lauernd. »Und nachdem Ihr Auftrag, mit dem man Sie hierhergesandt hat, nicht vorsah, dass Sie sich das Geschwätz seniler Greisinnen anhören sollten – haben Sie vor, dieses zweifelhafte Privatvergnügen in Ihrem Einsatzbericht zu vermerken?«

»Was für einen Zweck sollte das haben?«

»Richtig. Absolut keinen. Kein Gericht in Deutschland würde die Phantastereien einer alten Vettel zum Anlass für ein Verfahren nehmen, nicht wahr?« Laforets Blick wanderte forschend über Betscharts Gesicht. Er entspannte sich, lehnte sich zurück und schlug die Beine übereinander. »Vielleicht tue ich Ihnen Unrecht...«, begann er. »Ja, womöglich habe ich Sie falsch eingeschätzt. Sie vermitteln mir jetzt doch den Eindruck, dass ich nicht nur einen gewissenhaften und besonnenen deutschen Polizeibeamten vor mir habe, sondern auch einen Mann, mit dem man reden kann. Offen reden, meine ich. Oder irre ich mich?«

Was kommt jetzt, dachte Betschart.

»Müssen andere beurteilen«, sagte er.

Laforet lächelte wohlwollend. »Ich denke doch, dass ich mich auf meine Menschenkenntnis einigermaßen verlassen kann. Sehen Sie, Herr Betschart – Sie sind ein Mann des Rechts und der Ordnung. So kann man es doch sagen, oder?«

»Große Worte.«

»Keine falsche Bescheidenheit, mein Bester. Ich wäre jedenfalls erstaunt, wenn es Ihnen nicht auch Sorge bereiten würde, dass unsere Nationen zunehmend von kulturfremden Eindringlingen überflutet werden, die sich bei uns nicht nur illegal einnisten und ausbreiten wollen, sondern alle unsere Errungenschaften verachten, und die unsere Kultur und unser Rechtssystem zur Disposition stellen. Und dass unsere Regierungen nicht willens und nicht fähig sind, uns vor diesen Invasionen zu beschützen. Einmal, weil es schlicht an Verantwortungsbewusstsein und Rückgrat fehlt, und zum anderen, weil sich dem Diktat des jüdisch-amerikanischen Finanzkapitals gebeugt wird. Ein Diktat, für das nationale Identitäten keinerlei Rolle mehr spielen, das keine Überzeugungen mehr kennt, das Turbanpflicht und die Steinigung für Ehebruch anordnen würde, wenn daraus Profit zu schlagen wäre, das einmal mit Halal, dann wieder mit koscheren Produkten Geschäfte macht, wenn sich Rothschild und Konsorten nur damit die Taschen füllen können. Diesen Preis zu bezahlen weigert sich aber ein immer größer werdender Teil des Volkes, Ihres und unseres, man lässt sich nicht mehr einlullen von Fortschrittsversprechen durch die Globalisierung, von naiven Träumereien einer angeblichen kulturellen Bereicherung, wenn auch bei uns Scharia und Terror heimisch werden.« Laforet ließ sein Gegenüber nicht aus den Augen. »Es geht unserer Bewegung um den Schutz unserer nationalen und kulturellen Identität, und damit um den Schutz von Recht und Ordnung, so wie wir sie in Jahrhunderten europäischer Geschichte entwickelt haben.« Er brach ab und seufzte tief. »Manchmal ermüdet es mich, immer und immer wieder von Selbstverständlichkeiten sprechen zu müssen.« Er sah Betschart erwartungsvoll an. »Trotzdem würde mich Ihre Meinung dazu interessieren.«

Du musst Zeit gewinnen, warnte Betscharts innere Stimme. Bestimmt hat Kessler dein Verschwinden schon gemeldet und alle Hebel in Bewegung gesetzt.

»Das eine oder andere ... kann ich unterschreiben«, sagte er.

»Jede andere Antwort hätte mich auch sehr gewundert. Ich darf Ihnen auch verraten, dass viele Ihrer Kollegen sowohl hier als auch in Ihrem Land bereits zu einer ähnlichen Einstellung gekommen sind und mit uns kooperieren.« Er bemerkte, dass Betschart an einer Antwort feilte. Er lächelte gönnerhaft. »Ich darf übrigens als Zeichen meines Vertrauens in Ihre Integrität vorausschicken, dass Sie sich zumindest in einem nicht geirrt haben. Nämlich, dass Kamerad Rossbach tatsächlich eine Weile von uns unterstützt worden ist. Er ist uns von zuverlässiger Seite als politisch Verfolgter bezeichnet worden, was uns dazu veranlasste, ihm gewissermaßen Asyl zu gewähren. Zwar mussten wir bald feststellen, dass man uns nicht gerade das Musterexemplar eines Kampfgenossen aufgehalst hat – der Mann neigt zu idiotischen Ausfällen, und seine Liebe zu Wein, Weib und Gesang ist mindestens so stark wie die zum Vaterland. Oder sehen Sie es anders?«

Betschart zuckte die Schultern. »Ihre Beschreibung dürfte zutreffen«, räumte er ein.

»Sie war eher zu schonend, gemessen am Ärger, den er uns bereitet hat.« Der spöttische Ton versiegte. »Nun, wir haben unsere Pflicht getan. Die Verantwortung für sein weiteres Schicksal aber müssen wir zurückweisen. Das hat er selbst zu verantworten.« Er machte eine wegwerfende Handbewegung. »Aber wieder zu Ihnen, Herr Betschart. Ich bin mir sicher, dass Sie sich fragen, warum ich Ihnen so ausführlich Auskunft gegeben habe. Wie ich mir auch sicher bin, dass Sie es längst erahnt haben. Weshalb ich mich kurz fasse und Sie frage, ob es zwischen Ihnen und uns die Perspektive einer – nun, nennen wir es Zusammenarbeit geben könnte. Ich zumindest bin davon überzeugt, dass –« Laforet stockte und sah zur Tür. Einer der Entführer stand im Türrahmen. Sein Gesicht war ernst.

»C'est important«, sagte er und warf einen fragenden Blick auf Betschart. Laforet sprang alarmiert auf und verließ das Zimmer. Kurz darauf kehrte er zurück und nahm wieder Platz.

»Pardon.« Er lächelte angestrengt. »Wo waren wir?«

»Bei ... einer Perspektive.«

»Richtig! Ich bin davon überzeugt, dass es zwischen unseren Auffassungen nur geringfügige Gegensätze gibt, Herr Betschart.« Er machte eine kleine Pause. »Wie ich übrigens auch fest davon überzeugt bin, dass es nur zu Ihrem Besten wäre.«

Betschart hüstelte in seine Faust. Friss Vogel, oder stirb, dachte er. Lehne ich ab, muss er mich beseitigen. Schlage ich zu flink ein, wird es sein Misstrauen erregen.

»Sicher ...«, sagte er. »Ich bin nur noch ... es kommt überraschend ...«

Laforet nickte verständnisvoll. »Sie wollen noch einen Moment darüber nachdenken, nicht wahr? Tun Sie das. Sie haben Zeit. Bitte haben aber auch Sie dafür Verständnis, dass wir im Augenblick kein Risiko eingehen dürfen.« Er kam Betscharts Frage zuvor. »Sie müssten uns noch eine kurze Zeit Gesellschaft leisten, Herr Betschart. Nur so lange, bis sich die Wogen ein wenig geglättet haben, versprochen.« Er stand auf und winkte den Bewacher heran. »Kümmert euch um ihn«, sagte er auf Französisch.

Er hat es nicht geschluckt, dachte Betschart besorgt. Einer wie Laforet traut niemandem. Weil er von sich ausgeht. Es hat ihn vermutlich nicht einmal interessiert, ob ich einschlage oder nicht. Er wird aus meinem Namen schließen, dass ich damals der einzige Zeuge war. Er wollte sich nur vergewissern, ob ich eine Gefahr für ihn darstelle. Und woraus diese bestehen könnte. Wie er mich einschätzen muss. Vielleicht weiß er es jetzt. Oder auch nicht. Er weiß nur eines: dass er sich mit meiner Entführung eine Blöße gegeben hat. Und nur noch einen Ausweg hat. Den, mich zu beseitigen.

75.

Angespannt, das Lenkrad fest umklammernd, lenkte Lazare seinen Wagen in das Tal. In Tormes war bereits keine Menschenseele mehr unterwegs. Er ließ das Dorf hinter sich, bog in die Hauptstraße nach St. Pierre d'Elze ein und drückte aufatmend auf das Gaspedal. Er warf Josine einen flüchtigen Blick zu.

»Was ist er für ein Mensch, der Chef der Brigade in St. Pierre?«, erkundigte er sich.

»Monsieur Jeanjean? Schwer zu sagen, ich bin erst vor ein paar Monaten zurückgekommen.«

»Aha?«

Ihre Stimme lächelte: »Das gibt es, fragen Sie sich? So seltsame Menschen, die hierher zurückkommen? In eine Gegend, aus der alles Reißaus nimmt?«

»Das habe ich nicht gemeint«, wand sich Lazare. Er besann sich kurz. »Doch, das habe ich mich gefragt.«

»Ich bin ein paar Täler weiter geboren, habe aber eine Weile geglaubt, dass das Glück des Lebens nur in Paris zu finden ist«, erklärte sie, den Blick wie abwesend auf die Straße gerichtet.

»Was nicht der Fall war.«

»Eine Weile schon«, sagte sie in einem Ton, der ihm klarmachte, dass sie nicht darüber sprechen wollte. »Aber Sie wollen etwas über Monsieur Jeanjean hören. Er ist als Witwer auf dem Einholzettel der hiesigen Damenwelt, scheint sich dessen aber nicht bewusst zu sein. Er hat eine etwas kapriziöse Tochter, die meistens im Ausland ist, ich jedenfalls habe sie bisher noch nie gesehen. Man erzählt sich, dass man mit ihm reden kann. Allerdings hat er im Moment eine Menge Ärger am Hals. Einige der hiesigen Neos machen gerade so etwas wie einen Aufstand.«

Lazare sah sie fragend an, richtete seinen Blick aber sofort wieder auf die Piste.

»Aber wenn es stimmt, was sie behaupten, regen sie sich zu Recht auf. Es soll Sabotage gegeben haben, ein alter Mann ist durch eine manipulierte Stromleitung gestorben, und einem der Neos wurde das Haus abgefackelt.«

»Wer steckt dahinter? Einheimische?«

»Vielleicht. Wenngleich ich es mir nicht vorstellen kann. Von ein paar Reibereien abgesehen, kommen die Leute von hier und die Neos eigentlich ganz gut miteinander aus. Ich weiß nur, dass Monsieur Jeanjean die Kriminalpolizei eingeschaltet haben soll. Und dass seit gestern nach einem Jungen aus St. Pierre gefahndet wird. Angeblich soll er etwas mit den Anschlägen zu tun haben.«

Der Mann wird hocherfreut darüber sein, nun auch noch Onkel Sisets Eskapaden am Hals zu haben, dachte Lazare.

»Sie kommen nicht allzu oft hierher, stimmt's?«, fragte sie. »Es wird Ihnen wahrscheinlich zu öde sein, nehm ich an.«

Lazare zuckte die Schultern. »Ihnen nicht?«

Sie schwieg einen Augenblick versunken. »Es ist seltsam, an welchen Orten man im Leben landet. Mit denen einen etwas verbindet, ohne dass man weiß, was es ist. Wenn es nicht einfach ein Mirakel ist, so muss es etwas mit einem selbst zu tun haben. Aber wie auch immer, es ist gut, einen Platz zu haben.«

»Hört sich an, als wären Sie glücklich.«

»Fast«, sagte sie leise. Lauter fügte sie hinzu: »Ich bin jedenfalls ruhiger geworden.«

»Das waren Sie nicht immer?«

Nanu, dachte er. Was geht dich das eigentlich an? Andere Sorgen hast du gerade nicht?

Sie lachte leise. »Könnte man so sagen«, entgegnete sie, und der Klang ihrer Stimme ließ erahnen, dass es in ihrem Leben schon turbulentere Zeiten gegeben haben musste.

Sie näherten sich dem Dorf. Die Sonne war bereits hinter dem Kamm der bewaldeten Berge im Westen verschwunden.

»Ich bewundere Ihre Tante«, sagte Lazare.

»Tante Mathilda hat ein Herz aus Gold«, stimmte sie zu. Sie sah ihn von der Seite an. »Sie fragen sich wahrscheinlich, warum sie sich das antut, obwohl er nur an ihr herumzumeckern scheint.«

Er gab es zu.

Sie schwieg einen Moment. Dann sagte sie: »Es ist zwar eines dieser Geheimnisse im Dorf, das jeder kennt, aber Sie müssen mir trotzdem versprechen, es für sich zu behalten.«

Er nickte ihr auffordernd zu.

»Tante Mathilda ist nämlich keine von jenen Frauen, die nur glücklich sind, wenn sie unglücklich sind. Siset und sie waren ein Paar. Aber sie war damals wie Siset verheiratet. Ihr Mann war ein grundgütiger Kerl, sie hatten zwei Kinder, und sie konnte ihn auch deshalb nicht verlassen, weil er schon früh ziemlich krank geworden ist. Bei ihm war es nicht viel anders. Auch er hatte eine große Zuneigung zu seiner Frau, sie war eine herzensgute und aufrichtige Person, vielleicht ein bisschen einfältig und in manchen Dingen etwas lebensuntüchtig. Tante Mathilda und er sahen keinen Weg, ihre Liebe zu leben, und sie sind übereingekommen, sich nicht mehr zu treffen.« Josine machte eine Pause und fügte leiser hinzu: »Was für eine Qual, wenn es dich erwischt hat, hat sie mir einmal gesagt… Vielleicht ist es die Wut auf das Schicksal, was sie so polterig miteinander umgehen lässt. Das Schicksal, das ihnen nicht erlaubt hat, miteinander glücklich zu sein. Ich weiß es nicht. Ich weiß nur, dass die beiden sich noch immer lieben.« Sie hob die Stimme und deutete auf ein Gebäude mit weit geöffnetem Tor, aus dem ein schwacher Lichtschein auf die Straße fiel: »Hier ist es!«

Er hielt vor der Autowerkstatt. Sie stieg aus und steckte den Kopf noch einmal ins Wageninnere. »Hat mich gefreut, Sie kennenzulernen, Monsieur«, sagte sie.

»Ebenfalls«, sagte Lazare. Sie lächelte ihm zu, erklärte ihm den Weg zur Kaserne der Gendarmerie, drückte die Tür zu und verschwand in der Werkstatt.

76.

Juliani zeigte auf seine Armbanduhr. Neunzehn Uhr.
»We must go, Monsieur«, sagte er. »We will be too late.«
Kessler winkte gereizt ab. Er stand auf, ging vor das Hotel und suchte mit zusammengekniffenen Augen die Straße in beiden Richtungen ab. Er fluchte leise. Er fischte sein Handy heraus.
»Den Chef«, forderte er. Inspektionsleiter Furtmayr schien auf seinen Anruf gewartet zu haben.
»Ich will nur noch gute Nachrichten von euch hören, Kessler, ja? Schieß los.«
»Franz ist weg, Chef. Er geht auch nicht an sein Handy. Der Flieger geht in eineinhalb Stunden, ich kann nicht mehr länger warten. Ich hab keinen Dunst, wo er sich rumtreibt oder ob er noch immer meint, nach dem Rossbach suchen zu müssen. Ich trau ihm mittlerweile alles zu.«
»Was?!«, klirrte es aus dem Handy. »Hat er den Verstand verloren?«
»Keinen Schimmer von 'ner Ahnung, Chef.«
»War meine Anweisung nicht klipp und klar? Zwei Tage, nicht mehr! Und er will trotzdem weiter nach dem Mann suchen? Er weiß doch ganz genau, dass er auf fremdem Hoheitsgebiet nichts zu melden hat!«
»Was soll ich tun, Chef? Bleib ich da und suche ihn? Der Kollege von hier hat sich übrigens vorhin noch eigens erkundigt. Im Stadtgebiet ist keine Unfallmeldung eingegangen. Die Krankenhäuser melden ebenfalls keinen Zugang.«

Eine kurze Pause. »Du kommst so schnell wie möglich her, allein kannst du eh nichts ausrichten. Die Sache mit Rossbach ist außerdem bereits tiefer gehängt worden. Sie haben hier ein paar Kerle geschnappt und ausgequetscht, Rossbach ist nicht mehr als Haupttäter eingestuft. Ein Aufwand wie bei Bin Laden ist also nicht mehr angesagt. Was diesen Sturschädel von Franz betrifft, so geb ich die Sache ans LKA weiter, die werden Kontakt mit den Franzosen aufnehmen.« Ein Schnauben. »Der Kerl wird was erleben.«

»Monsieur?«, hörte Kessler hinter seinem Rücken. »Excusez-moi, Monsieur. We must go to the aéroport, immédiatement! Comprenez-vous?«

77.

Das spärliche Lächeln des Brigadiers drückte eher kollegialen Respekt als aufrichtige Freude aus, als er Lazare die Hand schüttelte. »Freut mich, Ihre Bekanntschaft zu machen, Commandant. Wenngleich ich mir einen angenehmeren Anlass gewünscht hätte.« Er bat seinen Besucher in sein Kabuff, wies auf einen Stuhl und nahm hinter seinem Schreibtisch Platz.
»Es ist wirklich überfällig, dass sich endlich jemand aus der Familie meldet. Es muss etwas geschehen. Ihr Onkel –«
»Großonkel eines Schwagers mütterlicherseits«, korrigierte Lazare.
»Aber Sie sind der einzige Verwandte in weitem Umkreis. Bei allem Respekt, ich kann Ihnen einen Vorwurf nicht ersparen. Ist das Ihre Vorstellung von familiärer Verantwortung, einen hinfälligen Greis in einer abgeschiedenen Einöde leben zu lassen? Ein Mann dieses Alters braucht doch regelmäßige Betreuung. Soziale, medizinische. Dafür gibt es doch ordentliche und sogar bezahlbare Altenheime in unserem Kanton, oder?«
»Er lehnt es kategorisch ab«, entgegnete Lazare. Er versuchte ein Lächeln. »Wobei ›kategorisch‹ eine grobe Untertreibung ist.«
Der Brigadier schmunzelte karg. »Was ich mir lebhaft vorstellen kann.« Er wurde sofort wieder ernst. »Trotzdem haben wir jetzt ein Problem. Hinzu kommt, dass uns Ihr Onkel nicht zum ersten Mal Schwierigkeiten bereitet. Wir haben immer wieder ein Auge zudrücken können. Jetzt aber hat er das Fass zum Überlaufen gebracht. Sie sind über den jüngsten Vorfall informiert?«

Lazare nickte bedrückt. »Ich werde ihm helfen, die Sache wieder in Ordnung zu bringen«, murmelte er. »Er ist kein schlechter Kerl.«

»Weder ich noch die meisten seiner Nachbarn behaupten das Gegenteil, Monsieur. Aber als Kollege muss ich Ihnen doch wohl nicht erklären, dass ich etwas unternehmen muss, oder?«

Lazare verneinte.

Jeanjean wuchtete sich ächzend aus seinem Sessel und ging zum Fenster. Die Sonne war hinter den Bergen verschwunden, nur noch ein schwacher Widerschein glühte im Westen. Lazare sein Profil zuwendend, begann er nachdenklich: »Ich kann Ihnen versichern, dass wir gerade jetzt diese Sache ungefähr so nötig haben wie ein Radrennfahrer einen Abszess am Hintern. Außerdem fühlte es sich alles andere als großartig an, gegen einen Greis vorzugehen, der schon mit einem Bein im Grab steht. Der zwar seine Schrullen haben mag, aber noch immer von vielen hoch geschätzt wird. Und – nach allem, was ich über ihn weiß – vor dessen Lebensleistung der Hut zu ziehen ist. Er war im spanischen Widerstand, nicht wahr?«

»In den Sechzigern, soweit ich weiß.«

Jeanjean schüttelte den Kopf. »Mit so jemandem geht man nicht um wie mit irgendeinem besoffenen Strolch.«

Lazare schöpfte Hoffnung. Er nickte dankbar.

»Was noch dazukommt, was Sie aber von mir nicht gehört haben, Commandant: Ich kann nicht einmal umhin, Ihrem Onkel in gewisser Weise Recht zu geben. Eine Schande, dass ein alter Mann als Einziger den Mumm hat, auf den Tisch zu hauen. Diese Geschäftemacher, die er mit seiner Aktion verscheucht hat, wollten den Leuten windige Verträge aufschwatzen, um ihren Wald abholzen zu können.« Er drehte sich um und sah Lazare an. »Aber sie werden auf jeden Fall vor Gericht ziehen.«

»Man müsste ihnen signalisieren, dass bei ihm nichts zu holen ist«, wandte Lazare ein. »Das Haus, in dem er wohnt, gehört ihm nicht. Und er hat nur eine Handvoll Euro Rente.«

Der Brigadier winkte ab. »Um Geld wird es ihnen gar nicht gehen. Sie werden es darauf anlegen, ein Exempel zu statuieren. Hinter den Kerlen steht ein Milliardenkonzern, von unserer Regierung ganz abgesehen. Sie werden darauf pochen, Ihr Verwandter müsse in eine Anstalt gesteckt werden, als Gefahr für die Allgemeinheit. Die Botschaft wäre: Legt euch nicht mit uns an.« Jeanjean kehrte wieder an seinen Schreibtisch zurück und brütete düster vor sich hin. »Ich werde auf jeden Fall eine Stellungnahme abgeben müssen. Ob es dann zu einer Anklage kommt und wie das Gericht entscheidet, darauf habe ich keinen Einfluss mehr.« Er unterbrach sich. Laurent steckte den Kopf durch die Tür.

»Später!«, schnauzte der Brigadier.

»Nur kurz, Chef. Eben ist eine Fahndung durchgegeben worden, Chef.«

»Geht's wieder um Staatsfeind Nummer eins oder sowas, dass du uns stören musst?«

»Die Zentrale macht Stress. Es geht um einen Polizeibeamten, einen Deutschen. Er ist abgängig, heißt es. Zuletzt hat man ihn in Sète gesehen.«

Lazare horchte auf.

»In Sète!«, brummte Jeanjean. »Großartig. Noch näher geht's nicht? Da wird sich einer ausgerechnet zu uns verirren.« Er winkte. »Leg's her und verschwinde.« Er nahm den Ausdruck in Empfang, wedelte Laurent mit einer ungnädigen Handbewegung hinaus, überflog stirnrunzelnd den Text. Er schob ihn beiseite und sah Lazare bekümmert an.

»Wieder zu Ihrem Verwandten, Commandant. Es tut mir leid. Wenn Ihre Absicht gewesen sein sollte, mich davon zu überzeugen, die Sache, nun, sagen wir: etwas zu entdramatisieren, so fürchte ich, dass Sie umsonst gekommen sind. Mir sind die Hände gebunden.«

»Man könnte –«, begann Lazare zaghaft.

»Könnte man nicht!«, fiel ihm der Brigadier ärgerlich ins Wort. »Der Vorfall war ernst, und er geschah vor aller Augen. Ich kann ihn nicht als harmlose Balgerei hinstellen. Muss ich einem Kollegen das wirklich erklären?«

Lazare senkte den Kopf. Er hat Recht, dachte er. Dieses Mal ist Onkel Siset zu weit gegangen.

»Nun gut, was ist passiert...«, murmelte der Brigadier, als spreche er zu sich selbst. »Der Mann hat randaliert. Er hat eine öffentliche Versammlung gestört und mit einer Waffe herumgefuchtelt. Dass er sich der Festnahme widersetzt und dabei nicht gerade die höflichsten Worte benutzt hat, wollen wir jetzt mal nicht so hoch hängen. Meine Leute sind nicht so zart gebaut, dass sie deswegen gleich zu heulen anfangen. Und das mit der Bedrohung...« Er nahm seine Brille ab, betrachtete sie gedankenverloren, setzte sie wieder auf und sah Lazare an. »Was müssen das eigentlich für Jammerlappen gewesen sein, die Kerle von dieser Firma? Was für eine Bedrohung geht von einem klapperdürren Alten aus, der zwar nicht gerade mit dem Krückstock angewackelt kommt, aber schon an die neunzig Jahre auf dem Buckel hat?«

»Lächerlich«, pflichtete ihm Lazare bei.

Der Brigadier verfiel wieder ins Grübeln. Er drehte sich auf seinem Sessel zum Fenster. »Gut, sie werden sagen, dass da noch das mit dem Gewehr war, dass er angeblich auf sie angelegt hat...« Er verstummte sorgenvoll. Noch immer nachdenklich, fuhr er fort: »Aber andererseits...« Er drehte sich mit einem Ruck um. Seine Stimme klang mit einem Mal entschlossen. »Ich meine, das Gewehr war ja auch nicht geladen, nicht wahr? Es war außerdem ein vorsintflutlicher Prügel und nicht mehr funktionsfähig.«

Lazare versuchte, sich seine Überraschung nicht anmerken zu lassen. Mit diesem Gewehr hat Onkel Siset im vergangenen Herbst immerhin noch ein halbes Dutzend Wildschweine erlegt, dachte er.

»War es das?«, fragte er vorsichtig. »Nicht mehr funktionsfähig?«

Der Brigadier nickte entschieden. »Wir haben es konfisziert. Der Lauf ist verschweißt. Möchten Sie es sehen?«

»Nicht nötig«, sagte Lazare schnell. Dem Alten wird es das Herz brechen, dachte er, seine alte *manufrance* behandelte er wie seinen Augapfel. Aber dafür war er selbst verantwortlich.

Der Brigadier griff nach seinem Stift, spielte nachdenklich damit herum. »Bliebe also nur noch so etwas wie Nötigung…« Er schwieg wieder einen Moment. Als er aufsah, umspielte ein unmerkliches Schmunzeln seine Lippen. Er legte den Stift ab. »Sagen Sie, hat Ihr Onkel vielleicht so etwas wie eine….«, er suchte nach dem geeigneten Wort, »… eine künstlerische Ader?«

Lazare sah ihn verblüfft an. »Eine was?«

»Ihr Onkel kommt doch ursprünglich aus Katalonien, oder? Man sagt den Leuten doch eine gewisse Neigung zur theatralen Übertreibung nach, oder nicht?« Lazares verständnislose Miene wahrnehmend, ergänzte er: »Ich meine: Antoni Gaudí, La sagrada familia, große Oper, Montserrat Caballé und so, ich bin kein großer Kenner in diesen Dingen, aber verstehen Sie?«

Lazare nickte zögernd. Nein, dachte er.

»Liebt er zum Beispiel auch… sagen wir einmal: theaterhafte Auftritte?«, bohrte Jeanjean weiter.

Lazare musste auflachen. »Allerdings. Er spielt Ihnen die Schlacht um Toledo nach, und das mit ihm in sämtlichen Rollen.«

»Sehr gut.« Jeanjean nickte befriedigt. »Es könnte sich also um so etwas wie einen theatralischen Akt gehandelt haben, nicht? Eine…«, wieder suchte er nach einem Begriff, »…eine Art Kunstaktion oder so etwas? Sagt man nicht *performance* dazu? Ich meine so etwas einmal irgendwo gelesen zu haben.«

»Ich glaube, ja«, pflichtete ihm Lazare bei.

»Kurz: Man könnte demnach sagen, dass es dabei irgendwie… irgendwie um modernes Theater oder so, also um Kunst ging, oder?«

»Könnte man«, gab Lazare zu.

»Und die Kunst ist in einem zivilisierten Land wie dem unseren nicht nur frei, sondern steht unter besonderem Schutz. Habe ich nicht Recht?«

Lazare verstand. »Auf jeden Fall!«, pflichtete er ihm bei.

Die beiden Männer grinsten sich an.

»Also. Dann versuchen wir es mal auf diese Tour.«

Lazare wurde wieder ernst. »Kommen wir damit durch?«

»Wir gewinnen Zeit. Und ich spekuliere darauf, dass es den Richtern irgendwann zu blöde wird, einen Greis vor Gericht zu zerren. Wichtig ist jetzt erst einmal, dass auch unser Rebell dabei mitspielt. Können Sie mir garantieren, dass er uns nicht in den Rücken fällt?«

»Wenn ich ihm die Konsequenzen vor die Nase halte, wird er sich hüten. Er ist ein Fuchs.«

Das Funkgerät gab Laut. Der Brigadier warf seinem Besucher einen entschuldigenden Blick zu und drückte auf die Mikrophontaste. »Belmont? Wie sieht's auf der Kundgebung aus?«

»Keine besonderen Vorfälle. Um die dreihundert Teilnehmer, grob geschätzt, viele aus St. Pierre und dem Kanton, aber auch eine Menge von außerhalb, und nicht nur Neos, nebenbei. Sie sind schon zum Festplatz weitergezogen, wo später noch ein paar Musiker auftreten sollen. Im Moment läuft die Tombola.«

»Was für eine Tombola?«

»Für den Wiederaufbau des Hauses von Monsieur Durand.

Willst du übrigens wissen, wer am meisten hat springen lassen?«

»Nein!«

»Die Frau unseres Bäckers! Also, ich würde sagen, die Stimmung ist eher aufgeräumt. Wir kommen uns langsam ein bisschen überflüssig vor.«

»In Ordnung«, sagte der Brigadier. »Meinetwegen könnt ihr euch abseilen.«

»Okay. Noch was, Chef. Wir waren vorher noch auf dem Plateau oben, beim Mas du Bosc. Das Haus ist seit einiger Zeit wieder bewohnt, Morin meinte, es müsste einer Familie Lafont aus Sète gehören.«

»Laforet!«, war Morins Stimme im Hintergrund zu hören.

»Richtig, Laforet. Wir waren nicht drin, haben bloß eine Art Hausverwalter am Gatter der Zufahrt angetroffen. Er hat uns versichert, dass er mitbekommen hätte, wenn sich jemand dort aufhalten würde, der da nicht hingehört. Der Bursche kam uns zwar ein bisschen sonderbar vor, aber wir hatten ja keinen Durchsuchungsbeschluss. Sollen wir trotzdem nochmal –?«

Jeanjean fiel ihm ins Wort. »Nicht mehr nötig. Vorhin ist durchgegeben worden, dass der junge Senechas an der Küste geschnappt worden ist. Er soll singen wie die Amsel bei Sonnenaufgang.«

»Schön, dass wir das auch mal mitbekommen.«

»Maul nicht, hab's auch erst vor ein paar Minuten erfahren«, sagte Jeanjean.

»Dann kommt Monsieur Praden bald frei, oder? Soll ich's dezent streuen? Nimmt vielleicht ein bisschen Dampf aus der Geschichte.«

»Frei kommt er, wenn ihn der Richter freilässt. Aber mach, was du willst. Ende.«

Er sah Lazare erstaunt an. »Was haben Sie?«

Lazare musste sich räuspern. »Habe ich eben den Namen Laforet gehört?«

»Richtig. Eine Familie oder Firma aus Sète, soviel ich weiß. Ihr gehört ein größeres Waldgebiet zwischen St. Pierre und St. Esprit. Und natürlich das Landhaus, von dem unser Kollege gesprochen hat. Wieso?«

Lazares Puls hatte sich beschleunigt. »Ich brauche die Hilfe der Gendarmerie, Brigadier«, sagte er. »Wie lange dauert es, bis die Brigadegemeinschaft einsatzbereit ist?«

78.

»Darf ich ehrlich sein, Raymond? Du siehst in letzter Zeit ein bisschen angegriffen aus«, sagte Commandant Gaspard zu Danard. Er schlüpfte aus seinem Mantel, hängte ihn an den Haken und ließ sich an seinem Schreibtisch nieder. »Du hängst dich zu viel rein. Hau lieber ab und mach dir einen schönen Abend. Die Welt geht schon nicht unter, wenn du mal pünktlich aus dem Laden kommst.«

Danard schlug das Tagesjournal zu und schob es seinem Stellvertreter über den Tisch.

»Gab eben ein paar Dinge in letzter Zeit, die ich mir gern erspart hätte.«

»Klar. Die Scheiße mit Becker…« Gaspard schüttelte den Kopf. »Dass er ein strammer Nationaler ist, war ja jedem klar. Aber dass er derart Mist baut, das hätte ich ihm dann doch nicht zugetraut.« Mit aufmunterndem Ton fügte er hinzu: »Aber dafür hast du ja jetzt erstmal diesen Wichtigtuer vom Hals, diesen Lazare, was? Wurde ja auch wirklich langsam Zeit, dass die in der Zentrale kapieren, dass –«

Das Telefon schnarrte.

»– wir keine Provinztrottel sind.« Gaspard machte eine entschuldigende Geste und nahm ab. »Wie sieht's aus? Was Neues von diesem vermissten deutschen Kollegen?«

Er sah, dass sich Danard neugierig nach vorne geneigt hatte, und drückte auf die Mithörtaste.

»Sein Gepäck ist noch im Hotel«, berichtete Cordy. »Aber das Zimmer haben er und sein Kollege bereits nach dem Früh-

stück aufgegeben. Wir haben eine Angestellte aufgetrieben. Sieht danach aus, als hätte sie ihn als Letzte gesehen. Hat wohl noch so etwas wie eine private Fremdenführung mit ihm gemacht. Er soll ein wenig aufgewühlt gewirkt haben, meinte sie.«
»Was soll das heißen, aufgewühlt?«
»Waren ihre Worte, Chef. Aufgewühlt. Der Grund soll privater Natur gewesen sein, er scheint auf eine Information gestoßen zu sein, bei der es um einen Unfall eines Verwandten vor vielen Jahren gegangen sein muss. Wir haben's nicht vertieft, weil uns ja hauptsächlich interessierte, wo er stecken könnte. Die Angestellte macht sich jetzt Vorwürfe, beteuert aber, dass er bereits wieder auf dem Damm gewesen sein soll, als sie sich von ihm trennte. Sie hat jedenfalls bestätigt, dass er fest vorhatte, mit seinem Kollegen am frühen Abend zum Flughafen aufzubrechen.«
»Vincent ist schon von dort zurück, oder? Was sagt er?«
»Nur, dass sie fast eine Stunde auf diesen Monsieur Betschart gewartet hätten. Der andere Deutsche war stinksauer und hatte keinen Schimmer, wo sein Kollege abgeblieben sein könnte. Soweit er es sich zusammenreimen konnte, hat er seinen Chef in Deutschland angerufen und den Befehl erhalten, allein zurückzufliegen.«
»Und sonst?«
»Wenig, Chef. Im *Le Timonier* waren wir, aber da weiß man natürlich nichts. Dass er sich dort herumtreiben könnte, wäre außerdem ziemlich unwahrscheinlich, nachdem er sich dort ja einigermaßen unbeliebt gemacht zu haben scheint, was meinst du?«
»Brillant kombiniert«, lobte Gaspard trocken. »Wie geht's weiter?«
»Also, wir halten die Augen offen. Mehr können wir im Moment für unser geliebtes Nachbarland nicht tun. Ich meine, wir sind ja nicht deren Babysitter, oder?« Ein leises Glucksen. »Viel-

leicht ruht sich der Kerl ja gerade auf irgendeiner Matratze aus, was, Chef?«

»Und wieder beneide ich dich um deine Phantasien. Halt mich auf dem Laufenden, ja?«

»Über meine Phantasien?«

»Trottel. Ende.«

»Von mir aus kann er sich auf dem Grund des Kanals ausruhen«, sagte Danard. Er winkte mit einer lässigen Handbewegung und verabschiedete sich.

»Mach dir 'nen schönen Abend, hörst du?«, rief ihm Gaspard hinterher. »Du hast es dir verdient, wirklich.«

79.

Rico Rey war die letzten Meter zu Castros Haus gerannt.
»Hat alles geklappt!«, rief er, nach Luft schnappend.
»Brüll nicht die ganze Gegend zusammen, Dummkopf. Hast du drauf geachtet, dass dir niemand gefolgt ist?«
»Entschuldigen Sie, Père Jean!«, protestierte der Junge. »Für was für einen Armleuchter halten Sie mich? Ich hab schließlich Augen im Kopf, ja?«
Vor allem für deine Angebetete, dachte Castro.
»Weiß ich«, knurrte er versöhnlich »Will bloß sichergehen.« Rico war noch nicht beschwichtigt. »Verstehn Sie mich nich' falsch, Père Jean. Dass Sie immer vorsichtig sind und so, gibt's ja nichts zum Aussetzen daran. Aber wer soll schon auf mich kommen? Nich' mal die Bullen haben Verdacht geschöpft, und die haben drei Mal versucht mich zu löchern.« Er reckte seine schmale Brust. »Ich bin kein Dussel, wirklich nich', Monsieur Jean. Hab auch nich' an der Straße geparkt, sondern hinten, bei der Ruine, ja?«
»Ist ja schon gut, Junge.« Castro zog Rey in den Flur und drückte die Tür hinter ihm zu. »Du hast alles?«
Rey lockerte den Kinngurt seines Helms, knöpfte seine Jacke auf und zog ein Kuvert hervor. »Hat alles prima geklappt. Ich soll Sie grüßen.«
Castro öffnete den Umschlag, zog eine Ausweiskarte hervor und begutachtete sie. Er nickte zufrieden. Der alte Pierrot ging mit der Zeit. Und wieder einmal hatte es sich gezeigt, dass es sich lohnte, alte Kontakte nicht völlig abreißen zu lassen.

Shari kam die Treppe herab. Der junge Mann verschlang sie mit seinen Blicken. Zaghaft berührte er ihre Schulter. Sie schenkte ihm einen zärtlichen Augenaufschlag.

Kein Geschmuse jetzt, dachte Castro. Er überreichte ihr die Ausweiskarte. »Hier, Mademoiselle Charlotte.« Streng fügte er hinzu: »Nie mehr aus den Händen geben, verstanden?«

Sie lächelte betreten. »Nie mehr.« Sie hielt die Karte gegen das Licht und studierte ihren neuen Namen. »Charlotte Romains...«, buchstabierte sie leise. »Gut zu merken.« Sie tat eine rasche Bewegung auf Castro zu und umarmte ihn. »Ich danke Ihnen, Père Jean«, flüsterte sie. »Ich werde Sie nie vergessen«. Sie hielt ihn fest, bis er Feuchtigkeit an seiner Halsbeuge verspürte. Behutsam löste er sich.

»Haut endlich ab«, sagte er mit rauer Stimme. *Père Jean*, dachte er. Was für eine Scheiße. Es wird Zeit, dass die Bagage verschwindet.

Er begleitete sie nach draußen und ging ein Stück des Pfades, der zu dem niedrigen Steinwall führte, der sein Grundstück gegen den verwilderten Park der verfallenen Ruine abgrenzte. Shari und Rico kletterten hinauf, winkten ihm noch einmal zu und verschwanden auf der anderen Seite. Für einen kurzen Moment ebbte der Lärm der Zikaden ab, dann setzte er wieder ein.

Castro lauschte ihren sich entfernenden Schritten. Wenn die Maschine des Jungen nicht unterwegs schlappmachte, würden das Mädchen und er am nächsten Vormittag die Fähre zur Île de Croix betreten. Der gute Honoré würde sie erwarten. Bei ihm war sie in Sicherheit, und sie konnte in seiner kleinen Restaurant-Pension für einige Monate wohnen und ein paar Cents als Haushaltshilfe verdienen. Auf seinen ehemaligen Kollegen war Verlass. Aus Gründen, über die er nie ein Wort hatte verlauten lassen, hatte er lange vor Castro den Polizeidienst geschmissen und lebte seither mit seiner Frau in einem bescheidenen Table d'hôtes auf der Insel zufrieden vor sich hin. Klar, irgendwann musste Shari selbst klarkommen. Aber sie kann es schaffen. Vielleicht kehrte sie wieder in ihre alte Heimat zurück? Was aus Rico werden würde? Der Junge war heillos in sie verschossen. Aber er hatte nichts als den Käse zwischen seinen Zehen, schon für die Fahrt an die Atlantikküste hatte ihm Castro ein paar Scheine zustecken müssen... Nun, so war das Leben...

Castro kippte den Kopf nach oben. Die Nacht war sternenklar. Bald würde der Mond zu sehen sein. Ein Nachttier bellte heiser, ein anderes antwortete ihm. Wieder überkam Castro eine leichte Unruhe. Er blieb stehen.

Er dachte an das Gespräch mit Lazare. Hätte er ihm nicht doch reinen Wein einschenken sollen? Ihm sagen, dass die Lösung seines Falles nur wenige Meter von ihm zu finden gewesen wäre? Dass ihn das Mädchen, das ihm alle Fragen zu Martinez' Tod hätte beantworten können, gerade bekocht hatte?

Aber warum quatschte der Bursche lieber über windige Ganoven wie diesen Charles Laforet, über irgendwelche Bauprojekte und aufmüpfige Gitans, statt das Nächstliegende in Betracht zu ziehen? Lazare war doch sonst nicht auf den Kopf gefallen? Über seinen Schreibtisch in der Regionalzentrale der Nationalpolizei liefen doch sämtliche Informationen darüber, was der Hintergrund der meisten Gewaltverbrechen in den letzten Jahrzehnten war, nicht zuletzt, seit die Grenzen nach Osteuropa durchlässiger geworden waren. Die fragwürdige Romantik verqualmter Hafenspelunken war längst passé, das Gewerbe ging mit der Zeit, es trug Schlips und sauberen Kragen, trat mit geschultertem Laptop auf und dirigierte seine Geschäfte mit codiertem Smartphone.

Lazare musste doch auch wissen, dass die Fronten zwischen den Zuhälter-Clans in Montpellier und jenen der Städte im Westen in Bewegung geraten waren. Die Ganoven von Montpellier, die den Fleischmarkt an den Ausfallstraßen mit Frauen aus Nigeria und Ghana beschickten, hatten zunehmend Mühe, ihre Reviere zu verteidigen. Die Clans zwischen Camargue und spanischer Grenze hatten sich neu strukturiert, die lokalen Luden waren Zug um Zug ausgeschaltet worden oder hatten sich zu einer Art Revierpächter stutzen lassen müssen. Ihre Einnahmen wurden kontrolliert, ihre Abgaben und Provisionen penibel verrechnet. Die Bosse im Hintergrund befehligten einen Trupp hartgesottener Burschen, der zum Einsatz kam, wenn sich Widerspenstigkeit abzeichnete, sei es bei Konkurrenten, bei den Frauen und den Strichern, bei störrischen Freiern, übereifrigen Polizisten, allzu neugierigen Journalisten oder Politikern. Vor diesen Burschen musste man auf der Hut sein. Sie setzten in idiotischer Sorglosigkeit sofort alles auf eine Karte. Sie schienen von ihrer Unverwundbarkeit überzeugt zu sein, hielten den Tod für ein dummes Gerücht, schienen nicht zu wissen, dass eine Garbe aus einer Maschinenpistole sie in Fetzen reißen konnte. Das machte sie so gefährlich. Weil Idioten schon allein deshalb siegen konnten, weil sie zu dumm waren, sich eine Niederlage überhaupt vorstellen zu können.

All das musste Lazare doch bekannt sein! Wieso versteifte er sich trotzdem darauf, dass der Fall Fernandez allein mit den Attacken gegen die Gitans zu tun haben müsste?

Nach allem, was Castro sich aus dem zusammenreimen konnte, was ihm Shari Gora in den vergangenen Tagen erzählt hatte, handelte es sich bei Pablo Fernandez um alles andere als einen stolzen Gitan, der mit Leidenschaft gegen rassistische Diskriminierung und Vertreibung zu Felde ziehen wollte und deshalb von seinen Gegnern aus dem Weg geräumt wurde. Seine Herkunft hatte ihm nichts bedeutet, sie war ihm von Kindheit an immer nur hinderlich und Ursache für Beschämung und Zurückweisung gewesen. Gutaussehend, jung, hungrig, suchtanfällig und denkfaul wie er war, war es sein Ziel gewesen, sich in die Riege der Zuhälter hochzuarbeiten, die das Revier von Sète und den Strandabschnitt im Westen kontrollierten. Eine wichtige Stufe hatte er bereits erklommen. Ihm war die Aufgabe übertragen worden, ein Auge auf jene junge Roma-Frauen zu haben, die seit den Grenzöffnungen im Osten Europas in die Bordelle und an die Bordsteine des reicheren Westeuropas gelockt worden waren.

Eine von ihnen war Shari Gora. Sie war das älteste von sieben Kindern einer Roma-Familie, die in einer Siedlung im südlichen Rumänien lebte. Sie war noch nicht ganz sechzehn, als ihr Vater, der sich mit Hilfsarbeiten leidlich über Wasser gehalten hatte, zu kränkeln begann und kurz danach starb. Die Familie brach auseinander. Mutter und Geschwister wurden auf andere Familien verteilt. Die Lage für die Roma verschlechterte sich von Jahr zu Jahr, sie wurden in die wenigen, von den reicheren Staaten subventionierten Ansiedlungsprojekte gedrängt. Gleichzeitig wurden ihnen die Tätigkeiten untersagt, mit denen sie sich seit Jahrhunderten am Leben erhalten hatten. Die Armut wuchs, mit ihr die Hoffnungslosigkeit.

So schien es für Shari die Rettung, als ihr ein weitläufiger Verwandter, der schon lange im Süden Frankreichs lebte, seine alte Heimat aber – wie er sagte – aus sentimentalen Gründen hin und wieder besuchte, eine Stelle als Haushälterin in einer wohlhabenden Familie in Sète in Aussicht stellte. Sie rechnete nach, dass sie mit einem Teil des zu erwartenden Verdienstes ihre Mutter und ihre jüngeren Geschwister würde unterstützen können, und schlug ein. Es war Pablo Fernandez gewesen, der sie in Empfang nahm und ihr bedauernd eröffnete, dass ihre Stelle doch leider bereits vergeben war. Er beruhigte sie. Eine andere, sogar besser bezahlte Stellung sei in Aussicht.

Er spielte den brüderlichen Beschützer, besorgte ihr eine Unterkunft, führte sie aus, machte ihr kleinere Geschenke, streckte ihr Geld vor und beriet sie beim Kauf hübscher Fummel. Er arrangierte, dass sie gelegentlich in ›seinem‹ Club aushelfen konnte, in der Küche, immer öfters an der Bar. Sie fand Gefallen daran, hatte nichts anderes zu tun, als ihr hübsches, freundliches Gesicht zu zeigen, mit den Gästen zu scherzen und sie dazu zu animieren, teure Drinks zu ordern. Pablo gab ihr Tipps: Immer auf die Schuhe sehen, Kleines, das zeigt dir, ob der Mann etwas in seiner Brieftasche hat oder nicht. Shari spielte mit. Pablo war zufrieden, mit ihr, mit seiner Cleverness. Shari fiel auf, kam an. Sie würde sein Paradepferd werden. Zwei, drei Wochen noch, dachte er. Dann ist sie reif. Dann wirft sie Zinsen.

Mit Rico Rey hatte er nicht gerechnet. Ausgerechnet der unscheinbare und linkische Rey hatte sich von der ersten Sekunde an in Shari verliebt. Und sie sich, wenig später, auch in ihn. Es gelang ihnen, ihre Liebe geheim zu halten. Leerstehende Gebäude auf dem bewaldeten Stadtberg dienten ihnen als Liebesnester.

Kurze Zeit später machte die erste Beschwerde die Runde. Er habe nur nett zu ihr sein wollen, hatte ein Kunde gemault, diese hysterische Schlampe aber sei ausgerastet, habe ihm eine Ohrfeige verpasst und auch noch seine teure Brille demoliert.

Pablo war empört. So dankte sie ihm, dass er behutsam mit ihr hatte umgehen wollen? Und zeigte aller Welt, dass er nicht in der Lage war, seine Mädchen am Zügel zu halten? Diese Blamage konnte er sich nicht leisten. Er wusste, dass er augenblicklich andere Saiten aufziehen musste. Es war ein Fehler gewesen, sie nicht sofort hart anzupacken. Er setzte sie unter Druck, kontrollierte jeden ihrer Schritte, verprügelte sie, vergewaltigte sie, mixte Substanzen in ihr Getränk, die sie benommen machten. Schließlich führte er ihr die ersten Freier zu.

Rico war verzweifelt. Er litt Höllenqualen, wenn er sich vorstellte, wozu Pablo Fernandez sie zwang. In den Räumen unter der Terrasse, auf den verwilderten Strandabschnitten außerhalb der Stadt. Er zermarterte sein Gehirn, wie er sie retten konnte, trug sich mit Mordphantasien, fand jedoch keinen Ausweg.

Am Abend, dessen Morgen Pablo nicht mehr erleben sollte, hatte Rico einen scharfen, gezischten Wortwechsel zwischen Fernandez und Shari mitbekommen. Er sah, dass Pablo inmitten des Trubels erregt auf sie einredete und am Arm packte, sah, wie sie heftig den Kopf schüttelte, sich losriss, zum Ausgang drehte, er ihr jedoch den Weg versperrte, worauf sie die Bar über die Terrasse verließ, auf der sich zu dieser späten Stunde bereits niemand mehr aufhielt, denn schon am frühen Abend hatte es zu nieseln begonnen, und ein scharfer Wind hatte die Gäste vertrieben. Rico sah, dass Pablo auf die Terrassentreppe zurannte und in der Tiefe verschwand. Alarmiert setzte er ihm nach. Das Ufergelände war nur durch einen schwachen Widerschein der Terrassenlaternen erleuchtet. Rico fürchtete schon, seine Spur verloren zu haben, als er weiter hinten, wo der Zaun über dem flachen, von Gesteinsbrocken übersäten Ufer einige Meter in die Lagune reichte, Stimmen hörte. Shari hatte es bereits auf die andere Seite des Zauns geschafft, als Pablo sie zu fassen bekam. Durch das Rauschen des Regens hörte Rico das Klatschen von Ohrfeigen, hörte Sharis Schreie, das Stöhnen und die gepressten Schmerzenslaute eines heftigen Handgemenges. Ein maßloser Zorn ergriff ihn, zugleich wuchs seine Verzweiflung. Wie konnte er ihr helfen? Pablo war einen Kopf größer als er und stärker, vielleicht auch bewaffnet. Aber er musste etwas tun! Er musste Pablo ablenken, um Shari Gelegenheit zur Flucht zu geben. Er tastete ins Brackwasser, griff nach einem Steinbrocken und watete gebückt zum Ende des Zaunes. Er hatte es noch nicht erreicht, das Wasser schwappte bereits an seine Knie, als der verbissene Wortwechsel und die Kampfgeräusche plötzlich verstummten. Er hielt inne, versuchte, auf dem schlammigen Grund das Gleichgewicht zu halten, starrte in die Dunkelheit und konnte gerade noch sehen, wie Pablo Fernandez mit den Armen ruderte, nach Tritt suchte, dann aber ausrutschte, klatschend zu Boden ging und mit einem dumpfen Knall aufschlug. Rico flüsterte Sharis Namen. Sie war verschwunden.

Erleichterung durchströmte ihn. Gebückt trat er den Rückweg an.

Ein Grunzen, ein Stöhnen aus Wut und Schmerz, ließ ihn innehalten. Er kehrte an den Zaun zurück und spähte zu der Stelle, an der Fernandez zu Boden gesunken war. Er sah, dass der Zuhälter sich aufzurichten versuchte, er wirkte benommen, machte einige Schritte, geriet in tieferes Wasser, rutschte erneut aus, fiel kopfüber zurück. Für einen Augenblick trat Stille ein. Rico bewegte sich nicht, hielt den Atem an. Nur noch das feine Rauschen des Regens und das Glucksen, mit dem das Wasser der Lagune auf die Ufersteine traf, erfüllte die Luft. Urplötzlich zerriss ein markerschütterndes, gurgelndes Röhren die Stille. Fernandez hatte wieder Tritt gefasst, richtete sich auf, erreichte das flachere Ufer, bewegte sich auf den Zaun zu. Auf die Stelle, hinter der Rico kauerte. Entsetzen durchfuhr Rico. Pablo näherte sich mit stampfenden, platschenden Schritten, hoch aufgerichtet, grunzend, von maßloser Wut angetrieben. Nur noch wenige Meter, dann würde er auf Rico stoßen. Rico duckte sich tiefer, seine Hände suchten im Flachwasser nach einem Steinbrocken, er fand einen, schnellte aus seiner Deckung und schleuderte ihn von sich. Fernandez gab einen verblüfften Laut von sich, dann kippte er stumm nach hinten. Rico sah nicht mehr zurück, er rannte los, schlich sich zu seinem Spind, wechselte seine durchnässte Hose und mischte sich wieder unter die Menschenmenge im Club. Niemand hatte von seiner Abwesenheit Notiz genommen. Wie gerädert wachte er am nächsten Morgen an seinem Schlafplatz in der Siedlung auf. Er schnappte auf, dass an der Stelle, an der die Lagune in den Kanal mündete, eine Gruppe von Polizisten gesichtet worden war,

Blaulicht über Einsatzwagen kreiste. Erneut packte ihn Unruhe. Er musste Gewissheit haben. Wenn Pablo noch lebte, war Shari in höchster Gefahr. Wenig später jedoch wurde ihm klar, dass alles nur noch schlimmer geworden war. Die Polizei würde von nun an Jagd auf Fernandez' Mörder machen. Und alles würde auf Shari weisen.

Aber wo war sie?

Shari war kopflos geflohen. Davon überzeugt, dass ihr Verfolger ihr bereits in ihrer Wohnung auflauern würde, schlug sie sich durch das weglose Gebüsch des Stadtbergs. Vor Kälte und Angst bibbernd, wartete sie das Morgengrauen ab. Sie erkundete die Umgebung, bis sie auf eine verfallene Villa stieß. Sie räumte verrotteten Müll aus einer Ecke des Kellers, bereitete sich aus Laub und trockenem Gras ein Lager, streckte sich darauf erschöpft aus und versuchte, einen Ausweg zu finden. Der Morgen graute bereits, als sie der Schlaf überwältigte. Bohrender Hunger und Durst weckten sie. Die Sonne berührte bereits den westlichen Horizont. Vorsichtig verließ sie ihr Versteck, schlich gebückt durch das verwahrloste Terrain, zog sich sofort wieder zurück, wenn sie in die Nähe eines bewohnten Gebäudes kam. Ihre Nerven spielten verrückt, sie zuckte bei jedem Geräusch zusammen, erstarrte, lauschte, floh wieder in ihr Rattenloch und verharrte dort, bis die Nacht hereinbrach. Feuchtigkeit, Staub und modriger Gestank schnürten ihr die Kehle zu, Durst und Hunger wurden unerträglich. Sie wälzte sich aus ihrem Lager und trat ins Freie. Sie erinnerte sich daran, dass sie bei ihrer Erkundung hinter verwildertem Gestrüpp einen Gemüsegarten gesehen hatte. Eine Hangstufe darüber, halb verborgen hinter den Kronen ausgewachsener Kiefern, schimmerte das Gemäuer eines heruntergekommenen Anwesens, der Verputz rissig, das Dach von Moos überwuchert, die Läden verwittert. Sie hatte sich schon näher heranpirschen wollen, als sie innehielt. Durch das Blattwerk hatte sie eine gebückte Gestalt wahrgenommen, die sich mit bedächtigen Bewegungen an einem Tomatenstrauch zu schaffen machte. Sie hatte sich tiefer geduckt und vorsichtig zurückbewegt. Als sie einen prüfenden Blick hinter sich warf, war der Garten wieder unbelebt. Sie glaubte daraus schließen zu können, dass es sich um einen jener Feierabendgärten mit Wochenendhäuschen handeln musste, deren Besitzer sich abends wieder in ihre komfortablen Stadtwohnungen begaben.

Auch jetzt, als sie sich wieder herangeschlichen hatte, sah sie keine Anzeichen, dass sich noch Menschen dort aufhielten. Sie wartete, bis der Mond aufging. Sie robbte näher. Wieder wartete sie eine Weile. Ihr Magen krampfte. Schließlich ließ sie alle Vorsicht außer acht und schlich an die Rückseite des Hauses heran.

Nachdem Castro sie wenig später in seiner Küche gestellt hatte, steckte er seine Waffe weg und dirigierte sie wortlos an den Tisch. Mit geweiteten Augen, noch immer bebend vor Angst und Anspannung beobachtete sie, wie der Alte nach einem Messer griff, einige Scheiben Brot abschnitt und sie, zusammen mit etwas Käse, Hartwurst und einem Glas Wasser über den Tisch schob.

»Iss das«, sagte er. »Und dann erzähl. Wenn du willst.«

Sie tat es, stockend, immer wieder von Schluchzen unterbrochen. Ihre Geschichte ging ihm an sein Herz. Von dem er gedacht hatte, dass es schon alt, müde und taub geworden war.

Als sie geendet hatte, sagte sie leise: »Ich bin schmutzig, Monsieur. Ich möchte mich waschen. Bitte.«

Während er sie im Bad plätschern hörte, dachte er nach. Die Sache war klar. Das Mädchen musste so schnell wie möglich und so weit weg wie möglich verschwinden. Er hatte dafür bereits eine Idee. Zuvor aber brauchte sie eine neue Identität.

Rico war selig gewesen, als er die Nachricht erhielt, dass Shari in Sicherheit war. Noch in derselben Nacht war er aufgetaucht und hatte seine Aufträge entgegengenommen. Er holte ihre wenigen Habseligkeiten aus dem Zimmer bei Madame Boudin und suchte die verschwiegene Werkstatt in Montpellier auf, deren Adresse ihm Castro genannt hatte.

Alles hatte geklappt, wie der Alte es geplant hatte.

Wenigstens dein Hirn funktioniert noch, dachte Castro.

Er trat einen Schritt vor die Tür und ließ seinen Blick schweifen. Die Nacht war längst hereingebrochen, erste Sterne flirrten und spiegelten sich in der reglosen Weite des Meeres. Ein milder Wind kräuselte das Blattwerk von Bäumen und Büschen, im Dickicht lärmten die Zikaden. Er fischte seine Zigaretten aus seiner Hemdtasche, zündete eine an und nahm einen Zug.

Nein, alles war gut. Es war richtig gewesen, Lazare nicht einzuweihen. Auch wenn dieser es gewollt hätte, hätte er die Maschinerie nicht mehr anhalten können, hatte er sie doch selbst in Gang gesetzt. Es hatte einen Toten gegeben, Ricos panische Attacke wäre als Totschlag gewertet worden. Lazare hätte den Fall vor Gericht bringen müssen, es wäre zum Prozess gekommen. Auch bei einem abwägenden, den beiden vielleicht sogar wohlgesonnenen Richter wären Shari und Rico im Gefängnis gelandet. Wo sie endgültig unter die Räder gekommen wären. Der Einfluss der Clans reichte auch in die Knäste. Niemals konnten sie hinnehmen, dass jemand gegen ihre Macht aufbegehrt und einen der Ihren zu Tode gebracht hatte.

Nein. Alles war gut. Er hatte richtig entschieden. Bei Honoré war das Mädchen in Sicherheit. Und Rico? Er wurde von niemand verdächtigt.

Und wenn er von Honoré die Bestätigung erhalten hätte, dass er die beiden unter seinen Fittichen hatte, würde er behutsam drangehen, Lazare mit Hinweisen zu versorgen. Darüber, welches Ausmaß an Bestechlichkeit an seinem einstigen Kommissariat Raum gegriffen hatte. Und Lazare würde es krachen lassen.

»Aber etwas gefällt mir nicht...«, flüsterte Castro, verblüfft darüber, dass er laut gesprochen hatte. Werde ich doch langsam schrullig?, dachte er.

Das gedämpfte Aufheulen von Ricos Motorroller hätte doch schon längst zu hören sein müssen? Springt seine Kiste nicht an?

Die Zikaden verstummten abrupt.

In diesem Moment hörte er ein Geräusch. Ein mattes Knallen, zweimal kurz hintereinander. Es klang, wie wenn man mit einer Faust auf ein Bettkissen schlägt. Oder wie ein Schuss aus einer Pistole mit Schalldämpfer.

Er spürte, wie sich seine Nackenhaare aufstellten. Dann rannte er los.

80.

Betscharts Augen hatten sich mittlerweile an die Dunkelheit gewöhnt. Durch einen Riss in der aus dicken Bohlen gezimmerten Tür drang ein winziger Streifen Helligkeit in sein Verlies. Er ahnte mehr als er sah, dass er sich in einem kleinen Gewölbekeller befand. Der Boden war gestampft, in einer Ecke standen Holzfässer und niedrige Kisten. Die klamme Luft roch abgestanden, nach Moder. Kein Laut war zu hören.

Er wusste nicht mehr, wie viel Zeit vergangen war – eine Stunde? Oder weniger? Mehr? –, als er das Kreischen einer rostigen Türangel und danach sich nähernde Schritte auf einer Steintreppe hörte. Wenig später wurde der Riegel klappernd zurückgezogen. Der Strahl einer Taschenlampe richtete sich auf ihn.

»Come out«, sagte der Bewaffnete. »Vite! No mistake, okay?«

Ein mattes, gelb glimmendes Hoflicht erleuchtete den Platz zwischen Haupthaus und niedrigen Wirtschaftsgebäuden. Ein Garagentor war geöffnet, davor wartete ein dunkler Tendance. Der Bewaffnete öffnete die Tür zum Fond und winkte befehlend mit der Pistolenhand.

Betschart duckte sich, um einzusteigen. Als Erstes sah er die Pistole, die auf ihn gerichtet war.

»Na, das hast du dir anders vorgestellt, du Armleuchter, was?«, sagte Rossbach. »Setz dich neben mich, Kamerad. Wir machen einen kleinen Ausflug. Damit ein Provinzbulle wie du auch mal ein bisschen was von der Welt sieht, nicht?«

Der Bewacher hatte am Steuer Platz genommen, startete den

Motor und rollte aus dem Hof. Die Scheinwerfer lösten eine von ausladenden Kastanien gesäumte Schotterpiste aus der Dunkelheit, dann bog der Wagen auf eine geteerte, leicht ansteigende Straße.

»Wo fahren wir hin?«, fragte Betschart beklommen.

»Kleiner Ortswechsel«, sagte Rossbach. »Sicherheitshalber, du verstehst.« Er lachte hämisch. »Außerdem, so komfortabel war dein Kellerloch dann ja auch wieder nicht, oder? Hat man ja fast ein schlechtes Gewissen haben müssen, einem so wichtigen Gast nichts Besseres anbieten zu können.«

Die Steigung nahm zu. Der Wald wich zurück, dann öffnete sich eine nahezu baumlose Ebene. Die Nacht war sternenhell. Die bleiche Scheibe des Vollmonds stand bereits am östlichen Horizont. Wir bewegen uns nach Süden, notierte Betschart in Gedanken.

»Und, wie ist es? Ist er denn jetzt zufrieden, unser Meisterschnüffler? Hat er endlich den großen Durchblick? Ehrlich gesagt, du kommst mir eher verwirrt vor. Doch nicht alles klar, Sherlock?«

Betschart spürte, wie sein Herz hämmerte. »Warum habt ihr sie umgebracht«, stieß er hervor. »Sie hat noch nicht einmal ihre Waffe gezogen gehabt.«

»Du redest von deiner Kollegin? War nicht geplant, Kamerad, ehrlich. Ich hätte mir diese Scheiße auch gern erspart. Aber die Tusse stand eben blöd da. Was hat sie auch die Heldin spielen müssen? Hätten wir uns schnappen lassen sollen? Ging nicht anders. Verstehst du doch, oder?«

Betschart presste die Lippen aufeinander.

»Und außerdem – komm mir nicht mit irgendwelchen Gefühlsduseleien, ja? Die Alte war ein notgeiles Luder. War verheiratet, aber hat's mit jedem getrieben, der nicht schnell genug auf dem Baum war. Hat mir ihr Alter selbst erzählt, dein Kollege Joe. Er muss es ja wohl wissen, oder? Drum ist er auch nur mäßig traurig gewesen, dass sie den Abgang gemacht hat. Hat eh vorgehabt, sie zum Teufel zu jagen, war schon lang über Kreuz mit ihr. Im Bett sowieso, aber auch politisch. Sie war wohl nah dran, ihn hinzuhängen, weil er mit ihrem Sozi-Gequatsche nicht mitgezogen hat. Gebt ihr ruhig mal 'nen Denkzettel, da hätt ich nichts dagegen, hat er uns gesagt, sie hat's verdient.« Rossbach gab ein leises Lachen von sich. »Tja, auch unter euch Bullen gibt es noch Kerle, die sich nicht zum Affen machen lassen wollen. Von den Weibern schon gleich gar nicht.«

Die Straße senkte sich wieder, schraubte sich in engen Serpentinen in die Tiefe. Das Licht der Scheinwerfer fraß sich durch die tintige Dunkelheit; sie befanden sich in einer engen Schlucht, in die das Licht des Sternenhimmels nicht mehr drang.

»Wohin bringt ihr mich?«, fragte Betschart.

»Ganz ruhig, Kamerad«, sagte Rossbach gedehnt. »Was ich in der Hand hab, ist kein Spielzeug.«

Der Wagen verlangsamte seine Fahrt, bog ab und kam nach wenigen Metern am Ende eines weiten, vom Mondlicht gefluteten Parkplatzes zu stehen.

»Station terminus«, sagte der Fahrer über die Schulter.

»Guter Joke«, sagte Rossbach.

81.

»Hör zu, Manda«, sagte Capucine. »Ich muss mich nicht bei dir entschuldigen, ja? Ich habe den Bericht von der Spurensicherung wegen Reys Fingerabdrücken genau fünf Minuten, bevor du gekommen bist und uns der Chef zu sich bestellt hat, zu Gesicht bekommen. Es war keine Zeit, dich zu informieren. Wirklich, ich wollte dich nicht bloßstellen.«

Manda sagte nichts. Das Lenkrad umklammernd, kurvte er die steil ansteigende Straße empor, die zum Villenviertel auf dem Mont St. Clair führte.

Sie warf einen Blick auf sein verkniffenes Profil und seufzte. Hatte sie vorhin noch der Anflug eines schlechten Gewissens getrieben, so war jetzt damit Schluss. »Wenn du mir nicht glaubst, kann ich dir nicht helfen.«

Er legte krachend einen höheren Gang ein. In das Aufröhren des Motors mischte sich die Funkdurchsage der Einsatzzentrale.

Mehrere Anrufer hatten eine Schießerei gemeldet.

»Bereich Südhang Mont St. Clair, südlich Chemin de Pierres Blanches, vermutlich Waldstück am Ende der Impasse du Ramonet. Benötigen Lagebericht. Höchste Vorsicht, Schusswaffen. Wer ist in der Nähe?«

Capucine nannte ihre Nummer. »Standort Ende Chemin du Couchant.« Sie spürte, dass sich ihr Puls beschleunigt hatte.

»Wie soll's auch anders sein«, knurrte Manda. »Auf eine Scheiße folgt die nächste.« Er drückte das Gaspedal durch. Während der Wagen mit quietschenden Reifen voranschoss, lauschten sie dem Funkverkehr. Weitere Streifen meldeten Präsenz. Das Einsatzkommando der Brigade anti-criminalité war unterwegs.

82.

»So, Kumpel. Zeit, etwas für deine Gesundheit zu tun«, sagte Rossbach. »Ein bisschen Frischluft schnappen, verstehst du?« Der Bewacher blieb im Wagen sitzen und beobachtete mit gleichgültiger Miene über die Schulter, wie Rossbach seinen Gefangenen mit gezogener Waffe aus dem Wagen dirigierte und ihn mit wedelnder Pistolenhand über den Platz trieb, an dessen Rand sich der umgebende Wald für einen gemächlich ansteigenden Wanderpfad öffnete.

»Die Hände bleiben oben!«, rief Rossbach. »Vorwärts!«

Nach einigen Minuten machte der Weg eine Biegung um eine steil aufragende Felsrippe. Der Parkplatz war nicht mehr zu sehen. Betschar's Herz hämmerte gegen seine Rippen. Längst hatte er keinen Zweifel mehr, was sein Feind mit ihm vorhatte. Fieberhaft überschlug er, wie er sich retten könnte. Der Versuch einer Ablenkung und ein direkter Angriff waren ausgeschlossen, Rossbach war vier bis fünf Schritte hinter ihm und hätte ausreichend Gelegenheit zu reagieren.

Betscharts Blicke flogen über den Wegrand, er maß Wald und Gebüsch nach einer Gelegenheit ab, sich mit einem Sprung in Sicherheit zu bringen. Er verwarf es, die Wegseite zu seiner Linken bestand aus einem fast senkrecht aufsteigenden, von niedrigem Gebüsch bewachsenen Hang, der ihn nicht schützen würde. Auf der rechten Seite floss Geröll über mehrere Meter auf ein tiefer liegendes Waldstück, Rossbach hätte zu lange freie Sicht.

Es blieb nur, alles auf eine Karte zu setzen. Er musste seinen

Verfolger mit einer Finte irritieren und ihn direkt angreifen. Die hauchdünne Chance bestand darin, dass Rossbach sich sowohl auf ihn konzentrieren musste, als auch auf den holperigen, im fahlen Mondlicht schimmernden Weg zu seinen Füßen.

Dazu aber musste er die Distanz zu ihm verringern. Aber wie? Indem er einen Sturz markierte? Er sah, dass etwa zehn Schritte weiter ein ausladender Ast mit dichtem Blattwerk über den Pfad ragte. Über eine Distanz von mehreren Metern war der Weg darunter kaum noch zu erkennen. Betschart verlangsamte unmerklich seine Schritte.

Er hörte Rossbachs stampfende Tritte und seinen keuchenden Atem hinter sich, bewegte sich noch einmal langsamer. Hitze durchströmte seine Adern, alle seine Muskeln spannten sich an. Rossbach näherte sich, war nun nur einen, höchstens zwei Schritte hinter ihm.

Über Betscharts Rücken lief ein Schauder. Er duckte sich zum Angriff.

»Du verdammter Idiot«, hörte er hinter sich. »Du hast alles vermasselt.«

Betschart erstarrte. Rossbach, eine kleine Stablampe gezückt, schloss zu ihm auf. »Was denkst du, was die Kerle von mir erwarten? Dass ich dich umlege! Und du hättest es auch verdient! Verfluchte Scheiße!« Er gab ihm einen Stoß. »Weiter!«

Betschart geriet ins Stolpern und schlug hin. Rossbach warf wieder einen sichernden Blick zurück, steckte seine Waffe in seinen Hosenbund, bückte sich und zog Betschart hoch.

»Du kapierst immer noch nichts, was?«

Betscharts Hände zuckten nach oben, dann ließ er sie fallen. »Du... du bist...«, stammelte er.

»Was denn sonst, du Trottel«, gab Rossbach zurück. »Und jetzt vorwärts, wir müssen weiter vom Wagen weg.« Er deutete mit einer Kopfbewegung nach vorne und marschierte mit rudernden Armen los. Betschart taperte ihm nach.

»Natürlich habe ich eure Kollegin nicht umgelegt«, begann Rossbach. »Wer sie auf dem Gewissen hat, kann ich dir nicht sagen. Es war nicht geplant, aber einer von den Saufköpfen vor dem Flüchtlingsheim muss durchgedreht haben. Ich bin mit abgehauen, damit meine Tarnung nicht auffliegt. Aber als tags drauf aus dem Krankenhaus die Nachricht kam, dass die Kollegin ihre Verletzung nicht überstehen wird, hat mein Boss kalte Füße gekriegt. Was passiert wäre, wenn mich irgendein übereifriger Dorf-Schupo geschnappt hätte und an die Öffentlichkeit gedrungen wäre, dass ein Mann vom Verfassungsschutz an der Ermordung einer Polizistin beteiligt war, und was es vor allem unter den Kollegen bei Kripo und Schupo für einen Aufschrei gegeben hätte, brauche ich dir ja wohl nicht zu erzählen, oder?« Rossbach beschleunigte seinen Schritt und bedeutete ihm mit einer ungeduldigen Geste, es ihm gleichzutun. »Also ging's darum, mich für längere Zeit aus dem Spiel zu nehmen. Mein Name ist so lange zurückgehalten worden, bis ich über die Grenze war. Weil es aber trotzdem intern Stunk gegeben hat, ist einem unserer Oberschlaumeier eingefallen, das Ganze als Geniestreich zu verkaufen. Meine Flucht sei angeblich arrangiert worden, um die Vernetzung unserer rechten Brüder mit dem Ausland auszuspähen. So ähnlich müssen sie es auch ihren Kollegen hier in Frankreich verklickert haben, die mir daraufhin nicht auf die Pelle gerückt sind. War wahrscheinlich ein Deal, bei dem den Franzmännern versprochen wurde, von meinen Ergebnissen profitieren zu können.«

»Wieso hast du dich dann auf diese blödsinnige Schlägerei eingelassen und dich schnappen lassen?«

»Warum wohl!«, schnaubte Rossbach. »Weil ich genau das wollte! Es ist mir zu brenzlig geworden. Mir ist nämlich aufgefallen, dass mir Laforet und seine Kerle von einem Tag auf den anderen reservierter begegnet sind. Ich war mir nicht mehr sicher, ob nicht doch von irgendeiner Seite etwas durchgesickert ist. Ich traue den Leuten um Laforet durchaus zu, dass sie auch ihre Kanäle in die einen oder anderen Dienste haben. Nachdem es auch bei uns jede Menge faule Eier und Schwätzer gibt, wird es bei den Franzosen nicht anders sein. Und ich bin mir sicher, dass sie mindestens einen Typen bei Laforet eingeschleust haben. Wer es ist, hab ich nicht mehr rausbringen können. Auch nicht, ob es ein Typ ist, der die Hand nach beiden Seiten aufhält.« Rossbach ging schneller. Keuchend fuhr er fort: »Deshalb hab ich mich auch nicht dagegen spreizen können, als sie den Gefangenentransport überfallen haben. Sie hätten mich sofort umgelegt, wenn ich das Theater nicht mitgemacht hätte.«

»Dann haben sie dich also bloß deswegen befreit –«

»Was denn sonst?«, fiel ihm Rossbach ins Wort. »Laforet konnte nicht riskieren, dass ich vor Gericht nicht doch ausplaudere, was ich mitbekommen habe. Von seiner Gruppe, seinen Plänen, seinen Verbindungen ins Ausland. Oder dass es in seinem Landhaus einen Kellerbereich gibt, der mit einer Doppelmauer kaschiert ist und in dem er Waffen lagert, mit denen du vermutlich ein halbes Bataillon ausrüsten könntest. Und er ist krankhaft misstrauisch, grundsätzlich und gegen jeden. Damit, dass sie es ausgerechnet mir aufgehalst haben, dich aus dem Weg zu räumen, soll ich jedenfalls den endgültigen Beweis liefern, dass ich sauber bin.« Er stöhnte zornig auf. »Und das bloß, weil du sturer Hund dich in Dinge einmischst, von denen du keinen Schimmer hast.«

Betschart blieb stehen. »Aber wieso will Laforet mich aus dem Weg räumen?«

Rossbach drehte sich um. »Wieso wohl! Es ist ihm gesteckt worden, dass du mit dem Mann verwandt bist, den er auf dem Gewissen hat.« Er winkte energisch. »Wir müssen uns beeilen. Sonst schöpft der Kerl im Auto Verdacht.«

Betschart setzte sich wieder in Bewegung und stolperte an Rossbachs Seite.

»Er war es also?«

»Natürlich. Einer seiner Vertrauten hat sich im Suff einmal verplappert. Das Ganze muss damals so abgelaufen sein, dass dein Onkel den alten Laforet als den Kommandeur wiedererkannt hat, der kurz vor Kriegsende geflohene Häftlinge hat massakrieren lassen. Wäre das damals rausgekommen, wäre der Alte auf einen Schlag ruiniert gewesen. Der Junior, seinem Vater ergeben wie ein Hund, hat daraufhin den Anschlag auf deinen Onkel ausgeführt, er hat ihm beim Vorbeifahren mit einem Eisenstück den Schädel eingeschlagen. Und als du und dein Kollege in seiner Kneipe aufgetaucht seid, hat er sofort befürchtet, dass du hinter der Sache herstöbern könntest. Nachdem man ihm auch noch deinen Nachnamen hinterbracht hat, hat er daraus geschlossen, dass du derjenige sein musst, der den Mordanschlag damals als kleiner Junge beobachtet hat. So war es doch, oder?«

»Ja«, keuchte Betschart. »Dann befürchtet er, dass ich den Fall wieder vor Gericht bringe?«

»Aber nicht, weil er eine Verurteilung befürchten würde, die Geschichte ist nach französischem Recht verjährt.«

»Aber nicht nach deutschem.«

»Richtig, und dein Onkel war Deutscher. Aber dass sich unsere Behörden nach so langer Zeit noch ins Zeug legen könnten, ist praktisch eher unwahrscheinlich. Der Fall liegt mehr als dreißig Jahre zurück, da gibt es kaum noch Chancen, die Wahrheit zu finden. Nein, der Hauptgrund ist: Laforet steht an der Wand, seine politische Karriere läuft nicht wie erwartet, nach allem, was ich mitgekriegt habe, steht er kurz vor der Pleite. Jetzt hat er aber wohl ein größeres Geschäft in Aussicht, es scheint um ein Immobilienprojekt irgendwo hier in der Nähe zu gehen, für das er einen hochkarätigen Partner an Land gezogen hat. Deshalb kann er nicht brauchen, dass alte Geschichten aufgewärmt werden.«

Der Weg verbreiterte sich und machte wieder eine Kehre. Augenblicklich war die Luft vom Brausen eines nahen Wasserlaufs erfüllt. Das Gebüsch zu beiden Seiten wich zurück, vor ihnen, schimmernd im Mondlicht, weitete sich eine felsige Fläche. Betschart stolperte vorwärts. Kühlfeuchte Luft schlug ihm entgegen. Das Dröhnen eines Wasserfalls wurde ohrenbetäubend.

»Vorsicht!«, brüllte Rossbach hinter seinem Rücken. »Einen Schritt weiter, und du landest unten in der Schlucht!«

Betschart zuckte zusammen. Er sah um sich. Zu seiner Linken wälzte sich ein tosender Fluss aus einer breiten, turmhohen Klamm. Unterhalb der Kante des Felsbalkons stürzte er schäumend in einen nachtschwarzen unergründlichen Schlund. Rossbach trat an seine Seite und schrie ihm ins Ohr: »Die grandiose Idee war, dir hier eine Kugel zu verpassen und dich dann hinunterzuwerfen. Im Gumpen unter uns gibt es Strudel, die dich sofort weiterreißen und unter einen Berg von Felsblöcken pressen würden. In den nächsten tausend Jahren würde dich kein Schwein hier finden.«

Betschart beugte sich vor. Ein schneidender, von eisiger Gischt geschwängerter Luftstrom verschlug ihm den Atem. Rossbach packte ihn am Arm und zog ihn von der Felskante zurück. Auf seiner Stirn glänzte Schweiß, seine Miene verriet Unruhe und Anspannung. »Ich muss zurück, sonst sind wir beide geliefert«, rief er gegen das Tosen des Wassers. »Wir haben nur eine Möglichkeit. Ich gebe zu, sie ist schwachsinnig, aber es ist die am wenigsten schwachsinnige von all den Möglichkeiten, die mir auf die Schnelle eingefallen sind.« Wieder sah er hinter sich. »Hör genau zu. Ich ballere jetzt gleich zweimal in die Luft. Nach dem ersten Schuss schreist du, als wenn es dich erwischt hätte. Mach ein bisschen Theater, okay? Dann –« Er wies mit der Waffe zu einem Gebüsch auf der linken Seite des Felsbalkons, »– dann sprintest du sofort dort hin. Es ist ein

Geröllabhang, der bis nach unten reicht. Unten springst du ins Wasser, aber an einer Stelle, wo die Strömung nicht so stark ist, verstanden? Du stellst dich tot, ungefähr eine Stunde. Da Laforet misstrauisch ist, kann es sein, dass der Kerl im Auto dich wahrscheinlich unten sehen will. Hast du das kapiert?«

Betschart nickte.

»Danach versteckst du dich noch bis zum nächsten Abend, damit ich ausreichend Vorsprung habe, mich abzuseilen. Sobald nämlich klar ist, dass du noch am Leben bist, ist mein Leben hier keinen Pfifferling mehr wert. Anschließend schlägst du dich am besten zur nächsten Gendarmerie durch, sie ist knapp zehn Kilometer entfernt, in einem Dorf namens St. Pierre d'Elze. Nicht vorher, hast du verstanden? Sag ihnen, sie sollen sofort Kontakt zu einem Commandant Lazare in der Zentrale in Montpellier aufnehmen. Lazare, ja? Der Mann hat was auf dem Kasten, und er ist der Einzige, dem ich halbwegs zutraue, dass er nicht mit gezinkten Karten spielt.« Rossbachs Stimme wurde drängender. »Alles gespeichert? Ich will's hören!«

Betschart wiederholte die Anweisungen stockend.

»Okay«, rief Rossbach. »Also – bereit?«

»Bloß noch eins«, sagte Betschart. »Das mit meinem Kollegen ... mit Joe ... dem Mann von meiner ... von der Kollegin ... ist das wahr?«

»Verdammt, du Idiot! Ja!«, rief Rossbach. »Ob du bereit bist, habe ich gefragt!«

Betschart nickte. Rossbach ging einige Schritte zurück. Sein Gesicht war vor Anspannung verzerrt, seine Nasenflügel bebten. Er zog seine Pistole, entsicherte sie und hob sie auf Brusthöhe.

Ein scharfer Knall übertönte das Brausen des Wasserfalls. Rossbach krümmte sich, machte eine Drehung und feuerte in die Richtung, aus der der Schuss gekommen war. Reflexartig schleuderte er seine Pistole von sich, bevor er vornüber zu Boden plumpste.

Betscharts Herz ruckte. Laforets Fahrer löste sich aus dem Dunkel des Waldrandes, die Waffe erhoben. Er machte eine beschwichtigende Handbewegung, stapfte mit breiten, sichernden Schritten auf Rossbach zu, ging neben ihm auf die Knie, schlug den Blouson zurück, musterte die handtellergroße, schwarz schimmernde Fläche auf der Brust des Liegenden und nickte befriedigt. Dann sah er zu Betschart auf, der drei, vier Schritte von ihm entfernt stand und wie gelähmt auf ihn starrte.

»Last second, collègue«, rief er. »He wanted you kill, you know?«

Betscharts Magen krampfte. Er schnappte nach Luft. »You… you are…«, stammelte er. »He… was…?«

Der Mann stieß sich aus der Hocke, richtete sich auf und verstaute seine Pistole in seinem Schulterholster. »Mais oui, collègue. I am.« Er wies mit einer verächtlichen Kopfbewegung auf Rossbach. »And he was.« Er spuckte aus. »Sale cochon. Dirty bastard.«

Noch immer war Betschart zu keiner Bewegung fähig. Sein Puls jagte. Er sah, wie der Mann sich suchend umblickte, um sich dann auf die Pistole zuzubewegen, die Rossbach von sich geschleudert hatte. Betschart hielt die Luft an. Der Mann trug Handschuhe.

»Everything allright, collègue. Game over, understand?« Der Mann ging in die Knie und streckte seine Rechte nach Rossbachs Waffe aus. Betschart stieß einen Schrei aus, hechtete auf ihn zu und schleuderte ihn auf den Rücken. Sein Gegner hatte sich blitzschnell von seiner Überraschung erholt, rammte ihm seine Stirn in das Gesicht, versuchte, ihn mit Faustschlägen auf Distanz zu bringen. Betschart fühlte, wie ein Blutschwall in seinen Mund und über sein Kinn auf seine Kehle floss. Kurz raubte ihm der Schmerz den Atem, dann spürte er, wie sich die Pranken seines Gegners um seinen Hals krallten. Er zog das rechte Knie an und stieß zu. Ein wütender Schmerzensschrei betäubte sein Ohr, die Finger lösten sich, doch die Fäuste hämmerten sofort wieder wie rasend auf ihn ein, auf seine Brust, seinen Bauch, seinen Kopf. Ein reißender Schmerz dehnte sich in seinem Kopf und begann, ihm die Kraft zu rauben. Er versuchte, die Schläge zu erwidern, traf aber nur noch ins Leere. Sein Gegner hatte sich freimachen können, mit Fußtritten gegen Betscharts Kopf robbte er zurück, ging in die Hocke und schnellte in die Höhe. Seine Augen brannten vor Zorn, er griff unter seine Schulter, etwas metallen Glänzendes schimmerte in seiner Rechten auf. Geduckt wie ein Raubtier, trat er einen Schritt zurück, um auf der schartigen Felsfläche einen besseren Stand für die nächste Attacke zu haben.

Betschart sah nichts mehr, das Blut einer aufgerissenen Braue rann ihm in die Augen, er rieb sie verzweifelt, spannte sich in Erwartung eines Angriffs an.

Der Wasserfall toste.

Betschart stemmte sich hoch und setzte sich auf seine Fersen. Er zog einen Hemdzipfel aus seinem Hosenbund und wischte sich die Augen frei. Der nackte Fels vor ihm schimmerte im Mondlicht. Betschart neigte sich nach vorne und kroch auf allen vieren auf die Stelle zu, auf der er seinen Gegner zuletzt gesehen hatte. Er hatte nicht einmal einen Meter zurückgelegt, als seine Hände ins Nichts griffen. Langsam robbte er rückwärts. Er stand auf. Seine Knie zitterten.

Er ließ sich neben Rossbach auf die Knie fallen und beugte sich zu ihm hinab. Das austretende Blut hatte bereits eine Lache auf dem Fels gebildet. Die Augen des Agenten waren geöffnet und schwammen in Tränen, aus seinem Mundwinkel sickerte Blut, aus seiner Kehle drang ein fast unhörbares Röcheln. Sein Kinn bebte wie im Krampf. Seine Lippen versuchten, Worte zu formen. Betschart neigte sich tiefer.

»... was für 'n ... Scheißland ...« flüsterte der Sterbende. Ein Schmerz durchzuckte ihn.

»Ich hole Hilfe«, stammelte Betschart.

»Mach… schnell…tut weh…« Ein Blutschwall drang aus Rossbachs Mund. Seine Lider flackerten.

»Hilfe…«, flüsterte Betschart. Er kippte den Kopf nach oben. Ihm war, als habe er das Geräusch eines Helikopters durch das Tosen des Flusses gehört.

83.

Raymond Danard versuchte, seine Stimme beherrscht klingen zu lassen. »Tonton will baden«, sagte er. »Erwarte Rückruf. Dringend.« Er unterbrach die Verbindung, verstaute sein Handy in seiner Brusttasche und lehnte sich zurück. Es war heiß im Wagen. Er ließ die Scheibe einen Spalt herunter. Ein warmer Windhauch strömte herein, noch immer warm, mit einem Geruch von Salz. Er spürte sein Herz schlagen.

Ruhig, dachte er. Jetzt nur nicht durchdrehen.

Wieder knackte das Funkgerät.

Ein Mitglied des BAC-Einsatzkommandos gab einen weiteren Lagebericht an die Zentrale durch. »Durchsuchung des Geländes abgeschlossen. Bisher drei Tote, männlich, sowie eine Person lebensgefährlich verletzt, weiblich, eine Person ebenfalls schwer verletzt, männlich. Nach Auskunft des Notarztes jeweils Schussverletzungen, wir haben unterschiedliche Handfeuerwaffen sichergestellt. Erstversorgung und Stabilisierung konnte vor Ort geleistet werden, beide Personen sind umgehend in die Klinik transportiert worden.«

»Weitere Tatbeteiligte?«

»Momentaner Stand negativ.«

»Bereits Erkenntnisse zum Tathergang?«

»Noch nicht abgeschlossen, da Spurensicherung noch im Gange und nur kurze Erstvernehmung von einer der beiden verletzten Personen möglich war. Vorläufige Hypothese nach Auffindesituation: Zwei der Opfer wurden auf Weg unterhalb der Impasse du Ramonet überfallen und getötet beziehungsweise schwer verletzt, vermutlich, als sie gerade einen Motorroller besteigen wollten. Die drei anderen Opfer wurden etwa achtzig bis hundert Meter südlich aufgefunden, in der Nähe des Wohnhauses der zweiten verletzten Person. An dieser Stelle muss ein länger andauernder Schusswechsel stattgefunden haben.«

»Kategorie Raubüberfall?«

»Noch keine Erkenntnisse. Sieht aber danach aus.«

»Gibt es Informationen zur Identität?«

Danard hielt den Atem an.

»Bisher nur von den beiden Verletzten. Bei weiblicher Person wurde Ausweis gefunden auf Namen Romains, Charlotte, Alter neunzehn, Staatsangehörigkeit französisch. Name des männlichen Verletzten Castro, Jean, Alter siebenundsechzig –«

Kurze Pause. »Name männlicher Verletzter wiederholen.«

»Castro. Jean.«

»Doch nicht –?«

»Doch. Steckschuss, Blutverlust. Kommt aber durch.«

»Mon dieu…« Der Sprecher fasste sich wieder. »Bestätigen: Keine Hinweise zur Identität der Todesopfer?«

»Negativ. Aber zwei der Beamten des hiesigen Kommissariats, die als Erste am Tatort waren, gaben an, einen der Toten mit hoher Sicherheit anhand eines Tattoos identifizieren zu können. Name demnach Rey, Vorname Henri, mutmaßlicher Wohnort Agde. Des Weiteren äußerten die beiden gleichlautend die Vermutung, dass der Ausweis der verletzten weiblichen Person gefälscht sein könnte und es sich um eine Frau namens Gora, Shari, handeln könnte. Zu einem weiteren Toten gibt es eine Vermutung mehrerer Einsatzbeamter, dass es sich um eine Person mit Namen Leca, Vorname Salvador, handeln könnte. Diese Hinweise sind aber derzeit noch ungesich –«

Danard hatte ausgeschaltet. Er schloss die Augen, atmete stoßend. Sein Herz hämmerte. Wie von einem plötzlichen Krampf gekrümmt, beugte er sich vor und presste seine Fäuste auf die Schläfen. Er spürte, dass seine Augenwinkel feucht wurden. Ein unvermuteter Zorn überkam ihn.

Er zog sein Handy hervor und drückte mit zitterndem Finger auf die Wähltaste.

Wieder meldete sich die neutrale Stimme eines Anrufbeantworters.

»Tonton will baden!«, brüllte Danard. »Hört ihr, ihr Wahnsinnigen! Meldet euch! Sofort!«

Er lauschte einige Sekunden ins Nichts, dann ließ er das Handy auf seinen Schoß sinken.

Lecas rumänische Nutte hatte sich also beim alten Castro verkrochen, nachdem sie Fernandez, vermutlich mit Unterstützung dieses kleinen Gitan, fertiggemacht hatte.

Ausgerechnet bei Castro.

Und er und die Nutte haben überlebt.

Ein Kichern entfuhr ihm. Dann griff Panik nach ihm. Er startete den Motor.

84.

»Nichts«, erklärte der Truppführer, dessen Männer die Wirtschaftsgebäude des *Mas du Bosc* durchsucht und als Erste Vollzug gemeldet hatten. »Garage, Scheune, Obergeschoss und Speicher sind sauber. Personen negativ.«

»Ihr habt auf Kellerluken, verdoppelte Mauern und dergleichen geachtet?«

»Haben wir«, bestätigte der Truppführer. Wir machen das nicht zum ersten Mal, sagte seine Miene. »Kein Versteck, kein Depot irgendwelcher verdächtiger Gegenstände.« Er machte eine Kopfbewegung zum Waldrand. »Und bei diesem kleinen Turmbau drüben handelt es sich um einen Taubenturm, der als Gerätelager genutzt wird. Darunter ist die ehemalige Zisterne. Wir haben sie von oben ausgeleuchtet, sie ist nicht mehr in Betrieb. Es gab keinerlei Anzeichen, dass sich dort jemand aufgehalten haben könnte.«

Der Einsatzleiter nickte stumm und befahl den Männern, sich zu den Mannschaftswagen entlang der Auffahrt zurückzuziehen. Er bedachte Lazare und Jeanjean mit einem ernsten Blick.

»Sie sind immer noch davon überzeugt, dass es richtig war, ein derart großes Orchester aufzufahren? Nach Ihrer Schilderung war mit einem wesentlich größeren Gefährdungspotential zu rechnen. Bisher aber rechtfertigt noch nichts den Aufwand. Geschweige denn, dass wir eine Spur von diesem deutschen Kollegen gefunden hätten.«

»Bisher«, sagte Lazare.

Der Einsatzleiter streifte ihn mit einem zweifelnden Blick. »Wenn sich Ihr Verdacht als Luftnummer erweist, werden Sie sich immerhin erklären müssen.« Er grinste schief. »Aber dank unserer Kunden aus dem Orient wird heutzutage nicht mehr so viel Tamtam gemacht. Gab ja Zeiten, wo du dir jeden Furz vorher genehmigen lassen musstest, was?«

Jeanjean schmunzelte beflissen. Er wippte auf seinen Sohlen und ließ seinen Blick über die Szenerie schweifen. Der Transporter, von dem aus der Einsatzleiter die Operation überwachte, stand vor der Zufahrt zum Innenhof. Das Haupthaus und die Nebengebäude waren mit mobilen, von Mückenschwärmen umtosten Scheinwerfern ausgeleuchtet, die Mannschaftswägen reihten sich die Auffahrt hinab. Nachdem die Eingreiftruppe der Gendarmerie die Zufahrtsstraßen mit Kontrollposten gesichert, das Anwesen umstellt und das Haupthaus besetzt hatte, waren Charles Laforet und ein Mitglied seiner Garde nach ergebnisloser Vernehmung zu einer wenige Schritte entfernten Sitzgruppe auf der Terrasse verbracht worden. Ein Bewaffneter stand neben ihnen Posten. Er spannte sich an, als sich Laforet erhob.

»Herrschaften, ich habe vollstes Verständnis dafür, dass gelegentliche Übungsmanöver abgehalten werden müssen.« Er näherte sich. »Weniger aber dafür, dass eine erbärmliche Denunziation offenbar ausreicht, um anständige Bürger und Steuerzahler zu drangsalieren.« Er machte eine Kopfbewegung zu Lazare. »Und noch weniger für die Halluzinationen übereifriger Kriminalbeamter.«

»Je weniger Sie uns bei der Ausübung unserer Pflichten stören, Monsieur, desto rascher haben Sie auch wieder Ihre Ruhe«, sagte der Einsatzleiter ungehalten. »Gehen Sie an Ihren Platz zurück.«

Laforet warf sich in die Brust. »Als Bürger, der die Sozialfonds von Gendarmerie und Nationalpolizei seit Jahrzehnten mit jährlicher Spende in nicht zu geringer Höhe unterstützt, habe ich das Recht zu erfahren, wonach Sie ausgerechnet auf meinem Besitz suchen.«

»Ersparen Sie sich und uns das Theater, Monsieur Laforet«, sagte Lazare. »Sie wissen es.«

Laforet grinste ölig. »Bedaure, Commandant. Ich habe keinen Schimmer, von welchen Hirngespinsten Sie sich jagen lassen. Wie ich schon mehrmals erklärt habe, halte ich mich mit meinen Mitarbeitern aus geschäftlichen Gründen auf meinem Besitz auf. Ich sehe absolut nichts, was irgendein Gesetz verletzen würde.«

Der Einsatzleiter setzte zu einer harschen Antwort an, wurde aber von einer Bewegung am Hauptportal abgelenkt. Ein weiterer Trupp verließ das Gebäude. »Gebäude sauber. Personen negativ«, meldete der Truppführer.

»Speicher, Keller? Nichts?«

»Ebenfalls sauber. Im Keller gibt es mehrere Gewölbe, die teils leer stehen, teils als Weinlager dienen. Keine Person, keine verdächtigen Objekte.«

Laforet hatte das Gespräch mit breitem Grinsen verfolgt. »Sehen Sie, Herrschaften? Sie sind umsonst angerückt. Die ganze Aktion ist völlig unverhältnismäßig. Dass ich an höherer Stelle Beschwerde einlegen werde, werden Sie mir nicht verübeln.«

»Ich habe Sie aufgefordert, wieder Ihren Platz einzunehmen«, fuhr ihn der Einsatzleiter an. »Und das werde ich kein weiteres Mal tun, verstanden?«

Ein spöttisches Grinsen kräuselte Laforets Lippen. Er zuckte die Achseln und trat den Rückweg an. Der Einsatzleiter sah ihm verärgert nach.

»Gruppe Vier an Zentrale. Kommen«, gab sein Funkgerät vor seiner Brust Laut.

Er hob es an und wandte sich halb ab. »Zentrale hört?«

Die Stimme des Unterführers klang routiniert, verriet aber

auch Anspannung. »Haben eine verletzte Person aufgegriffen, ist bei Bewusstsein, Art und Ausmaß der Verletzung noch unklar. Haben Erstversorgung vorgenommen, benötigen Rettungswagen sowie Höhenrettung, da Möglichkeit von weiterem Opfer. Wiederhole: Gruppe Vier, Position Zufahrt Bouche-diable. Benötigen Rettungswagen und Höhenrettung.«

Der Einsatzleiter machte eine befehlende Handbewegung zu einem seiner Untergebenen, der sich auf dem Absatz drehte und zu den Mannschaftswagen eilte.

Lazare neigte sich an Jeanjeans Ohr und raunte: »Bouche-diable?«

»Eine Karstquelle in einer Schlucht, etwa vier Kilometer von hier«, erklärte der Brigadier. Besorgt fügte er hinzu: »Das verheißt nichts Gutes. Die Ecke ist berüchtigt. Man erzählt sich, dass während des Krieges die Faschisten die Leute von der Résistance dort verschwinden ließen und ihnen nach der Libération dasselbe blühte.«

Lazare nickte verstehend. Aus den Augenwinkeln beobachtete er, wie Laforet seine Schritte verlangsamte und seinen Kopf zur Seite drehte.

Der Einsatzleiter hielt das Funkgerät vor seinen Mund. »Rettung ist unterwegs. Was ist vorgefallen?«

»Wir haben von unserem Sperrposten aus vor ungefähr zwanzig Minuten mehrere Schüsse gehört, eindeutig keine Jagdwaffe. Zwei von uns sind zur Erkundung in die Richtung vorgerückt, in der wir das Geschehen vermutet haben. Auf halbem Weg in die Schlucht ist ihnen eine Person entgegengekommen, stark blutend, Kopfverletzung, ansprechbar, sprach aber nur Englisch, rief um Hilfe. Lage und Hergang sind noch völlig unklar, wie gesagt, der Mann hat zwar ein paar Brocken Französisch drauf, spricht sonst nur Englisch. Behauptet, deutscher Polizist zu sein.«

»Bestätigen: Deutscher Polizist?«

Lazare und Jeanjean wechselten einen alarmierten Blick.

»Bestätige«, quäkte es aus dem Funkgerät. »Soweit wir den Mann verstehen konnten, sollten sich im Bereich vor dem Bouche-diable noch mindestens zwei weitere Personen befinden. Haben daraufhin die Aussichtsplattform abgesucht und eine weitere Person vorgefunden, männlich, schwere Schussverletzung in der Brust mit massivem Blutverlust, bereits ohne Pulsschlag. Körper noch lebenswarm, Tod ist vermutlich erst vor wenigen Minuten eingetreten. Sind gerade dabei, den Bereich weiter abzusuchen, bisher ohne Ergebnis. Dritte Person ist möglicherweise in die Tiefe gestürzt.«

Die Funkstimme wurde vom Aufröhren mehrerer Motoren unter ihnen übertönt. Starke Scheinwerfer blendeten auf und strichen durch das Blattwerk. Wenig später verschluckte der Wald die Geräusche der abfahrenden Rettungsfahrzeuge.

Nachdem der Einsatzleiter bei der Pompiers-Zentrale ein Kletterteam angefordert hatte, wandte er sich an Lazare.

»Sieht fast danach aus, als hätten Sie die richtige Nase gehabt, Commandant. Es scheint sich um den Mann zu handeln, nach dem gesucht wird. Wäre zu viel des Zufalls, dass sich noch ein deutscher Polizist in unseren Kanton verirrt hat.« Er machte eine Kopfbewegung zu Laforet. »Wenn Sie mich nun ein bisschen ausführlicher darüber informieren könnten, was hinter dieser ganzen Chose steckt, hätte ich nichts dagegen. Ich werde nämlich den Eindruck nicht los, dass es um mehr als nur um einen vermissten deutschen Polizisten geht. Ich vermute zwar, dass es eine längere Geschichte ist, aber ein paar Stichworte könnten Sie mir geben. Beispielsweise dazu, wieso sich diese Kerle ausgerechnet einen deutschen Polizisten geschnappt haben sollen. Und was Sie so sicher gemacht hat, dass er sich nur in unserem Kanton befinden kann?«

Lazare setzte zu einer Antwort an, wurde aber unterbrochen. Er hielt die Hand schützend vor seine Augen. Ein Wagen mit aufgeblendetem Scheinwerfer hatte in rascher Fahrt den Sperrposten des Vorplatzes angesteuert. Der Fahrer musste dem Posten eine Legitimation vorgewiesen haben, denn der Wagen bog auf den Platz vor dem Haupthaus ein. Der Motor erstarb, die Scheinwerfer erloschen, die Fahrertür öffnete sich.

»Commandant Lazare! Natürlich! Wer sonst!«, brüllte Morvan und stürmte heran. »Was ist dir gesagt worden? Du bist raus!« Er nannte dem Einsatzleiter seinen Namen und seine Dienststelle und wandte sich wieder an Lazare. »Willst du mich zum Narren halten? Habe ich dir nicht klipp und klar gesagt, dass diese Sache nicht dein Bier ist, verdammt noch mal?!«

Jeanjean und der Einsatzleiter verfolgten den Auftritt konsterniert.

»Von welcher Sache sprichst du?«, fragte Lazare beherrscht.

»Rossbach geht dich einen Scheißdreck an!«, keifte Morvan. »Bist du zu blöd, um das zu kapieren?«

Lazare drückte sein Kreuz durch. »Zwei Dinge, André. Erstens schlage ich vor, dass du dir gefälligst einen Ton zulegst, wie er unter Kollegen üblich ist. Und zweitens geht es bei diesem Einsatz ausschließlich um einen deutschen Polizeibeamten, der als vermisst gemeldet wurde, kapiert?«

Morvan funkelte ihn wütend an. »Du willst uns für blöd verkaufen, stimmt's?«

»Die Darstellung ist absolut korrekt«, mischte sich der Einsatzleiter ein. Er hob die Stimme und fixierte Morvan scharf. »Und um das klarzustellen: Solange ich keine andere Anweisung von berufener Stelle erhalte, wird diese Operation von mir geleitet und verantwortet. Und dabei dulde ich keine Störung!«

»Ich bin Verbindungsoffizier der DCRI zur Sondereinheit Staatsschutz der Kripo Montpellier, die seit geraumer Zeit in dieser Sache ermittelt. Die Teams werden in Kürze hier eintreffen und übernehmen.«

»Das will ich schwarz auf weiß«, knurrte der Einsatzleiter.

»Und solange ich das nicht habe, bleibt es bei meiner Zuständigkeit, haben Sie das verstanden?«

Er wurde von einer Bewegung an der Auffahrt abgelenkt. Der Rettungswagen und eine Kolonne mehrerer Einsatzwagen bogen auf den Platz ein. Der Einsatzleiter setzte sich in Bewegung und ging dem Rettungstransporter entgegen.

Morvan nahm Lazare beiseite. »Was geht hier vor, verdammt noch mal? Ich habe die Information, dass es eine Schießerei gegeben hat, an der dieser deutsche Polizist beteiligt gewesen sein muss. Hat sich der Narr etwa mit Rossbach angelegt?«

Lazare zuckte die Schultern.

»Und dir fällt nichts Besseres ein, als die Gendarmerie zu beschwatzen und auf Laforet zu hetzen, stimmt's? Verdammt! Wir hatten Laforet bereits im Visier, und Rossbach ist ein V-Mann der Deutschen. Und, wie ich mir von ihnen habe sagen lassen, ein verdammt brauchbarer.« Er lachte kurz und hart auf. »Du und Simoneau – ihr habt wirklich geglaubt, Kaliber wie Montaignac und Laforet über den Fernandez-Fall anpissen zu können?«

»Es ging um Geldwäsche in enormen Dimensionen. Diese Seuche breitet sich seit vielen Jahren auch bei uns immer mehr aus. Und der Plan hätte klappen können.«

Morvan nickte sarkastisch. »Sicher. Wenn Fernandez nicht bloß ein kleiner, schäbiger Ganove gewesen wäre, dem es scheißegal war, ob die Gitans ihre Siedlung behalten können oder nicht. Was du immerhin schnell kapiert hast. Woraufhin du versucht hast, Laforet über die Rossbach-Sache zu packen. Was aber ebenfalls schiefging, weil Simoneau kalte Füße bekam und dich zurückgepfiffen hat.« Ein leises Kichern entfuhr ihm. Er schüttelte den Kopf. »Und jetzt sieht es danach aus, als ob du doch noch deinen verdammten Willen bekommen könntest. Weil dir ein ausgeflippter deutscher Polizist, der mindestens genauso dickschädelig ist wie du, ungewollt zu Hilfe gekommen ist.«

Lazare sagte nichts.

»Jedenfalls, wenn sich herausstellt, dass du mit deinem verdammten Eigensinn dafür verantwortlich bist, dass Rossbach in Schwierigkeiten gekommen ist, dann gnade dir Gott.«

»Jetzt hör mir zu, André«, sagte Lazare heftig. »Dass ich hier bin, hat private Gründe, die dich einen Dreck angehen. Ich wusste nicht einmal, dass Laforet hier ein Haus hat.«

Morvan sah ihn skeptisch an. »Also gut, Siso«, seufzte er schließlich. »Es scheint, dass du wieder einmal deinen verfluchten Sturschädel durchgesetzt hast. Wenigstens teilweise, denn der, den du eigentlich vor die Flinte bekommen wolltest, wird sich längst abgesichert haben.«

»Wenn Laforet singt, wird Montaignac sich deutlich schwerer tun, sich herauszuwinden.«

»Und was würde das Lied erzählen, das Laforet zum Besten gibt?«

»Dass Montaignac ihn angeheuert hat, die Gitans zu attackieren und Propaganda gegen sie zu machen. Als Gegengeschäft, und um ihn richtig scharf zu machen, ist er auf das Projekt eingestiegen, das Laforet unbedingt finanziert haben wollte, um aus seiner finanziellen Misere rauszukommen.«

»Könnte hinkommen«, räumte Morvan ein. »Aber es haben schon berühmtere Gesangskünstler vor ihrem Auftritt plötzlich Halsschmerzen bekommen. Ich rate dir dringend, Montaignac nicht zu unterschätzen. Noch weniger die Kerle, mit denen er seit einiger Zeit zusammenarbeitet.«

»Spar dir den Ratschlag. Sag mir lieber: Ihr wusstet die ganze Zeit, dass sich Laforet hierher zurückgezogen hat?«

»Natürlich. Das Anwesen hier ist seit etwa zwei Jahren so etwas wie die geheime Logistikzentrale seiner Bagage. Es ist ideal dafür geeignet, es ist nicht einsehbar, und an der Zufahrt liegt nur ein einziger Hof, dem verdächtige Fahrtbewegungen auffallen würden. Dieser Bauer aber, ein gewisser Senechas, war schon mit Laforets Vater eng befreundet und politisch mit ihm auf einer Linie.«

»Dann ist Rossbach nach seiner Befreiung hierhergebracht worden?«

Morvan nickte. »Wir haben aus Gründen, die ich dir eben erklärt habe, nichts unternommen.«

»Muss Spaß machen, die Polizei der halben Republik dabei zu beobachten, wie sie wie die blinden Hühner herumläuft.«

»Noch mehr Spaß macht es, wenn ein sturer Hund wie du dafür sorgt, dass langfristig angelegte Observationen und Operationsvorbereitungen in die Tonne getreten werden können«, gab Morvan gallig zurück. »In einigen Wochen sollte es ein Treffen mit Zellen aus Flandern, Deutschland und Österreich geben, bei dem Laforet wieder den Gastgeber gespielt hätte. Wäre nicht ganz uninteressant gewesen, was da besprochen worden wäre.«

»Ein Schuh, den ich mir nicht anziehe, André.«

»Etwas anderes erwarte ich auch nicht von dir. Trotzdem solltest du dich jetzt dünnmachen, bevor noch irgendjemand auf die Idee kommen könnte, dass du dich über die Anordnungen deiner Vorgesetzten und des Gerichts hinweggesetzt hast. Denn auch wenn du mir noch zehnmal erzählst, dass du rein zufällig hier bist, Siso – ich glaube dir kein Wort. Weil ich dich kenne, verstehst du?«

85.

Commandant Danard umkrallte das Lenkrad und drückte das Gaspedal durch. Das Buschwerk auf den Dünenkuppen am Rande der Küstenstraße flog an ihm vorbei, das fahle Licht des Mondes splitternd. Danard blendete auf. In der Ferne schälte sich eine Straßenbiegung aus der Dunkelheit. Danard spannte alle Muskeln an. Die Vibration des dröhnenden Motors durchdrang ihn, sein Puls hämmerte, in seinen Ohren sirrte das Blut. Wie betäubt nahm er im Rückspiegel wahr, dass weit hinter ihm kreisendes Blaulicht aufgetaucht war und sich langsam näherte.

Toll, dachte er. Sind eben auf Zack, meine Jungs.

Er drückte das Gaspedal bis zum Anschlag. Der Motor brüllte auf. Eine seltsame Entwirklichung, der ein berauschendes Hochgefühl entwuchs, hatte sich seiner bemächtigt. Sie würden ihn nicht kriegen. Niemand würde ihn vor der Öffentlichkeit und vor Gericht der Schande preisgeben. Niemand über ihn ein Urteil fällen und ihn für den Rest seines Lebens in den Knast schicken.

Die Kurve kam rasch näher. Danard hielt den Fuß auf das Gaspedal gedrückt, sein Knie zitterte konvulsivisch. Ein Reflex befahl ihm, das Steuer vor der Einmündung in einen Kreisverkehr herumzureißen. Der Wagen schlingerte, stellte sich schräg, raste auf die Mitte der erhöhten Verkehrsinsel zu und schoss wie auf einer Rampe in den nächtlichen, mit Sternen übersäten Himmel empor. Danard fühlte noch, wie alle Schwere von ihm abfiel. Er stieß ein gellendes Jauchzen aus. Die Bilder jener Nacht, in der alles begonnen hatte, zuckten auf.

Er war vor seiner lange ersehnten Ernennung zum Gruppenleiter gestanden, als ein anonymer Anrufer einen Leichenfund in einem Gebüsch an der Ausfallstraße gemeldet hatte. Eine blutjunge Schwarze war es gewesen, mit grauenhaften Stichverletzungen und eingeschlagenem Schädel. Rasch hatte sich herausgestellt, dass die Tote eine Prostituierte aus Nigeria gewesen war, eine jener rechtlosen, von gewissenlosen Luden ausgebeuteten Immigrantinnen, die des Nachts vor der Stadt und in den Dünen auf ihre Freier zu warten hatten. Er hatte sich mit Eifer auf den Fall geworfen, wollte sich beweisen, seine Beförderung beschleunigen. Doch die Ermittlungen drohten im Sande zu verlaufen. Die Aussage einer der Zeuginnen hatte ihm keine Ruhe gelassen, er hatte den Verdacht, dass sie ihm bei der ersten Vernehmung etwas vorenthalten hatte. Es war bereits nach Mitternacht, als er an ihre Tür schlug, mit dem Vorsatz, sie noch einmal streng ins Gebet zu nehmen. An diesem Tag hatte ein schwerer Himmel über der Stadt gehangen, eine atembeklemmend heißfeuchte Luft den Menschen den Schweiß aus den Poren getrieben. Während er noch versuchte, die junge Frau zum Reden zu bringen, stürzten sintflutartige Regengüsse über die Stadt herab, ließen krachende Blitzeinschläge und ohrenbetäubender Donner die Gemäuer erbeben. Obwohl er schon bald eingesehen hatte, dass ihn die junge Frau keinen Millimeter voranbringen würde, blieb er. War es der Klang ihrer Stimme? Die geschmeidige Art, wie sie sich bewegte? Ihr unschuldiger, zugleich verruchter Blick unter schläfrig schweren Lidern? Dieses Rätsel in ihren dunklen Augen, das er nicht ergründen konnte? Ihr Lächeln mit der Andeutung von Unterwürfigkeit, eines stillen Schmerzes und einer stummen Bitte nach Schutz? Nach Zärtlichkeit und Zuwendung? Ein betörender Duft ging von ihr aus, er verwirrte ihn. Seine Strenge war zerflossen. Etwas hatte ihm befohlen, sich fallen zu lassen.

Er kam nicht mehr von ihr los, traf sie in den folgenden

Tagen erneut. Er fühlte sich wieder als Mann, und das Leben war plötzlich wieder leicht und leuchtend geworden.

Einige Tage später, als er an der *Bar du Port* gerade eine Pause machte, hatte ein junger Mann in freundlich beiläufigem Ton das Gespräch mit ihm gesucht. Und ihn freimütig um Rat in einer ein wenig heiklen Angelegenheit gebeten. Eine nahe Freundin, der er sich in einer Art Geschwisterlichkeit verbunden fühle, habe Probleme mit ihrem Aufenthaltsstatus. Wie man da am besten vorginge, um dieses Problem ohne größere Umwege zu lösen? Ihr Name sei übrigens Anouk.

Danard hatte sofort Lunte gerochen. Natürlich, seine Geliebte seit einigen Tagen war eine Nutte, dieser Bursche war ihr Lude und versuchte nun, ihn zu erpressen.

Doch der junge Mann hatte nicht insistiert, keine Forderung gestellt, im Gegenteil. Er hatte ihn seiner Diskretion versichert und sich mit verbindlichem Lächeln von ihm verabschiedet: »Es hat mich sehr gefreut, Ihre Bekanntschaft gemacht zu haben, Monsieur le commandant.«

Einige Wochen hatte Danard versucht, seiner Geliebten aus dem Weg zu gehen. Bis er es nicht mehr ausgehalten hatte. Er hatte sie gerade in seine Arme geschlossen, als der junge Mann aus der *Bar du Port* aus dem Nebenraum getreten war, gefolgt von einem Mann, der sich als Salvador Leca vorstellte. Beide hatten ihn mit allen Zeichen des Respekts gebeten, sich einen Vorschlag zu beiderseitigem Nutzen durch den Kopf gehen zu lassen: Danard könne sich wie bisher kostenfrei bedienen, wenn er sich mit gelegentlichen Hinweisen und Warnungen aus dem Kommissariat erkenntlich zeige. Danard hatte sich keine Illusionen mehr gemacht, dass er noch eine Wahl gehabt hätte. Die Kommunikation lief über Prepaidhandys, als Code zur Kontaktaufnahme wurde vereinbart: *Tonton will baden.*

Danard hatte seine Zusage eingelöst. Er hielt Leca auf dem Laufenden, wenn er bei Ermittlungen in die Schusslinie zu kommen drohte, ließ auch schon einmal Konkurrenten unter einem Vorwand abhören, und Razzien, die sich gegen Lecas Ring richteten, liefen ins Leere, gelegentlich wurde ein Bauernopfer gebracht, um keinen Verdacht entstehen zu lassen. Für Anouk, die wenige Monate später die Stadt ohne Ankündigung und mit unbekanntem Ziel verlassen hatte, hatte man ihm rasch ebenbürtigen Ersatz empfohlen. Und vor einigen Monaten hatte ihm der junge Mann begeistert von einem Neuzugang berichtet. »Noch keine zwanzig, Monsieur Danard. Eine Rumänin, scharf wie Chili. Wenn Sie interessiert sind, erwartet sie Sie in der Strandhütte.«

Er hatte dieses Mädchen einmal getroffen, es hatte ihn begeistert. Doch vor einigen Tagen war sie plötzlich wie vom Erdboden verschluckt. Leca hatte gewütet, in letzter Zeit waren ihm mehrere Frauen abspenstig gemacht worden. Danard konnte ihm berichten, dass zwei seiner Ermittler den Verdacht geäußert hatten, ein Bursche namens Rico Rey könnte mit ihrem Verschwinden zu tun haben.

Als sich Danard und der Zuhälter bei ihrem ersten Treffen in der *Bar du Port* getrennt hatten, hatte sich Danard, die Kehle noch immer rau, nach dessen Namen erkundigt.

»Fernandez«, war die Antwort gewesen. »Pablo, für meine Freunde.«

86.

Kurz nach zwei Uhr morgens war ein kräftiger Nordwind aufgekommen, der binnen kurzer Zeit regenschwere Wolken über das Gebirge gewuchtet hatte. Feines Nieseln setzte ein. Wenig später hatten die Rettungskletterer der Feuerwehr die Suche nach dem Vermissten in der Schlucht abgebrochen, um sie bei Tageslicht fortzusetzen. Der Wagen, mit dem die Leiche Rossbachs nach Montpellier transportiert werden sollte, war bereits vor einer Stunde aufgebrochen. Nachdem die im Haus gefundenen Akten und Rechner in einem LKW verstaut waren, wurden die Gebäude versiegelt. Ein Trupp wurde zur Bewachung des Waffenlagers abgeordnet; für den Abtransport waren Spezialfahrzeuge nötig, die erst für den nächsten Morgen zur Verfügung standen. Als auch das Team der Spurensicherung, das den Tatort am Bouche-diable untersucht hatte, zurückgekehrt war, gab der Einsatzleiter den Befehl zur Beendigung des Einsatzes. Nacheinander erloschen die Scheinwerfer. Die Luft war vom Dröhnen startender Dieselmotoren erfüllt.

An Jeanjeans Wagen gelehnt, beobachtete Lazare, wie Laforet und sein Helfershelfer in Handschellen in einen Transporter geschoben wurden. Als klar geworden war, dass Betschart gerettet werden konnte, hatten sie noch einen kläglichen Fluchtversuch unternommen, waren aber rasch niedergerungen worden. Die Kollegen der Kripo-Sondereinheit verabschiedeten sich mit einem stummen Wink und bestiegen ihren Wagen. Aus der Gruppe um den Einsatzleiter löste sich Morvan. Mit ernster Miene näherte er sich.

»Möglich, dass ich vorhin ein wenig überreagiert habe, Siso«, sagte er.

»Möglich«, sagte Lazare. »Du hast mit den Kollegen gesprochen? Wie steht's um den Deutschen?«

»Die Verletzung ist nicht der Rede wert. Er ist ein bisschen angegriffen, war aber vorhin klar im Kopf und hat die entscheidenden Informationen geben können. Inklusive der, dass Laforet in einem abgetrennten Teil seiner Zisterne Waffen gebunkert hat, und das in einer Menge und Qualität, mit der man mehr als ein kleines Feuerwerk veranstalten könnte. Was er damit geplant hat, wird er uns noch erklären müssen.«

»Was ist in der Schlucht passiert?«

»Du hast den richtigen Riecher gehabt, Lazare. Laforet hat sich den Deutschen geschnappt, um es so aussehen zu lassen, als habe sich dieser eigenmächtig auf die Suche nach Rossbach gemacht. Sein Mann hatte den Auftrag, den beiden in die Schlucht nachzusteigen, erst Rossbach und dann den Deutschen zu liquidieren und die Sache anschließend so zu drapieren, als wären sich die beiden gegenseitig an die Gurgel gegangen. So wäre er sowohl diesen Betschart losgeworden, dessen Nachforschungen ihn gestört haben, als auch Rossbach. Er muss ihn seit einiger Zeit in Verdacht gehabt haben, dass er ein U-Boot des deutschen Geheimdienstes ist. Der Plan ging aber nicht ganz auf. Der Deutsche muss zuletzt Lunte gerochen haben. Oder er hatte einfach nur verdammtes Glück.«

Der Regen wurde stärker.

»Nur ihr und die Deutschen wusstet, welchen Auftrag er in Wirklichkeit hatte«, sagte Lazare.

»Stimmt. Jemand hat zu viel geschwätzt.« Morvan sah verbittert an Lazare vorbei. »Ich hoffe nur, dass nicht ich es war«, sagte er leise.

Lazare hielt die Luft an. Dann sagte er hart: »So wie ich hoffe, dass du bemerkst, wenn du einen Kollegen beleidigst.«

Einen Lidschlag lang huschte Betroffenheit über Morvans Gesicht. Dann nickte er kraftlos. »Ich sagte doch, wir werden komisch in unserem Job«, murmelte er. Er schlug den Mantelkragen hoch und wandte sich zum Gehen. Bei seinem Wagen angekommen, drehte er sich noch einmal um.

»Ach, übrigens, fast vergessen. Schlechte Nachricht«, rief er über den Platz. »Seit Mitternacht brennt ein Teil des Lagers in Sète.«

Lazare starrte ihn an.

Morvan nickte bekräftigend. »Schon mal das Erste, bei dem Laforet und Montaignac aus dem Schneider sind, was? Also mach nicht nochmal den Fehler, deine Gegner zu unterschätzen.«

Er stieg ein und fuhr los.

Als vor einer Stunde auch die Außenposten eingezogen worden waren, hatte Jeanjean seine Männer in die Station zurückbeordert. Er bot Lazare an, ihn nach St. Pierre mitzunehmen.

»Sie sehen müde aus, Commandant«, bemerkte der Brigadier auf dem Weg zum Wagen. »Ich könnte Ihnen das Gästezimmer auf der Station anbieten.«

»Danke, nicht nötig.«

»Wollen Sie sich etwa noch antun, bei diesem Wetter nach Montpellier zurückzufahren?«

Lazare schüttelte den Kopf und gähnte.

»Richtig, Sie haben ja einen Platz, drüben auf La Farette.« Jeanjean öffnete die Wagentür, zog fröstelnd die Schultern hoch und sah besorgt zum Himmel. Erste schwere Tropfen fielen. »Es ist gut, wenn man das hat. Besonders, wenn die Zeiten ungemütlich werden.«

Sie stiegen ein. Während der Fahrt ins Tal nahm der Regen zu. Kurze Zeit später tauchten die Lichter von St. Pierre d'Elze unter ihnen aus Dunkelheit und Nebel auf. Jeanjean stellte seinen Wagen im Hof der Station ab. Der Brigadier spannte einen Regenschirm auf und begleitete Lazare zu dessen Wagen. Die Männer schüttelten sich die Hände.

»Danke, Monsieur Jeanjean«, sagte Lazare.

»Wüsste nicht wofür«, wehrte der Brigadier ab.

»Dafür, dass Sie mich nicht für einen Spinner gehalten haben, als ich Ihnen von meinem Verdacht erzählt habe. Vor allem aber für Ihr ausgeprägtes Verständnis für das moderne Theater.«

Jeanjean lachte auf. »Bleiben Sie mir ja vom Hals damit! Ich habe keine Ahnung davon. Mir genügt das Theater, das ich täglich hier habe. Und ich bin noch immer fassungslos darüber, was sich in unserem Rayon abgespielt haben soll, ohne dass wir je etwas davon bemerkt haben.«

Sie verabschiedeten sich. Während der Brigadier durch den strömenden Regen zur Stationspforte hastete, ließ sich Lazare in den Sitz fallen und steckte den Zündschlüssel ein. Er lauschte dem Orgeln des Motors und dem Regen, der auf das Dach seines Renault prasselte. Ein fahler Schein flammte auf, gefolgt vom Grollen des Donners.

Du hast also hier einen Platz, dachte er amüsiert.

Der Motor sprang an.

ENDE

Danksagung

Für Hilfe bei der Recherche, Hinweise zu historischen, politischen und wirtschaftlichen Hintergründen der Region sowie für wertvolle Anmerkungen zur Dramaturgie bedanke ich mich herzlich bei:

  Erik Massin
  Wolfgang Zimmer
  Gérard Pailhé und Dany Garoute
  Marc und Jean-Sebastian Gratas
  Stefan Betz
  Caterina Kirsten
  Marie-Ange und Günter Hoffmann
  André und Christine Froment
  Ulla Pokutta
  Leonie Pokutta
  und meinem Lektor Martin Mittelmeier

(Sachliche Fehler gehen zu meinen Lasten. Die Geografie der Spielorte musste aus dramaturgischen Gründen gelegentlich geringfügig modifiziert werden. Die vielschichtigen, den deutschen Leserinnen und Lesern verwirrend erscheinenden Organisations- und Hierarchiestrukturen bei der französischen Polizei und Gendarmerie wurden vereinfacht dargestellt.)

Glossar

Androit   Gegend, Landstrich

BAC   Brigade anti-criminalité. Sonderkommando der Nationalpolizei

»Bouche-diable«   »Maul des Teufels« (Karstquelle)

Brigadier   sowohl einfaches als auch höherrangiges Mitglied einer Gendarmerie-Brigade. Auch Mannschaftsrang bei der Nationalpolizei

Commandant de Police   Dienstrang der Nationalpolizei, entspricht dem deutschen Hauptkommissar

DCRI/DGSI   Direction centrale du renseignement intérieur/Direction générale da la Sécurité intérieur, Inlandsgeheimdienst

Dien bien phu   Schlachtfeld des Indochina-Krieges (1954)

Gendarmerie   militärisch strukturierte Schutzpolizei für den ländlichen Raum. Mit *Police nationale* und *Police municipale* eine der drei Säulen des französischen Systems der Inneren Sicherheit.

Gens de voyage   »Fahrende«, Sinti, Rom(a), Jenische. In Südfrankreich als Gitans, seltener als Manouches bezeichnet.

Impasse   Sackgasse

Kanton   Unterbezirk eines Departements, Verbund mehrerer ländlicher Gemeinden

»Manda«   eine der Hauptfiguren des Films *Goldhelm* (1951), einem Meisterwerk des französischen film noir, dargestellt von Serge Reggiani

Manouche von ›Manisch‹ (Romani für ›Mensch‹) Bezeichnung für in Südfrankreich lebende Sinti und Roma
Mistral Nordwind
Neo(s) »Neu-Landwirte«, meist aus bürgerlichen Schichten stammende Aussteiger, die sich ab den Siebzigerjahren in den damals von Entvölkerung bedrohten Cevennen niederließen
Police judiciaire Kriminalpolizei
Pompiers Feuerwehr, Rettungsdienst
Putain! Eigentlich: »Hure«, verblüffter bis zorniger Ausruf: Verdammt! Scheiße!
Racaille Gesindel, Abschaum
Résistance Hier: Widerstandsbewegung gegen die deutsche Okkupation während des Zweiten Weltkriegs
Salvador Puig Antich (1948–74) Katalanischer Widerstandskämpfer gegen das Franco-Regime, trotz weltweiter Proteste hingerichtet.
Tramontane Nordwestwind